中國道教文化研究

初 編

第 **15** 冊

宋詩與道教研究

盧曉輝 著

花木蘭文化事業有限公司

國家圖書館出版品預行編目資料

宋詩與道教研究／盧曉輝 著 -- 初版 -- 新北市：花木蘭文化
事業有限公司，2020〔民 109〕
目 4+264 面；19×26 公分
（中國道教文化研究 初編：第 15 冊）
ISBN 978-986-322-596-6（精裝）
1. 宋詩 2. 道教 3. 詩評
820.91   103001197

ISBN-978-986-322-596-6

9 789863 225966

中國道教文化研究
初　編　第十五冊   ISBN：978-986-322-596-6

宋詩與道教研究

作　　者　盧曉輝
總 編 輯　杜潔祥
副總編輯　楊嘉樂
編　　輯　許郁翎、張雅淋　美術編輯　陳逸婷
出　　版　花木蘭文化事業有限公司
發 行 人　高小娟
聯絡地址　235 新北市中和區中安街七二號十三樓
　　　　　電話：02-2923-1455／傳眞：02-2923-1452
網　　址　http://www.huamulan.tw 信箱 hml810518@gmail.com
印　　刷　普羅文化出版廣告事業
初　　版　2020 年 3 月
全書字數　218627 字
定　　價　初編 20 冊（精裝）台幣 40,000 元

宋詩與道教研究

盧曉輝 著

作者簡介

盧曉輝（1978～）男，漢族，山東萊陽人。2004 年畢業於南京師範大學文學院，獲文學碩士學位，2010 年畢業於南京師範大學，獲文學博士學位，現爲安徽省滁州學院文學與傳媒學院講師。主要研究領域爲兩宋詩歌、道教史。主持安徽省教育廳專案一項：《宋代遊仙文學研究》（2007sk251）。發表論文有：《論宋代呂洞賓傳說的流傳》，《歐陽修晚年皈依佛老辨》、《論陸游的道教信仰與愛國思想》、《郭祥正的詩歌創作與道教》、《淺論徐積的孝名與文名》、《論遊仙詩的起源》等。

提　要

　　道教在宋代社會生活中具有重要的地位與影響，在政府與民間的祭祀活動、養生保健以及民眾教化等方面都起到了至關重要的作用。具體到當時社會活動的主體——宋代的士大夫來說，他們對道教的興趣大多集中於道教的哲學理論與養生術兩個方面，特別是養生術，爲眾多士人所奉行。而對神仙信仰感興趣的士人較少，大多數士大夫對神仙信仰只是持中立態度。北宋及南宋前期的士大夫雖然與道教聯繫較爲密切，但始終堅持儒士身份；南宋後期的士人則完成了身份轉變，多有入道者，但入道原因也並非是對道教信仰的篤信。總體來說，道教對於宋人的人格修養有潛移默化之功；對其生活及創作中的審美取向也有較爲直接的影響。

　　道教與宋代詩歌的關係是廣泛而複雜的：一方面，從社會環境的角度而言，道教題材的作品並不因政府的崇道而繁盛，恰恰相反，眞宗、徽宗的大力崇道在詩壇中影響甚微。而政治格局的變化、社會的動蕩卻使得詩歌中的道教因素增多，如北宋的熙寧變法、南宋初期主戰與主和派的鬥爭、南宋政權的覆亡等。另一方面，就創作主體而言，宋代士大夫創作道教題材的作品時主要依據個人的道教興趣及社會體驗，或者借助同道士唱和的形式出現，如蘇軾與蘇轍兄弟、曾慥與郭印等，但很少以流派或群體的形式進行創作，如江西詩派、江湖詩派、四靈詩派的創作中就並沒有出現大量此類作品。不過南宋末期例外，此時與道教相關的作品在詩壇中佔據了重要地位，傳統的遊仙詩、詩歌中的入道（道教）現象、詩中所表現的道教情結等因素也大量出現。就詩歌自身而言，道教的影響主要體現於詩歌的主題與內容上，表現爲以宮觀、道教養生、宗教祭祀、與道士贈答或者道教的出世歸隱及慕仙等爲主題。此外，一些日常生活題材也受道教影響，如普通士人間的贈答、祝壽題材的詩歌等，這在南宋後期詩壇中表現尤爲明顯。

　　在詩歌的藝術上，道教所擅長的想像、誇張等手法及典故、意象、詞彙等，都爲宋代詩人所常用。道教對於詩歌風格的影響主要體現於兩個方面：一是浪漫氣息濃厚、充滿神奇色彩；二是詩風比較質樸平淡。這兩種風格看似相反，但皆與道教的影響有著直接關係。另外，部分詩人的獨特詩風明顯與道教有關，如郭祥正、蘇軾、蘇過、黃裳、陸游等。

目次

上　編

緒　論

一、道教與宋代社會的關係

　　宋代是道教的一個重要發展時期，這主要體現於兩個方面：一是道教自身理論有了新的突破，即內丹術理論有了新的發展，並爲廣大道教徒所信奉；二是道教爲社會各階層所廣泛認可、接受。下面就這兩點分別論述。

（一）道教理論的發展

　　在宋代以前，外丹術是道教理論中成仙的主要方法。晉代道教典籍《抱朴子內篇‧金丹》中以服食丹藥爲成仙之捷徑：「抱朴子曰：『余考覽養性之書，鳩集久視之方，曾所披涉篇卷，以千計矣，莫不皆以還丹金液爲大要者焉。然則此二事，蓋仙道之極也，服此而不仙，則古來無仙矣。』」〔註1〕又，「夫金丹之爲物，燒之愈久，變化愈妙。黃金入火，百鍊不消，埋之，畢天不朽。服此二物，鍊人身體，故能令人不老不死。此蓋假求於外物以自堅固，有如脂之養火而不可滅，銅青塗腳，入水不腐，此是借銅之勁以扞其肉也。金丹入身中，沾洽榮衛，非但銅青之外傅矣」。〔註2〕這是道教徒葛洪從理論上對金丹術予以肯定，主要是從黃金的特點而進行類比的，認爲人體與黃金結合就能長生。在葛洪之前，魏晉士人就已經服食丹藥了，最著名的莫過於五石散。儘管此時也有偏於內丹的《周易參同契》問世，但並不爲人所重。因此，在宋代以前，服食金丹一直是求仙者的首選。但由於求仙本身在實踐

〔註1〕葛洪著，王明校釋《抱朴子內篇校釋》，中華書局，1985年，第70頁。
〔註2〕同上，第71頁。

中是不可能的，服食金丹甚至連基本的保健作用也沒有，這種外丹術注定是要失敗的。且服食金丹者的下場都很慘，韓愈在《故太學博士李君墓誌銘》中就舉了一些例子：「工部尚書歸登、殿中御史李虛中、刑部尚書李遜、遜弟刑部侍郎建、襄陽節度使工部尚書孟簡、東川節度御史大夫盧坦、金吾將軍李道古，此其人皆有名位，世所共識。工部既食水銀得病，自說若有燒鐵杖自起顛貫其下者，摧而為火，射竅節以出，狂痛號呼乞絕。其茵席常得水銀，發且止，唾血數十年以斃。殿中疽發其背死。刑部且死，謂余曰：『我為藥誤。』其季建一旦無病死。襄陽黜為吉州司馬，余自袁州還京師，襄陽乘舸邀我於蕭州，屏人曰：『我得秘藥，不可獨不死，今遺子一器，可用棗肉為丸服之。』別一年而病，其家人至，訊之曰：『前所服藥誤，方且下之，下則平矣。病二歲竟卒。』盧大夫死時，溺出血肉，痛不可忍，乞死乃死。金吾以柳泌得罪，食泌藥，五十死海上。」〔註3〕儘管如此，中唐至唐末，依然有很多貴族服食丹藥，包括最高統治者。出現這些悲劇，主要是道教在理論上沒有更進一步的發展的緣故。

自五代以來，外丹的嚴重後果已經引起道教內外的質疑與關注，以服食金丹為代表的外丹術已經走到了它的盡頭，道教必須有新的理論才能吸引信眾，才能夠與儒家、佛教相抗衡。道教中人主要從兩個方面進行理論的發展，一是援儒、佛入道。實際上在道教的發展過程中，道教一直是這樣做的。二是是挖掘自身原已被忽略的理論，提倡以《周易參同契》為代表的內丹術。道教徒逐漸重視內丹之術，至北宋神宗時，張伯端作《悟真篇》，「與魏伯陽《參同契》，道家並推為正宗。」〔註4〕

除了內丹術之外，宋代道教另一顯著特點是符籙（道法）一派的發展。這一派別在理論上成就不大，主要應用於技術操作上如祭祀儀式等方面。無論是皇家祈禳求福、宗廟祭祀，還是普通百姓的祈晴禱雨，都須有道教參與，這就需要有一系列的道教儀式。如果內丹術是為了個體的話，那麼符籙一派則具有普惠眾生的意義。在宋代，比較著名的符籙派別有龍虎山等。此外在徽宗時期興起的神霄派純粹是林靈素等人謀取政治權力的工具，實際上阻礙了道教的發展，隨著北宋的滅亡，神霄派基本上退出歷史舞臺。在南宋時期，南宗（內丹派）與符籙派佔據道教主導地位。

〔註3〕韓愈撰，馬通伯校注《韓昌黎文集校注》，第319～320頁。
〔註4〕永瑢《四庫全書總目》卷一四六1965年，第1252頁。

　　作爲道教的主體——道士，與社會聯繫也極爲緊密。上層道士與最高統
治者、高級官員交往頻繁，如种放、陳摶、張無夢、林靈素等；而中層道士
與士大夫們也關係密切，或以文交，或以藝往，諸如琴棋書畫、醫術等；下
層道士更爲離譜，與普通人無異。《燕翼詒謀錄》卷二：「黃冠之教，始於漢
張陵，故皆有妻孥，雖居宮觀，而娶妻生子，與俗人不異。」〔註5〕與蘇軾交
往頗深的蹇拱辰也說，其鄉人道士不守教規，與俗人沒有多少差別，以致需
要政府用政令加以約束，如《續資治通鑒長編》：（祥符二年）「癸巳，禁道士
以親屬住宮觀者」。〔註6〕可見這種情況的普遍。實際上，由於道士、僧尼已
經成爲一種職業，或者是一種身份標誌，並擁有某些特權，所以與士農工商
一樣，成爲時人的一種選擇。

　　宮觀的數目、規模是道教興盛與否的重要標誌。由於五代戰亂的破壞，
宮觀損壞嚴重，宋初宮觀的修建主要是在原有基礎（唐代宮觀）上進行的，
由地方政府主持。徽宗時期新修建了許多神霄宮，道教勢力此時達到了巔峰，
以致地方官員都得敬而遠之。北宋的滅亡，對於道教是一個重大打擊，宮觀
也遭到破壞。南宋在內外交困之下，不得不縮減對於道教的財政支持力度，
爲戰火所毀壞的宮觀也無法全部修建。儘管如此，南宋初期政府依然新建了
延祥觀、顯聖觀等，神化其統治。其它各地道觀的修繕基本上是自籌經費，
並不依賴中央財政支持。

（二）宋代統治者對道教的態度

　　宋代統治者對道教基本上是以扶持爲主，其中以眞宗、徽宗爲甚。究其
原因在於一方面道教的長生之術對於統治者有著莫大的吸引力，縱不能成
仙，卻也能健身長壽，更何況還有僥倖心理在其中。另一方面在於道教的現
實功用性，對於神化統治、日常祭祀、養生保健、民眾教化等方面，道教有
著不可或缺的重要性。從建國伊始，統治者就著手於道的復興。主要從三
個方面入手的：一是宮觀的修建；二爲禮遇著名的道士；三爲官方搜集整理
道教典籍。

　　眞宗的崇道主要是出於政治的需要，澶淵之盟後，在王欽若等到人的誘
導下，開始其崇信道教的荒唐行徑：從天書下降到封禪泰山，再到祠祀后土，
無不顯示其統治的神授天意。所以在活動過程中還特別邀請了西夏、契丹等

〔註5〕王栐《燕翼詒謀錄》，第19頁。
〔註6〕李燾《續資治通鑒長編》，第1596頁。

外國使節參與。以誇耀、壓倒敵國，特別是契丹（其國以佛教爲國教）並且修建宮觀，以實其行。

> （大中祥符二年）先是，道教之行，時罕習尚，惟江西、劍南人素崇重。及是，天下始遍有道像矣。殿中侍御史張士遜上言：「今營造競起，遠近不勝其擾，願因諸舊觀爲之。詔從其請。〔註7〕（《長編》卷七二）

眞宗之後的仁宗、英宗、神宗、哲宗對道教的態度是理性的，這實際上是對眞宗崇道的否定。不過在神宗時期鞏固的宮觀制度對於道教地位的落實具有重要意義。儘管出發點是出於閒散官員的安置，但從客觀上對於道教而言，一方面使道教的地位優於佛教；另一方面使士大夫與道教的關係變得緊密。

相對於徽宗而言，眞宗的崇道還是很有理性的，因爲眞宗並不因爲自己的崇道而荒廢政務，也不把道教凌駕於政務之上。如上條引文中張士遜對於因修建宮觀而產生的負面作用進行規勸，眞宗聽其意見，從而使國家財政、下層官員、百姓不因此而被過多干擾。徽宗則不然，聽信道士林靈素大言，謂己「長生大帝君」。徽宗令「天下皆建神霄萬壽宮……每設大齋，輒費緡錢千萬，謂之千道會……靈素在京師四年，恣橫愈不悛，道遇皇太子弗斂避。」〔註8〕即使是地方上的道士有的也趁機興風作浪，令人側目，如「丁酉，知建昌陳並等改建神霄宮不虔及科決道士，詔並勒停。」〔註9〕

從積極的方面而言，徽宗一方面細化道教官制，加強管理，「乙酉，詔諸路選漕臣一員，提舉本路神霄宮……甲辰，置道官二十六等，道職八等。」〔註10〕另一方面，舉行政之力整理道教典籍，宣和元年「用蔡京言，集古今道教事爲紀、志，賜名《道史》」〔註11〕；政和三年「十二月癸丑，詔天下訪求道教仙經。」〔註12〕並設玉局敕道士校定，送福州閩縣鏤定，總540函，5481卷。這些活動對於道教的良性發展是很有幫助的。

南宋的的崇道不如眞、徽二帝那樣瘋狂，主要限於政局、國勢，對神化統治的崔府君、四聖眞君等加以大力宣傳。此外，禮遇一些名道，整理道教

〔註7〕《續資治通鑑長編》，第1637頁。
〔註8〕脫脫《宋史》卷四六二，第13529頁。
〔註9〕《宋史》卷二一，第399頁。
〔註10〕《宋史》，第400～401頁。
〔註11〕《宋史》，第401頁。
〔註12〕《宋史》，第392頁。

典籍，但是大規模修建宮觀是不可能了，使得許多宮觀處於廢棄狀態。為解決財政困難，官府還對道士的譜牒加以販賣，使得道士隊伍良莠不齊。南宋諸帝的利用道教，於己止於修身養性，對外限於祈禱求福，敬天禮地。

（三）宋代士大夫與道教

宋代士大夫是宋代統治的主體，他們對於道教的態度，依據個人的政治取向、學術思想、宗教信仰呈現出不同的表現。但從總體而言，完全持拋棄、否定態度的是極少的。反對道教最力的當屬宋初柳開、穆修、石介等人，如柳開在《韓文公雙鳥詩解》力闢佛老：「予曰：『作害於民者莫大於釋老，釋老俱異端而教殊，故曰雙鳥矣。』」〔註13〕石介《上蔡副樞書》：「釋老之害甚於楊墨，悖亂聖教，蠹損中國。」〔註14〕他們在思想上、文學上緊隨韓愈，企圖恢復儒家在這兩方面的統治地位，因而力闢佛老，但是這種一刀切的否定態度並不為宋人所接受。即使是後來反對道教的歐陽修，也對道教的合理之處加以肯定，並整理一些道教典籍。

宋代士大夫的道教取向，大致可以分為以下幾種類型：

一、基於個人的思想觀念而崇信道教；二、注意吸收道教的有益成份加以利用；三、個體沒有明顯的宗教信仰，只是出於政治目的而參與道教活動。

實際上，道教的理論博雜，來源不一，即有先秦時期的神仙之說、黃老之術，也滲入了儒佛思想，可謂良莠不齊。宋人的思想是比較嚴謹的，並不輕易否定固有的文化傳統。對於道教的思想理論，進行有選擇的利用。最為突出的則為道教的養生術。道教的神仙學說在今天看來固然荒唐可笑，但道教為達到成仙的目的而進行的一系列的活動卻有著積極意義，否則道教就失去理論支持，無法服眾。比如外丹術中的服食之法：枸杞、伏笭、菊花等，以及內丹術的內煉功法，直到今天依然為人們所遵循沿用，說明這些養生之術是有一定的科學道理的。所以在古代，一些名醫同時也是道士，如陶弘景、孫思邈等。一方面，道教的追求長生與醫學的追求長壽，在目的上是一致的；另一方面，宗教借助醫學求死扶傷，可以更好的宣揚其理論。無論是道士還是普通士人，對於生命的態度都是十分積極的。醫療體系的落後、道教養生術的普及，使得士大夫階層勇於掌握這些道教理論以自用，並且時而互相切磋探討。如北宋的楊傑、韋驤、蘇軾、蘇轍、秦觀、南宋的李光、郭印、高

〔註13〕《全宋文》第 6 冊，第 376 頁。
〔註14〕《全宋文》第 29 冊，第 203 頁。

似孫、真德秀、謝枋得等名士。

　　文化的發達、思想的包融，使得部分宋代士大夫超越宗教的局限，把道教典籍做為一種知識文化來接納，拓展自己的閱讀視野。因而在宋人的詩文中，我們經常可以看到對關於道教典籍的理解與議論。如北宋的楊傑、劉敞、王安石、張方平，南宋的張鎡、韓淲等，甚或採用道教典籍的表達方式創作文學作品，如程俱的《蕊珠歌》、程珌的《太上虛皇黃庭經句法十篇壽趙帥》等。

　　宋代的理學家對道教的接受不同於普通士人，他們更多的是從理論層面入手。如周敦頤的太極圖即來自於道教的《無極圖》，用於表示宇宙的演化的程序和過程。邵雍的象數之學也是來源於道教，二程、張載都出入釋老。宋代理學的代表人物朱熹，為道教典籍《周易參同契》、《陰符經》作注。可見宋代理學與道教的關係也是極為密切的。

　　對於另一部分士大夫而言，對於道教的接納完全出於政治的目的。因為從個人的宗教信仰而言，這些士大夫可能更傾向於佛教，或者是一純粹的儒生，甚或根本沒有信仰，只有一投機者。但這些因素並不妨礙這些人積極的參與道教活動，最少不反對道教。比如宋真宗的崇道使全國陷於狂熱狀態，包括王旦等一些重臣，在其中扮演了重要角色。王旦做為一為純儒，對道教的天書下降、泰山地封禪等活動並不感興趣，但出於維護皇室的神聖，只能屈從。徽宗時期士風不振，林靈素用事時，許多士大夫風靡從之，「林靈素得幸，作符書號《神霄錄》，朝士爭趨之，（曾）幾與李綱、傅松卿皆稱疾不往視。」〔註15〕「帝留意道家者說，（蔡）攸獨倡為異聞，謂有珠星璧月、跨鳳乘龍、天書雲篆之符，與方士林靈素之徒爭證神變事。」〔註16〕這些人就主要從個人的政治利益出發，而非信仰。

　　翻閱宋人的文集，就會發現絕大多數都有青詞的存在，這是因為宋代的道教祭祀非常頻繁，這就需要以士大夫為主體的官員的參與，或是主持儀式，或是撰寫青詞、禱詞。如歐陽修力闢道教，但也撰寫青詞以用於道教的祭禮活動。這些以道教的祈禳活動在宋代的政治生活中佔有重要地位，一方面統治者出於自身的需要；另一方面，也是為了下層的百姓的日常生活所必須的行政措施。如《宋史·禮志》：「元豐元年十月，太皇太后違豫，命輔臣以下

〔註15〕《宋史》卷三八二，第 11767 頁。
〔註16〕《宋史》卷四七二，第 13731～13732 頁。

分禱天地、宗廟、社稷，及都內諸神祠。又作祈福道場於寺觀及五嶽、四瀆凡靈迹所在。八年，帝疾，分禱亦如之。」〔註17〕這是因皇室的疾病而禱告；再如「或啓建道場於諸寺觀，或遣內臣分詣州郡，如河中之后土廟、太寧宮，亳之太清、明道宮，兗之會眞景靈宮、太極觀，鳳翔之太平宮，舒州之靈遷觀，江州之太平觀，泗州之延祥觀，皆亟香奉祝，驛往禱之。凡旱、蝗、水潦、無雪、皆榮禱焉。」〔註 18〕並有專門的祈禱方法，如咸平二年頒佈李邕的《祈雨法》，景德三年五月又以《畫龍祈雨法》付有司刊行。祈禱之術的運用，究其根源主要出於對上天的敬畏，信奉天人感應，當人力難以勝任時，只能求助於上天。做爲士大夫對於這些活動是積極參與的，而且極爲虔誠，對上是忠於君主，對下是安撫黎民，從另一方面也反映出宋代士人以天下爲己任的入世態度，與百姓同甘共苦，而不能以迷信來否定。這與上文所提到的爲個人的政治利益而曲意順從統治者的意願是有本質之別的。在這些活動中，士大夫對於道教的一些情況是應當有所瞭解的，或是道教典籍、或是祭祀儀式，否則難以勝任，這就無形中使得宋代的士大夫與道教有著廣泛的聯繫。

結語：道教在宋代社會中的影響是廣泛而深遠的，在官方的支持下，道教祭禮成爲政治生活中的重要組成部分，使得士大夫普遍的參與其中。道教的養生之術、道教的哲學理論更爲宋代士大夫所主動吸收利用。道教與宋代士大夫在關係是緊密的，這種緊密的聯繫在士大夫的思想觀念、處世態度以及文學創作中都可以找到相關例證。

二、宋代士大夫的神仙觀念──從呂洞賓神仙傳說的流傳談起

宋代的思想是以儒家佛教道三者的相互融合爲特徵的，在絕大多數的宋人身上，都可以看到三者的影子。宋代士大夫對道教持包容態度，要之，道教具有重要的現實功用，對於國家可以神化統治、對於個體可以延年益壽。特別是隨著道教在宋代的發展內丹理論的逐步成熟，對於士大夫更具吸引力。神仙學說是道教的重要理論，成仙長生是道教的終極目標，如道教的符籙、丹鼎二派都以追求成仙爲最終目標。但神仙學說與道教並不能完全劃等號，神仙觀念在道教形成之前就已經爲人們所接受。宋代的神仙觀念不如唐

〔註17〕《宋史》卷一百二，第 2502 頁。
〔註18〕《宋史》卷一百二，第 2500 頁。

代流行，但依然有著廣闊的接受群體。

我們以呂洞賓爲具體事例，來討論宋人的神仙信仰。

呂洞賓這一神仙形象，是在北宋時代開始形成、傳播的。近代學者浦清江先生在《八仙考》中已明確了這一點，並得到學術界的認同。當然，呂洞賓的流佈主要在北宋期間，南宋就比較少了，在道教徒中另當別論。如朱熹在論鬼神時這樣認爲：「氣久必散。人說神仙，一代說一項。漢世說甚安期生，至唐以來，則不見說了。又說鍾離權呂洞賓，而今又不見說了。看得來，他也只是養得分外壽考，然終久亦散了。」〔註19〕至於以呂洞賓爲代表的八仙故事定型則是元代以後之事，與本書關係不大，不作討論。

那麼呂洞賓這一形象如何在北宋人中迅速流佈開來呢？有兩個因素起主要的推動作用。首先是廣泛的群眾信仰基礎，其次是文人的推波助瀾，這兩個因素是相互支持、共同發生作用的。

根據現存的材料來看，呂洞賓最早出現於張齊賢的《洛陽縉紳舊聞記》中：「太宗朝，移鎮永興軍。（田）重進晚年好道，酷信黃白可成……重進曰：『仙人是誰？即今何在？』花項蕭容低聲而言曰：『即呂洞賓。』（此句有作者自注：時人皆知呂洞賓爲神仙）故花項言見之。重進曰：『見卻何言？』曰：『既見呂洞賓，須相召於街市飲酒。』餘授右僕射，判永興軍備，知其事錄之。……」〔註20〕據張齊賢本書的序文，此書作於宋朝乙巳歲夏，即宋眞宗景德二年（1005 年）。文中所述田重進事則爲更早。按：田重進移判永興軍爲淳化三年與四年，即公元 993、994 兩年，至道三年（997 年）去世。

從張齊賢的記載可以得出這樣的結論：假若張氏所記爲眞的話，呂洞賓的的傳說可能在至道年間就有了，至遲不會晚於景德二年（1005 年），即張氏作此書的時間，而文中所提及的永興軍在現在屬於西安市一帶。

浦先生根據《蒙齋筆談》文中的記載以及作者鄭景望的生活時代推斷呂洞賓的傳說起於北宋慶曆年間，其傳說的興起與被貶之滕宗諒有很大關係。同時，浦先生認爲岳州的岳陽樓名滿天下，遊覽人眾多之故，因而造出仙迹。浦清江先生在其《八仙考》中關於呂洞賓的一些論點值得商榷。

首先，《蒙齋筆談》是一部僞書，清人已考證此書爲抄錄葉夢得的《巖下放言》而成，作者鄭景望也是南宋人，而非元豐間人。這對浦先生的論證基

〔註19〕黎靖德《朱子語類》卷三《鬼神》，第 45 頁。
〔註20〕張齊賢《洛陽縉紳舊聞記》，《全宋筆記》第二編，第二冊，第 176～177 頁。

礎是一重要否定。並且，呂洞賓的故事的最早發源地不是岳陽，這一點是可以肯定的。

其次，呂洞賓的傳說在慶曆年間並沒有在社會中得以廣泛的認可，特別是沒有得到官方的認識。例如慶曆七年王則於貝州叛亂，因以宗教維繫人心，故以當時妖術較高的李教爲謀主。由於李教曾在娼館寫過「呂洞賓李教同遊」一語，所以呂洞賓也被列爲通緝的對象。「又詔天下捕李教及呂洞賓二人。會貝州平，本無李教者，始信其眞死矣。乃獨令捕呂洞賓。甚久，乃知其寓託，無其人，乃已。」〔註21〕朝廷經過很長時間才知道呂洞賓是一假託，由此可見，呂洞賓的故事在官方、特別是士大夫階層中沒有得到廣泛傳播，否則就不會出現通緝呂洞賓這一虛構人物的的荒唐事件。

滕宗諒被貶岳陽於慶曆四年，與距離王則的叛亂有三年的時間。貝州爲今天的，與岳陽相隔甚遠。由此可以推知，呂洞賓的故事在慶曆年間已經流傳於全國下層民眾中。

儘管岳陽並非呂洞賓傳說的最早發源地，爲何能與滕宗諒聯繫在一起呢？除了浦先生所說的原因外，還有一點值得注意。滕宗諒與范仲淹在政治上同道，但在宗教信仰上不同。滕宗諒對於道教是很感興趣。如范仲淹的《酬滕子京同年》：「謝家風雅若爲酬，散吏方耽海上游。疏懶幾忘傳筆夢。寂寥仍有負薪憂。欲歌蘭雪歸眞隱。敢向簪軒競急流。如共茂先瞻氣象。莫言神物在南州。」〔註22〕還有一首《滕子京以眞籙相示因以贈之》：「泰山採芝人，吏隱清淮濱。金函秘寶籙，奉之如高眞。謂子有仙志，興言一相示。叩頭鳴天鼓，玉書粲然異。白雲引輕素，朱絲聞靈篇。題云天寶歲，傳於任鳳仙。兵火換九州島，於茲三百年。非有靈物持，此書安得全。綠字起龍蛇，丹文掛星斗。六甲當奉行，百神乃奔走。密密天上語，忽忽人間有。與君置青山，解冠松桂間。服此上清籙，上清庶可攀。無爲塵土中，草草凋朱顏。」〔註23〕

滕宗諒由於在岳州政績斐然，又與對道教有著濃厚興趣，所以此前已經出現的神仙人物呂洞賓就被除數好道者與滕子京聯繫在一起。另外，筆者懷疑呂洞賓被稱爲劍仙與岳陽也是有關聯的。《晉書·張華傳》中有張華派雷煥

〔註21〕　王銍《默記》，《全宋筆記》第二編，第二冊，第 176～177 頁。
〔註22〕　范仲淹《范文正集》卷三，《影印文淵閣四庫全書》本，1987 年。
〔註23〕　《范文正集·別集》卷一。

於豐城（屬於岳陽，東晉稱爲豫章郡）呂洞賓的故事在岳陽流傳時與當地的神話傳說相結合是很自然的事，而在此之前的呂洞賓故事並沒有與劍仙聯繫在一起。大約同時的秦觀有相反的記載：「魏景，字同叟，淮南高郵之隱君子也。身長六尺，骨如削石，瞳子碧色有光。嘗賣繒於市，遇華山元翁，從授煉丹鑄劍長生之術。元翁名碧天，其師曰劉海蟾，海蟾之師曰呂洞賓」。〔註24〕這裡的鑄劍之劍顯然指的是實物而非虛無之氣。

呂洞賓的最早起源於何時何地，現在難以有一定論。但有幾點可以肯定：1、呂洞賓的故事爲宋人所杜撰並流傳開來。2、傳說興起的時間上限不會早於《太平廣記》的成書時間（太平興國三年），下限不晚於淳化四年。

呂洞賓的故事之所以能夠在儒家思想佔據主流地位的宋代社會產生並廣爲流傳，主要有以下幾點原因促成的：

（一）神仙傳說大多爲好道者首先編造出來的

東晉時期的道教中神人的下降、大量典籍出現，以及自神其教而產生的志怪小說等等。我們雖然沒有確切的文獻材料來找到呂洞賓傳說出現的時間與編造者，但在這些傳說中都有「好道者」的身影出現。

除了呂洞賓外，宋代的歐陽修之例也很典型。歐陽修一生力闢佛老，只是明道年間的一次嵩山之行，同行幾人都看到「神清之洞」四字，被以訛傳訛爲只有歐陽修一人所見，進而傳爲歐陽修晚年崇信釋老，詳見《歐陽修晚年皈依釋老辨》一節。

另外，細心者會發現，關於呂洞賓傳說記載的筆記中，其作者大多爲信仙者。如張齊賢、羅大經、趙令時、吳曾等人，都堅持有神論。

（二）下層群眾的神仙信仰是普遍的

對於大多數的普通群眾，鬼怪神仙是肯定存在的，不論是信仰道教、佛教，還是其它的宗教。所以在這些神仙傳說中，絕大多數都是輾轉相傳。如《避暑錄話》卷下：「楚州紫極宮有小軒，人未嘗至。一日忽壁間題詩一絕云：宮門閉一入，獨憑欄干立。終日不逢人，朱頂鶴聲急。相傳以爲呂洞賓也。」〔註25〕再如《耆舊續聞》引《東坡詩話》云：「熙寧元年八月十九日，有道士過沈東老，飲酒用石榴皮，寫絕句壁上，自稱回道人，出門至石橋上，先度

〔註24〕秦觀撰，徐培均箋注《淮海集箋注》，第824頁。
〔註25〕葉夢得《避暑錄話》，《全宋筆記》第二編，第十冊，第305頁。

橋數十步，不知所在。或曰：此呂洞賓也。」〔註26〕再如《東軒筆錄》中所載：「潭州士人夏鈞罷官過永州。謁何仙姑。而問曰。世人多言呂先生。今安在。何笑曰。今日在潭州興化寺設齋。鈞專記之。到潭日。首於興化寺取齋。歷視之。」〔註27〕

　　以上幾則關於呂洞賓的事例中，我們可以發現，這其中有「相傳」、「或曰」、「世人多言」等用語。這說明在關於呂洞賓故事的流傳中，相當的成分是由於普通群眾的口耳相傳，基本上沒有親身經歷，實際也不可能有的。究其根源，就在於崇尚鬼神的風俗。宋人的筆記中許多關於民眾信仰的記載，頗能說明當時的情況。

　　　夏英公帥江西日，時豫章大疫，公命醫製藥分給居民。醫請曰：「藥雖付之，恐亦虛設。」公曰：「何故」醫曰：「江西之俗，尚鬼信巫，每有疾病，未嘗親藥餌也。」公曰「如此則居死於非命者多矣，不可以不禁止。」遂下令捕爲巫者杖之，其著聞者黥隸他州。一歲，部內共治一千九百餘家。江西自此淫巫遂息。〔註28〕（《獨醒雜志》卷二）

　　　廣南風土不佳，人多死於瘴癘。其俗又好巫尚鬼，疾病不進藥餌，惟與巫祝從事，至死而後已。方書、藥材未始見也。景德中，邵曄出爲西帥，兼領漕事，始請於朝，願賜聖惠方與藥材之費，以幸一路。眞宗皆從其請，歲給錢五百緡，今每歲夏至前，漕臣製藥以賜一路之官吏，蓋自曄始。〔註29〕（《獨醒雜志》卷三）

　　　劉執中彝，知虔州，以其地近嶺下，偏在東南，陽氣多而節候偏，其民多疫，民俗不知，因信巫祈鬼，乃集醫作《正俗方》，專論傷寒之疾。盡藉管下巫師得三千七百餘人，勒之，各授方一本，以醫爲業。楚俗大抵尚巫，若州郡皆仿執中此舉，亦政術之一端也。〔註30〕（《獨醒雜志》卷三）

　　　南俗尚鬼。狄武襄青征儂智高時，大兵始出桂林之南，道旁偶

〔註26〕陳鵠《耆舊續聞》卷六，第348頁。
〔註27〕魏泰《東軒筆錄》，第116頁。
〔註28〕曾敏行《獨醒雜志》，第13頁。
〔註29〕《獨醒雜志》，第27頁。
〔註30〕《獨醒雜志》，第28頁。

一大廟，人謂其廟甚神靈。武襄遽爲駐節而禱之焉。〔註31〕（蔡絛《鐵圍山叢談》卷二）

　　韓蘄王在鎮江，一日，抵晚，令帳前提轄王權至金山，仍戒不得用船渡。懇給浮環，偕一卒至西津，遂浮以渡。登岸，寺僧巨測，疑爲鬼神。〔註32〕（《清波雜誌校注》卷五）

　　王嗣宗不信鬼神，疾病，家人爲之焚紙錢祈禱，嗣宗聞之，笑曰：「何等鬼神，敢問王嗣宗取枉法贓邪？」〔註33〕（司馬光《涑水記聞》卷六）

　　世有附語者，多婢妾賤人，否則衰病不久當死者也。其聲音舉止皆類死者，又能知人密事，然皆非也。意有奇鬼能爲是耶？昔人有遠行者，欲觀其妻於己厚薄，取金釵藏之壁中，忘以語之。既行而病且死，以告其僕。既而不死。忽聞空中有聲，眞其夫也，曰：「吾已死，以爲不信，金釵在某處。」妻取得之，遂發喪。其後夫歸，妻乃反以爲鬼也。〔註34〕（蘇軾《東坡志林·異事》）

通過以上幾則材料，我們可以清楚地看出宋代下層群眾中，鬼神的信仰在宋代是普遍的。許多人認爲這種有神論僅僅是由於下層百姓的愚昧，這種觀點是難以令人信服的。因爲宋代掌握最高文化的社會精英士大夫階層也是有神論的支持者，宋代的士大夫大多數爲是相信鬼神的存在，即使反對者在理論上也無法否定鬼神的存在，所以就避而不談。

　　從根本而言，宋代士大夫相信神仙的存在是一種歷史的必然，這由宋人的以儒學立國及以經驗主義爲出發點認識論所決定的。

　　（1）先秦時代的孔子對周代極爲推崇，而周代恰恰對鬼神極爲很是崇拜，敬天畏民。孔子認爲：「民之義，敬鬼神而遠之，可謂知矣。」〔註35〕孔子這樣評價大禹：「禹，吾無間然矣。菲飲食而致孝乎鬼神，惡衣服而致美乎黻冕，卑宮室而盡力乎溝洫。禹，吾無間然矣。」〔註36〕儘管孔子不語怪、力、亂、神，但卻不否認鬼神的存在，甚至認爲對鬼神需要尊重，「祭如在，

〔註31〕蔡絛《鐵圍山叢談》，第34頁。
〔註32〕周輝撰，劉永翔校注《清波雜志校注》，第205頁。
〔註33〕司馬光《涑水記聞》，第106頁。
〔註34〕蘇軾《東坡志林》，《全宋筆記》第一編，第九冊，第56頁。
〔註35〕程樹德撰《論語集釋》，第406頁。
〔註36〕《論語集釋》，第561頁。

祭神如神在。子曰：『吾不與祭，如不祭。』」〔註37〕兩漢的儒學，無論是西漢董仲舒的天人合一思想，還是東漢的讖緯之學，都是認爲鬼神的存在。漢武帝的熱衷於求仙，就很能表現當時社會的神仙觀念。唐代是道教地位最高的朝代，被奉爲國教，神仙思想流傳於整個社會中，儘管也有少量知識分子反對神仙思想，但這些聲音是很微弱的。

所以，從先秦到唐代，神仙思想一直沒有被儒家所否定，也不可能否定。除了傳統的原因外，神仙思想對於現實的統治也有重要的意義。首先，神仙觀念對於皇權的約束。在封建社會中，最高的統治者——皇帝並不是任意妄爲的，他的行爲要受到上天的制約，否則會受到懲罰，這也是封建社會中天人合一、天人感應思想的積極意義之一。王安石變法受到守舊派的激烈反對，其中有一點就是王安石對上天的不否定，也就是他的三不足之說。

> 先生（劉安世）曰：『金陵（王安石）有三不足之說，聞之乎？』
> 僕曰：『未聞。』先生曰：『金陵用事，同朝起而攻之。金陵鬭眾論，
> 進言於上曰：『天變不足畏，祖宗不足法，人言不足恤。』此三句非
> 獨爲趙氏禍，乃爲萬世禍也。』先生嘗云：『人主之勢天下無能敵者，
> 或有過舉，人臣欲回之必思有大於此者，巴攬之庶幾可回也。今乃
> 教人主，使不畏天變，不法祖宗，不恤人言則何事不可爲也？』〔註38〕
> （《宋名臣言行錄·後集》卷十二）

此外，對於統治者而言，適當的推行神仙思想也有利於鉗制百姓思想，從而穩固自己的統治。例如宋代每一個皇帝在出生之時或登位之前都有一些神異之事，從而給人以上天注定、神靈保估的印象，宋初三帝都證明了這一點。

（2）中國自古以農業爲立國之根本，農業社會中經驗主義就成爲國人的思維方式。親身經歷以及前人見聞就成爲判斷神仙有無的重要依據。宋代士大夫對儒釋道三者兼受並蓄，思想極爲通達。受當時科技水平及思維發展的限制，宋人無法在邏輯上及事實上否定神仙的存在，所以少數不信神仙的士大夫對於神仙採取避而不談的態度，專注於現實事物。如北宋的司馬光即不相信神仙，但卻並不抨擊信仙者。如《傳家集》中有他關於神仙的態度：

〔註37〕《論語集釋》，第 175 頁。
〔註38〕《宋名臣言行錄》，《影印文淵閣四庫全書》本。

「友人楚孟德過余，縱言及神仙。余謂之無，孟德謂之有。伊人也，非誕妄者，蓋有以知之矣。然餘俗士，終疑之，故作《遊仙曲》五章，以佐戲笑云。」〔註 39〕對於司馬光而言，相信神仙與否並不涉及到個人的品行修養，故遊戲筆墨以明己志，也不與之爭辯。王安石上天尚不足以畏懼，何況虛無之神仙。然而王氏也並不糾纏於神仙的有無，也不強迫別人改變有神論的思想。如《答陳柅書》中有一段話：「老莊之書具在，其說未嘗及神仙，唯葛洪爲二人作傳以爲仙。而足下謂老莊潛心於神仙，疑非老莊之實，故嘗爲足下道此。老莊雖不及神仙，而其說亦不皆合於經，蓋有志於道者。聖人之說博大而閎深，要當不遺餘力以求之。是二書雖欲讀抑有所不暇，某之所聞如此，其離合於道，惟足下自擇之。」〔註 40〕王氏以聖人之道自期，對陳柅關於老莊潛心於神仙的錯誤認識僅是委婉指出，並不強求。此外，王氏在其文集中再也沒有提及與神仙相關的論題。

其它士大夫則抱著寧可信其有不可信其無的態度，並不斷然否定神仙的存在，對神仙的傳說信而不疑。由於科技水平的限制，對於現實生活中希奇古怪的事情，士大夫往往難以做出合理的解釋，只能訴之於神仙鬼怪。沈括在北宋時期是科學知識掌握較多的士大夫，也是以自己的親身經歷相信神仙的存在。《夢溪筆談》有兩條記載：

> 神仙之說傳聞固多，予之目睹者二事。供奉官陳允任衢州監酒務日，允已老，髮禿齒脫。有客候之，稱孫希齡，衣服甚藍縷，贈允藥一刀圭，令揩齒。允不甚信之，暇日因取揩上齒，數揩而良，及歸家，家人見之，皆笑曰：「何爲以墨染鬚？」允驚以鑒照之，上髭黑如漆矣，急去巾視，童首之發已長數寸，脫齒亦隱然有生者。予見允時，年七十餘，上髭及髮盡黑，而下鬚如雪。又正郎蕭渤罷白波，輦運至京師。有黥卒姓石，能以瓦石沙土手接之悉成銀。渤厚禮之，問其法。石曰：「此眞氣所化，未可遽傳，若服丹藥，可呵而變也。」遂授渤丹數粒，渤餌之取瓦石，呵之亦皆成銀。渤乃丞相荊公姻家，是時丞相當國，予爲宰士，目睹此事。都下士人求見石者如市，遂逃去不知所在。石才去，渤之術遂無驗。石，齊人也。時曾子固守齊，聞之亦使人訪其家，了不知石所在。渤既能服其丹，

〔註39〕司馬光《傳家集》卷七，《影印文淵閣四庫全書》本。
〔註40〕王安石《王文公文集》，第 93 頁。

亦宜有補年壽，然不數年間，渤乃病卒。疑其所化特幻耳。〔註41〕
（卷二十）

　　予中表兄李善勝，曾與數同輩煉朱砂爲丹。經歲餘，因沐砂再入鼎，誤遺下一塊，其徒丸服之，遂發懵冒，一夕而斃。朱砂至涼藥，初生嬰子可服，因火力所變，遂能殺人。以變化相對言之，既能變而爲大毒，豈不能變而爲大善？既能變而殺人，則宜有能生人之理，但未得其術耳。以此知神仙羽化之方不可謂之無，然亦不可不戒也。〔註42〕（卷二四）

沈括根據自己的見聞並從形式邏輯出發，相信神仙是存在的。並從邏輯推理出發認識到神仙之術的負作用，告誡世人應當保持理性。與沈括相似，堅定地相信神仙存在的士大夫大多有著自己的親身經歷，如以下幾則：

　　紹興間，吳山下有大井，每年多落水死者。董德之太尉率眾作大方石板，蓋井口，止能下水桶，遂無損人之患。有人夜行，聞井中叫云：「你幾個怕壞了活人，我幾個幾時能勾託生。」觀此，不可謂無鬼也。〔註43〕（錢世昭《錢氏私志》）

　　祖母楚國夫人，大觀庚寅在京師，病累月，醫藥莫效，雖名醫如石藏用輩，皆謂難治。一日有老道人狀貌甚古，銅冠緋氅，一丫髻童子操長柄白紙扇從後。過門自言疾無輕重，一灸立愈。先君延入，問其術。道人探囊出少艾，取一磚，灸之。祖母方臥，忽覺腹間痛甚，如火灼。道人自言九十歲，遂徑去，追之疾馳不可及。祖母是時未六十，復二十餘年，年八十三乃終。祖母沒後，又二十年，從兄子楫監三江鹽場。偶飲於士人毛氏，忽見道人衣冠及童子，悉如祖母平日所言。方愕然，道人忽自言京師灸磚事，言訖遽遁去，遍尋不可得。毛君云，其妻病，道人爲灸屋柱十餘壯，脫然愈。方欲謝之，不意其去也。世或疑神仙，以爲渺茫，豈不謬哉。〔註44〕（陸游《老學庵筆記》卷五）

　　降仙之事，人多疑爲持箕者狡獪以愚旁觀，或宿構詩文詫爲仙

〔註41〕沈括《夢溪筆談》，《全宋筆記》第二編，第三冊，第149～150頁。
〔註42〕《夢溪筆談》，第180頁。
〔註43〕錢世昭《錢氏私志》，《全宋筆記》第二編，第七冊，第69頁。
〔註44〕陸游《老學庵筆記》，第61頁。

語，其實不然，不過能致鬼之能文者耳。余外家諸舅，喜爲此戲，往往所降多名士，詩亦粗可讀，至於書體文勢，亦各近似其人。一日，元慫舅諸姬，戲以紈扇求詩，遂各題小詞於上，仍寓姬之名於內，行草相間有可觀者。〔註45〕（周密《齊東野語》卷一六）

在宋代，相信神仙的著名士大夫是比較多的，蘇軾就是典型一例。蘇軾但對神仙之事深信不疑，最突出的二例當屬姚丹元與王子高事。由於蘇軾在當時社會影響極大，客觀上也增加神仙傳說的可信度。再如，比蘇軾出生稍早的詩人郭祥正以李白的後身自居。

南宋詩人陸游不僅相信神仙的存在，並且以道士自居，一生當中研讀道經，身體力行，且頗有所得。此外南宋的葉夢得、程俱、周密、謝枋得等人都對神仙饒有興致，這充分說明神仙學說在士人中的影響力。即使是宋代理學大師朱熹對於神仙的態度也是較爲模糊。當門人問及神仙有無時，朱子認爲：「誰人說無，誠有此理。只是他那工夫大段難做，除非百事棄下辦得，那般工夫方做得。」〔註46〕又說：「蓋精與氣合便生人物，遊魂爲變便無了。如人說神仙，古來神仙皆不見，只是說後來神仙。如《左傳》伯有爲厲，此鬼今亦不見。」〔註47〕「人言仙人不死，不是不死，但只是漸漸銷融了不覺耳。蓋他能煉其形氣，使查滓都銷融了。惟有那些清虛之氣，故能升騰變化。《漢書》有云學神仙尸解銷化之術，看得來也是好則然，久後亦須散了。且如秦漢間所說仙人，後來都不見了。」〔註48〕

宋人的信仙只是一種個體私下行爲，並不影響其政治理念。蘇軾信仰神仙並不妨礙他積極的參與政治活動，也沒有因信仙而而干撓政治活動。政教分離這一點宋代士大夫基本上做到了，當然宋代帝王的信仙另當別論。這也是宋人爲何對神仙的態度比較寬容，朋友、親人互不干涉。前文所舉之司馬光、王安石，南宋之王邁（《宋史》有傳）也是如此。王邁不信神仙，由其詩《述夢》可知，而其弟王綱則堅定信仙，並有奉仙之室。邁有《題弟綱舉之奉仙之室曰小蓬萊》，爲之歌詠。王安石對蘇軾的《芙蓉城》頗感興趣，也有和作。如葉夢得在《避暑錄話》中所載：「王荊公嘗和子瞻歌，爲其兄紫芝誦之，紫芝請書於紙，荊公曰：此戲耳，不可以誦。故不傳，猶記其首語云：『神

〔註45〕周密《齊東野語》，第299頁。
〔註46〕《朱子語類》卷四，第80頁。
〔註47〕《朱子語類》卷六三，第1551頁。
〔註48〕《朱子語類》卷一二五，第3003頁。

仙出沒藏杳冥，帝遣萬鬼驅六丁。』」〔註 49〕

　　結語：從上文的分析來看，宋代普通百姓的神仙觀念是普遍的，而士大夫則有很大不同。要之，根據個人的知識結構、實踐經驗來判斷。相信神仙者自不待言，即使不信者也持存疑態度，並不與信仰者爭執於此。這也從側面反映了宋代宗教信仰的自由，政府並不干涉個人的精神世界。

三、道教與宋代詩歌的關係

　　宗教是人類進入文明社會後發展至一定階段的必然產物，其本質是對社會人生的一終極關懷。目前並無統一的概念為學術界所公認，但信仰具有超現實性的神衹是世界各宗教所共有的本質特徵。道教做為中國本土的宗教，在發展過程中接受儒家思想、佛教教義的影響，「道家學術，包羅成象，貫徹九流，本不限於『清靜無為』消極之偏見，亦不限於『煉養』、『服食』、『符籙』、『經典』、『科教』狹隘之範圍。」〔註 50〕中國有道教具有其獨特性，而其核心理論是以「道」為宇宙本體及最高信仰以及以長生成仙為修行目標，受中國儒家的影響，道教實際上是自然宗教與社會倫理宗教的結合體。

　　藝術也是人類社會所特別有的現象，「自有內在的目的，即在具體感性形象中顯現普遍性的真實，亦即理性與感性的矛盾統一。」〔註 51〕作為藝術形式之一的詩歌，「或是表現內在的情感，或是再現外來的印象，或是純以藝術形象產生快感……」〔註 52〕

　　正如黑格爾所言，「藝術從事於真實的事物，即意識的絕對對象，所以它也屬於心靈的絕對領域，因此它在內容上和專門意義的宗教以及和哲學都處在同一基礎上。」〔註 53〕這就指出宗教與藝術之間相互影響作用上的可能性。實際上，歷史上的宗教與藝術的發展也證明了這一點，宗教與藝術常常互為依存，共同發展。一方面，「宗教卻往往利用藝術，來使我們更好的感到宗教的真理，或是用圖像說明宗教真理以便於想像……」〔註 54〕以道教與文學為例，道教藉以宣傳教義的現象在道教發展史上是屢見不鮮的。並且，所採用

〔註 49〕《避暑錄話》卷上，第 283 頁。
〔註 50〕陳攖寧《道教與養生》，第 7 頁。
〔註 51〕黑格爾《美學》，第 69 頁。
〔註 52〕朱光潛《朱光潛美學論文集》第二卷，第 13 頁。
〔註 53〕《美學》，第 129 頁。
〔註 54〕《美學》，第 130 頁。

的文學樣式是與文學發展史是幾乎同步的。

在道教典籍中，首先出現的文學樣式是四言韻語形式，如《洞真高上玉帝大洞雌一玉檢五老寶經》：「合門服裙，書冠魔神，形魄正門，寧關陽元，丁前布全景瑞。」〔註55〕在魏晉南北朝時期，即多採用詩歌的形式。在《真誥》中，神人授詩、吟詩時即以五言古詩為主，也有少量四言詩。如在《運象篇第二》中神仙吟誦的是四言詩：「七月十五日夜，清靈真人授詩：企望人飛，若感若成。威不內接，驕女遠屏。三四縱橫，以入帝庭。歷紀建號，得為太齡。亦必秀映，四司元卿。翻然縱羽，遂登上清。」〔註56〕當然，更多的是採用當時已經通行的五言詩，如《運象篇第三》中太虛南嶽真人歌：「無待太無中，有待太有際。大小同一波，遠近齊一會。鳴弦玄霄巔，吟嘯運八氣。奚不酣靈液，眇目娛九裔。有無得玄運，二待亦相蓋。」〔註57〕《真誥》中的詩歌，大多以之闡發教義，或宣傳神仙之樂，繼魏晉文人遊仙詩創作之後，進一步促進了遊仙詩這一體裁的成熟，並成為道教文學的標誌之一。宋代道教典籍《悟真篇》即運用格律詩與詞的形式來闡發內丹理論，如卷上其一：「不求大道出迷途，縱負賢才豈丈夫？百歲光陰石火爍，一生身世水泡浮。只貪利祿求榮顯，不顧形容暗瘁枯。試問堆金等山嶽，無常買得不來無？」〔註58〕此詩是闡明修道的重要性，運用七律的形式。唐宋時期，道教徒即利用新起的詞這一文學樣式，如傳說中的道教神仙呂洞賓即以詞的形式來宣傳其思想，如：

同樣，詩歌也接受道教的影響，並且這種影響是呈多方面的。

首先，創作主體接受道教的影響：一方面，作者本身即是道教信仰者或者具有道士的身份。如唐代詩人李白、賀知章即是道士，宋代的陸游也為道教信仰者，至於接受道教影響的作家更是枚不勝舉。另一方面，道教的養生方術為詩人所實踐。道教的養生生影響的不僅是作者的身體狀態，更會影響其精神、心理狀態以及其創作環境。如道教諸多修煉方法在夜間進行者甚多，如《求月中丹光夫人法》：「求仙之道，當以夏至之日夜半，入室南向，眠坐任意，閉眼內思月中丹光夫人姓諱……」〔註59〕再如《胎息法》：「夜半時日

〔註55〕陳國符《陳國符道藏研究論文集》，第385頁。
〔註56〕吉川中夫，麥穀邦夫《真誥校注》，第62頁。
〔註57〕《真誥校注》，第84頁。
〔註58〕張伯端撰，王沐淺解《悟真篇淺解》，第1頁。
〔註59〕張君房《雲笈七籤》，第538頁。

中前，自舒展腳手，扐腳咳嗽，長出氣三兩度。即坐握固……」〔註 60〕而詩人修行這些方術時會即興創作詩歌，因而會帶有道教因素，如張耒的《夜坐》：「萬籟聲久寂，三更歲已寒。老人袖手坐，一氣中自存。自得此中趣，不與兒曹論。但有老孟光，相對亦無言。」〔註 61〕此詩實則作者的修行感言，「夜坐」、「一氣」等詞點明修行的時間與方法。更多的作品是不態容易看出其中的道教修行方術的，需要仔細的辨別，如好道教方術的詩人的作品中創作時間為夜間的部分。

　　此外，由於道教在社會中的不可替代的作用，如官方民間的祭祀活動，需要士大夫參與，因而不可避免的與道教發生關聯。

　　其次，詩歌中的道教影響

（一）詩歌樣式中的道教因素

　　遊仙詩是道教文學的標誌性文學樣式，而隨之而起的步虛詞更是模仿遊仙詩而成，並廣泛的應用於道教儀式。詩人創作遊仙詩、步虛詞經歷了從宗教信仰到純粹的文學目的，如宋代詩人筆下的步虛詞，則與最初面貌不同，有的已為純粹的詩歌樣式，與道教無關。如陸游的《步虛四首》其三：「曩者過洛陽，宮闕侵雲起。今者過洛陽，蕭然但荒壘。銅駝臥深棘，使我惻愴多。可憐陌上人，亦復笑且歌。世事茫茫幾成壞，萬人看花身獨在。北邙秋風吹野蒿，古冢漸平新冢高。」〔註 62〕另外，有的步虛作品雖然與道教相關涉，但卻以之描寫山水，如陳淘直的《九鎖步虛詞》。南宋有的詩人更是借道教典籍的句法、用語習慣來做詩。如《黃庭內景經》是七言形式，且三句一組，程珌即以此為模仿對象，作祝壽詩歌，其《太上虛皇黃庭經句法十篇壽趙帥》即是一例。

　　還有的詩人所創作的遊仙詩，一方面是出於文學目的，借遊仙形式抒懷、創造唯美意境，或是擬古，鍛鍊文筆，如南宋曹勳、周紫芝的樂府遊仙詩。一方面，把這一文學樣式演化為社交工具，如祝壽、贈答、投謁等。特別是以遊仙的形式創作祝壽詩、詞、文，是南宋文壇的重要現象。這些都說明，宋代詩人對待傳統的道教文學體裁是很自由通脫的。

〔註 60〕張君房《雲笈七籤》，第 778 頁。
〔註 61〕張耒《張耒集》，第 118 頁。
〔註 62〕陸游《陸放翁全集》，第 221 頁。

（二）詩歌題材中的道教因素

道教對於詩歌題材的影響是最明顯的。以宋人為例，一方面，道教在文人生活中的影響無處不在，既有政治、社會的影響，也有士大夫階層本身的宗教態度原因。另一方面，宋代詩歌的取材十分廣泛，並不局限於某一類題材。唐代詩人多以某一題材、風格見長，這在宋人中是不多見的，宋人善於從生活中每一題材中發掘詩材，因而道教很自然地就成為詩歌創作的題材。

1、以宮觀為題材的山水詩

「仁者樂山，智者樂水」，山水詩自南朝以來成為詩人創作的重要題材。道教的興盛發展使得宮觀分佈於各大名勝中，士大夫登山臨水時即會涉及到宮觀；或者出於公務目的，到這些山林中的宮觀參加祭祀活動，因此宋人的山水作中常常會出現宮觀的影子。至於詩歌的主題是否與道教相關，則取決於詩人當時的心情了。

2、以道教養生為題材的作品

道教的養生術是有很強的針對性與實用性的，對於道教徒而言是成仙的不二法門，而對於普通士大夫而言則是強身健體的良藥。因此，宋代的士大夫不論是否具有道教信仰，大多數是奉行道教的養生術的，除了少數極端者外。部分詩人直接以養生術的方法、理論為內容，更多的詩人是以養生的感悟為主題。前者如南宋初期的郭印，即以道教理論入詩，但此類詩歌詩歌形象性較差。後者如蘇軾、蘇轍、陸游等，即把養生理論、生活融入具體的情景中，從而使作品具有較高的藝術性。

3、以道教典籍、神仙故事為題材的詩歌

閱讀道教典籍在宋人中是常見的現象，宋人常把閱讀這些書籍的感受以詩歌的形式表現出來。同樣，社會中流傳的神仙故事、歷史上的道教仙事也常進入詩人的創作視野。對於大多數詩人而言，這些題材只是普通的詩歌素材，並無多少宗教意義，因而也談不上崇信或批判。所以，一些拒絕道教信仰的詩人，其筆下的神仙故事也是引人入勝，或者在詩中抒發慕仙出世的感慨。如張鎡的《讀仙書》：「飛樓半天真人居，玉幢金蕤龍虎輿。層門十丈擁翠樹，枝磨有聲作靈語。邪劣未除嗟異路，紫雲翻袍兩儀舞，赤巾使者呼女鬢。吟風颯颯鵝笙寒，迎月殿高句難攀。踏珠出水如出霧，三十六鳳空銀灣。」〔註63〕詩中所描

〔註63〕《全宋詩》第五十冊，第 31549 頁。

寫的是作者閱讀時所想像到的神仙世界，這實際上是與傳統的遊仙詩相近
了。

4、與道教中人的贈答之作

道教在社會中有著廣泛的影響，而道教徒爲擴大個人或本教派的名聲，
常主動與士大夫交流，或爲道教教義，或爲養生方術；而士大夫或出於公務，
如官方祭祀，或個人的道教傾向，也願意與道士交往。因而，在宋人的詩歌
中，贈與道教徒的作品是很多的。有趣的是，道士回贈的作品卻流傳不多，
這一方面是由於歷史流傳的原因，其中相當一部分散佚了；另一方面是由於
大多數道士並不擅長於詩歌創作。但此類作品雖多，出色者卻很少，究其原
因，實則應酬成份太多，而鮮有發自內心的眞情實感。如眞宗時，眾多大臣
贈與道士張無夢詩歌，即是明顯一例。

（三）道教對於宋詩藝術的影響

1、道教對於詩歌的風格的影響

在詩歌史上，受道教顯著影響的詩歌風格呈現出兩種不同的風貌，一種
爲具有超現實色彩、以浪漫飄逸爲特點；一種爲以平實質樸、不事雕飾爲特
點。就道教內部而言，一方面，在想像神仙世界竭盡能事，大多基於現實而
又超脫現實。自先秦的莊子，再到《眞誥》中神仙世界，都描述了大量光怪
陸離的神仙世界。另一方面，道教又追求清心寡欲，以平常心境看待人生。
在宋代，蘇軾與陸游的詩歌可謂集中這兩種特點。以蘇軾爲例，壯年時期好
神仙學說，其詩歌則浪漫氣息濃厚；而晚年則實踐養生術，學習陶詩，而風
格則平淡。

2、道教對於詩歌藝術手法的影響

首先，道教中所擅長的想像力對於詩歌創作是很好的一個手段。詩歌常
常運用超現實的手法，抒發情懷，如神仙世界、奇異夢境等。

其次、道教意象、意境的運用

神仙意象的運用以及意境的創造是詩歌中常見的。宋代士大夫一方面追
求事業，以儒家行事，而在內心卻追求精神的獨立與自由。而自由灑脫的神
仙是詩人們所向往的，特別是當作者處於人生的低谷期時。在南宋後期，漁
父也被賦於神仙色彩爲詩人所禮贊。當然，這種對神仙的稱頌大多是與宗教
信仰無關的。

最後、道教詞彙的應用

宋代士大夫對於道釋二教是持一兼收並蓄的態度，注重學識也是宋人的一大特點，宋代詩人往往是兼具學者的身份。因此，道教典籍也常在宋人的閱讀範圍之內，無論是否崇信道教。宋人詩歌常有嚴羽所批評的「才學化」的特點，即爲詩中大量運用前人語詞，或者是前人典籍中詞彙，運用道教語言也是這種表現之一。但這並不一定爲宋詩的缺點，運用恰當，同樣可以取得藝術的成功。

第一章　北宋前期詩壇與道教

第一節　北宋前期太祖、太宗、眞宗時的道教政策

　　宋朝初期的道教呈一衰落狀態，無論是在道教典籍還是在正史中，都有明確的記載。如《三洞修道儀》：「五季之衰，道教微弱。星弁霓襟，逃難解散。經籍亡逸。宮宇摧頹。巋然獨存者，唯亳州太清宮矣。次則北邙、陽臺、陽輔、慶唐數觀，尚有典刑。天台、衡陽、豫章、潛嶽，不甚淩毀。山東即鄰於地矣。」〔註1〕再如《續資治通鑒長編》：「先是，道教之行，時罕習尚，惟江西、劍南人素崇重。及是，天下始遍有道像矣。」〔註2〕《長編》所載此條時爲大中祥符二年，這說明從宋初到眞宗祥符二年四十多年的時間中，道教依然沒有恢復元氣。但對於當時統治者而言，與道教的緊密聯繫自建國起就開始了。

一、宋太祖與道教

　　宋朝的建立，帶有神秘的讖緯色彩，「世宗在道，閱四方文書，得韋囊，中有木三尺餘，題云『點檢作太子』，異之。……七年春，北漢結契丹入寇，命出師禦之。次陳橋驛，軍中知星者苗訓引門吏楚昭輔視日下復有一日，黑光摩蕩者久之。夜五鼓，軍士集驛門，宣言策點檢爲天子。或止之，眾不聽。」〔註3〕再

〔註1〕　劉若拙《三洞修道儀》，《正統道藏》第三二冊，第166頁。
〔註2〕　《續資治通鑒長編》，第1637頁。
〔註3〕　《宋史》，第3頁。

如，「太祖自殿前都虞侯再遷都點檢，掌軍政凡六年，士卒服其恩威，數從世宗征伐，洊立大功，人望固已歸之。於是，主少國疑，中外始有推戴之議。……時都下歡言，將以出軍之日策點檢爲天子，士民恐怖，爭爲逃匿之計，惟內庭晏然不知。……軍校河中苗訓者號知天文，見日下復有一日，黑光久相磨蕩，指謂太祖親吏宋城楚昭輔曰：「此天命也。」是夕，次陳橋驛，將士相與聚謀曰：「主上幼弱，未能親政。今我輩出死力，爲國家破賊，誰則知之，不如先立點檢爲天子，然後北征，未晚也。」〔註4〕

從正史的記載中，我們不難分析出這其中的人爲因素，即當時太祖執掌兵權，羽翼豐滿，而國主幼弱，有機可乘。因此借讖緯之說，動搖人心，其中導從此事者如苗訓、楚昭輔、王彥升等，都是宋太祖的親信。這一點，太祖及其母親是很清楚的，「建隆二年，太后不豫，太祖侍藥餌不離左右。疾亟，召趙普入受遺命。太后因問太祖曰：『汝知所以得天下乎？』太祖嗚噎不能對。太后固問之，太祖曰：『臣所以得天下者，皆祖考及太后之積慶也。』太后曰：『不然，正由周世宗使幼兒主天下耳。使周氏有長君，天下豈爲汝有乎？汝百歲後當傳位於汝弟。四海至廣，萬年至眾，能立長君，社稷之福也。』」〔註5〕

由於太祖尚未統一整個華夏文明，所以其道教政策只限於中原地區，具體而言只在東京發生作用，而太祖的道教政策主要局限於禮遇名道、道教祭祀以及約束道士等方面。如「癸卯，詔功德使與左街道錄劉若拙，集京師道士試驗，其學業未至而不修飾者，皆斥之。若拙，蜀人，自號華蓋先生，善服氣，年九十餘不衰，步履輕疾。每水旱，必召于禁中，設壇場致禱，其法精審，上甚重之。」〔註6〕同時，對於道教中的寄褐現象也加以禁止，「沖妙之門，清淨爲本，逮於末俗，頗玷眞風。或竊服冠裳，寓家宮觀，所宜懲革，以副欽崇。兩京諸州士庶稱奇詭者，一切禁斷，其道流先有家屬同止者，速遣出外。」〔註7〕由於在位太短，只有16年，所以其道教政策並無多少可稱述者。但是其對於道教既扶持、又約束的恩威並施的政策對後來者而言是一良好示範，隨後的太宗正是延續了這一政策。

〔註4〕《續資治通鑑長編》，第1～2頁。
〔註5〕《宋史》，第8607頁。
〔註6〕《續資治通鑑長編》卷一三，第290頁。
〔註7〕李攸《宋朝事實》卷七，《叢書集成初編》，第107頁。

二、宋太宗與道教

　　太宗在位時間與太祖大致相當，但相對而言戰事較少，所以有更多的時間來關注國內事務。宋太宗對於道教的利用較之太祖更爲進一步，以道教的降神手法使其繼承帝位更具神聖性，從而壓服人心。根據《翊聖保德眞君傳》、《續資治通鑑長編》的記載，所謂的降神事件發生在建隆初年，「建隆之初，鳳翔府盩厔縣民張守眞，因遊終南山，忽聞空中有召之者，聲甚清徹。……乾德中，太宗皇帝方在晉邸，頗聞靈應，乃遣近侍齎信幣香燭，就宮致醮。使者齋戒焚香，告曰：晉王久欽靈異，欲備俸緡，增修殿宇，仍表乞敕賜宮名。眞君曰：吾將來運值太平君，宋朝第二主修上清太平宮，建十二座堂殿，儼三界中星辰，自有時日，不可容易而言。但爲吾啓大王，言此宮觀上天已定增建年月也，今猶未可。使者歸以聞，太宗驚異而止。太祖皇帝素聞之，未甚信異。」〔註8〕這說明太宗在一開始即利用道教的降神來爲自己造勢，其手法與登臺前的太祖別無二致，只不過太宗將這一手段保持時間較長，而且對道教的崇敬過於其兄。其後，這一黑殺將軍多次降神，予以啓示，其內容不過爲太宗繼位爲上天所定、預告成功，或者敬天愛民、國祚久遠而已。當太宗的目的達到之後，這種降神的把戲就應收場了，否則會適得其反。所以當太宗繼位之後，諸割據政權依次平定，至道初年，即不復降神，而唯一能與這黑殺將軍交流的張守眞也在完成歷史任務後而於第二年去世。

　　儘管降神事件告一段落，但在此期間及之後，太宗對於道教繼續予以扶持，具體表現爲黃老之術的提倡、宮觀的修建、道士的禮遇以及道藏的整理等。

　　宋初二帝，根據當時的社會局勢，民眾剛擺脫戰亂，亟待休養生息，因而如西漢初年一樣推崇黃老之術，貴清淨無爲：

> 丙午，上曰：「清靜致治，黃、老之深旨也。夫萬務自有爲以
> 至於無爲，無爲之道，朕當力行之。至如汲黯臥治淮陽，宓子賤彈
> 琴治單父，此皆行黃、老之道也。」參知政事呂端等對曰：「國家若
> 行黃、老之道，以致昇平，其效甚速。」宰臣呂蒙正曰：「老子稱『治
> 大國若烹小鮮』。夫魚撓之則潰，民撓之則亂，今之上封事議制置者
> 甚多，陛下漸行清靜之化以鎮之。」上曰：「朕不欲塞人言。狂夫言

之，賢者擇之，古之道也。」……上曰：「朕每議興兵，皆不得已，古所謂王師如時雨，蓋其義也。今亭障無事，但常修德以懷遠，此則清靜致治之道也。」蒙正曰：「古者以簡易治國者，享祚長久。陛下崇尚清靜，實宗社無疆之休也。」〔註9〕（《長編》卷三四）

上謂宰相曰：「幸門如鼠穴，何可塞之！但去其甚者，斯可矣。近來綱運之上，舟人水工有少販鬻，但不妨公，一切不問，卻須官物至京無侵損爾。」呂蒙正對曰：「水至清則無魚，人至察則無徒。小人情僞，君子豈不知？蓋以大度容之，則庶事俱濟。昔曹參以獄市為寄，政恐姦人無所容也。陛下如此宣諭，深合黃、老之道。」〔註10〕（《長編》卷三五）

實際上，宋初的統治策略是道、儒、法三者參用，對於普通百姓是以清淨無為的道家為主，而對於高級官吏的任用則偏於儒家，對普通官吏的管理則為法家，與真宗以後相比則顯得過於嚴酷。在《宋史》太祖本紀中，單因貪贓而被處死者就多達十一人，如「大名府永濟主簿坐贓棄市」〔註11〕；「癸丑，職方員外郎李岳坐贓棄市」〔註12〕；「戊午，殿直成德鈞坐贓棄市」〔註13〕；「光祿少卿郭玘坐贓棄市」〔註14〕等等。太宗時，「中書令史李知古坐受賕擅改刑部所立法，杖殺之」〔註15〕；「詹事丞徐選坐贓，杖殺之」〔註16〕；「己酉，汴河主糧胥吏坐奪漕軍口糧，斷腕徇於河畔三日，斬之」〔註17〕。可見，宋初對於普通官員的懲治是相當嚴酷的。

太宗推崇黃老之術，借助天神下降神語啟示，來宣揚其君權神授，從而穩固統治。自南朝以來已經淪為上層統治輔助工具的道教進入太宗的關注範圍，宋太宗十分注意宮觀的修建，如開寶六年修蘇州太一宮成、八年東京太一宮成；至道元年建上清宮、洞真宮，二年修壽寧觀。其中上清宮在端拱初年就下詔修建，因大臣阻攔而作罷，後於至道元年方成。

〔註9〕　《續資治通鑑長編》，第758頁。
〔註10〕　《續資治通鑑長編》，第774頁。
〔註11〕　《宋史》，第10頁。
〔註12〕　《宋史》，第22頁。
〔註13〕　《宋史》，第22頁。
〔註14〕　《宋史》，第24頁。
〔註15〕　《宋史》，第59頁。
〔註16〕　《宋史》，第59頁。
〔註17〕　《宋史》，第76頁。

　　端拱初，詔於昭陽門內道北建上清宮，謂左右曰：「朕在藩時，太祖特鍾友愛，賞賚不可勝紀，因悉貿易以作此宮，爲百姓請福，不用庫錢也。」時王沔參知機務，奏曰：「土木之工，必有勞費，不免取百姓脂膏爾。」上默然。數年功不就，言事者多指之，有詔中輟。後歲餘，內設道場，與道士言及之。乃復出南宮舊金銀器，用數萬兩鬻於市，以給工錢訖其役。丙辰，宮成，總千二百四十二區，上親爲書額，車駕即日往謁焉。〔註18〕（《長編》卷三七）

　　從大量宮觀的修建活動中，我們可以看出太宗對於道教的推崇，甚至動用自己的私房錢來完成心願。此外，對於一些名道則禮遇之，以獲好賢之名、得養生之實，如「雍熙元年冬十月甲申，賜華山隱士陳摶號希夷先生」〔註19〕；華山道士丁少微「善服氣，多餌藥，年百餘歲，康強無疾……（太宗招之）「詣闕獻金丹及巨勝、南芝、玄芝。」〔註20〕能夠長生久視是每一世俗之人的普遍願望，更何況帝王，擁有世間一切。我們今天所推崇保健養生，這實際上與古人的追求長生在本質上是沒有區別的，都是希望通過人爲而延長生命。何況太宗本身對道教神仙也有一定的興趣：「朕以濟世爲心，視妻妾似脫屣爾，恨未能離世絕俗，追蹤羨門、王喬，必不學秦皇、漢武，作離宮別館，取良家子以充其中，貽萬代譏議。」〔註21〕

　　宋白認爲太宗「肆赦釋、老之教，崇奉爲先。名山大川，靈蹤勝境，仁祠仙宇，經之營之，致恭之廣也」〔註22〕。所以太宗在位時，於端拱二年，「上法天崇道文武皇帝，詔去『文武』二字，餘許之。」〔註23〕淳化三年，「群臣上尊號曰法天崇道明聖仁孝文武皇帝，凡五表，終不許。」〔註24〕至道元年，「群臣奉表加上尊號曰法天崇道上聖至仁皇帝，凡五上，不許。」〔註25〕其中都有「崇道」二字，可見太宗的道教態度爲時人所共知。

三、宋眞宗與道教

　　宋眞宗是兩宋時第一個崇道高峰，這可以從以下幾個方面得以證明。

〔註18〕《續資治通鑒長編》，第 806 頁。
〔註19〕《宋史》，第 72 頁。
〔註20〕《宋史》卷四六一，第 13512 頁。
〔註21〕《續資治通鑒長編》，第 751 頁。
〔註22〕《太宗皇帝實錄》卷八十，轉引自《中國道教史》，第 545 頁。
〔註23〕《宋史》，第 84 頁。
〔註24〕《宋史》，第 90 頁。
〔註25〕《宋史》，第 98 頁。

（一）聖祖、天尊的降臨與天書下降

　　為宣揚自己的君權神授性，真宗炮製了天神降臨的荒誕劇。先是道士王捷為求福貴，投其所好，謊稱有趙姓道人者傳授異術。後得劉承圭等人的薦舉，得到官方承認，而王捷也確實達到了預期目的：

> 劉承圭聞其事，為改名中正，得對龍圖閣，且陳靈應，特授許州參軍，留止皇城廨舍，時出遊廛市。常有道人偶語云：「即授中正法者，司命真君也。」承圭遂築新堂，乃以景德四年五月十三日降堂之紗幬中，戴冠佩劍，服皆青色，自是屢降。中正常達其言，既得天書，遂東封，加號司命天尊，是為聖祖。凡瑞異，中正必先以告。辛卯，授中正左武衛將軍致仕，給全俸，賜第通濟坊，恩遇甚厚。〔註26〕（《長編》卷七一）

　　除了聖祖的降臨，真宗還親自導演了天尊下降的鬧劇，這個把戲是通過夢境與黑夜進行的。這樣就保持了神秘性，令人無法辨別真假。

> 先是八日，上夢景德中所睹神人傳玉皇之命云：「先令汝祖趙某授汝天書，將見汝，如唐朝恭奉玄元皇帝。」翌日夜，復夢神人傳天尊言：「吾坐西，當斜設六位。」即於延恩殿設道場。是日，五鼓一籌，先聞異香，少頃，黃光自東南至，掩蔽燈燭。俄見靈仙儀衛，所執器物皆有光明，天尊至，冠服如元始天尊。又六人皆秉圭四人仙衣，二人通天冠、絳紗袍。上再拜於階下。俄有黃霧起，須臾霧散，天尊與六人皆就坐，侍從在東階。上昇西階，再拜。又欲拜六人，天尊令揖不拜。命設榻，召上坐，飲碧玉湯，甘白如乳。天尊曰：「吾人皇九人中一人也，是趙之始祖，再降，乃軒轅皇帝，凡世所知少典之子，非也。母感電夢天人，生於壽邱。後唐時，七月一日下降，總治下方，主趙氏之族，今已百年。皇帝善為撫育蒼生，無怠前志。」〔註27〕（《長編》卷七九）

聖祖、天尊的降臨比太祖時期的「點檢作太子」的木簡等小把戲更有信服力，也比太宗炮製的「黑殺將軍」更為系統化。

　　天書下降則是真宗的獨創，在真宗的崇道活動中意義重大。祥符元年，真宗召王旦、王欽若告以異夢，並同觀天書。

〔註26〕《續資治通鑑長編》，第1594頁。
〔註27〕《續資治通鑑長編》，第1797～1798頁。

上即步至承天門，焚香望拜，命內侍周懷政、皇甫繼明升屋對捧以降。王旦跪進，上再拜受，置書輿上，復與旦等步導，卻傘蓋，徹警蹕，至道場，授知樞密院陳堯叟啓封，帛上有文，曰：「趙受命，興於宋，付於恒。居其器，守於正。世七百，九九定。」既去帛啓緘，命堯叟讀之。其書黃字三幅，辭類尚書洪範、老子道德經，始言上能以至孝至道紹世，次諭以清淨簡儉，終述世祚延永之意。讀訖，藏於金匱。旦等稱賀於殿之北廡。是夕，命旦宿齋中書，晚詣道場，旦趨往而上已先至。〔註28〕（《長編》卷六八）

自此，在群臣的迎合之下，眞宗的崇道達到了一個高潮，並爲自己所編織的謊言所蒙蔽。

（二）封禪泰山與祠祀后土

封禪泰山在封建社會是一大事，標誌著國力強盛，政通人和，因而意義重大。太宗時雖然同意封禪，但由於二殿火災而罷：「上（太宗）謂宰相曰：『封禪之廢已久，今時和年豐，行之固其宜矣。然正殿被災，遽舉大事，或未符天意。且炎暑方熾，深慮勞人，徐圖之，亦未爲晚。』乃詔停封禪，以冬至有事於南郊。」〔註29〕（《長編》卷二五）眞宗時，在君臣的合力之下，封禪之事得以成舉。「殿中侍御史趙湘上言請封禪，中書以聞，上拱揖不答。王旦等曰：『封禪之禮，曠廢已久，若非聖朝承平，豈能振舉？』上曰：『朕之不德，安能輕議。』」〔註30〕（《長編》卷六七）實際上趙湘等人也是揣摩眞宗之意而進言。

東封泰山之後，在地方官員及鄉紳的策劃之下，河中府父老千人多次懇請祠祀后土，終獲眞宗同意。爲配合這這兩次大型的祭祀活動，各地政府在中央官員的授意配合之下爭獻祥瑞，或者獻道教典籍。

（三）優待道教與法定道教節日

無論是天神的下降，還是封禪等大的祭祀活動，都需要道教的參與與支持，因此眞宗對於道教就格外優待。如在全國範圍內修建宮觀：「朕以欽崇至道，誕錫元符……宜令轉運司遍行指揮轄下州、府、軍、監、關、縣等，內

〔註28〕《續資治通鑑長編》，第 1519 頁。
〔註29〕《續資治通鑑長編》，第 581 頁。
〔註30〕《續資治通鑑長編》，第 1506 頁。

有全無宮觀處，相度於係官空閒地內，破係省錢及係官人匠物料等，漸次修建道觀壹所……宜以天慶觀爲額，仍具殿宇房廊間架詣實數目開坐聞奏。」〔註31〕這樣，通過官方的舉措，使得道教徹底恢復元氣，在全國都有宮觀，對社會產生影響。對宮觀還實行保護政策，禁止民眾在其所在地砍伐，如祥符二年的《禁茅山樵採敕》等。

各項重要活動均設道場，道士參與其中，這在無形之中提高了道教的地位。如祥符二年令「六月六日天書降泰山日，令兗州長吏前七日詣天貺殿建道場設醮，永爲定式。」〔註32〕再如祥符三年《令杭州吳山廟春秋建道場詔》中：「宜令本州島每歲春秋建道場三晝夜，罷日設醮，其青詞學士院前一月降付。」〔註33〕祥符五年的《乾元觀天貺節道場只令知縣行禮詔》中使道場的規格稍降，知州不必參加，但知縣一級需要參與。

爲使自己的這些降神活動深入人心，眞宗還設定了節日，通過這些全國性的節假日來宣傳其統治的神授性。如《宋史‧禮志》：「諸慶節，古無是也，眞宗以後始有之。大中祥符元年，詔以正月三日天書降日爲天慶節，休假五日，兩京諸路州、府、軍、監前七日建道場設醮，斷屠宰；節日，士庶特令宴樂，京師燃燈。又以六月六日爲天貺節，京師斷屠宰，百官行香上清宮。又以七月一日聖祖降日爲先天節，十月二十四日降延恩殿日爲降聖節，休假、宴樂並如天慶節。中書、親王、節度、樞密、三司以下至駙馬都尉，詣長春殿進金縷延壽帶、金絲續命縷，上保生壽酒；改御崇德殿，賜百官飲，如聖節儀。前一日，以金縷延壽帶、金塗銀結續命縷、緋彩羅延壽帶、採絲續命縷分賜百官，節日戴以入。禮畢，宴百官於錫慶院。天禧初，詔以大中祥符元年四月一日天書再降內中功德閣爲天禎節，一如天貺節。」〔註34〕

除以上活動外，眞宗還比較注意道教典籍的整理。如《長編》：「樞密使王欽若上新校道藏經，賜目錄名寶文統錄，上製序，賜欽若及校勘官器幣有差。尋又加欽若食邑，校勘官階勳，或賜服色。……、（王欽若）又言『九天生神章、玉京、通神、消災、救苦、五星、秘授、延壽、定觀、內保命、六齋、十直凡十二經，溥濟於民，請摹印頒行。』從之。」〔註35〕（《長編》卷

〔註31〕《全宋文》，第一二冊，第13頁。
〔註32〕《全宋文》，第一一冊，第436頁。
〔註33〕《全宋文》，第一二冊，第135頁。
〔註34〕《宋史》卷一一二，第2680～2681頁。
〔註35〕《續資治通鑑長編》，第1975～1976頁。

八六）這些道教典籍在前代徐鉉等人的基礎上進行，並得以摹印傳播，這對道教的流傳有著積極作用。

　　至此，自五代以來遭受重創的道教在宋初三帝的努力之下終於恢復生機，在社會生活中開始佔據重要地位。要之，宋初三帝的崇道在於利用包括道教在內的宗教進行思想控制，宣揚天授其權，從而消除覬覦之心。一方面，統治者宣揚道教，導演天神下降等把戲，另一方面卻對民眾的祭神、習天文等活動嚴加禁止。自太祖登位以來，謀反者或者同樣以天命等形式作亂者層出不窮，如乾德四年「十二月庚辰，妖人張龍兒等二十四人伏誅」〔註36〕；開寶二年「庚寅，散指揮都知杜延進等謀反伏誅，夷其族」〔註37〕；開寶六年「二月丙戌朔，棣州兵馬、殿直傅延翰謀反伏誅」〔註38〕；六年九月「丙辰，斬綿州妖賊王禧等十人」〔註39〕；端拱元年「六月丙辰朔，右領軍衛大將軍陳廷山謀反伏誅」〔註40〕；

　　由於擔心別有用心者利用符咒天文等手段對皇位產生危脅，因此統治者對民眾嚴加防範，禁止私自學習這些方術。如景德元年，「辛丑，詔：圖緯、推步之書，舊章所禁，私習尚多，其申嚴之。自今民間應有天象器物、讖候禁書，並令首納，所在焚毀，匿而不言者論以死，募告者賞錢十萬，星算伎術人並送闕下。壬寅，詔司天監、翰林天文院職官學士諸色人，自今毋得出入臣庶家，占課休咎，傳寫文書，違者罪之。」〔註41〕（《長編》卷五六）再如祥符二年的《禁河北諸州軍民私習禁呪擊刺之術詔》、祥符三年的《禁太康縣民起妖祠以聚眾詔》等，都是為防範有異心者借神道而謀反。這與帝王的神道設教是同一目的，只是二者是互為矛盾的。

第二節　北宋初期士大夫的道教信仰

　　由於唐末五代的社會動蕩，道教受到很大的衝擊，表現為道教經籍亡逸，宮觀毀圮，道徒星散，整個道教處於一衰落狀態。在這種情況下，道教的復

〔註36〕《續資治通鑑長編》，第 25 頁。
〔註37〕《宋史》，第 30 頁。
〔註38〕《宋史》，第 39 頁。
〔註39〕《宋史》，第 66 頁。
〔註40〕《宋史》，第 82 頁。
〔註41〕《續資治通鑑長編》，第 1226 頁。

興一方面需要理論的更新，以吸引更多的信徒，更重要的一方面，則是需要當權者的支持。

在宋初的文人，特別是在上層士大夫中，道教的信仰者是不太多的。絕大多數人與道教的關係是一種被動的接觸，只有少數者對於道教是發自內心的信仰。無論如何，由於宋初統治者對於道教的扶持，諸如禮遇名道、整理道藏、修建宮觀等官方行爲，使得道教與文人發生密切關係，進而影響文人的生活，乃至其詩歌創作。

在宋初文人中，道教信仰者最爲著名的當屬徐鉉。本傳謂其：「不喜釋氏而好神怪，有以此獻者，所求必如其請。」〔註42〕好神怪則誠然，不喜釋氏未必，因爲其集中多有與僧人之詩作。要在其文中也自謂道教之徒，「某也素爲道民，嘗學史氏，以文見屬，所不獲辭。」〔註43〕當然，徐鉉的道教信仰在南唐時期就已經形成了，並非入宋以後，只是在北宋初期的道教環境中如魚得水，頻繁參與道教活動，諸如宮觀碑銘的撰寫、道教祭祀典禮。還有宋初重臣王欽若，對於道教也是較爲虔誠。「欽若嘗言，少時過圃田，夜起視天中赤文成紫微字。後使蜀，至褒城道中，遇異人告以他日位至宰相。既去，視其刺字，則唐相裴度也。及貴，遂好神仙之事，常用道家科儀建壇場以禮神，朱書紫微二字陳於壇上，表修裴度祠於圃田。」〔註44〕（《宋史》卷二八三）死後其妻許國夫人奏建道觀於道教聖地茅山，也可爲其道教信仰一佐證：「丞相冀文穆公即世之明年，某小君許國夫人聞於內朝，請建道館於茅山之南麓，以爲公棲神之所。……後十四年，夫人以制度之未備，申命公之猶子右班殿士顯往增葺焉，始賜名曰：『五雲觀』。」〔註45〕

正如前段所言，宋初文人對於道教活動大多都爲一種被動的參與態度，例如宮觀的修建，無論是官方舉措還是民間自發行爲，都需要政府官員的組織協調。在徐鉉的諸多宮觀碑銘中，可以頻見此例，如《邢州紫極宮老君殿記》：「皇宋膺運，百度惟貞，道風載陽，眞侶咸萃。女道士陳休元，江左右族，凤佩玄符，不隨象服之華，自結鳳羅之誓，勤行匪懈，眞氣日滋。乙亥歲，伯氏從宦，將之俱至，畏壘知化，汗漫與斯。郡守賢之，授以宮任，亦

〔註42〕 《宋史》卷四四一，第 13046 頁。
〔註43〕 徐鉉，《揚州府新建崇道宮碑銘並序》，《騎省集》卷二七，《影印文淵閣四庫全書》本。
〔註44〕 《宋史》，第 9563 頁。
〔註45〕 晏殊《茅山五雲觀記》，《茅山志》卷二五，《道藏》第 5 冊，第 658〜659 頁。

既蒞止，慨然永懷，嗟崇構之傾頹，歎尊位之躁雜，程功度費，即舊謀新。知州事段公思恭仙派分源諫垣舊德，嘉其偉志，助以俸金，郡僚而下，歡然風靡，即宮之西序，建老君殿三間。……從公清白垂訓，仲兄前鹿邑令，省躬秉直，忤俗退而貞居。季兄邢州書記，長參學古入官，和以接物，積善之報，宜生仙才。鉉知二君歲久，故美其事而紀於石。某年十二月二日記。」〔註46〕由於道教在祭祀方面具有不可替代的作用，所以官員也必須參與這些活動中，從而也瞭解道教的一些科儀知識。

再如，宋初的兩次道藏典籍的整理，對於道教影響的擴大具有重要意義。在道教典籍的整理過程中，組織者主要為上層文人，而非職業道士。特別是宋太宗時期的校勘道書就主要由文人參與完成的，「初，太宗嘗訪道經，得七千餘卷，命散騎常侍徐鉉、知制誥王禹偁校正，刪去重複，寫演送入宮觀，止三千三百十七卷。」〔註47〕另據《宋史》、《續資治通鑑長編》，還有孔承恭等人：「舊藏三千七百三十七卷，太宗嘗命散騎侍郎徐鉉、知制誥王禹偁、太常少卿孔承恭，校正寫本，送大宮觀。」〔註48〕（《長編》卷八六）「又詔承恭與左散騎常侍徐鉉刊正道書，俄以疾求解官。」〔註49〕（《宋史》卷二七六）當然，在這次編纂道藏活動中，也有少量道士參與，如張契真。總之，北宋第一次道藏的整理是由文士完成的。

真宗時期的道藏整理中道士的參與程度較之太宗時明顯加大了，「出降於餘杭郡，俾知郡故樞密直學士戚綸、漕運使今翰林學士陳堯佐，選道士沖素大師朱益謙、馮德之等，專其修較，俾成藏而進之。……適綸等上言，以臣承乏，委屬其績。時故相司徒王欽若總統其事，亦誤以臣為可使之。又明年冬，就除臣著作佐郎，俾專其事……與諸道士依三洞綱條、四部錄略，品詳科格，商較異同，以銓次之，僅能成藏，……距天禧三年春，寫錄成七藏以進之。」〔註50〕可見第二次的道藏整理中道士起了重要作用，而政府官員起一組織協調作用。不過這些官員，對於道教也是一熟悉過程。同時，這次整理而成的《雲笈七籤》擷取道藏精華，對於道教理論的傳播具有重要意義。

在這些道教活動中，作為主要的組織者、參與者士大夫階層，對於道教

〔註46〕　《騎省集》卷二八。
〔註47〕　《混元聖紀》卷九，《道藏》第 17 冊，第 877 頁。
〔註48〕　《續資治通鑑長編》，第 1975 頁。
〔註49〕　《宋史》，第 9390 頁。
〔註50〕　《雲笈七籤》，第 1 頁。

有了深刻的認識與體會。道教影響他們的日常生活，也會影響他們的創作。但這並不代表著士大夫階層的宗教信仰的變化，如眞宗時期掀起第一次崇道浪潮，士大夫階層積極響應，或奏祥瑞，或請封禪，對眞宗自導自演的天書下降、天神顯靈不敢有所懷疑，但在內心中卻並不以爲然。最爲明顯的例證是眞宗封禪泰山時群臣與眞宗的表現有著極大反差，

> 太平興國元年冬，十月戊子朔，上謂王旦等曰：「朕以封禪非常祀，自今日素膳。」旦等曰：「陛下方將冒寒沍涉道途保衛聖體，恐未得宜。況南郊亦祀天地，不聞預禁葷茹，望於致齋或散齋後議進蔬食。」遂三上表懇請，終不許……亞獻寧王元偓終獻、舒王元偁鹵簿使、陳堯叟從登，有黃雲覆輦。上道經險峻，必降輦步進，有司議益扶衛，皆卻之。導從者或至疲頓，而上辭氣益壯。」〔註51〕

眞宗對於這次封禪興趣盎然，而隨從官員則有些力不從心。並且眞宗十分虔誠，整個活動堅持素食，而其重臣則偷偷吃葷。從這這件事情我們可以看出眞宗時期士大夫的道教信仰委實值得懷疑。

第三節　道教與北宋初期詩壇

　　北宋初期詩壇，習慣上可分爲白體、晚唐體、崑體三種風格。三體詩中，白體、晚唐體與道教的關係較爲密切。另外，還有一些詩人並不屬於某一流派，嚴格而言上並不以詩歌見長，但由於與道教關係密切，創作了以宮觀祭祀、道士交往、祥瑞靈異爲題材的作品。這些都是道教對北宋初期的詩壇產生一定的影響。

一、白體詩與道教

　　在宋初白體詩人中，最著名的爲徐鉉和王禹偁。

（一）徐鉉的詩歌與道教

　　徐鉉（917～992），字鼎臣，由南唐入宋。徐鉉是宋初著名文人中少數有著道教信仰的士大夫。從現存的資料來看，徐鉉的道教信仰主要體現爲以下幾個方面：觀念上的崇拜、道教典籍的熟悉、道教勝迹的遊覽、與道教徒的廣泛交往等。

〔註51〕《續資治通鑒長編》卷七十，第 1571 頁。

　　首先，徐鉉的道教信仰是堅定的，這種信仰承前人之見，主要是相信來自於典籍的記載：「夫史臣不書神仙之事。先聖亦不以此爲。教然其清心煉氣、全神保精、冥然與天地合德、聖人出於自然、賢人可以積習、老氏之玄旨不可誣也。」〔註52〕「夫神仙之事，史臣不論，豈不以度越常均，非擬議所及故邪？仲尼書日食星隕，皆略其微而著其顯，慮學者之致惑也。又況於希夷恍惚之際乎？然而載籍之間，微旨可得。書云三后在天，詩云萬壽無疆，斯皆輕舉長生之明效也。及周漢而降，則事迹彰灼，耳目不誣，天人交感，民信之矣。於是通儒鴻筆，始著於篇，至如許君、黃君，通幽洞冥，窮神極妙。逮爾姻族，與夫家人乘景上擠，超然絕俗。故墟舊井，眞氣裴回。至其鄉而思其人，仰其道而踐其迹，斯觀之盛，豈徒然哉！」〔註53〕（《重修筠州祈仙觀記》）其立論根據，一如葛洪之《抱朴子內篇》之《神仙》篇，還是出於一種信古態度。不過，徐鉉並沒有如唐人那樣沉溺於道教的煉丹術，醉心於追求神仙長生，所以徐鉉更多的是從觀念的角度來信仰道教的。

　　同時，徐鉉的道教信仰與其身上的儒家思想合二爲一，相互補充。一方面儒道二者本身有著諸多相似之處，關鍵在於主體的把握與取捨。如從《太平經》中就可以鮮明看出儒家思想的滲透。徐鉉恪守儒家行爲準則，如勤政愛民，修身齊家，揚名後世等。如《復方訥書》：「然以荷先人之業，猥踐清貫；讀往聖之書，頗識通方。累朝舊恩，漸於肌骨。至於行道濟物，立身揚名，報國士之知，成天下之務，竊不自揆，頗嘗有心。」〔註54〕在徐鉉看來，這些都是成仙的基本途經：「域中之大曰道，百行之先曰孝。故孝心充乎內，必道氣應乎外……故《眞誥》云，至孝至貞之人，皆先受靈職，次爲列仙，歲登降其幽明，如人間之考績矣。若乃盡忠於君、純孝於親、敦惠於民、歸誠於仙，而不得與夫餌芝術、醮星斗者同擠眞階，吾不信也。」〔註55〕從這兩段引文可以看出，徐鉉與一般的道教徒是不同的，他對於那些以拋家棄子、燒丹服食爲求仙之途經者是持保留意見的。

　　下面談一下道教對徐鉉的詩歌影響。

　　按照通常的看法，徐鉉之所以被列入白體詩人是因爲「宋初朝廷優待文臣，且提倡詩賦酬唱……他們的詩歌主要是模仿白居易與元稹、劉禹錫等人

〔註52〕徐鉉《祖先生墓誌序》，《騎省集》卷一七。
〔註53〕《重修筠州祈仙觀記》，《騎省集》卷十。
〔註54〕《騎省集》卷二十。
〔註55〕《池州重建紫極宮碑銘》，《騎省集》卷十二。

互相唱和的近體詩，內容多寫流連光景的閒適生活，風格淺切清雅。顯然，這種詩風僅僅是模仿了白居易詩風的一個方面，而且與五代詩風一脈相承。」〔註 56〕這是比較符合事實的，但並不全面。對於徐鉉而言，其詩風是在入宋之前就形成了。其次，徐鉉的詩歌內容並非以唱合流連光景的閒適生活爲主。從現在《騎省集》可以看出，所謂的《翰林酬唱集》不過占詩歌總量的七分之一。再次，五代詩風本身風格迥異，白體詩人的詩風與五代詩風一脈相承難以成立。

實際上，唐代詩歌是中國詩歌發展史上的頂峰，五代詩人都是在唐人風格的籠罩之下，徐鉉也注意學習多種唐人詩歌風格，如《寄饒州王郎中效李白體》、《柳枝詞十二首》、《柳枝詞十首座中應制》。甚至南朝宮體風格，如《夢遊三首》其二：「窗前人靜偏宜夜，戶內春濃不識寒。」〔註57〕對於白居易更是推崇備至：「大丈夫處厚居實，據德依仁，豈徒潔身，將以濟世。故著於事業，發於文詞，而後功績宣焉，聲名立焉。蓋有其實者，必有其名。是以君子恥沒世，而名不聞也。若乃格於穹壤，漸於蠻夷，大則藏於金匱、石室之書，細則誦於婦女稚孺之口，則古今已來，彰灼悠久，未有如白樂天者。不其異乎？……觀樂天之文，主諷刺、垂教化、窮理本、達物情。後之學者，服膺研精，則去聖何遠？其爲益也不亦多乎！」〔註58〕

儘管如此此推崇白居易，但徐鉉並沒的如白氏的諷喻詩歌一樣進行創作，而是取法於其閒適詩的風格。一方面，徐氏有其自己的詩歌理論：「人之所以靈者情也，情之所以通者言也；或情之深、思之遠，鬱積乎中不可以言盡者，則發爲詩。詩之貴於時久矣。雖復觀風之政闕，遒人之職廢。文質異體，正變殊塗，然而精誠中感，靡由於外。」〔註 59〕也就是說，詩歌所表達的不僅僅是關於政治、風俗，也可以爲個人的私情，只要爲有感而發的眞情實感即可。另一方面，南唐君臣在強大的外敵的威脅之下，不是奮發圖強，而是以屈從、苟且的態度來消極對付。南唐文學在後主李煜的帶動下，風格趨於豔麗。作爲南唐的重臣，徐鉉自然須與這種環境相契合，其詩歌內容側重於個體情感的抒發，風格清淺淡雅，與政治民生關係不大。

〔註56〕 袁行霈《中國文學史》第三卷，第 21 頁。
〔註57〕 《騎省集》卷三。
〔註58〕 《洪州新建尚書白公祠堂記》，《騎省集》卷二八。
〔註59〕 《蕭庶子詩序》，《騎省集》卷十八。

　　實際上，徐鉉的性格與道教信仰對於其詩風的形成有著重要作用。徐鉉「性簡淡寡欲，質直無矯飾」〔註60〕，這與其詩風的淡雅有著深層次的一致。因此，當徐鉉學習李白詩歌時，也是有取於其語言的通俗易懂，風格的清新淡雅，而非李白的《蜀道難》等氣勢磅礴的浪漫主義風格。如《寄饒州王郎中效李白體》：「珍重王光嗣，交情尚在不？蕪城連宅住，楚塞並車遊。別後官三改，年來歲六周。銀鈎無一字，何以緩離愁？」〔註61〕這種風格與白居易的閒適詩的風格是相差無幾的。如白居易的《問劉十九》：「綠蟻新醅酒，紅泥小火爐。晚來天欲雪，能飲一杯無？」〔註62〕二者皆爲直抒胸臆，不假藻飾，語言淺白。

　　究其原因，徐鉉的道教信仰與李白不同：李白的道教信仰在某種程度上是出於政治因素的考慮，以此求名；而徐鉉則是出於個人的自由意志，因爲當時的後主李煜佞佛，徐鉉並沒有步趨。並且徐鉉追慕的是道教的清淨無爲，羨慕道教徒脫離世俗的羈絆，這與其性格也是相一致的。二者是相互影響，進而影響其詩風。

　　由於徐鉉信仰道教，與道教有著廣泛的聯繫，因此也影響了其文學創作，特別是詩歌的創作。具體而言，有以下幾個方面：道教爲詩歌的重要表現題材；道教典故、意象爲詩歌創作的重要表現手段；作品表現出淺閒適的詩風與追慕出世的情懷。

1、道教作爲重要的創作題材

　　縱觀徐鉉的一生，與道教的關係可謂緊密相聯，由於徐鉉的政治地位、文學地位在當時都是首屈一指的，因而許多道教中的活動都請徐鉉參與，如太宗年間道藏的整理、宮觀碑銘的撰寫等。道教中人也樂於與之交往，這些些都成爲徐鉉詩歌的重要表現題材。如《贈王貞素先生》：「先生嘗已佩眞形，紺髮朱顏骨氣清。道秘未傳鴻寶術，院深時聽步虛聲。遼東幾度悲城郭，吳市終應變姓名。三十六天皆有籍，他年何處問歸程。」〔註63〕

　　按：王貞素先生爲茅山道士，「丁丑歲，貞素先生王君棲霞始來此山，恭佩上法，徘徊地肺，偃息朱陽，永懷舊規，期在必復。先生潛德內映，符彩外融，名士通人，道契冥會，凡縞紵之贈、善信之資，悉奉山門，以成夙志……壬子

〔註60〕《宋史》卷四四一，第 13046 頁。
〔註61〕《騎省集》卷二。
〔註62〕白居易著，朱金誠箋校《白居易集箋校》，第 1075 頁。
〔註63〕《騎省集》卷一。

歲夏四月，悉書夫物之數，疆畔所經，請命於京師，申禁於郡縣，以授茅山都監鄧君機一能，事既畢，數日而化……鄧君企慕前躅，見託眞書。己未歲秋八月日記。」〔註64〕由這篇記文可知，徐鉉與道士貞素先生素昧平生，但因其爲道教中高道者，受人之託，而寫這篇文。詩歌則爲作者抒發自己的仰慕之情。

在詩集中，與道士的往來贈答之作也較頻繁，如《贈奚道士》：「奚生曾有洞天期，猶傍天壇摘紫芝。處世自能心混沌，全眞誰見德支離。玉霄塵閉人長在，金鼎功成俗未知。他日飆輪謁茅許，願同雞犬去相隨。」〔註65〕《和筠州談煉師見寄》：「共歡昆岡火，誰知玉自分。寂寥人境外，蕭索數峰雲。眞籙終年秘，空歌偶得聞。應憐霸陵上，衰病故將軍。」〔註66〕另外還有一些詩歌，如《贈奚道士》、《和譚煉師見寄》、《寄玉笥山沈道士》等，都可見徐鉉與道士交往的密切。

2、道教意象、典故的運用

出於道教的信仰以及對道教典籍的熟悉，徐鉉的詩歌創作好用道教術語及典故，總是與道教有著聯繫。不僅與道士贈答的詩歌如此，其它題材的也是這樣。如《亞元舍人不替深知，猥貽佳作三篇，清絕不敢輕酬。因爲長歌，聊以爲報，未竟，復得子喬校書示問，故兼寄陳君，庶資一笑耳》：「城中有客獨登樓，遙望天邊白銀闕。」（自注：天帝以黃金白銀爲宮闕）〔註67〕《送許郎中歙州判官兼黟縣》：「嘗聞黟縣似桃源，況是優游冠珮筵。遺愛非遙應臥理，祖風猶在好尋仙。」（自注：許宣平，黟人，得道）〔註68〕更多的詩歌，徐鉉運用道教典故並沒有注出，如「風光到處宜攜酒，況有餘杭阿姥家。」（《送阮監丞赴餘杭》）「去國離群擲歲華，病容憔悴愧丹砂。」〔註69〕（《和張先輩見寄二首》）「適去莊生邑，還臨孔夫鄉。仍聞舊隱處，近在武夷旁。」〔註70〕（《送南華張主薄改承縣》）「閒想冰容比君子，始知姑射有神仙。」〔註71〕（《和元少卿雪》等等。

〔註64〕《騎省集》卷十三。
〔註65〕《騎省集》卷四。
〔註66〕《騎省集》卷二一。
〔註67〕《騎省集》卷三。
〔註68〕《騎省集》卷四。
〔註69〕《騎省集》卷二一。
〔註70〕《騎省集》卷二一。
〔註71〕《全宋詩》第一冊，第 141 頁。

3、遁世主題

徐鉉的詩歌所表現的主題也多與道教的退隱、求靜相關，表達個人與世無爭、逍遙無爲的思想，這在與道教相關的詩歌表現的尤爲突出。如《題碧岩亭贈孫尊師》：「絕境何人識，高亭萬象含。憑軒臨樹杪，送目極天南。積靄生泉洞，歸雲鎖石龕。丹霞披翠巘，白鳥帶晴嵐。仙去留虛室，龍歸漲碧潭。幽岩君獨愛，玄味我曾耽。世上愁何限，人間事久諳。終須脫羈鞅，來此會空談。」〔註 72〕再如《題白鶴廟》：「平生心事向玄關，一入仙鄉似舊山。白鶴唳空晴眇眇，丹砂流澗暮潺潺。嘗嗟多病嫌中藥，擬問眞經乞小還。滿洞煙霞互陵亂，何峰臺榭是蕭閒。」〔註 73〕在此類詩中，作者表現出強烈的對於道教勝迹的向往、對於擺脫世俗的羈絆的渴望。在其它早題材詩歌中也常表現與深羨道教、自由灑脫生活的情懷，如：「深羨高眠全道氣，姓名應已在丹丘。」〔註 74〕（《鄙都行在和刁約秘書見寄》）「今朝我作傷弓鳥，卻羨君爲不繫舟。」〔註 75〕（《陸覺放還至泰州以詩見寄作此答之》）

作者雖然身居高位，卻對道教的清靜無爲深羨不已。這種思想正是在其恬淡寡欲的性格、虔誠的道教信仰影響之下形成的。詩人先仕衰微南唐，後事宋初二主，平生之志難以實現，因而徐鉉的詩歌所表現的個體思想帶有一絲憂傷情調，格調低沉，而非李白的豪邁、白居易的閒適，而風格則趨於清新淡雅，語言不事雕飾。如《晚憩白鶴廟寄句容張少府》：「日入林初靜，山空暑更寒。泉鳴細岩竇，鶴唳眇雲端。拂榻安棋局，焚香戴道冠。望君殊不見，終夕憑欄干。」〔註 76〕

（二）王禹偁的詩歌創作與道教

王禹偁（954～1001），字符之，濟州巨野（今山東省巨野縣）「世爲農家，九歲能文。畢士安見而器之，太平興國八年擢進士。」〔註 77〕他是繼徐鉉之後又一位爲天下士子所推崇的文壇領袖，但與徐鉉所不同的是，王禹偁是一位具有堅定的儒家思想的士大夫。《小畜集》中更多的表現作者憂道不憂貧、忠君愛國的情懷與思想。如《送廖及序》：「澤被天下者，天下

〔註 72〕《騎省集》卷四。
〔註 73〕《騎省集》卷四。
〔註 74〕《騎省集》卷二一。
〔註 75〕《騎省集》卷三。
〔註 76〕《騎省集》卷四。
〔註 77〕《宋史》卷二九三，第 9793 頁。

人戴之爲帝皇；化行一國者，一國人望之如父母。故五等諸侯，南面而治，皆人君也，但隆殺有異耳。仲尼不恥中都之小者，行乎道也；宓子賤巫馬，期盡心殫力一邑者，爲乎人也，豈以位之高下爲意乎？今之宰邑者異乎是哉！不顧己之道，不恤民之病，率曰：『吾恥折腰也。』歟徒勞也。曾不知十室之邑，必有忠信況百里乎？」〔註78〕這實際上對東晉以來的以小官爲恥、寧隱不仕以相高的所謂高潔思想的否定，王禹偁的這種思想對於宋代的士大夫有著重要的影響。《詔除滁州軍州事因題二首》：「所嗟吾道關消長，豈爲微軀繫盛衰。」〔註79〕再如《幕次閒吟五首》其二：「君恩未報心猶壯，不敢思歸七里灘。」〔註80〕本傳稱其：「遇事敢言，喜臧否人物，以直躬行道爲己任。嘗云：『吾若生元和時，從事於李絳、崔群間，斯無愧矣。』其爲文著書，多涉規諷。以是頗爲流俗所不容，故屢見擯斥。」〔註81〕這個評價與其思想相一致的。

白居易之所以成爲王禹偁的學習榜樣，是因爲白居易與之諸多相似之處，如政治地位及仕途的坎坷經歷、敢於爲民請命、剛正不阿的性格等等。在《小畜集》中，王禹偁多處表達了對於白氏的欽佩及對其作品的學習。如《前賦春居雜興詩二首間半歲不復省視因長男嘉祐讀杜工部集見語意頗有相類者咨於予且意予竊之也予喜而作詩聊以自賀》：「本與樂天爲後進（自注：予自謫居多看白公詩），敢期子美是前身。」〔註82〕《得昭文李學士書報以二絕》（自注：來書云看書除莊老樂天詩最宜枕藉）：「謫居不敢詠江籬，日永門閒何所爲。多謝昭文李學士，勸教枕藉樂天詩。」〔註83〕

正是由於王禹偁有著堅定的儒家思想，對道教持一批判態度，對於神仙長生學說持一否定態度：「神仙未可學，吏隱聊自寬。」〔註84〕（《揚州池亭即事》）又，其小說體《錄海人書》也通過海島夷人的所見所聞來否定神仙的存在：「吾族，本中國之人也。天子使徐福求仙，載而至此，童男卯女，即吾輩也。夫徐福，妖誕之人也。知神仙之不可求也，蓬萊

〔註78〕 王禹偁《小畜集》卷二十，《影印文淵閣四庫全書》本。
〔註79〕 《小畜集》卷十。
〔註80〕 《小畜集》卷十。
〔註81〕 《宋史》，第9799頁。
〔註82〕 《小畜集》卷一。
〔註83〕 《小畜集》卷八。
〔註84〕 《小畜集》卷六。

之不可尋也……又何仙之求？何壽之禱邪？」不過，宋初諸帝扶持、提倡道教，王禹偁持一肯定態度：「我國家尚黃老之虛無，削申商之法令，坐黃屋以無事，降玄纁而外聘。有以見萬國之風咸，歸乎清淨。」〔註85〕（《崆峒山問道賦》）因而王禹偁也不能公然地抨擊道教。同時，因其政治地位還須參加一些道教活動，諸如與徐鉉一起主持道藏的整理、宮觀祭祀、宮觀記文的撰寫。並且，也認同提倡老清靜無爲的老莊，認爲與儒家思想是殊途同歸。如《新修太和宮記》：「夫大道無名，強其名而彰用，至教無類，聚其類而誘人，得之者同出而異名，失之者賤彼而貴我。自昔皇綱既紊，世教多門，雖分之而有三，亦統之而爲一。蓋應機以設，殊途而歸者矣。矧夫伯陽之道，宣父所師，尚清淨以化民，體希夷而應物。用之理國，則棄智絕聖，追軒昊之淳風；以之修身，則抱樸含章，異巢由之素隱。無欲觀妙，有感則通，邈乎遠哉，不可得而言矣。」〔註86〕

　　從王禹偁的詩集來看，其創作也接受道教的一定影響，具體表現爲以下幾點：

　　一是因政治地位或者是所處的政治環境所決定，而寫的一些與道士贈答、宮觀相關的作品，這主要是其在擔任左司諫、翰林學士時所創作的。如《太一宮祭回馬上偶作寄韓德純道士》、《送筇杖與劉湛然道士》、《送馮尊師》（時再爲拾遺）、《甘露降太一宮詩》等。而在貶官期間，此類作品並不多，可見王禹偁與道教中人的交往並不太多。在這類作品中，作者只是表達對道士人品的尊重，而非對其隱逸生活的羨慕，這與徐鉉就有著顯著的不同。如《恭聞种山人表謝急徵不赴榮侍因成拙句仰紀高風》：「未赴吾君鳳詔徵，蒲輪何似板輿榮。自期物外長無事，誰覺人間已有名。餌朮肯嘗鍾鼎味，紉蘭應笑佩環聲。洛南遷客堪羞死，猶望量移近帝城。」〔註87〕詩中的「洛南遷客」指作者本人，而在此處的抑己，實爲突出种放志行的高潔，而並非眞的羨慕對方的隱逸生活。再如《送馮尊師》一詩，作者更多的筆墨是寫自己的感觸，只是在結尾處表達對對方的譽揚。而在《春晚遊太和宮》一詩中，根本沒的提及道教相關內容，而是一首寫景詩：「數里新萍夾岸莎，春來乘興宿煙夢。隨風蝴蝶顛狂甚，當路花枝採折多。絳節參差抽苦筍，翠鈿狼籍撒圓

〔註85〕《小畜集》卷二六。
〔註86〕鄭虎臣《吳都文粹》卷七，《影印文淵閣四庫全書》本。
〔註87〕《小畜集》卷九。

荷。湖山滿眼不休去，空羨漁翁雨一簑。」〔註88〕這也說明王禹偁對於道教本身並無太多關注，否則詩歌所描寫的對象就會側重於與宮觀相關的內容。

二是以道教對其日常生活的影響為創作題材。道教中人所穿衣著與士人不同，而在王禹偁的詩集中多次出現貶官、退朝之後好服道衣的描寫。作者服道衣，不是為了追慕道教，而是有取於道教中的清靜無為的思想，借道衣來表達自己甘於淡泊，不為榮利的志向。如《書齋》：「年年賃宅住閒坊，也作幽齋著道裝。守靜便為生白室，著書兼是草玄堂。屏山獨臥千峰雪，御箚時開一炷香。莫笑未歸田里去，宦途機巧盡能忘。」〔註89〕再如《道服》：「楮冠布褐皂紗巾，曾忝西垣寓直人。此際暫披因假日，如今長著見閒身。濯纓未識三湘水，灑酒空經六里春。不為行香著朝服，貳車誰信舊詞臣。」〔註90〕道服的作用如同佛教教徒的寺廟、道教徒的宮觀，可藉以修身養性。所以，王禹偁與同僚之間常互送道服，藉以表達志趣。如《和送道服與喻宰》、《謝同年黃法曹送道服》。通過這些詩歌，可以猜想當時士大夫閒暇時穿道衣可能為一風氣。

在貶官時期，王禹偁不僅讀白居易、杜甫的作品，《參同契》等道教典籍也在其閱讀範圍之內，如《日長簡仲咸》：「日長何計到黃昏，郡僻官閒晝掩門。子美集開詩世界，伯陽書見道根源。」〔註91〕

正是在儒道思想的影響下，使得王禹偁性格極為通達，不因個人政治地位的變化而改變志向。所以當他被貶謫時，詩中流露的情緒不是消極悲傷，也非棄世絕俗。往往轉變思維，從另一角度看待這一切，如《聽泉》：「平生詩句多山水，謫宦誰知是勝遊。南下閿鄉三百里，泉聲相送到商州。」有時與前代賢人相比較，反而以悲為榮，《急就章》：「賜來三載錦囊盛，今日重看倍覺榮。元白當時皆謫宦，不聞將得御書行。」在《放言》中所抒發的「不向世間爭窟穴，蝸牛到處是吾廬」，即為典老莊隨遇而安的思想。

此外，王禹偁的詩歌偶爾也運用神仙典故，如《和張校書吳縣廳前冬日雙開牡丹歌》、《酬安秘丞歌詩集》等。但這些是文學創作中常見的藝術手法，與道教信仰沒有多少聯繫。

〔註88〕《小畜集》卷七。
〔註89〕《小畜集》卷一。
〔註90〕《小畜集》卷八。
〔註91〕《小畜集》卷九。

二、眞宗的崇道對詩壇的影響

在宋初三帝的扶持下，道教逐步士大夫階層中擴大影響，士人開始對一些道教典籍、道教儀式、道教名士有了一定的瞭解，特別是一些受皇帝帝禮遇的道士，這進而影響其詩歌創作。如西崑體的代表作家楊億，就其宗教信仰而言，傾向於佛教的可能性更大一些，較之道教，對於佛教所瞭解的更多。但在其詩集中，也有部分與道教相關的作品，這些作品絕大多數是作者在中央任職時因參加宮觀祭祀時而創作的，如《宿齋太乙宮答李寺丞次韻》、《次韻和承旨侍郎宿齋太乙宮之什》等。參加宮觀祭祀者可以暫時擺脫公務，直面現實自然，所以在此類詩中，格調輕快，沒有一般西崑體所特有的凝重典麗，以及脫離現實，從典故中尋找詩材的特點。如《次韻和李舍人立秋祠太一宮宿齋書事之什》：「太乙祠宮肅，齋居薦至誠。已將茅縮酒，應用面爲牲。月映金天朗，風來玉宇清。玄談知理勝，蔬食覺身輕。仙馭排雲下，空歌繞殿聲。仍聞得丹訣，簪紱頓忘情。」〔註92〕在詩中幾乎沒有典故出現，語言素樸，純用白描手法。同爲西崑體的代表作家劉筠也有類似的作品，如《致齋太一宮》、《立夏奉祀太一宮》、《夏奉祀太一宮五言十韻》等。同楊億相似的是，在這類作品中反而表現了作者的眞情實意，如《禧戊午歲立夏奉祀太一宮齋宿有感》：「七年綸掖濫敷言，八奉齋祠蔭寶軒。上士半同猿鶴老，病身猶與螟蛄存。飯蔬力弱防冠墜，枕杭神甫喜席溫。櫻序清和芳意歇，淡然畢竟絕朝喧。」〔註93〕

夏竦是在眞宗崇信道教活動中表現最爲活躍的作家，據其本傳：「資性明敏好學，自經史百家、陰陽律曆，外至佛老之書，無不通曉。爲文章典雅藻麗……」〔註94〕可見夏竦學問不錯，對於道教是很熟悉的。由於「竦材術過人，急於進取」〔註95〕，所以當祥符年間眞宗溺於道教時，夏竦積極響應，參與道教活動，大獻符瑞，而且發揮自己的文學才華，將這些崇道活動形諸於詩歌。這些作品歌功頌德，用詞典雅，是典型的應制臺閣體的風格。如《奉和御製玉清昭應宮甘露歌》：「祝聖清場初展禮，鴻都向曉彰繁祉。郁郁纖枝正後凋，瀼瀼瑞採俄霧委。吉雲五色比還疏，況是嚴冬歲律餘。承以玉杯甘若蜜，凝於翠幄皎如珠。薦宸居，稱壽酒，宣大慶兮仰歸元首。香馥馥，旂央央，建靈壇兮茂對多祥。天心信與人心會，誕節將臨遽沾霈。式昭眞蔭祚

〔註92〕《全宋詩》第三冊，第 1342 頁。
〔註93〕《全宋詩》第二冊，第 1284 頁。
〔註94〕《宋史》卷二八三，第 9571 頁。
〔註95〕《宋史》卷二八三，第 9572 頁。

君王，永錫遐齡齊覆載。」〔註96〕從文學的角度而言，價值並不大，不過從史料的角度而言，為我們瞭解當時的道教活動提供了生動的素材。諸如《奉和御製迎聖像中路獲金龍送還茅山》、《三月施州進金色小龜》、《八年正月天慶節上清宮行香錫慶院御筵日揚輝有非煙非霧之雲》、《二月昭州奏正月一日設醮上玉皇表燒錢次有鶴一隻翱翔久之西北去》，這些詩歌，勾勒出當時舉國若狂的情景，金龜、甘露、金龍都被視為祥瑞，成為國祚久遠的象徵。

幸而如夏竦一樣迎合真宗之意而以這些祥瑞為題材的作家不很多，否則真宗時期的詩壇就會被這些味同嚼蠟的應製詩歌所籠罩，這不得不歸功於當時領導詩壇的是以楊億為代表的西崑派詩人。

在真宗的崇道活動中，尋求隱逸名道是其中很重要的一環。這對於統治者提高自己威望，聚籠人心具有重要意義。因為這些名道，大多數學問很大，人格品位很高。如南朝的陸靜修、陶弘景，唐代的司馬承禎等，都受到當時最高統治者的禮遇。宋代統治者也不甘落後，對於全國有名望的道士無不訪求，如陳摶、种放、賀蘭棲真、柴通玄等。對於這些道士，宋代君主很是尊重，其中最為突出的是种放，不僅屢屢召見，且授以官職，從左司諫、起居舍人，一直到工部侍郎，追贈工部尚書，並且屢次賜以錢物，其中僅淳化四年即「賜昭慶坊第一區，加帷帳什物，銀器五百兩，錢三十萬。」〔註97〕無怪乎宋人王辟之認為「真宗優禮种放，近世少比。」〔註98〕在宋代君臣看來，种放這樣的隱士確有其獨特作用，「朕臨御寰區，憂勤旰昃，詳延茂異，物色隱淪，思訪讜言，用熙庶績。以卿棲心嚴寶，屏迹囂塵，躡綺皓之遐縱，有曾、顏之至行，特舉賁園之典，果無前習之心。每所諮詢，備詳理道，載觀敷納，蔚有材謀，深簡朕懷，頗思大用。然以群情未悉，成命是稽。今四奧來同，萬區思乂，方崇政本，庶厚時風。卿必能酌斟化源，丹青王度，恢富國強兵之術，陳制禮作樂之規，返樸還淳，措刑息訟，輔予不逮，馴至太平，登用機衡，弼成寡昧。卿宜體茲眷遇，罄乃誠明，敘經國之大猷，述致君之遠略，盡形奏牘，以沃朕心。副涼德之倚毗，襄外朝之觀聽，乃司樞務，式冶至公。」〔註99〕對於种放這樣有名道，每一次召見真宗都會賜詩以示恩典，不僅如此，真宗還令學士一同做詩以寵之。如「（祥符）二年四月，（种放）

〔註96〕《全宋詩》第三冊，第 1767 頁。
〔註97〕《宋史》卷四五七，第 13424 頁。
〔註98〕王辟之《澠水燕談錄》卷四，第 45 頁。
〔註99〕《宋史》卷四五七，第 13425 頁。

求歸山，宴餞於龍圖閣，命學士即席賦詩，製序。上作詩，卒章云：「我心虛佇日，無復醉山中。」〔註100〕

在這些道士當中，張無夢對於眞宗時的道教題材詩歌創作影響無疑是最大的。因爲當張無夢返迴天台時，幾乎重要的大臣都賦詩送別，連眞宗也賦詩一首。據《全宋詩》與《天台續集》的統計，大約有三十二人之多，幾乎全部以《送張無夢歸天台山》爲題目。這麼多的送別詩充分表現了張無夢的人格魅力，令士大夫所欽佩。种放則反之，據种放本傳，因其追慕名利，「時議浸薄之。嘗曲宴，令群臣賦詩，杜鎬以素不屬辭，誦《北山移文》以譏之。」〔註101〕而張無夢對於榮利極爲淡泊，據《歷世眞仙體道通鑒》卷四八，張無夢對於眞宗所有的恩賜皆不接受，「遣使賜金帛，皆不受，乞還山。復賜處士暢飲先生號，亦不受……有旨令台州給著作郎俸以養老，至山亦不請。其始卒守節如此。」〔註102〕這與种放形成鮮明對比。

不過，就絕大多數士大夫而言，道教對他們並沒有思想層面的深刻影響，這從這組詩歌就可以看出。就張無夢的道教思想而言，主要體現於《還元篇》，是以老莊、《周易》爲基礎的內丹學說。如《道樞·鴻蒙篇》：「十二時中子作頭，抽添運用勿停留。法輪有象從南轉，神水無涯向北流。姹女捉烏歸絳室，嬰兒驅兔上瓊樓。但知守一含元氣，莫問滄溟幾度秋。」〔註103〕再如：「道在丹田達者知，分明悟了更何疑。乾男自逐龍潛坎，坤女須隨虎隱離。但守清虛除嗜欲，自然恬淡合希夷。仙經不是閒言語，看取千年胎息龜。」〔註104〕儘管張無夢在眞宗面前把《還元篇》的部分內容講解給眞宗君臣，復召講還元篇，「無夢曰：國猶身也，心無爲則氣和，氣和則萬寶結矣。心有爲則氣亂，氣亂則英華散矣。此還元之大旨也。略說十數篇而退。」〔註105〕由於在此之前，張無夢的道教理論並沒是廣泛流傳，因而不爲人所理解，所以在這組送別詩中，對於張的思想很少涉及到，只是運用一些耳熟能詳的道教典故以比附，或者僅是敘述這次汴梁之行，或者描寫其生活環境，以突出其高風亮節。如劉筠：「抗節在叢霄，談玄屢對堯。風回列子馭，霞建赤城標。白石泥丹竈，

〔註100〕《宋史》，第 13426 頁。
〔註101〕《宋史》，13427 頁。
〔註102〕趙道一，《歷世眞仙體道通鑒》，《道藏》第五冊，第 375 頁。
〔註103〕曾慥，《道樞》卷一三，《道藏》第二十冊，第 675 頁。
〔註104〕《道樞》，第 675 頁。
〔註105〕《歷世眞仙體道通鑒》，第 375 頁。

紅泉滌酒瓢。天章耀行色，鶴態自逍遙。」〔註106〕這主要描寫其在天台的神仙般的生活，在詩中張無夢還是以一隱士的形象出現的。初暐則是把張氏作為神仙來描寫的：「紫皇宮闕羅高清，花勛玉鳳圍墉城。長生曲奏升天行，神仙縹緲喧相迎。棲眞何必拋塵網，飆輪萬里時來往。張公結廬天台山，赤城霞起三千丈。天子好道思崆峒，欲使億兆歸厖鴻。鳳臺峨峨十二重，先生忽造明光宮。無為清淨化可守，能助羲軒致仁壽。共羨乘蹻歸洞宮，他日騎龍卻來否。」〔註107〕

其實，這些士大夫，與張無夢並無多少交往，這組所謂的贈別詩都是應製作品，很難表達本人的眞實情感，或者有人視為展現個人才華的機會，所以多用道教中的神仙以比附，四平八穩，順利完成任務而已。倒是宋眞宗與王欽若二人的詩歌對於張無夢的思想著墨較多，如宋眞宗：「混元為教合醇精，視之無迹聽無聲。」〔註108〕王欽若：「八卦爐中調姹女，三田宮裏守嬰兒。」〔註109〕眞宗、王欽若對於道教是信奉的，且王欽若對於道教典籍也很熟悉。因此二人的詩歌對於張無夢的道教思想有所表現。從王欽若開始，道教內丹術語（非指道教典故、神仙傳說）開始進入士人詩歌創作的語言中。

結語：眞宗時期的崇道政策對於詩歌創作的影響是直接的，但這種影響也是一種淺層次的表面影響。詩人關於道教題材的創作只是出於一種被動的目的，在對於道教的瞭解不多、與道士的交往稀少的情況下，宋初詩壇的道教題材的作品也沒有多少藝術價值，這從送張無夢歸天台這組應製詩可以驗證。因此，從宋朝建國至眞宗時期，道教對於詩歌創作的影響還只是外部的，呈表面化的。只有道教充分的發展起來，依靠其自身的吸引力為士大夫所主動接受，道教才會對詩歌的創作產生深層次的影響，例如在詩歌風格、藝術手法等方面，這在隨後的北宋中後期詩壇體現得很充分。

〔註106〕　《全宋詩》第二冊，第 1285 頁。
〔註107〕　《全宋詩》第三冊，第 1722 頁。
〔註108〕　《全宋詩》第二冊，第 1181 頁。
〔註109〕　《全宋詩》第二冊，第 1046 頁。

第二章　北宋中期詩壇與道教

第一節　北宋中期士大夫的道教信仰

　　北宋中期士大夫的思想主流是以儒家爲主，這從當時佔據主導地位的關、蜀、洛、王四家學術流派可以得出這以結論。即使是與這四派沒有師承關係的士大夫當中，也是以儒家思想爲主的，例如范仲淹、富弼、歐陽修、文彥博等。

　　除洛學的司馬光外，其餘三派的思想並非純粹的孔孟之道，而是與時俱進，吸收佛道二家思想的精華而成爲新的儒家思想，即後人所稱的宋代理學。而蜀學的蘇軾與道教關係更密，對其神仙學說、養行之術甚感興趣。這與宋初儒學家的力闢佛老不同，也與歐陽修等純儒家思想的知識分子不同。道教在北宋中期與士大夫的關係甚爲緊密，這種緊密的關係不是出於政府的提倡，而是出於士大夫的自覺追求。

　　宋人思想俱有相當的獨立性，特別是表現在宗教信仰上，師友、父子、親朋之間不必相同，而因爲維繫他們之間的關係的主要因素並不在此，而是其政治立場、品行修養等。所以司馬光與友人爭論神仙的有無；歐陽修力闢佛老，而門生蘇軾則兼通佛道，尤好神仙之術；蘇軾門生黃庭堅晚歸禪宗；同樣不信佛老的司馬光與王安石勢同水火。在宋人看來，宗教信仰乃個人之事，只要不影響政治事物即可。大致劃分，宋代中期士大夫的道教態度有以下幾種情況。

一、對道教持一否定態度，或者敬而遠之

宋代中期執政者對於道教基本上持一否定態度，這也是仁、英、神、哲四帝沒有繼續崇道政策的重要原因。他們的重要輔臣，如張知白、歐陽修、晏殊、富弼、范仲淹、王安石、司馬光等，對於道教都持一貫的反對態度。這種反對態度有各種表現形式：

首先是否定道教的神仙信仰。神仙學說是道教理論的核心內容，反對神仙的存在，實際上即對道教的根本否定。這一點在北宋中期四朝中宰執中是基本統一的，並不因政治理念的不同而相左。如歐陽修不僅否定道教的神仙學說，而且經常著文攻擊，詳見《歐陽修晚年皈依釋老辨》，此處略做說明。如嘉祐七年所作的《與蔡君謨求書集古錄序書》中所云，「自視前所集錄，雖浮屠老子詭妄之說，常見貶絕於吾儒者，往往取之而不忍遽廢者。何哉？豈非特以其字畫之工邪？然則字書之法，雖爲學者之餘事，亦有助於金石之傳也。若浮屠老子之說，當棄而獲存者，乃直以字畫而傳，是其幸而得所託爾，豈特有助而已哉。」〔註1〕不僅如此，歐陽修對於道教的養生之術也不甚感興趣。「後世貪生之徒，爲養生之術者，無所不至，至茹草木，服金石，吸日月之精光。又有以謂此外物不足恃，而反求諸內者，於是息慮絕欲，煉精氣，勤吐納，專於內守，以養其神。其術雖本於貪生，及其至也，尚或可以全角而卻疾，猶愈於肆欲稱情以害其生者，是謂養內之術。故上智任之自然，其次養內以卻疾，最下妄意而貪生。」〔註2〕（《刪正黃庭經序》）司馬光否定神仙的存在，並與友人爭論，「友人楚孟德過余，縱言及神仙。余謂之無，孟德謂之有。伊人也，非誕妄者，蓋有以知之矣。然餘俗士，終疑之，故作《遊仙曲》五章以佐戲笑云。」〔註3〕在不能說服對方時，姑且擱置爭辨但並不改變各自主張。

不過司馬光更多的是關注政治事物，而沒有從理論的角度對道教進行反駁。這一點與王安石是相似的，「老、莊之書具在，其說未嘗及神仙，唯葛洪爲二人作傳以爲仙。而足下謂老、莊潛心於神仙，疑非老、莊之實，故嘗爲足下道此。老、莊雖不及神仙，而其說亦不皆合於經，蓋有志於道者。聖人之說，博大而閎深，要當不遺餘力以求之。是二書雖欲讀，抑有所不暇。某

〔註1〕 歐陽修《歐陽修全集》，第 2430 頁。
〔註2〕 《歐陽修全集》，第 949 頁。
〔註3〕 《傳家集》卷七。

之所聞如此，其離合於道，惟足下自擇之。」〔註4〕（《答陳杞書》）除此處外，王安石對於神仙學說不做深入探討，對道教的養生之術也不太關注。

宰相等決策層的關注重點在於政治事物，而非宗教理論。對於其它在朝官員而言，就自由靈活得多了。有的是從社會穩定的角度出發，反對道教的一些不妥舉動。如趙抃的《上仁宗論道士傳授符籙惑眾》（至和元年）一文中，指出其隱患，「臣竊聞有信州龍虎山道士王守和，見在壽星觀內寄居。昨秋中曾糾集京師官員百姓婦女等一二百人，以授符籙神兵爲名，夜聚曉散。兼知近日此法浸盛，傳眾做法，希騰街坊。又欲取今月十五日夜於本觀登壇聚眾做法，希求金帛，惑亂風俗。豈宜輦轂之下，容庇妖妄之人，深屬不便。臣欲乞特降指揮，下開封府捉搦勘斷，押回本鄉免，致動民生事。」〔註5〕對於這種大規模的以宗教名義進行的群眾集會，是爲統治階層所忌憚的，因爲下層的叛亂往往借助宗教的力量。遠則如東漢末期的黃巾起義、東晉的孫恩、盧循的叛亂，近則慶曆七年貝州宣毅卒王則利用佛教叛亂。天聖元年時，北宋政府即對這種利用巫覡等手法行騙、發展信眾的邪教進行嚴厲打擊，「戊戌，詔江南東西、荊湖南北、廣南東西、兩浙福建路轉運司，自今師巫以邪神爲名，屏去病人衣食湯藥，斷絕親識意涉陷害者，並共謀之人，並比類呪咀律條坐之。非憎嫉者，以違制失論。其誘良男女傳教妖法爲弟子者，以違制論。和同受誘之人減等科之，情理巨蠹者即具案取裁。」〔註6〕

所以，有爲之士對於道教的態度十分謹慎，務必使其在可控範圍，並盡量避免引起對統治的不利情況的出現。如神宗以道士陳景元校勘道藏，就遭儒臣范祖禹的反對：「今館閣群聚天下賢材，宜有彌見洽聞之士，博極群書，乃使陳景元先取道藏之書，校定成本，供秘書省委本省官校對，書皆取正於景元，不亦輕朝廷之體，羞朝廷之士乎？又道書，除老子、莊、列已立學官，其餘多虛誕不經，儒者所不道。天下名山宮觀自有道藏，館閣所藏惟備數可矣，不必使方外之士讎校，以崇長異學也。……夫聖王作事，必防其微，命出於上，不可不謹。……今館職之外，已置校黃本官，又於黃本之外，有校書道士，天下之人必謂之『編校大師』。事雖至微，實損國體，秘書省所請，

〔註4〕　《王文公文集》卷八，第 93 頁。
〔註5〕　趙抃《清獻集》卷六，《影印文淵閣四庫全書》本。
〔註6〕　《續資治通鑑長編》卷一百一，第 2340 頁。

乞更不施行。」〔註7〕再如元祐太后所作上清儲祥宮遭大臣的反對，大臣勸焚遭火災之宮觀等等。單從事件本身而言，並非多麼嚴重，而爲儒臣所鄭重其事，正是出於防危杜漸的目的。

　　就從理論層次而言，儒學家對於儒釋道三者是嚴格加以區分的，視釋老爲大敵，這以二程學派表現最爲鮮明。程氏門生楊時在《答吳國華書》中認爲：「夫儒佛不兩立久矣，此是則彼非，此非則彼是。」當然，這種以釋老爲其學說之大敵，其最終目標還是指向帝王之統治。如楊時與神宗關於佛道的討論，「上曰：『使釋老之說行，則人不務爲功名，一切偷惰，則天下何由治？』余曰：『如老子言道德，乃人主所以運天下，但中人以下不明其旨，則相率亂俗，陷爲偷惰，如西晉是也。』上曰：『乃人主所以運天下，非所以訓示眾人者也。』余曰：『誠如此。若夫功名爵祿，乃先王所以役使群眾，使人人薄功名爵祿，上何以使下？故先王所以運天下，必有出於功名爵祿之外者而，未嘗示人以薄功名爵祿也。』」〔註8〕

二、對道教的瞭解與接受

　　北宋中期四朝的士大夫大多數是以儒家思想爲主，對道教持一消極態度，但這並非表明道教處於衰弱狀態，爲多數士大夫所拋棄。相反，道教在士大夫階層中影響比宋初更爲廣泛。宋初太祖、太宗、眞宗三朝，道教處於一復蘇的過程，在士大夫階層中無多大號召力與影響力。眞宗雖然崇信道教，但這種自上而下的推崇道教在絕大多數士大夫中並沒有得到眞正的響應，士大夫們只是在形式上應和而已。最具代表性的事例是眞宗東封泰山時，群臣茹葷而只有眞宗一人素食。所以，眞宗時士大夫對於道教的態度可見一斑。

　　在宋初三朝的扶持之下，道教逐步發展，在社會中的影響慢慢擴大。政府的扶持、道士數量的增多以及道教典籍的流傳等因素，士大夫中對於道教的瞭解與接受成爲普遍的現象，這種瞭解與接受是出於士大夫的自覺行爲，並非來自於外力的干預。這不僅在崇信道教中如此，即使反對者對於道教也非一無所知，同樣相當瞭解。

　　首先，道教對於統治的輔助作用的認可。

　　儘管執政輔臣對於道教的負作用十分警惕，但卻無法否認道教的維繫民

〔註7〕　《續資治通鑑長編》卷四六五，第 11123 頁。
〔註8〕　楊時《龜山集》卷六，《影印文淵閣四庫全書》本。

心、弱化百姓鬥爭意志，以及轉移矛盾視線的作用。因而對於道教中的祭祀、祈禳等活動，只要是用於爲民祈福，諸如祈雨、禱晴之類，都是支持的，而且對於皇室的此類活動都必須撰寫青詞，這就必須對於道教有一定的瞭解。自眞宗時，提舉宮觀成爲對於官員的一種優待，而從熙寧變法後，宮觀使更成爲安罷反對派官員的官職，爲一閒職，處於致仕位的邊緣。從這一點來看，道教在北宋政治的作用是多方面的，扮演不可或缺的角色。

其次，道教中的修身養性及醫藥術的普及。

著重於實際的士大夫對於道教的神仙長生學說並不認同，但卻不否認道教的醫術及修身之術。在古代，爲宏揚其教，宗教徒往往兼通醫術，這在道教中尤爲明顯。中國古代兩在醫學家陶宏景、孫思邈均爲道教徒，其所編之醫書《千金方》爲後人所推崇。道教徒在醫人疾病時宣揚道教理論，也是合乎情理的。因此，可以這樣說，道教養生術實際上代表了當時最高有醫學水平。士大夫階層與道士接觸時，也會不自覺的受道教理論的影響，無論最終是否接受其學說。如鄭獬，對道教的長生之術不感興趣，「……雖然，予方盡心於子思中庸之說，務誠其意以通於物。意誠則神定，神定則慮精，而物可以通也。則是書也，庶乎其亦有以佐吾浩然之氣者乎？若夫按摩鼓漱、採煉金石之術，則予未之達也。既歸其圖與書，因錄其要者而記其後云」〔註9〕（《養生記》）鄭獬爲一純儒者，對於道教的長生之術持一迴避態度，但出於實際需要，也要祈禱行拜神。「道士陳景顥始作玉仙祠於都城之南，前作方池，取玉仙溪水而貯之，於其東別爲大殿，塑玉仙像及靈官侍衛，左右嚴列，肅如也。都人皆往祠焉。嘉祐六年夏，予疾甚，家人禱，踰秋疾良已。」〔註10〕是否爲神仙的力量未可知，但由此鄭獬親自謁祠，爲浮源觀作記文。

隨著印刷術的發達，統治者對於民生的重視，所以在宋代君臣對醫學書籍的校定發行比較關注，多次組織官方力量來完成。如天聖四年，「先是，上謂輔臣曰：『世無良醫，故夭橫者眾，甚可悼也。』張知白對曰：『古方書雖存，率多舛繆，又天下學醫者不得盡見。上乃命醫官院校定《黃帝內經》、《素問》及《難經病源》等，下館閣官看詳。乙未，詔國子監摹印頒行，又詔翰林學士宋綬撰病源序。」〔註11〕「嘉祐二年：琦又言：『醫書如《靈樞》、《太

〔註9〕　鄭獬《鄖溪集》卷十五，《影印文淵閣四庫全書》本。
〔註10〕　《鄖溪集》卷十五。
〔註11〕　《續資治通鑑長編》卷一百五，第2440頁。

素甲乙經》、《廣濟》、《千金》、《外臺秘要》之類，本多訛舛。《神農》、《本草》雖開寶中嘗命官校定，然其編載尚有所遺。請擇知醫書儒臣與太醫參定頒行。乃詔即編修院置校正醫書局，命直集賢院、崇文院檢討掌禹錫等四人並爲校正醫書官。」〔註12〕

在這些活動中，儒臣是重要的參與者，這些醫書的印刷發行，對於士大夫掌握醫學保健知識有重要促進作用。有的士大夫儘管是信仰佛教者，依然遵循道教的養生之術，不以爲忤。如「癸亥，樞密使吏部侍郎檢校太傅同平章事王曙卒，贈太保中書令，諡文康。曙方嚴簡重，有大臣體。嘗言，人臣患不節儉，今居第多踰僭，服玩奢侈僕妾無數，宜有經制。及貴顯，故深自抑損，喜學浮屠，齋至蔬食，泊如也。子益恭以蔭爲衛尉寺丞，性淡於榮利，慕唐王龜之爲人，數解官。曙始參知政事，治第西京。既成，益恭作書，陳止足之義。勸曙謝事退居，導引服食以養壽命。」〔註 13〕信佛者尚不忌諱，更何況沒有宗教信仰者。再如張昇「忠信儉謹，退居十餘年，葺田廬於嵩陽紫虛谷，澄心養氣，不問時事，耆老而耳目聰明，卒年（熙寧十年）八十六。」〔註 14〕再如豐稷，「晚益喜老釋之說，習導引服氣，逮薨，鬚鬢不白。」〔註 15〕

道教的養生理論確有一定科學原理，並與儒家理論有相通之處。在實踐中，具有袪病延年之功效，因而爲士大夫所普遍接受，但並非出於神仙長生理論的信仰。在士大夫群體中，討論養生理論成爲一種常見的現象。如「昨日太守楊君採、通判張公規邀余出遊安國寺，坐中論風氣養生之事。」〔註 16〕（《東坡志林》卷一）不好神仙的陳師道見道人養生有得，也好奇，只是由于道人修行房中術，陳師道不願接受而已。再如，「章樞密惇少喜養生，性尤眞率，嘗云：『若遇饑則雖不相識處，亦須索飯；若食飽時，見父亦不拜。』章惇在門下省及樞密，益喜丹竈、餌茯苓以卻粒，骨氣清粹，眞神仙中人。蘇子瞻贈之詩云：『鼎中龍虎黃金賤，松下龜蛇綠骨輕。』蓋是實錄。」〔註 17〕（《東軒筆錄》卷一三）蘇軾兄弟討論學習長生之術更是人人皆知之事實。

〔註12〕《續資治通鑑長編》卷一八六，第 4487 頁。

〔註13〕《續資治通鑑長編》卷一一五，第 2693 頁。

〔註14〕《續資治通鑑長編》卷二八五，第 6981 頁。

〔註15〕李樸《豐清敏公遺事》，《全宋筆記》第二編，第八冊，第 150 頁。

〔註16〕《東坡志林》，第 21 頁。

〔註17〕《東軒筆錄》，第 146 頁。

再次，神仙學說在士大夫中的不絕如縷。

無論是否接受道教神仙長生理論，養生術的流行是一不可爭辨的事實。而神仙學說在部分士大夫中依然有著一定的市場，這並非以一迷信就可以解決這一現象，實際上這是有神論的一種表現而已。士大夫反對道教神仙者，其原因有三：一為基於孔子學說，「不語怪、力、亂、神」，神仙學說為儒家先哲所不道；二是道教所尊奉之老莊也不談及神仙長生；其三是道教中所提及的神仙只在傳說、典籍中存在，沒有為其親眼目睹。代表社會知識精英階層的士大夫接受道教的神仙理論也並非盲從，而是基於理性認識，主要有以下幾種形式。

（一）從邏輯上論證神仙的存在

北宋著名的科學家沈括在《夢溪筆談》中記載：「予中表兄李善勝，曾與數同輩煉朱砂為丹。經歲余，因沐砂再入鼎，誤遺下一塊，其徒丸服之，遂發懵冒，一夕而斃。朱砂至涼，藥初生，嬰子可服，因火力所變，遂能殺人。以變化相對言之，既能變而為大毒，豈不能變而為大善。既能變而殺人，則宜有能生人之理，但未得其術耳。以此知神仙羽化之方，不可謂之無，然亦不可不戒也。」[註18] 沈括從矛盾律出發，論證丹砂可以成為長生不老之藥，只是方法不當而已，從而論證神仙的存在。

另外，在相信神仙存在者看來，「神仙之道真不可以意度」（蘇軾）；「然方外之事，固不可以以常理測」；這與《抱朴子‧論仙》中的觀點是一致的：「雖有至明，而有形者不可畢見焉。雖礔極聰，而有聲者不可盡聞焉。雖有大章豎亥之足，而所常履者，未若所不履之多。雖有禹益齊諧之智，而所營識者未若所不識之眾也。萬物云云，何所不有，況列仙之人，盈乎竹素矣。不死之道，曷為無之？」[註19]

（二）從事實中論證神仙的存在

儒家學者否定神仙的存在，主要原因在於事實無法證明，即難有現實中的神仙出現在眾人面前，都是事出荒忽，以訛傳訛。但在科學不發達的古代社會中，有許多難以當時科技水平解決的現象，儒家學者是存疑不予回答，而其它人則以神仙等超現實事物來解釋。如沈括的《夢溪筆談》卷二十中記

[註18]　《夢溪筆談》卷二四，第 180 頁。
[註19]　《抱朴子內篇校釋》卷二，第 12 頁。

載以下事例：

> 神仙之説，傳聞固多，余之目睹二事。供奉官陳允任衢州監酒
> 務日，允已老，髮禿齒脱。有客候之，稱孫希齡，允服甚襤褸，贈
> 允藥一刀圭，令揩齒。允不甚信之。暇日，因取揩上齒，數揩而良，
> 及歸家，家人見之，皆笑曰：「何爲以墨染鬢？」允驚，以鑒照之，
> 上鬢黑如漆矣。急去巾，視童首之髮，已長數寸；脱齒亦隱然有生
> 者。余見允時年七十餘，上鬢及髮盡黑，而下鬢如雪。又正郎蕭渤
> 罷白波輦運，至京師，有黥座姓石，能以瓦石沙土手呵之悉成銀，
> 渤厚禮之，問其法，石曰：「此眞氣所化，未可遽傳。若服丹藥，可
> 呵而變也。」遂授渤丹數粒。渤餌之，取瓦石呵之，亦皆成銀。渤
> 乃丞相荆公姻家，是時丞相當國，余爲宰士，目睹此事，都下士人
> 求見石者如市，遂逃去，不知石所在。石才去，渤之術遂無驗。石，
> 齊人也。時曾子固守齊，聞之，亦使人訪其家，了不知石所在。渤
> 既服其丹，亦宜有補年壽，然不數年間，渤乃病卒。疑其所化特幻
> 耳。〔註20〕

沈括假如所言不虛，即使在今於依然會有相當的人相信其説。再如，北宋流
傳甚廣的紫姑神等，都是當時人所無法完全理解的。

　　另外，神仙見聞雖非本人所親見，但通過可信之友人述説，也是具有相
當的説服力的。如李廌在《張拱傳》中描寫了一遇仙的醫師，摒棄俗念，不
事飲食，「逾二年，糞溺俱絕，表裏清暢，而神氣明爽。步趨輕利，因自試其
力。自晨抵暮，緣都城外郭可匝者五，蓋數百里矣。衣袂軒軒，超然蕭曠，
物外之一鶴也……今行年六十，而顏色如四十許人，喜飲酒，好作詩。予嘗
以詩贈之，一時名公卿因予詩而知拱者甚眾。比聞其母已歿，度其絕世而穴
居當不久也。予與拱遊十有二年，又與其親陳至端誠相友善。至忠善立節，
爲予言拱所遇，洵不誣，故爲作傳。」〔註21〕李廌爲蘇軾門生，蘇門六君子
之一。對於神仙學説並不如其師蘇軾熱衷，但是由於此神仙之事爲其人品極
佳之好友所傳，因而相信並爲之作傳。並且，由於李廌本人的在社會中的地
位名望很高，所以客觀上宣傳神仙的存在。此外更爲有名的爲蘇軾爲王子高
所作的《芙蓉城》一詩，並作序。王子高遇仙事只爲其一人所傳，事迹並不

〔註20〕《夢溪筆談》，第149～150頁。
〔註21〕李廌《濟南集》卷六，《影印文淵閣四庫全書》本。

明顯，因為沒有什麼可以證明的效果可以為眾人信服。蘇軾與之交往，聽其親自述說，遂信之。其《芙蓉城》一詩實際上也是增加了這一神仙故事的可信度。

再如禱神而有應的例子更是比比皆是，這些都使人相信神仙的存在，無論士大夫還是普通百姓。

（三）從歷史記載中旁證神仙的存在

神仙的存在，不僅在《道藏》中有明確記載，即使在前代正統史書中也屢見不鮮，這也在一定程度上增加了神仙存在的可信度。當然與前兩點相比，前代記載的作用對士大夫而言就稍遜一籌。

最後、道教神仙的信仰與政治庶務的分離。

與真宗朝相比，北宋中期四朝的士大夫的道教信仰只是限於個人，並不及於政治事務。這一方面出於個人的修養，另一方面在於儒家思想牢不可破的統治地位。如富弼，早年信仰道教長生之術，後期篤信佛教，但只是局限於個人，從不將此與政治摻和在一起。如晁迥「善吐納養生之術，通釋老書，以經傳傅致，為一家之說。性樂易寬簡，服道履正，雖貴勢無所屈，歷官臨事，未嘗挾情害物。」〔註22〕同樣，王安石在為政期間勵精圖治，推行變法，而晚年卻沉浸於釋老，以為個人修行。

不僅如此，對於統治者對於道教的政策予以消極對待，不鼓動君主留心釋老。如楊傑本人兼通釋老，卻在神宗的召見中不提及佛老，含混而過。蘇軾好神仙之術，卻從未見其在上朝廷奏章中關於修道觀、整理道藏的建議，或勸上行神仙之術，只是在與親朋好友中私下談論交流。因此，宋代的士大夫信仰道教，修行養生之術並不為人所否定，也不會影響在政途上的發展。

第二節　歐梅文人集團的詩歌創作與道教

歐陽修、梅堯臣文學集團是宋代中前期最重要的文學集團，開宋代詩文風氣之先。歐陽修為當時文壇之領袖，成就主要在於文；梅堯臣專致於詩歌創作，「佐修以變詩體」〔註23〕，為宋詩的「開山祖師」。

然而，歐陽修與梅堯臣的詩歌創作卻與道教的關係比較遠，這主要是由

〔註22〕《宋史》卷三百五，第 10086 頁。
〔註23〕《四庫全書總目》，第 1320 頁。

於二人在思想上排斥道教，無論是道教的神仙方術，還是養生之道，進而與道人的交往也不多，這在歐陽修身上體現的最爲明顯。

歐陽修提倡復古明道，反對文士只致力於詩文而百事不關心。如在《答吳充秀才書》中描繪了當時文士的這種傾向：「世之學者，往往溺之。一有工焉，則曰：『吾學足矣。』甚者至棄百事不關於心，曰：『吾文士也，職於文而已。』此其所以至之鮮也。」〔註24〕始終以儒家的傳統道德爲其行爲準則，與道教劃清階限，如「士之不爲釋老與不雕刻文章者，譬如爲吏而不受貨財，蓋道當爾，不足恃以爲賢也。」〔註25〕在歐陽修的詩文中，對於道教的攻擊也是比較多的。試舉幾例，如《廬山高贈同年劉中允渙歸南康》：「仙翁釋子亦往往而逢兮，吾嘗惡其學幻而言呢。」〔註26〕《昇天檜》：「乃知神仙事茫昧，眞僞莫究徒自傳。」〔註27〕《唐顏眞卿麻姑壇記》：「顏公忠義之節，皎如日月，其爲人尊嚴剛勁，象其筆畫，而不免惑於神仙之說。釋老之爲斯民患也深矣。」〔註28〕這些都是對於佛道二教的鮮明否定，至於在一些筆記中所載的關於歐陽修晚年皈依佛道之事是不可信的，詳見《歐陽修晚年皈依釋辨》一節。

梅堯臣與歐陽修相似，對於道教的神仙學說並不感興趣，《長歌行》一詩中已有明確的表達：「遺形得極樂，升仙上玉京。是乃等爲死，安有蛻骨輕。日中不見影，陽魂與鬼並。莊周謂之息，漏泄理甚明。」〔註29〕與歐陽修不同的是，由於個人在於社會中的地位很低，因此梅堯臣並沒有廓清社會思想的混亂、宣揚儒家思想的重任，所以在詩歌中並沒有過多的表現對於道教的批判。

反對道教並不意味著文學創作不接受其影響，特別是詩歌。這種影響表現在以下幾個方面，一種是在主題上表達對於道教的批判；一種爲將道教素材納入創作中去，如道教意象、典故、景觀等。三種是在藝術的創作風格上影響。對於歐陽修而言，這三方面的影響都存在；對於梅堯臣而言，影響主要體現於第二點上。下面分別將二人的詩歌創作與道教的關係做一討論。

〔註24〕《歐陽修全集》，第 663 頁。
〔註25〕《歐陽修全集》，第 992 頁。
〔註26〕《歐陽修全集》，第 84 頁。
〔註27〕《歐陽修全集》，第 144 頁。
〔註28〕《歐陽修全集》，第 2242 頁。
〔註29〕梅堯臣撰，朱東潤校注《梅堯臣集編年校注》，第 215 頁。

一、梅堯臣的作品與道教

梅堯臣（1002～1060），字聖俞，宣城（今安徽宣城）人。梅堯臣專注於詩歌創作，用功甚多，「寢食遊觀，未嘗不吟諷思索。」〔註30〕甚至於「日課一詩」。梅堯臣在詩歌創作上成就大於歐陽修，詩歌題材也是非常廣泛的，具體到生活中的方方面面；數量也很多，有二千八百多首。道教題材也就成爲梅堯臣眾多創作題材的一種，本身並不具有特殊性。這些道教題材詩歌的創作絕大多數是出於與其日常生活相關的緣故，而非出於對道教理論或者是神仙傳說的興趣，如大多是與宮觀及道士相關的。這些都是在日常生活中不可避免的，而非作者有意的接觸，因而這些道教素材進入作者的創作視野是很正常的。

對於道教題材的作品，梅堯臣並不過多的涉及到神仙等超現實的主題，更多的是表達個人的一時感慨，與現實相關。或者止於宮觀周圍景物的描寫，神仙傳說等只爲點題而已。如《修眞觀李道士年老貧餓無所依忽縊死因爲詩以悼之》：「唐室王子後，黃冠事隱淪。餐霞不滿腹，披雲不蔽身。八十不能死，縊以頭上巾。始慕老莊術，終厭道德貧。營營求長生，反困甑中塵。」〔註31〕道士在常人心目中彷彿不食人間煙火，逍遙於世，來去瀟灑自由。這不過是文人筆下的道士形象，實際上是已經藝術化的。道士也與常人無異，只是一種職業而已。在宋代，只有大型的宮觀才可能受封建統治者的重視，經濟上富裕充足，而對於小的宮觀而言，其經濟來源主要依靠信徒的捐贈，或者道士個人的努力了，如占卜、醫術等。李姓道士本以求長生爲業，最終卻因貧餓無依而自殺，這不能不說是對於道教神仙之術的一個諷刺。梅堯臣在詩中並過多的對道教神仙之術的虛妄大加鞭撻，而主要是表達對李道士的憐憫。詩末點題，委婉表達對求仙行爲的否定。

關於宮觀的作品，大多是在作者遊覽時所作。因此作者主要是以詩歌的形式來表現遊記內容，或者是景物的描寫，或者是表現人生感悟，宮觀的特徵只是點題而已，一般是在詩歌結尾處。如《雙鳧觀》：「野水雙紋翼，雲蘿謾自媒。驚飛帶波起，行嘯拂萍開。暖日浮還沒，寒汀去復來。王喬如可挹，仙爲此徘徊。」〔註32〕主要是描寫雙鳧觀周圍的景色，而結尾處則點題。《隱

〔註30〕孫陞《孫公談圃》，《全宋筆記》第二編，第一冊，第166頁。
〔註31〕《梅堯臣集編年校注》，第100頁。
〔註32〕《梅堯臣集編年校注》，第71頁。

眞亭》則主要表達個人追慕其祖梅福的思想，如「作尉慕吾祖，吾祖非得時。誰似芙蓉國，日見芙蓉披。涼雨隨風來，清香入酒巵。自得眞隱趣，不慚吳市爲。」〔註33〕由於作者一生官位不顯，郁郁寡歡，因而詩中流露出隱退的情感是比較正常的。

梅堯臣更多的是關注現實生活，對於那些形而上的宗教哲學是不太感興趣的，因此在其筆下的道教作品也較少超現實的描寫，並受其詩歌創作理論的指導，部分道教題材的作品同樣具有梅詩的典型特徵，如敘事性與議論性。敘事性與議論性是宋代詩歌的一大特點，即是從梅堯臣這裡開始的，其道教題材的作品也沒能幸免。如《依韻武平憶玉晨觀》：「世路多氛垢，人間浪逐名。是非還自喻，寵辱固堪驚。薄宦眞何戀，丹砂倘可成。終尋谷口隱，鄭子豈其卿。」〔註34〕通篇爲議論之辭，表達作者遠離世俗紛爭榮辱的願望。《讀問月》也是全篇議論，從而表達其放曠情懷同，關注個體，不參與其它與己無關之事。

敘事性在這些作品中也有鮮明的體現，如《桃花源詩》、《永叔白兔》、《戲作常娥責》、《聞刁景純侍女瘧己》、《夢登河漢》、《余居御橋南夜聞妖鳥鳴效昌黎體》等。這些長詩其實就是押韻之文，其結構完全是按照時間的客觀順序，並不作過多的藝術調整，顯得平實而波瀾不驚。此處故舉一例，如《聞刁景純侍女瘧己》：「前時君家飲，不見吹笛姬。君言彼娉婷，病瘧久屢治。隔日作寒熱，經時銷膏脂。醫師尤飲食，冷滑滯在脾。次聞有鬼物，水火陰以施。乃因道士逐，實得鬼所爲。手灑桃枝湯，足學夏禹馳。呵叱出門牆，勿復顧嘔遺。今雖病且已，皮骨尙尩羸。豈暇理舊曲，未能畫蛾眉。當期重相見，風月臨前墀。」〔註35〕通過這首詩，我們就可以大致瞭解侍女瘧疾治愈的經過了。

如果非要找出道教對於梅堯臣詩歌創作的主動影響的話，那麼以《永叔白兔》、《戲作常娥責》、《夢登天台》、《夢登河漢》等作品爲代表，通篇採用神仙題材的超現實手法，儘管主題是現實性的。這對於梅堯臣而言，也算是一個小小的特例了。當然，這類作品在近三千首的總量中不過是九牛一毛而已，形成不了規模，只能以特例來對待。

〔註33〕 《梅堯臣集編年校注》，第 223 頁。
〔註34〕 《梅堯臣集編年校注》，第 206 頁。
〔註35〕 《梅堯臣集編年校注》，第 690 頁。

二、歐陽修的作品與道教

　　歐陽修的詩歌中與道教有聯繫的作品是多於梅堯臣的，儘管在思想上歐陽修是極力反對道教的。在詩歌的主題上，歐陽修道教題材的作品有著前後期的變化。早期道教題材的作品主要是表現對於道教神仙思想、學說的否定，如《仙草》、《感事四首》、《昇天檜》等，這些作品都明確表達了對於道教神仙學說的否定。如《感事四首》其三：「仙境不可到，誰知仙有無。或乘九斑蚪，或駕五雲車。朝倚扶桑枝，暮遊崑崙墟。往來幾萬里，誰復遇諸途。富貴不還鄉，安事富貴歟。神仙人不見，魑魅與為徒。人生不免死，魂魄入幽都。仙者得長生，又云超太虛。等為不在世，與鬼亦何殊。得仙猶若此，何況不得乎。寄謝山中人，辛勤一何愚。」〔註36〕

　　不過，在歐陽修晚年的詩歌中，卻較少關於對道教的抨擊。相反，與道士多有交往，如《贈許道人》、《戲石唐山隱者》、《又寄許道人》、《送龍茶與許道人》等。這表明歐陽修晚年對於道教中人更多一些寬容，也樂於交往。甚至在詩中表現出歸隱求仙的思想。當然這不過是一時之戲言，並不能認為歐陽修晚年宗教態度的轉變。如《戲石唐山隱者》：「石唐仙室紫雲深，潁陽真人此算心。真人已去升寥廓，歲歲岩花自開落。我昔曾為洛陽客，偶賂岩前坐磐石。四字丹書萬仞崖，神清之洞鎖樓臺。雲深路絕無人到，鸞鶴今應待我來。」〔註37〕這與早期詩歌中的「仙翁釋子亦往往而逢兮，吾嘗惡其學幻而言哤」形成鮮明的對比。其實這並不難以理解：早期的歐陽修出於社會政治的使命感，對於危及正統儒家思想的釋老當然持一水火不容之態度，攻之不遺餘力。而晚年屏居潁州，對於政治不太關心，這在詩中可以得至印證。如其《讀易》：「莫嫌白髮擁朱輪，恩許東州養病臣。飲酒橫琴銷永日，焚香讀易過殘春。昔賢軒冕如遺屣，世路風波偶脫身。寄語西家隱君子，奈何名姓已驚人。」〔註38〕因此，相應的對於道教中人也就不大討厭了。再者，道士基本上是遠離政治，相對於普通士人，遠離政治紛爭，更少了一些世俗氣。這就是歐陽修早晚期詩歌中道教題材作品中主題的變化的原因。

　　歐陽修在詩歌藝術上也受道教的一定影響。我們知道，歐陽修在詩歌創

〔註36〕《歐陽修全集》，第 148 頁。
〔註37〕《歐陽修全集》，第 143 頁。
〔註38〕《歐陽修全集》，第 247 頁。

作上極爲佩服李白的，如在「李白杜甫詩優劣說」條中，認爲：「『落日欲沒峴山西，倒著接籬花下迷。襄陽小兒齊拍手，攔街爭唱白銅鞮。』此常言也。至於『清風明月不用一錢買，玉山自倒非人推。』然後見其橫放，其所以警動千古者，固不在此也。杜甫於白得其一節，而精強過之。至於天才自放，非甫可到也。」〔註39〕可見對於李白較之杜甫更爲服膺。在宋人的文章中，多有關於歐陽修不喜杜甫而推崇李白的記載，此處就不贅述。而蘇軾也認爲歐陽修的詩歌近於李白，「歐陽子論大道似韓愈，論事似陸贄，記事似司馬遷，詩賦似李白，此非余言也，天下之言也。」李白詩風飄逸，深受道教影響。歐陽修的部分詩歌也運用道教的意象及遊仙手法，詩風同樣俊逸，具有濃厚的超現實色彩。如在《石篆詩》中盛讚李陽冰篆書的神奇：「我疑此字非筆畫，又疑人力非能爲。始從天地胚渾判，元氣結此高崔嵬。當時野鳥踏山石，萬古遺迹於蒼崖。山祇不欲人屢見，每吐雲霧深藏埋。群仙飛空欲下讀，常借海月清光來。」〔註40〕即運用神仙意象以及大膽的想像誇張的超現實手法，來突出主題。其《紫石屏歌》也是風格豪邁，一如李白，也同樣運用神仙意象：「月從海底來，行上天東南。正當天中時，下照千丈潭。潭心無風月不動，倒影射入紫石岩。月光水潔石瑩淨，感此陰魄來中潛。自從月入此石中，天有兩曜分爲三。清光萬古不磨滅，天地至寶難藏緘。天公呼雷公，夜持巨斧隳嶄岩。隳此一片落千仞，皎然寒鏡在玉奩。蝦蟆白兔走天上，空留桂影猶杉杉。」〔註41〕詩中運用天公、雷公、白兔等眾人所熟知之意象，大膽想像，深得白詩縱橫恣肆、奇特瑰麗的意味，從而有力的表現了紫石屏的神奇。至於歐陽修所自負的《廬山高》一詩，更爲仿李白之《蜀道難》則作。

歐陽修在詩歌上接受李白的影響，其中道教的因素不可避免的滲透其中，因爲李白的詩歌藝術與道教是密不可分的。在傳統文化中，也只有道教才能提供如此眾多的神仙意象，具有如此奇特的超現實的藝術想像力。因此，儘管歐陽修在宗教思想上是反對道教的，然而在詩歌創作上是主動運用道教中的神仙意象，以及道教所特有的想像誇張的方式，從而爲其俊逸詩風的形成提供有力的支持。

〔註39〕《歐陽修全集》，第 1968 頁。
〔註40〕《歐陽修全集》，第 755 頁。
〔註41〕《歐陽修全集》，第 63 頁。

附錄：歐陽修晚年皈依釋老辨

在宋代，儒釋道三教合流是思想界最爲突出的特徵。儘管宋人以儒術治國，但士大夫階層對道教、佛教也是兼收並蓄。不過歐陽修倒是一個例外，其一生力闢佛老。但在宋人筆記當中，卻有歐陽修皈依佛老的記載，以葉夢得的《避暑錄話》與葛立方的《韻語陽秋》爲代表。由於二者都是宋人的著述，所以在後人看來有一定的可信度。隨後的明清的一些著作中，都採用這種說法，如明代的《武林梵志》以及清人的《宋詩紀事》等等。那麼事實果眞如此嗎？下面，我們結合《韻語陽秋》、《武林梵志》以及《宋詩紀事》的記載與歐陽修等宋人的作品進行比較分析。

首先我們看一下關於歐陽修皈依佛教的加載。

> 歐陽氏子孫奉釋氏尤嚴於它士大夫家，余在汝陰，嘗訪公之子棐於其家。入門，聞歌唄鍾磬聲自堂而發。棐移時出，手猶持數珠，諷佛名，具謝今日適齋日，與家人共爲佛事方畢。問之云：「公無恙時，薛夫人已自爾，公不禁也。及公薨，遂率其家無良賤悉行之。」汝陰有老書生，猶及從公遊。爲予言：公晚聞富韓公得道於淨慈本老，執禮甚恭。以爲富公非苟下人者，因心動。時與法師住薦福寺，所謂顒華嚴者，本之高弟，公稍從問其說。顒使觀《華嚴》，讀未終而薨。〔註42〕（《避暑錄話》）

葉夢得距離歐陽修的時間比較短，並且親自得聞於歐陽修的子孫，可信度很高，所以爲葛立方所採納。

> 《韻語陽秋》卷十二云：歐陽永叔素不信釋氏之說，如《酬淨照師》云：「佛說吾不學，勞師忽款關。吾方仁義急，君且水雲閒。」《酬惟悟師》云：「子何獨吾慕，自忘夷其身。韓子亦嘗謂，收斂加冠巾」是也。既登二府，一日被病，亟夢至一所，見十人冠冕環坐。一人云：「參政安得至此，宜速反舍。」公出門數步，復往問之曰：「公等豈非釋氏所謂十王者乎？」曰然。因問：「世人飯僧造經，爲亡人追福，果有益乎？」答云：「安得無益。」既寤，病良已。自是遂信佛法。文康公得之於陳去非，去非得之於公之孫恕，當不妄。葉少蘊守汝陰，謁見永叔之子棐，久之不出。已而棐以數珠出，謝

〔註42〕葉夢得《避暑錄話》，《全宋筆記》第二編，第十卷，第231頁。

曰：「今日適與家人共爲佛事。」葉問其所以，裴曰：先公無恙時，薛夫人已如此，公弗之禁也。」〔註43〕

按：所謂「二府」，在宋代指的是樞密院與中書省。歐陽修於宋仁宗嘉祐五年爲樞密副使，六年除參知政事，可謂「登二府」。《韻語陽秋》此處云歐陽修由於夢佛教十王者而病癒，遂信佛法，很難令人信服。《酬淨照師》（《四庫全書》本爲《《酬淨照大師說》與《酬惟悟師》（四庫本爲《酬學詩僧惟晤》）爲慶曆年間的作品，在嘉祐六年之後的詩文中也沒有特別表現對佛教的關注。再者，篤奉儒術的歐陽修因一夢而改變信仰，於情理也委實不通。《韻語陽秋》中第二個例證爲葉少蘊（按：葉少蘊即是葉夢得）出守汝陰，從其子歐陽裴處得知其家人奉佛，並且歐陽修夫人的奉佛爲歐陽修默許。

把《韻語陽秋》與《避暑錄話》這兩條記載加以比較，我們就可以發現一些蹊蹺之處。首先，關於歐陽修信佛的動機是不同的。一是因夢而致，一是由富弼（富韓公）而觸動，這兩個說法都是道聽途說，並非歐陽修本人的親述，難以令人信服。其二，家人信佛，並不等於歐陽修本人的信佛。而葉夢得想當然的將二者混爲一談了。例如，南宋詩人陸游的父輩信奉道教，但外祖母卻信奉佛教，二者根本不衝突。更爲關鍵的是，晚年歐陽修的作品中並無這類記載，或者表現出對佛教的興趣。

接下來我們再看一下關於歐陽修對神仙傳說頗感興趣的記載。

> 《韻語陽秋》卷十二云：歐公嘗爲《感事詩》曰：「仙境不可到，誰知仙有無。或乘九班勔，或駕五雲車。往來幾萬里，誰復遇諸塗。」又爲《仙草》詩曰：「世說有仙草，得之能隱身。仙書已怪妄，此事況無文。」則凡神仙之說，皆在所麾也。而《贈石唐山人詩》乃云：「我昔曾爲洛陽客，偶向岩前坐磐石。四字丹書萬仞崖，神清之洞鎖樓臺。雲深路絕無人到，鸞鶴今應待我來」何耶？蔡約之云：「公守亳社日，有許昌齡者，得神仙之術，來遊太清宮公。邀至州舍與語，豁然有悟。一日，公問道，許告以公屋宅已壞，難復語此，但明瞭前境，猶庶幾焉。」所謂《石唐山人詩》，乃公臨終寄許之作也。〔註44〕

按：《贈石唐山人詩》一詩，文淵閣四庫全書本爲《戲石唐山隱者》。石唐山

〔註43〕葛立方《韻語陽秋》，《歷代詩話》，第 577 頁。
〔註44〕《韻語陽秋》，第 578 頁。

乃歐陽修於明道元年爲西京留守推官時遊玩的一個地名。歐陽修《洛陽牡丹記》：「明年（明道元年）會與友人梅聖俞遊嵩山、少室、緱氏嶺、石唐山、紫雲洞。」〔註45〕歐陽修於治平四年之亳州，而熙寧元年八月改知青州，在亳州僅僅一年三個月。此期（熙寧元年），歐陽修有《贈許道人》、《送龍茶與許道人》詩，可知許道人確爲潁陽石唐山道士，而《戲石唐山隱者》也應該爲此時之作。因爲這三首詩歌的主題，特別是《贈許道人》與《戲石唐山隱者》，是相似的。如《贈許道人》結尾兩句爲：「子歸爲築岩前室，待我明年乞得身。」〔註46〕而《戲石唐山隱者》結尾句爲：「雲深路絕無人到，鸞鶴今應待我來。」〔註47〕二者何其相似！而且從歐陽修本人此期的作品中，也絲毫看不出對神仙態度的轉變。最爲典型的爲此期詩歌《昇天檜》，昇天檜即爲太清宮中的神樹，但歐陽修在詩中態度鮮明的對神仙傳說表示反對。可見，歐陽修與許道人的交往，只是泛泛之交，並沒有因此改變其一生的操守。

另外，同是《韻語陽秋》這本書中，關於歐陽修晚年的宗教態度，居然出現兩種截然不同的記載，這本身就是自相矛盾的，從另一角度也降低了其可信度。

那麼，歐陽修晚年皈依佛老這一傳說是如何形成的呢？葉夢得的記載，給我們提供了一些線索。

> 歐陽文忠公平生詆佛老，少作《本論》三篇於二氏蓋未嘗有別……世多言，公爲西京留守推官時，嘗與尹師魯諸人遊嵩山，見蘚書成文，有若神清之洞四字者，他人莫見，然苟無神仙則已，果有非公等爲之而誰？其言未足病也……〔註48〕（《避暑錄話》卷上）

注意「世多言」這句話，說明接下來的記載都是當時人們的傳說。而事實果眞如此嗎？是否眞的只有歐陽修自己看到「神清之洞」四個字。首先，從歐陽修本人的文集中看不到關於類似的記載。《戲石唐山隱者》中只有「四字丹書萬仞崖，神清之洞鎖樓臺」兩句，並未特別提及神異之處。巧合的是，與歐陽修一起遊玩嵩山的謝絳對此次事件有一詳細的記載。明道元年，謝絳時

〔註45〕歐陽修《歐陽修全集》，第526頁。
〔註46〕同上，第64頁。
〔註47〕同上，第65頁。
〔註48〕《避暑錄話》，第230～231頁。

爲河南府通判，除二人外，一起遊玩的還有尹師魯、晏幾道、梅聖俞三人。
在謝絳的《遊嵩山寄梅典丞書》中有關於神清之洞的描述：

> 自是行七十里，出潁陽北門，訪石堂山紫雲洞，即邢和璞著書
> 之所，山徑極險。捫蘿而上者七八里，上有大洞，蔭數畝，水泉出
> 焉。久爲道士所佔，爨煙熏燎，又塗塓其內，甚瀆靈眞之境。已戒
> 邑宰，稍營草屋於側，徙而出之。此間峰勢危絕，大抵相向如巧者
> 爲之。又峭壁有若四字，雲神清之洞，體法雄妙，蓋薛老峰之。比
> 諸君疑古苔蘚自成文，又意造化者筆焉，莫得究其本末。問道士及
> 近居之民，皆曰向無此，異不知也。〔註49〕

謝絳的這段文字至少廓清了以下幾個疑惑：一、眾人所傳，只有歐陽修一人
見到「神清之洞」，這是不正確的。事實是五個人都見到了，而且對此進行討
論，並向附近居民、道士詢問但未果。二、謝絳文中的「石堂山」即歐陽修
詩歌中的「石唐山」，而此處所提及的道士也當爲後來歐陽修詩中的許道人。
但此處的道士並不見有何神異之處，相反，由於佔據山洞，「爨煙熏燎，又塗
塓其內，甚瀆靈眞之境」，被責令搬出。

根據謝絳的《遊嵩山寄梅典丞書》，我們可以瞭解到歐陽修如何被眾人誤
認爲晚年轉信神仙之術的。但後人往往不察，導致以訛傳訛，直至清代的厲
鶚，在《宋詩紀事》（卷九十）中也延承這種說法：「《皇朝類苑》：『許昌齡，
安世諸父，早得神仙術，杖策居潁陽石唐山，於道亦不盡廢。薨之夕，有星
隕於寢，洛人皆共見此。豈偶然哉？妙湛師爲余言，親得於其師小本，小本
得其師大本者云耳。歐陽永叔生平不肯信佛老，與語豁然有悟，嘗手書其詩。』」
〔註50〕這種傳說與以上幾種版本又有新的變化了。

而本書中同時又有關於歐陽修與佛教關聯的詳細敘述：

> 既而與諸君議，欲見誦法華經注僧。永叔進以爲不可，且言聖
> 俞往時，嘗云斯人之鄙，恐不足損大雅一顧。僕強諸君往焉，自峻
> 極東南，緣險而徑下三四里。法華者，棲石室中，形貌土木也，飲
> 食猿鳥也。叩厥眞旨，則軟語善答，神色睟正，法道諦實。至論多
> 矣，不可具道。所切當云：「古之人念念在定，慧何由雜；今之人念
> 念在散，亂何由定。」師魯、永叔扶道貶異，最爲辨士，不覺心醉

〔註49〕《歐陽修全集》，第 1382 頁。
〔註50〕厲鶚《宋詩紀事》，第 2127 頁。

色怍，欽歎忘返，共恨聖俞聞繆而喪眞。〔註51〕

歐陽修在見此僧之前，對佛教典籍、教義是不太瞭解，也不願瞭解。明道元年歐陽修春秋兩遊嵩山。這次嵩山之行當屬第二次，拜見僧人，完全爲謝絳所強邀。佛教徒從不同角度來探討問題，令歐陽修等人耳目一新，「欽歎忘返」，但並沒有因此轉變對佛教的態度。隨後所寫的詩歌，只是對山水景色大加讚賞，對佛教卻沒有什麼提及。就是這樣一個簡單的事件，到了明人筆下又成了歐陽修晚年信佛的例證。

> （歐陽修）居洛中時遊嵩山，卻僕吏放意而往，至一寺，修竹滿軒，風物鮮美。公休於殿陛，傍有老僧閱經自若。公問：「誦何經？」曰：「法華。」公云：「古之高僧，臨死生之際，類皆談笑脫去，何道致之？」曰：定慧力耳。「又問：「今乃寂寥無有，何哉？」老僧笑曰：「古人念念在定慧，臨終安得散亂？今人念念在散亂，臨終安得定慧。」公大歎服。後居潁州，捐酒肉，徹聲色，灰心默坐。令老兵往近寺借《華嚴經》，讀至八卷安坐而薨。〔註52〕（《武林梵志》卷八）

《武林梵志》爲明人吳之鯨所撰，主要是對佛教寺廟、僧人事迹的記載。佛教徒爲了自神其教，往往編撰一些傳說，有的似是而非，令一般人難以認識事實眞相。而此書中歐陽修與僧人接觸的這段記載，就是典型一例。五人而往成了一人獨行（兩次混淆），強邀所致成了主動前行，而晚年頌讀《華嚴經》更是輾轉而來，以訛傳訛。另外，我們從歐陽修第二次對佛教的態度也不難推知其首次遊嵩山時對佛教的成見有多深，以致爲人所強邀方肯前往。

通過以上的梳理，我們可以大致瞭解宋人以及明人是如何的把歐陽修變成一位晚年皈依佛教、道教的。那麼，歐陽修的宗教觀到底是如何的呢？

我們知道，歐陽修一生都是儒家的忠實信徒，「每爲人言，自少至老，終始所踐履，惟在一部《論語》中，未嘗須臾散離」〔註53〕，對於佛教、道教是堅決摒棄的。實際上，歐陽修對佛道二教並沒有深入的瞭解。歐陽修主要是運用儒家學說、經驗主義以及政治統治的角度來抨擊道教的神仙長生學說、以及佛教的生死觀念，進而反對釋老。

〔註51〕《歐陽修全集》，第1382頁。
〔註52〕吳之鯨《武林梵志》，《影印文淵閣四庫全書》本。
〔註53〕葉夢得《岩下放言》，《全宋筆記》第二編，第九冊，第333頁。

如歐陽修於《集古錄・唐華陽頌》中對釋老二教的生死觀做了剖析：

> 佛之徒日無生者，是畏死之論也。老之徒日不死者，是貪生之說也。彼其所以貪畏之意篤，則棄萬事、絕人理而爲之。然而終於無所得者何哉？死生天地之常理，畏者不可以苟免，貪者不可以苟得也。惟積習之久者成其邪妄之心。佛之徒有臨死而不懼者，妄意乎無生之可樂，而以其所樂勝其所可畏也。老之徒有死者，則相與諱之曰彼超去矣，彼解化矣。厚自誣，而託之不可詰。〔註54〕

歐陽修認爲，人應當順其自然，「道者，自然之道也。生而必死，亦自然之理也。」而不應當斤斤計較於生死的問題。甚至對於道教養生學說也不以爲然。如《刪正黃庭經敘》中談到：「後世貪生之徒，爲養生之術者無所不至。至茹草木、服金石、吸日月之精光。又有以爲此外物不足恃，而反求諸內者。於是息慮絕欲，煉精氣、勤吐納，專於內守，以養其神。其術雖本於貪生，及其至也，尚或可以全角而卻疾，猶愈於肆欲稱情以害其生者，是謂養內之術。故上智任之自然，其次養內以卻疾，最下妄意而貪生。」〔註55〕可見歐陽修是推崇自然之道的，對五代以來流行的道教內丹術稍尚許可，而對唐代及魏晉六朝流行的外丹術是堅決反對的。歐陽修並列舉了大禹和顏回的例子，一個雖操勞而長生，一個雖寡欲卻短命。

在歐陽修的文集中，關於佛教的論述是比較少的，更多的是對神仙傳說的批判。不過歐陽修認爲佛教的危害更大一些：「而佛能箝人情而鼓以禍福，人之趨者常眾而熾。老氏獨好言清淨，遠去靈仙飛化之術，其事冥深不可質究，則其爲常以淡泊無爲爲務。故凡佛氏之動搖興作爲力甚易，而道家非遭人主之好，尚不能獨興。」〔註56〕由於歐陽修對佛教瞭解較少，而道教教義淺顯，並且弱點明顯，更容易攻擊。並且，在宋代，神仙傳說還是有著很大的影響力，所以歐陽修在詩文中對此是極力批駁。這種批判精神貫穿了歐陽修的一生。如景祐三年所作的《仙草》詩，對當時流傳的仙草隱身的鬼把戲進行辛辣的諷刺：「非人不見汝，乃汝不見人。」〔註57〕而晚年（熙寧元年）所作的《昇天檜》更是從事實邏輯的角度抨擊神仙之說的虛妄：「奈何此鹿起

〔註54〕 《歐陽修全集》，第1162頁。
〔註55〕 《歐陽修全集》，第471頁。
〔註56〕 《歐陽修全集》，第271頁。
〔註57〕 《歐陽修全集》，第1頁。

平地，更假草木相攀緣。乃知神仙事茫昧，眞僞莫究徒自傳。」〔註58〕既然能夠平地成仙，又需借助樹木昇天就顯得十分滑稽而不合情理了。

除神仙傳說外，世俗所流傳的鬼怪迷信等也是毫無畏懼，甚至敢於面對。如嘉祐六年所作的《鬼車》一詩對此類事件有一描述：

> 嘉祐六年秋，九月二十有八日，天愁無光月不出。浮雲蔽天眾星沒，舉手向空如抹漆。天昏地黑有一物，不見其形，但聞其聲。其初切切淒淒，或高或低。乍似玉女調玉笙，眾管參差而不齊。既而咿咿呦呦，若軋若抽。又如百兩江州車，回輪轉軸聲啞嘔。鳴機夜織錦江上，群雁驚起蘆花洲。吾謂此何聲，初莫窮端由。老婢撲燈呼兒曹，云此怪鳥無匹儔。其名爲鬼車，夜載百鬼凌空遊。其聲雖小身甚大，翅如車輪排十頭。凡鳥有一口，其鳴已啾啾。此鳥十頭有十口，口插一舌連一喉。一口出一聲，千聲百響更相酬。昔時周公居東周，厭聞此鳥憎若讎。夜呼庭氏率其屬，彎弧俾逐出九州島。射之三發不能中，天遣天狗從空投。自從狗齧一頭落，斷頸至今青血流。爾來相距三千秋，晝藏夜出如鵂鶹。每逢陰黑天外過，乍見火光驚輒墮。有時餘血下點污，所遭之家家必破。我聞此語驚且疑，反祝疾飛無我禍。我思天地何茫茫，百物鉅細理莫詳。吉凶在人不在物，一蛇兩頭反爲祥。卻呼老婢炷燈火，捲簾開戶清華堂。須臾雲散眾星出，夜靜皎月流清光。〔註59〕

歐陽修對眾人所畏懼的能帶來災難的怪鳥不是敬而遠之，而是打開門戶詳究眞相，然而一切都風流雲散，毫無異處。從今天的角度來看，歐陽修這種大膽質疑、勇敢面對神仙鬼怪的精神似乎並沒有特別之處，然而在一千年前的宋代是很了不起的。就在歐陽修生活的北宋時期，洛陽流傳的鬼怪傳說在群眾中引起極大恐慌，以致需要政府出面干預。

> 丙戌，河陽三城節度使張旻言：「近聞西京訛言，有物如帽蓋，夜飛入人家，又變爲大狼狀，微能傷人。民頗驚恐，每夕皆重閉深處，以至持兵器捕逐。」詔使體量，又命侍御史呂言馳往按本府長吏洎轉運、提點刑獄司不即上聞之故。仍設祭醮禳禱。〔註60〕（《續

〔註58〕　《歐陽修全集》，第 63 頁。
〔註59〕　《歐陽修全集》，第 60 頁。
〔註60〕　《續資治通鑒長編》，第 2117 頁。

資治通鑒長編》卷九二）

此外，歐陽修對於信奉神仙長生之術的歷史君臣也是持一批判態度的。如在《唐華陽頌》中對唐玄宗的崇信道教、驕奢淫逸的行徑大加鞭撻：「而其自稱曰上清弟子者，何其陋哉！方其肆情奢淫以極富貴之樂，蓋窮天下之力不足以贍其欲。使神仙道家之事爲不無，亦非其所可冀。矧其實無可得哉！」〔註61〕即使是一代名臣，只要信奉神仙方術，也是爲歐陽修所不取。如唐代的顏眞卿，「忠義之節皎如日月，其爲人尊嚴剛勁，象其筆畫，而不免惑於神仙之說。釋老之爲斯民患也深矣。」〔註62〕對顏眞卿「惑於神仙之說」深感惋惜。

歐陽修爲何對釋老、特別是道教如此旗幟鮮明反對呢？除卻其個人儒家思想、現實經驗外，更重要的一點我認爲是出於政治統治的考慮。

封建社會中，作爲統治者，一旦崇信某種宗教，就必然會投入巨大的人力、財力。在農業經濟佔據主導地位的社會中，這樣勢必會減少勞動力，從而影響生產的發展，減少財政收入，這對封建統治的穩固是一個巨大的威脅。最高統治者也會因此而玩物喪志，對現實政治就不會太關注。強大的唐朝在唐玄宗的統治時期轉入衰落，而唐玄宗的崇信道教在歐陽修看來也是原因之一。作爲《新唐書》的編撰者歐陽修對此十分清楚。另外，宋眞宗崇信道教，大建宮觀，廣度道徒，東封泰山，勞民傷財，教訓也很深刻，這對歐陽修的觸動也是很大的。從北宋的一些奏議中也可以看出，北宋士大夫反對釋老，主要是從穩固統治的角度出發。如同爲儒家學派的司馬光，鮮受佛道影響，其《上仁宗乞罷寺觀賜額》所論：「竊以釋老之教無益於治，而聚匿遊惰耗蠹良民。」〔註63〕這與歐陽修的出發點是極其相似的。

不過，在宋代，道教雖然沒有如唐代那樣被推爲國教，信者雲集，但在當時的政治生活中也是不可缺少的。即使最高統治者不像眞宗、徽宗那樣崇信道教，日常的祭祀、祈雨禱晴等活動都離不開道教。而這些活動都需要士大夫主持參與，歐陽修雖然反對道教，但對於這些活動是無法拒絕的，而且作爲朝廷的重臣，還需要主持這樣的活動。如至和元年所作的《景靈朝謁從駕還宮》、嘉祐四年所作的《景靈宮致齋》都是參加這類活動所作的詩歌。翻開歐陽修的文集，我們會發現多達幾十則青詞。所謂青詞，即在祭祀活動中

〔註61〕《歐陽修全集》，第 1162 頁。
〔註62〕《歐陽修全集》，第 1173 頁。
〔註63〕趙汝愚《宋朝諸臣奏議》，第 906 頁。

道教用於向天帝神仙等祈禱的奏文。如《廣聖宮開啓乾元節青詞》：
「伏以月旅正陽，當百嘉之茂盛，祥標誕節。期萬壽之穹隆，式案舊章。載
嚴秘殿，延紫霄之飛馭，誦玉笈之靈篇。伏冀誠愨上通，聖眞垂祐，錫之多
福。均動植之幽微，永以無疆，並乾坤而悠久。」〔註64〕我們注意到，在這
篇青詞中，並沒有過多的道教用語，其它青詞也大致類此。這種寫作模式是
與其它人不同的。宋人文集中，青詞是一項重要的內容。歐陽修對青詞有著
自己的認識：「今學士所作文嘗多矣。至於青詞、齋文，必用老子浮屠之說；
祈禳、秘祝，往往近於家人里巷之事。而制詔取便於宣讀，常拘以世俗。所
謂四六之文，其類多如此，然則果可謂之文章者歟？」〔註65〕歐陽修的獨特
的青詞模式是與其宗教觀念以及文學理論相關聯的，可見，對於這類活動，
歐陽修是經常參與的。

　　如果是對於穩固封建統治，神化皇權的道教活動，歐陽修並不反對，正
如上段我們提到的官方祭祀活動。而一些道教徒的個體行動，歐陽修的態度
也是如此。例如醴陵縣登眞宮大火，獨宋太宗所賜的飛白書獨存，這個事件
本身就匪夷所思，帶有一些神秘色彩。道士彭知一出私財重修宮觀，保存太
宗眞迹，對於穩固封建統治很有幫助。雖然歐陽修在思想中對佛道二教進行
批判，但對彭知一這種能夠不動用官方財力而神化皇權的行爲卻加以讚賞：
「其間能自力而不廢者，豈不賢於其徒者哉？（彭）知一是已。」〔註66〕

　　同樣，歐陽修並不完全拒絕與僧道徒的交往，但這種交往大多局限於對
方的詩文創作、德行修養等方面，而並非其宗教信仰。如《贈無爲軍李道士
二首》中對李道士的琴藝大加讚賞：「無爲道士三尺琴，中有萬古無窮音。音
如石上瀉流水，瀉之不竭由源深。」〔註67〕對詩僧也並不因人廢言：「子雖爲
佛徒，未易廢其言。其言在合理，所懼學不臻。」〔註68〕晚年與許道人的交
往也是這種情況。從這些詩歌當中，我們看不到任何的皈依宗教的傾向。只
是由於自身的思想信仰，與後來的蘇軾等人相比，歐陽修與僧道徒的交往是
比較少的。

　　結語：通過以上的分析，我們可以得出這樣的結論：歐陽修作爲一個傳

〔註64〕《歐陽修全集》，第 628 頁。
〔註65〕《歐陽修全集》，第 300 頁。
〔註66〕《歐陽修全集》，第 271 頁。
〔註67〕《歐陽修全集》，第 25 頁。
〔註68〕《歐陽修全集》，第 26 頁。

統的儒家學者，在個人的信仰上，對釋老是終生抵制的，特別是世俗所流傳的神仙方術。不過，出於政治的需要，歐陽修對宗教活動並不拒絕，甚至積極的參與其中。在宋人以及後人的筆記中，所記載的關於歐陽修晚年皈依佛老，這種說法是站不住腳的。

第三節　北宋政治家的詩歌創作與道教

　　北宋中期完成了詩文革新運動，形成了宋代的詩文風格，與唐人相區別。這場詩文革新運動實際上是由兩大文學集團完成的，先是以歐陽修為首的詩文集團，繼之以蘇黃為代表的詩文群體。所以，我們將分兩個階段來論述道教在此時期與詩文創作的關係。

　　首先看一下歐陽修主持文壇時期，道教對詩歌創作的影響。

　　歐陽修、蘇堯臣、梅聖俞在政治上並不具領導地位，但代表當時詩文創作之最高水準，其詩歌理論也為時人所推崇，其創作成為普通文人的典範。他們的創作就題材而言，生活化的傾向比較明顯，即凡與生活相關的事物皆可進入詩歌創作的範圍；就語言而言，主張自然清切，避免艱澀雕琢；就風格而言，表現為平淡。要之詩歌要有為而作，通過詩歌表現個人的氣格與情志，並非以之應酬唱和，成為純粹的文字遊戲而已。歐、蘇、梅三人的詩歌創作以氣格為主，即以詩歌表現個人的志向與抱負。

　　與此同時，在思想界，儒學傳統逐漸在士大夫中佔據主導地位，經世致用成為指導士大夫的行為規範的主要思想，如范仲淹、歐陽修、文彥博、司馬光、王安石等，這與北宋前期的寇準、王欽若、宋祁、晏殊等人大相徑庭。

　　另外，挾真宗時期崇道之餘勢，道教在社會中產生廣泛之影響，無論士大夫在主觀上是否真正接受，對於道教是不會陌生，如道教的某些義理、道教祭祀儀式、道教神仙故事等等。因此道教與士大夫的生活關係密切，這種密切的關係不僅表現在政治層面上，而且也表現在個體的日常生活中，這在前幾節已經詳述。

　　在上述因素的作用下，道教題材大量的出現此時的詩歌創作中。當然，由於創作者對於道教的接受程度的不同，道教對於其詩歌創作的影響也會不同，進而使得詩歌呈現出不同的風貌。為了便於分析，筆者把士大夫分為三組，一組是歐梅蘇文學集團，一組為在政治上有著領導作用的政治家，如范

仲淹、司馬光等，另外一組士大夫的政治地位稍弱一些，如張方平、趙抃、
劉敞、劉攽等。

一、范仲淹的詩歌與道教

在古代文學的發展史中，范仲淹在文學史中的地位並不高，更多的是以
政治家的身份出現於世人面前，其發動的慶曆革新爲其政治活動的高峰，其
「先天下之憂而憂，後天下之樂而樂」的入世精神更是爲時之士大夫所推崇。
在其詩歌創作中，道教題材只是表現其思想情懷的媒介，與道教信仰沒有多
少關係。最爲典型的爲《上漢謠》:「眞人累陰德，聞之三十天。一朝鸞鶴來，
高舉爲神仙。冉冉去紅塵，飄飄淩紫煙。下有修眞者，望拜何拳拳。願君銀
臺上，侍帝玉案前。當有人間問，請爲天下宣。自從混沌死，淳風日衰靡。
百王道不同，萬物情多詭。堯舜累代仁，絃歌始能治。桀紂一旦非，宗廟自
然毀。是非既循環，興亡亦繼軌。福至在朱門，禍來先赤子。嘗聞自天意，
天意豈如此。何爲治亂間，多言歷數爾。願天賜吾君，如天千萬春。明與日
月久，恩將雨露均。帝力何可見，物情自欣欣。人復不言天，天亦不傷人。
天人兩相忘，逍遙何有鄉。吾當飲且歌，不知羲與黃。」〔註69〕

在這首作品，作品借用遊仙詩的形式與意象，以「修眞者」第三人稱的
口吻，表現個人的對歷史的思索及天人和諧、各得其樂的政治理想，這實際
上也是每一個儒學政治家的情懷與理想。

當然，道教所推崇的退隱思想在這些作品中也有體現，不過這種思想是
作家根據創作題材而進行變化的，並不一定代表作者的眞實思想，特別是一
些與道教中人交往的詩歌。如《贈張先生》:「應是少微星，又云嚴君平。浩
歌七十餘，未嘗識戈兵。康寧福已大，清靜道自生。邈與神仙期，不犯寵辱
驚。讀易夢周公，大得天地情。養志學浮丘，久煉日月精。壽存金石性，嘯
作鸞鳳聲。陰德不形言，一一在幽明。何當換金骨，五雲朝玉京。有客淳且
狂，少小愛功名。非謂鍾鼎重，非謂簞瓢輕。素聞前哲道，欲向聖朝行。風
塵三十六，未作萬人英。乃聞頭角者，五神長戰爭。禍福有倚伏，富貴多虧
盈。金門不乏雋，白雲宜退耕。人間有嵩華，樓之比蓬瀛。芝田春藹藹，玉
澗晝錚錚。峰巒多秀色，杉桂一何清。月壑認瑤池，花岩列錦城。朱絃冉冉
奏，金醴遲遲傾。相勸綺季徒，頹玉信縱橫。此樂不尋常，何苦事浮榮。願

〔註69〕范仲淹《范文正集》卷一，《影印文淵閣四庫全書》本。

師先覺者，遠遠濯吾纓。」〔註 70〕在詩中，范仲淹把自己與張先生作了一番對比，頌揚對方的逍遙物外的情志，與世無爭。對自己（「有客」）的追求功名進行檢討詩歌在下半部分描寫神仙境地，表達與張道人共同隱逸的願望。這種願望顯然不是范仲淹的真實思想，只是作者以曲筆讚揚張先生的仙風道骨而已。

因此，儘管作者以道教題材進入詩歌創作的視野，但其儒家情懷始終佔據主導地位，並不因是道教題材就刻意表現諸如神仙思想，而更多的是展示出一個政治家的胸懷，如《和人遊嵩山十二題》組詩即是明證。在道教中人看來，嵩山為仙山，為洞天福地第六：

「周回三千里，名曰司馬洞天。在東都登封縣，仙人鄭雲山治之。」〔註 71〕在嵩山有眾多的神仙故事傳說，並且其中各風景大多與神仙故事相關。以平常人來寫這些風景，或以之起神仙之思，或批判神仙學說之虛妄。而范仲淹卻超越於此，以神仙題材入詩而不拘泥於宗教題材，如《自峻極中院步登太室中峰》：「白雲隨人來，翩翩疾如馬。洪崖與浮丘，襟袂安足把。不來峻極遊，何能小天下。」〔註 72〕大有杜甫「一覽眾山小」的豪邁。再如《天門》：「天門絕境遊，熙然揖灝氣。下顧莽蒼間，雲雷走平地。天威不遠人，孰（莫）起欺天意。」作者敬天思想躍於紙上，此組詩其它作品也大致如是。

作者始終以名節自勵，本傳稱其「泛通《六經》，長於《易》，學者多從質問，為執經講解，亡所倦。嘗推其奉以食四方遊士，諸子至易衣而出，仲淹晏如也。每感激論天下事，奮不顧身，一時士大夫矯厲尚風節，自仲淹倡之。」〔註 73〕所以即使在其仕途中遭遇挫折時，其關於道教的詩歌也沒有沮喪之氣，如范仲淹遊覽道教勝地茅山的作品。這些作品是景祐二年作者移知丹陽郡時途經茅山而作，此時的范仲淹正經歷人生的一次事業低谷。先是以言事被黜，以京師地震得以近移潤州，而政治上的敵對勢力恐其復用，重誣以事，再加上受朋黨之論的牽連，其仕途可謂岌岌可危。幸而得以參知政事程琳的救護，方才涉險，移知丹陽郡。〔註 79〕對於這一切，范仲淹並不耿耿於懷，其《潤州謝上表》只是對事情原委及道理向仁宗述說，並無絲毫怨

〔註 70〕 《范文正集》卷一。
〔註 71〕 《雲笈七籤‧洞天福地部》卷二七，第 612 頁。
〔註 72〕 《范文正集》卷二。
〔註 73〕 《宋史》卷三一四，第 10267 頁。

語，表現作者堅持原則、敢於與權貴鬥爭的氣節：「徒竭誠而報國，弗鉗口以安身。言涉大臣，議當深典；可無退省，抑有所聞……敢不長懷霜潔，至效葵傾。進則持堅正之方，冒雷霆而不變；退則守恬虛之趣，淪草澤以忘憂。」〔註75〕如果以《潤州謝上表》爲公文，有言不由衷的嫌疑的話，此時的詩歌也可以作以輔證。因爲此時並無詩禁，詩歌可以自由的表達個人的意願。如《移丹陽郡先遊茅山作》：「丹陽太守意何如，先謁茅卿始下車。展節事君三黜後，收心奉道五旬初。偶尋靈草逢芝圃，欲扣眞關借玉書。不更從人問通塞，天教吏隱接山居。」〔註76〕這在此詩中，作者表達奉道及吏隱的思想，實際只是一時之感而已，並且也與儒家「退則兼善天下之思想」相一致。從景祐四年之後，我們在范仲淹的詩文中並沒有發現多少與道教相關的作品，如採用道教術語、道教意象，或者遊仙體裁等。這更表明范仲淹一貫的儒家思想，與道教相聯繫的作品只是一時應景之作，而非主觀的刻意爲之。按照范氏本人的詩歌理論：「詩家者流，厥情非一：失志之人其辭苦，得意之人其辭逸，樂天之人其辭達，觀閔之人其辭怒。如孟東野之清苦、薛許昌之英逸、白樂天之明達、羅江東之憤怒，此皆與時消息，不失其正者也。」〔註77〕（《唐異詩序》）反映了儒家的詩歌理論，並且認爲：「國之文章應於風化，風化厚薄見乎文章。是故觀虞夏之書足以明帝王之道，覽南朝之文足以知衰靡之化。故聖人之理天下也，文弊則救之以質，質弊則救之以文。質弊而不救，則晦而不彰；文弊而不救，則華而將落。前代之季不能自救，以至於大亂。」〔註78〕（《奏上時務書》）正是在這種理論的指導下，儘管有道教題材，作者也並不表現出過多的企慕之心。所以在同時所作的《依韻和魏介之同遊玉仙壇》、《風水洞》等詩歌並沒有提及與退隱相關之情緒，不過就風景本身進行描述。

　　與范仲淹相類似的有晏殊、文彥博、韓琦、韓維、王圭、司馬光等人，這數字都是北宋政壇中的德高望重者，政治地位遠過於其在文壇中的地位，除晏殊外，其它在當時及文學史中都影響不大，可謂純粹的儒學家及政治家。如晏殊康定元年自三司使、刑部尚書知樞密院事，於慶曆二年加同平章事，並於慶曆三年加同中書門下平章事；文彥博於慶曆八年「自諫議大夫、參知

〔註75〕《范文正集》卷二。
〔註76〕《范文正集》，卷四。
〔註77〕《范文正集》，卷六。
〔註78〕《范文正集》，卷七。

政事加行禮部侍郎、同平章事、集賢殿大學士，並於至和二年復相，英宗、哲宗朝均爲宰輔，可謂權高位重；這其中司馬光尤爲獨特，不僅爲政治家，元祐元年拜尚書左僕射兼門下侍郎，且爲北宋儒學四派之一「洛學」的領袖。這些政治家都創作了部分與道教相關的詩歌，他們在創作這類題材的作品時有幾個共同的特點：

一、數量都不多，只占其創作總量的一小部分。如晏殊只有四首作品，王珪只有五首作品，韓維有七八首，文彥博有十幾首之多，而司馬光稍多一些，不過也只有十四五首。如果但從與道教相關的詩歌數量來看，彷彿作者與道教關係不大，實則不然。以王珪爲例，《全宋文》第五十四冊收集其與道教相關之青詞共有三卷，作品有一百四十多篇。而這些青詞都是與時之重要事件相關，如《奉元殿啓建皇太后本命道場青詞》等，而王珪並沒有把這些用詩歌的形式來表現。

二、詩歌的創作大多爲被動式的，即與道教中人交往、參加道教活動、遊覽道教勝迹而創作的，而非主動的將道教題材納入創作範圍中。如晏殊的《立春祀太乙》其一：「紫毛雙節引青童，一片空歌韻曉風。太昊茲辰授春令，鸞旗應在矞雲中。」〔註79〕王珪的《依韻和賈直孺舍人初春祠左太乙二首》其一：「嚴祠初綴漢墀班，燼燼珠熌照幄寬。玉殿威神來帝福，紫垣風骨敵春寒。芝華擁蓋陰猶合，桂醑流觴飲欲殘。拂曉東風迎馬首，鳴珂歸背月珊珊。」〔註80〕

三、在這些詩歌中，較少表現傳統的隱逸思想，只是進行較爲客觀的描述，而非表現主體情感。即使有表現對神仙思想的羨慕時，也是把政治事業放在首位。如晏殊的《麻姑山》：「昔年權暫領軍城，靜愛仙山詠過春。天下雲車曾祖駕，城中龜海幾生塵。明知綠髮升眞籍，堪笑蒼顏預憲臣。我若粗成忠國事，赤松曾羨漢廷人。」〔註81〕儘管作品在頸聯中自嘲晚年才登相位（康定元年作者爲四十九歲），詩歌最後也表達了對神仙的羨慕，但卻有一前提，即「我若粗成忠國事」，實際上還是把儒家的治國平天下放在首位。再如文彥博的《寄華清觀主大師》：「五城三洞朝眞客，紫房名隸神仙籍。玉案晨飡沆瀣精，椒庭夜飲流霞液。姑山綽約冰雪容，亭亭霞外脫塵蹤。飆馭狂遊

〔註79〕《全宋詩》，第三冊，第 1950 頁。
〔註80〕《全宋詩》，第九冊，第 5976 頁。
〔註81〕《全宋詩》，第三冊，第 1945 頁。

紫貝閣，雲裝醉入白銀宮。想陪桂父與金母，昆蓬春賞蟠桃紅。愚亦放懷隨淡泊，昆芝茹朮希彭朔。常秘六泥東竈丹，每求五色西山藥。紫臺久判浮丘袂，錦州繡嶺三千里。羽駕鸞驂未載逢，經年望斷函關氣。」〔註82〕詩中也表達了隱居世外以及對長生的渴望：「愚亦放懷隨淡泊，昆芝茹朮希彭朔。」然而當真有這樣的機會去隱逸時卻又放棄：「去春蒙西都致政李少師（東之）惠詩五首，追敘舊遊，因而招隱。某尙羈樞務，請退未諧，深味來章，未知所答。遷延宿留，遂涉歲時。今蒙聖慈，俯從人欲，聽解重柄，均逸便藩，仰西河之上游，瞻仁宅之實邇。即當胥會，彌積欣怡。輒成小詩三章，代書見意，且答去春之賜。」〔註83〕可見作者還是以政務爲重，假如君主不同意解職，這些大臣依然還得留任。再如韓維的《謁孔先生》：「月出高樹枝，影動酒樽處。樹深月色薄，稍以燈火助。主人喜我過，斟酌亦云屢。於時幸無累，所談非近務。涼風自遠生，清景淡吾慮。方期西山秋，歷覽陪杖屨。」〔註84〕與前二詩相似，所以詩中偶爾出現的神仙及隱逸思想都是不足爲信的。

二、司馬光的詩歌與道教

　　在這些政治家中，司馬光的此類題材作品較有特色，表現爲其作品不僅比另外幾人在數量上多，且創作的主觀性更強、文學意味更濃厚一些。不過，司馬光對道教並不認同，對佛老思想不感興趣：「不喜釋、老，日：『其微言不能出吾書，其誕言吾不信。』」〔註85〕出於政治的考慮還主張限制道教宮觀的規模及數量，如「臣恐自今以往，奸滑之人將不顧法令，依憑釋老之教以欺誘愚民，聚斂其財，以廣營寺觀，務及百間以上，以須後赦，冀幸今日之恩，不可復禁矣。方今元元貧困，衣食不贍，仁君在上，豈可復唱釋老之教以害其財用乎？」〔註86〕《論寺額箚子》）

　　儘管在司馬光的文集中並沒有出現參加道教祭祀活動的青詞，並在政治上、思想上反對道教，但這並不表明司馬光與道教沒有多少關係。首先，司馬光對於道教經典《老子》的研究是十分透徹的，對《老子》進行注釋。並在思想上接受《老子》的影響，如其《潛虛》：「萬物皆祖於虛，生於氣；氣

〔註82〕《全宋詩》，第六冊，第3470頁。
〔註83〕《全宋詩》，第六冊，第3511頁。
〔註84〕《全宋詩》，第八冊，第5120頁。
〔註85〕蘇軾《司馬溫公行狀》，《蘇軾文集》卷一六，第491頁。
〔註86〕司馬光《溫國文正司馬公文集》卷二十四，《四部叢刊初編》本。

以成體，體以受性，性以辨名，名以立行，行以俟命。故虛者物之府也，氣者生之戶也，體者質之具也，性者神之賦也，名者事之分也，行者人之務也，命者時之通也。」〔註87〕以虛為萬事萬物產生的根原，與《老子》的思想相近。

一方面，司馬光在其道教題材的作品中表現出對於道教思想的熟悉，這些作品都是以傳統的遊仙詩的形式出現的，或者在詩中運用道教的典故。如《海仙歌》：「東望海波蒼茫浩渺無所極，高浪洪濤黯風色。翻星倒漢天地黑，陰靈出沒互相索。東方曈曨景氣清，慶雲合沓吐赤精，蓬萊瀛洲杳如萍。遙觀五樓十二城，群仙劍佩朝玉京。祥風縹渺鈞天聲，彩幢翠蓋煙霞生。鸞歌鳳舞入帝鄉，紫麟徐驅白鶴翔。餐芝茹朮飲玉漿，千年萬年樂未央。」〔註88〕從這首詩歌可以看出，司馬光這位名儒對於道教傳統遊仙作品的熟悉。再如《昌言有詠石發詩三章，模寫精楷，殆難復加。僕雖未睹茲物，而已若識之久者，輒復強為三詩，以繼其後。非敢庶幾肩差，適足為前詩之輿臺耳》其三：「琅茱來從若木邊（自注：西王母傳有碧海之琅茱），非膏非沐綠宛延。玉盤委積羞佳客，不是陶家無饌錢。」〔註89〕

司馬光創作道教題材的作品，只是出於表現才情的需要。在與道教中人交往的作品中，也是表現對其人品、風采的尊重，而非稱讚其道教知識，或者其長生之術等等通俗的方面。同樣，司馬光也不故作驕情，如其他作家一樣常於詩中表現表現隱逸出世的思想。如《贈道士陳景元酒》：「籬根委餘菊，階角擁殘葉。清言久不愜，何以慰疲苶。朋樽涵太和，高興雅所愜。誰云居室遠，風味自可接。」〔註90〕陳景元為時之名道士，長於《老》、《莊》。其所注《道德經》，為神宗所稱讚，「陳景元所進經，剖玄析微，貫穿百氏，厥旨詳備，誠可取也。其在流輩，宜為獎論。」〔註91〕可見，司馬光對於陳景元是一種學術上、人格上的惺惺相惜，所以在詩中毫無道教意象，但詩中充溢著志同道合的契合與超然世外的蕭散情懷，絲毫沒有榮利與世俗的紛爭。

另一方面，司馬光在詩歌中委婉地表達道教神仙學說的虛妄與荒誕，而這些作品都是有感而發，有著針對性。司馬光作為神宗時的士大夫的精神領

〔註87〕 司馬光《潛虛》，《四部叢刊三編·子部》。
〔註88〕 《溫國文正司馬公文集》卷二。
〔註89〕 《溫國文正司馬公文集》卷七。
〔註90〕 《溫國文正司馬公文集》，卷四。
〔註91〕 《歷世真仙體道通鑒》卷四九，《道藏》第五冊，第381頁。

袖，其思想及行爲在社會中有著舉足輕重的作用。「（王安石）行其法於天下，謂之新法。公（司馬光）上疏逆陳其利害，曰：『日後當如是。』行之十餘年，無一不如公言者。天下傳誦以公爲眞宰相，雖田父野老皆號公司馬相公，而婦人孺子知其爲君實也。」〔註92〕「帝（神宗）崩，赴闕臨，衛士望見，皆以手加額曰：「此司馬相公也。」所至，民遮道聚觀，馬至不得行，曰：「公無歸洛，留相天子，活百姓。」〔註93〕不過，司馬光對於佛老之教並沒有從社會思潮的角度進行批判，建立新儒家這一任務落在周敦頤及後來的二程兄弟身上。因此，在詩歌中對於道教的批判就不會過於激烈，而只是委婉曲折的表現。如《示道人》：「天覆地載如洪爐，萬物死生同一塗。其中松柏與龜鶴，得年稍久終摧枯。借令眞有蓬萊山，未免亦居天地間。君不見太上老君頭似雪，世人浪說駐童顏。」〔註94〕再如《贈學仙者》：「微逕透重巒，茅堂竹葉冠。方瞳映骨靜，秀氣逼人寒。夜火裝丹竈，晴霜醮石壇。不須驚淺俗，輕舉入雲端。」〔註95〕

　　儘管宋代以儒術立國，然而在社會思潮上並非以某一種思想處於絕對統治的地位，思想上的自由與開放是宋代社會思潮一大特色，特別是在宗教信仰上。司馬光對於道教神仙學說並不認同，然而其友人卻堅信神仙的存在。司馬光並不過多的從邏輯或經驗上進行辯論，而是以詩歌形式來表現其存疑的態度，如《友人楚孟德過余縱言及神仙余謂之無孟德謂之有伊人也非誕妄者蓋有以知之矣然餘俗士終疑之故作遊仙曲五章以佐戲笑云》其四：「仙家不似人間歡，瑤漿琅荣青玉盤。乘醉東遊憩陽谷，酒瓢閒掛扶桑木。」〔註96〕單從字面上而言，這組詩歌與傳統的遊仙作品無論從思想上還是藝術表現上都並無多大差別，而這不過是這位大政治家的一時遊戲之作而已。從另一方面而言，這也反映出司馬光對於道教遊仙作品的熟悉，可以很自然地運用於個人的創作中去。所以單從詩歌作品本身來探究作者的思想往往會有偏差，因爲詩歌只是表達作者一時的情感，而非一貫的思想。

　　結語：宋代中期的政治家儘管對於道教並無過多的傾向性，在政治層面而且持否定限制的態度。但在思想層面上卻並不特別的反感，加上道教的廣

〔註92〕《蘇軾文集》，第485頁。
〔註93〕《宋史》卷三三六，第10767頁。
〔註94〕《溫國文正司馬公文集》卷五。
〔註95〕《溫國文正司馬公文集》卷七。
〔註96〕《溫國文正司馬公文集》卷六。

泛影響，因此道教題材也很容易進入到創作的視野中。但由於作者個體的身份及政治思想中儒家的決對統治地位，因此在這類作品中並無過多傳統隱逸思想在其中，其立足點依然在於其儒家思想。

第四節　理學家的詩歌創作與道教

一、北宋理學家對於道教的接受

　　宋初儒家力闢佛老，理學家對此態度非常鮮明，特別是道教的神仙方術。但對於道教的態度並非是絕對的，即一方面，反對道教神仙學說及養生方術；另一方面，在理論上吸收道教的合理的成份，加以改造，藉以充實發展儒家的思想。如周敦頤的《太極圖說》中的太極圖出於道教，正如前人業已指出，「周子《太極圖》，創自河上公，乃方士修煉之術也。河上公本圖，名《無極圖》。魏伯陽得之，以著《參同契》。鍾離權得之，以授呂洞賓。洞賓後與陳圖南同隱華山，而以授陳。陳刻之華山石壁。陳又得《先天圖》於麻衣道者，皆以授种放。放以授穆修與僧壽涯。修以《先天圖》授李挺之。挺之以授邵天叟。天叟以授子堯夫。修以《無極圖》授周子……」〔註97〕不過，周敦頤以《太極圖》來解釋宇宙的由來以及人的自處之道，而道教則以發明養生之理。邵雍的《八卦次序圖》亦是取法於道教的《太極圖》，只不過道教用以養生，邵雍藉以發展哲學而已。「乾南坤北也，實養生家之大旨。謂人身本具天地，但因水潤火炎，陰陽交易變其本體，故令乾之中畫損而成離坤之中畫塞而成坎，是後天使然。今有取坎塡離之法，挹坎水一畫之奇，歸離火一畫之耦，如煉精化氣，煉氣化神之類，益其所不足，離得故有也。如鑿竅喪魄，五色五聲之類，損其所有餘，坎去本無也。離復返爲乾，坎復返爲坤，乃天地之南北也。養生所重專在水火，比之爲天地。既以南北置乾坤，坎離不得不就東西。」〔註98〕（《圖說辨惑》）程顥爲學，出入釋道幾十年，對於道教也並未一概否定，如「老子言甚雜，如《陰符經》卻不雜，然皆窺測天道之未盡者也。」〔註99〕

　　以上是理學家們對於道教理論的接受，至於道教的神仙觀念，在理學家

〔註97〕黃宗炎《圖學辨惑》，《影印文淵閣四庫全書》本。
〔註98〕全祖望《鮚埼亭集》卷十三，《四部叢刊初編・集部》。
〔註99〕《二程遺書》卷一五，《影印文淵閣四庫全書》本。

內部的意見也並不是完全一致的。如江西學派的李覯，對於神仙的態度是信其有的。如其《疑仙賦》所云：「覯家盱江，其西十里則麻姑山，顏太師真卿有記存焉。少北則麻源，謝靈運詩所謂『入華子崗是』麻源第三谷者也。其山水清媚，與神仙趾迹相附，著在人口吻。吾母初無子，凡有可禱無不至。祥符元年，夢二道士奕棋戶外，往觀之。其一人者取局之一子授焉，遂娠。及覯生十餘歲，從先父適田間宿東郊。既寐，有人以書與覯，方制如牘表，用黃其目。曰《王狀元文集》夢中以為沂公之文也。就學以來，果不甚魯，或時開卷，惝然憶念謂曾讀此書，再思之未嘗見也。墨筆著辭雖未善，顧出自然，不多勞力，私心喜幸，以所從受頗靈異而不敢言。今茲年三十有八矣乃用自疑，作《疑仙賦》。儒者不言仙，蓋患乎傷財舍生以學之者也苟異於彼宜無害。」〔註100〕李覯無法解釋自己的神奇經歷，只能歸於確有神仙的存在，但儒家的社會責任感是不容許學者們認可道教神仙學說的。另一理學家張載則認為萬物本原皆為氣，所以鬼神只不過為與人同體，為氣之聚散而已。如「鬼神者，往來屈伸之義」〔註101〕。「動物本諸天，以呼吸為聚散之漸；植物本諸地，以陰陽升降為聚散之漸。物之初生，氣日至而滋息。物生既盈，氣日反而遊散。至之謂神，以其伸也；反之為鬼，以其歸也。」〔註102〕可見，在張載看來，鬼神也並非為人死後之名，人即鬼神，而道教的神仙學說也就不用辨駁而否定了。

二、理學家的詩歌與道教

（一）理學家的詩歌理論

北宋的理學家在文學上的成就是很低的，主要是是對文學創作有一定的歧視。不過並不是所有的理學家都反對文學創作，他們內部對此沒有形成統一的認識。如他們對於文學在態度有兩個極端，一為程頤，反對詩歌創作，提倡作文害道說。

> 問：「作文害道否？」曰：「害也。凡為文不專意則不工，若專意則志局於此，又安能與天地同其大也。書云：「玩物喪志，為文亦玩物也。呂與叔有詩云：」學如元凱方成癖，文似相如始類俳。獨

〔註100〕李覯《直講李先生文集》卷一，《四部叢刊初編》本。
〔註101〕張載《張載集》，中華書局，2006年，第16頁。
〔註102〕《張載集》，第19頁。

立孔門無一事，只輸顏氏得心齋。此詩甚好。古之學者惟務養性情，其它則不學。今爲文者，專務章句，悦人耳目。既務悦人，非俳優而何？〔註103〕（《二程遺書》）

程頤可謂是堅決反對詩歌創作的了，但與其兄程顥則有較大的區別。如從下面幾條例子則可以看出其顯著差異。

堯夫詩云：「梧桐月向懷中照，楊柳風來面上吹。」明道曰：「眞風流人豪也。」〔註104〕（《伊洛淵源錄》）

堯夫詩「雪月風花未品題」，他便把這些事便與堯舜三代一般，此等語自孟子後無人曾敢如此道來，直是無端。又如言「文字呈上堯夫」，皆不恭之甚，「須信畫前元有易」，自從刪後更無詩這個意思元古未有人道來。〔註105〕（《二程遺書》卷二上）

明道先生善言詩，他又不曾章解句釋，但優游玩味，吟哦上下便使人有得處。又曰：「伯淳談詩，並不下一字訓詁。有時只轉一兩字，點掇地念過，便教人省悟。」又曰：「古人所以貴親炙之也。」〔註106〕（《伊洛淵源錄》）

從以上幾條例子可以看出，程顥對於詩歌持一寬容的態度，所以其詩歌創作也較多。

理學家中的李覯所持的詩歌理論與程頤是針鋒相對的，一方面，李覯承認詩歌的教化作用，不應當單純從藝術的角度出發，如聲律、章句等。《上李舍人書》：「人之業莫先乎文。文者，豈徒筆箚章句而已，誠治物之器焉。其大則核禮之序、宣樂之和、繕政典、飾刑書。上之爲史，則怙亂者懼；下之爲詩，則失德者戒。」〔註107〕《上宋舍人書》：「竊謂文之於化人也深矣，雖五聲八音，或雅或鄭，納諸聽聞，而淪入心竅不是過也……李杜稱兵於前，韓柳主盟於後，誅邪賞正，方內向服。堯舜之道，晦而復明；周孔之教，枯而復榮。逮於朝家，文章之懿，高視前古者，階於此也。不意天宇之廣，頹風未絕，近年以來，新進之士重爲其所扇動，不求經術而摭小說以爲新，不

〔註103〕《二程遺書》卷一八。
〔註104〕朱熹《伊洛淵源錄》卷五，朱傑人、嚴佐之、劉永翔主編《朱子全書》第一二冊，第987頁。
〔註105〕《二程遺書》卷二。
〔註106〕《伊洛淵源錄》卷三，第957頁。
〔註107〕《直講李先生文集》卷二。

思理道而專雕鏤以爲麗。句千言萬，莫辨首尾。覽之若遊於都市，但見其晨而合，夜而散，紛紛藉藉，不知其何氏也。遠近傳習，四方一體，有司以備官之故，姑用泛取瑣辭謬舉，無如之何，聖人之門將復榛蕪矣。」〔註108〕但在另一方面，李覯也注重詩歌藝術性的錘鍊，特別是在用語、主題上不襲蹈前人，獨出一格。在其《論文二首》其一中就已表明了這一點：「今人往往號能文，意熟辭陳未足云。若見江魚須慟哭，腹中曾有屈原墳。」〔註109〕

（二）理學家的詩歌創作與道教

　　在這些理學家中，詩歌成就最高且與道教關係最多作品的當爲李覯，其次爲邵雍，程顥與周敦頤緊隨其後，而張載與程頤乾脆沒有相關作品。

　　我們首先分析一下李覯的作品。

　　在李覯的作品中，就題材而言，與道教相關的作品大多爲因道教宮觀或道教遺迹而創作的，如《煉丹井》、《丹霞洞》、《流杯池》、《葛仙壇》、《題靈陽宮》、《書麻姑廟》等。其次爲以道教中的神仙故事爲題或與道士交往的作品，如《方平》、《璧月》、《羿妻》、《訪周道士》等。儘管從題材而言，李覯的作品並沒有什麼特別之處，如果從主題而言，這些作品與前人的作品就有一些差異了。

　　首先，在這些作品中作者表現了追慕神仙及厭世的思想，但並非出於眞實的情感。如《煉丹井》：「丹竈久已毀，井泉空獨存。此地非常地，今人非昔人。我願刀圭藥，輕舉朝明宸。一言洗天日，萬物歸陽春。群仙誰嫉妒，使我身漂淪。俯視廢井水，欲飲礙荆榛。徘徊片雲下，泣涕沾衣巾。少壯幾何時，且醉樽中醇。」〔註110〕詩人在詩中所表現了「一言洗天日，萬物歸陽春」的想法，實際上正是作者在現實中政治理想的影射。作爲北宋政治改革思想界的先行者，李覯在《周禮致太平論》及《平土書》中提出分別就北宋王朝的政治、軍事、農業經濟以及土地問題提出解決方案，爲范仲淹的慶曆新政提供理論依據。然而在事實上並沒有被統治者眞正貫徹落實，所以慶曆新政以失敗而告終。詩中所表現的落寂的情懷就是作者理想破滅後的情緒表現，這在其它幾首同題材的作品主題是保持一致的。再如《流杯池》：「幽居久不樂，心死如濕灰。聞言山有池，仙客曾流杯。披衫向西坐，欲望無崇臺。

〔註108〕《直講李先生文集》卷二。
〔註109〕《直講李先生文集》卷三。
〔註110〕《直講李先生文集》卷三。

何當命遊宴，盡聚不羈才。顧恐狹隘地，未足開吾懷。仰手斸河漢，決向天南來。移舟復轉嶽，甕邊成環回。橫持北斗柄，量盡酒星醅。箕踞接下流，一歃空千罍。八風助吟倡，萬怪供嘲諧。醉來散髮臥，蠅聲視霆雷。冷笑勢利子，茫茫塵土堆。」〔註111〕作者同樣是借道教題材抒發抑鬱不得志的情懷，及對現實中的庸俗之輩的鄙薄。在前人同類作品中，其主題不外乎兩種，一爲是描寫周圍景色，其中以神仙故事點題；或者是圍繞道教神仙故事展開敘述，批判神仙的虛妄或者對神仙的企慕。

在李覯看來，世俗之輩的求仙的途徑是行不通的，諸如服食煉氣等，而只有通過正常的日常事功才有可能成仙，如廣積善德、誠信待人等，這在《太平經》、《眞誥》中都不同程度的提出過。李覯等理學家從樸素的哲學思辨的角度就認識到這一點：「流欲好仙方學道，至人樂道自成仙。飛升若也由貪欲，紫府還應用詐權。塵裏笙歌千古夢，洞中星斗幾家天。無心便是歸眞日，姹女河車總謾傳。」〔註112〕這種思想實際上與老莊趨於一致了。

李覯在部分道教作品中表現其政治上失落感，同樣也在作品中表達其超脫現實的思想。

這種出世的思想在文人中是普遍的，深處山林之地的道教勝迹本來與世隔絕，而文人遊覽時即抱有散心遣懷的目的。如《同徐殿丞遊麻姑山陳屯田聞之以詩見寄次韻第一首》：「良友嗟塵網，相期物外遊。求珠非赤水，不死是丹丘。機上麟交擗，樽中蟻亂浮。仙家一度醉，人世幾千秋。藥氣多留鼎，茶香細出甌。堯人方曠蕩，容易學巢由。」〔註113〕再如《訪周道士》：「豈無飲食奉歡樂，亦有賓客相追遊。宿醒在枕或時起，俗話入耳令人羞。偶隨賢友訪仙子，一臨花檻斟瓷甌。塵埃何處是浮世，松竹此地長清秋。古來攘攘富且貴，天下茫茫公與侯。蓋棺事了何足數，乘興嘯傲眞良籌。」〔註114〕與道士的交往在很大程度上並非出於宗教的目的，而是因道士與世無爭，可以暢遊而無所顧忌。

其次，李覯採用新的視角，重新闡釋那些爲人所熟知的神仙典故及人物，這在部分道教題材的作品中也普遍的存在這種現象。在這些作品中，李覯是純粹從藝術的角度出發進行創作的，而沒有將宗教、政治等因素參雜進去。

〔註111〕《直講李先生文集》卷三。
〔註112〕《直講李先生文集》卷三。
〔註113〕《直講李先生文集》卷三。
〔註114〕《直講李先生文集》卷三。

如《七夕》其一：「無奈家家乞巧何，豈知天上拙人多。喚他烏鵲辛勤殺，才得扶舁渡淺河。」〔註115〕其二：「一年一度暫和諧，幽閉生心亦可猜。莫道乘槎無徑路，支機曾屬客星來。」〔註116〕七夕乞巧、牛女相會本為民間長期流傳的故事，而在詩中，李覯卻認為神仙笨拙、牛女生外心。這些角度確實推陳出新，不過卻也與理可通，言之有據。再如《羿妻》：「有窮兵死為遊畋，惆悵佳人獨上仙。試問單棲與同穴，可能雲漢勝重泉。」〔註117〕在常人看來，夫婦間應生則同室，死則同穴，而后羿因荒淫無度而死，羿之妻遂成仙獨居。在李覯的觀點中，這種獨居生活是遠勝於伴著后羿到死的。李覯的觀點確實是超乎傳統觀念的。

　　李覯以新的視角對傳統的道教題材進行加工，以收到出奇制勝的效果。但在關於真實歷史題材時，其立足點就開始受人非議了。如其《齊世家》一詩：「莫以荒淫便責君，大都危亂為無臣。若教管仲身長在，在何患夫人更六人。」〔註118〕李覯是從士大夫的社會使命的角度出發的，這與王安石的觀點是相近的，如《宰嚭》詩：「謀臣本自繫安危，賤妾何能作禍基。但願君王誅宰嚭，不愁宮裏有西施。」〔註119〕而程頤則否定李覯的觀點：「此語（若教管仲身長在，在何患夫人更六人）不然，管仲時桓公之心特未蠱也。若已蠱，雖管仲可奈何，未有心蠱尚能用管仲之理。」〔註120〕程頤則認為在歷史發展中帝王是起決定性的作用的。

　　錢仲書先生認為李覯的詩歌受了韓愈、皮日休、陸龜蒙的影響，意思與語句往往都很奇特，跟王令的詩算得宋代語言最創闢的兩家。不過，李覯詩歌的奇特主要還是體現在用意構思上，或者運用一些道教典故，或者採用超現實手法。總之，使詩歌顯得富有曲折波瀾，用意深邃，而並非以語言的奇特取勝，試舉幾例。

　　　　莫似仙家寥落甚，蟠桃千歲始重開。（《送春寄呈祖袁州二首》
　　其二）

　　　　寄語殘雲好知足，莫依河漢更油然。（《苦雨初霽》）

〔註115〕《直講李先生文集》卷三。
〔註116〕《直講李先生文集》卷三。
〔註117〕《直講李先生文集》卷三。
〔註118〕《直講李先生文集》卷三。
〔註119〕《直講李先生文集》卷三。
〔註120〕《二程遺書》卷三。

只恐仙壺提挈去，不教凡眼醉中看。（《留題歸安尉凝碧堂》）

壺中若逐仙翁去，待看年華幾許長。（《秋晚悲懷》）

以上所舉之例，都是語言平易，但運用道教典故後，使得敘述角度發生變化，顯得富有新意。且這些典故大多放於結尾，意味悠長，深得詩歌布局章法。此外，部分作品在整個藝術構思上採用道教的超現實手法，較之平常鋪敘，自是奇異，如其《閔雨詩》。與梅堯臣的《雲漢謠》、范仲淹的《上天謠》是同種手法的，但這種作品在其整個創作中所佔比例極低，大多是以概括的手法來運用道教典故及意象，很少通篇展開，構造一神仙意境，除卻其《春社詞》外。

其它幾位理學家，如邵雍、周敦頤、程顥三位，特別是後兩位本來詩歌創作並不多，與道教相關的也更少。而有關聯的是關於遊覽宮觀時所作，主題及藝術手法與其它文人並無多大區別。但由於作者的身份的特殊性，通過這些作品，也可看出他們對於道教的寬容，起碼在詩中並不攻擊，可見在絕大多數理學家的觀念中，藝術與其哲學思想是截然分開的。如周敦頤的《題豐都觀‧宿山房》：「久厭塵坌樂靜元，俸微猶乏買山錢。徘徊眞境不能去，且寄雲房一榻眠。」〔註 121〕程顥的《長嘯岩中得冰以石敲餐甚佳》：「車倦人煩渴思長，岩中冰片玉成方。老仙笑我塵勞久，乞與雲膏洗俗腸。」〔註 122〕都是從詩歌藝術的角度來處理這些道教題材的，並不涉及到儒道之別的問題。

相比之下，邵雍的詩歌創作受道教的影響較周、程二人爲多。一方面，邵雍重視詩歌的創作，其《擊壤集》中詩歌二十卷，數量較多。另一方面，詩歌創作範圍也廣泛，因則詩歌與道教的關聯也較多。更爲主要的是，邵雍詩歌所追求的主題與道教密切關係。正如其《擊壤集》中所言，其詩歌創作目的與其它文人有本質的區別。

《擊壤集》，伊川翁自樂之詩也。非唯自樂，又能樂時，與萬物之自得也……近世詩人，窮戚則職於怨憝，榮達則專於淫泆，身之休戚發於喜怒，時之否泰出於愛惡，殊不以天下大義而爲言者，故其詩大率溺於情好也……予自壯歲業於儒術，謂人世之樂何嘗有萬之一二，而謂名教之樂，固有萬萬焉。況觀物之樂，復有萬萬者

〔註 121〕《全宋詩》第八冊，第 5063 頁。

〔註 122〕《全宋詩》，第一二冊，第 8231 頁。

焉，雖死生榮辱，轉戰於前，曾未入於胸中，則何異四時風花雪月，
一過乎眼也。誠爲能以物觀物而兩不傷者焉。蓋其間情累都忘去爾，
所未忘者，獨有詩在焉。然而雖曰未忘，其實亦若忘之矣。何者？
謂其所作異乎人之所作也，所作不限聲律，不沿愛惡，不立固必，
不希名譽，如鑒之應形，如鐘之應聲。其或經道之餘，因閒觀時，
因靜照物，因時起志，因物寓言，因志發詠，因言成詩，因詠成聲，
因詩成音。是故哀而未嘗傷，樂而未嘗淫，雖曰吟詠情性，曾何累
於性情哉？〔註123〕（《伊川擊壤集序》))

從邵雍的自敘可以看出，其詩歌創作所要表現的主要爲個體對於儒家的名教
之樂，這種名教之樂只有通過個人的修爲成爲聖人之後才可以享受的。這就
與道教通過修身成仙、佛教修煉成佛的終極目標是一致，都是需要擺脫現實
的困撓，而追求精神上的超脫，其區別只是在於是否根基於現實而已。

在邵雍的作品中，直接與道教的宮觀、道士相關的作品比較少，即使有，
也與道教典故無關，只是抒發作者逍遙情懷。如《代書寄華山雲臺觀武道
士》：「太華中峰五千仞，下有大道人往還。當時馬上一回首，十載夢魂猶過
關。生平愛山山未足，由此看盡天下山。求如華山是難得，使人消得一生閒。」
〔註124〕

再如《道裝吟》組詩：

1. 道家儀用此衣巾，只拜星辰不拜人。
   何故堯夫須用拜，安知人不是星辰。

2. 道家儀用此巾衣，師外曾聞更拜誰。
   何故堯夫須用拜，安知人不是吾師。

3. 安車塵尾道衣裝，里閈過從乃是常。
   聞說洞天多似此，吾鄉殊不異仙鄉。

4. 如知道只在人心，造化功夫自可尋。
   若說衣巾便爲道，堯夫何者敢披襟。〔註125〕

在道教中，其服飾具有象徵意義，在道教修煉及活動中有不可替代的作用。
而邵雍卻從其儒家思想出發否認這種形式，認爲只有通過內心的追求才可成

〔註123〕邵雍《伊川擊壤集》，《四部叢刊初編》本。
〔註124〕《伊川擊壤集》，卷七。
〔註125〕《伊川擊壤集》，卷十三。

道。在詩歌中，邵雍更多的是把自己比喻爲神仙，其所居的安樂窩爲仙窟，這樣一來，其一舉一動無不體現著神仙之樂。如《何處是仙鄉》：「何處是仙鄉，仙鄉不離房。眼前無冗長，心下有清涼。靜處乾坤大，閒中日月長。若能安得分，都勝別思量。」〔註126〕《擊壤吟》：「人言別有洞中仙，洞裏神仙恐妄傳。若俟靈丹須九轉，必求朱頂更千年。長年國裏花千樹，安樂窩中樂滿懸。有樂有花仍有酒，卻疑身是洞中仙。」〔註127〕一方面否認道教的神仙理論，另一方面認爲自己實際上也就是處於神仙的地位。

至於神仙典故、遊仙手法等，在邵雍的作品中是很難出現的，因爲邵雍的詩歌創作目的與他人不同，並不是爲了純粹的詩歌藝術本身，因而並不特別注重藝術手段，所以其詩歌手法並不與同時期其它文人相同，自成一體。道教對於邵雍與其說是影響，不如說二者在精神層面的契合，所以詩中滿是老莊、道教的影子。後來的儒者對此也有所不解也有所不滿，如「直卿問：『康節詩，嘗有莊老之說，如何？』曰：便是他有些子這個。曰：如此莫於道體有異否？曰：他嘗說老子得易之體，孟子得易之用，體用自分作兩截。」〔註128〕在學術思想上，邵雍有取於道教；而在詩歌創作上，卻借用道教的意象、精神來表達其儒者情懷。正是由於這一點，明人在編《道藏》時將其詩歌也收錄進去。（參見《道藏》太元部「賤」字、「禮」字二條下。）一方面，道教徒借邵雍這位儒學大師來張揚其教；另一方面，這也說明其詩歌中的道教影響之深是不容置疑的。

第五節　北宋中期其它文人的詩歌創作與道教

宋代中期的科舉取士是以賦作爲錄取手段的，這對於普通士人的詩歌創作的積極性而言無疑是起到抑製作用。在取得功名之前，詩歌的創作的數量是比較少的。如強至在《送邵秀才序》一文中感慨到：「予官泗，四方之學者與其州之士，凡過予不言其它，而輒及賦。」〔註129〕蘇軾對此也有相似的評論，「昔祖宗之朝崇尚辭律，則詩賦之工曲盡其巧。自嘉祐以來，以古文爲貴，則策論盛行於世，而詩賦幾至於熄。何者？利之所在，人無

〔註126〕《伊川擊壤集》卷一三。
〔註127〕《伊川擊壤集》卷八。
〔註128〕《朱子語類》卷一百，第2543頁。
〔註129〕《全宋文》第六七冊，第146頁。

不化。」〔註130〕（《擬進士對御試策》）因而在宋代士人的別集中，大多情況下文的卷數是遠大於詩歌的。不僅如此，即使是取得功名之後，作詩的興趣在眾多士大夫中也遠不如唐人濃厚，並不全力於詩歌的創作。對於宋人而言，其身份首先是一文人，其次才可能爲詩人，而所謂的詩人可能指的是在仕途不顯、而只好以詩歌遣興的士大夫。

　　宋代中期對於士大夫而言是一多事之秋，慶曆革新中的政治紛爭、西夏元昊的反叛所帶來的連年戰爭、神宗時期的王安石變法更是給宋代士大夫帶來巨大衝擊。這一切，對於此期詩歌的創作有著重要的影響。此期的北宋詩壇，正處於新舊交替的變換時期。一方面，原有的詩壇盟主如歐陽修、梅堯臣，基本上退出歷史舞臺，而新的詩壇盟主蘇軾尚未完全成長；另一方面，此期的詩壇尚未完全統一詩歌審美標準，即並沒有形成宋代詩歌的風歌，如後人所言的「以才學爲詩、以議論爲詩、以文字爲詩」的特點。當然，歐梅等人的努力之下，此期的詩壇已經清除了西崑體堆砌詞藻、缺乏眞情實感的創作傾向。初步建立了一定的詩歌審美風範，諸如拋棄險怪詩風，追求平易暢達的風格，以及主題思想雅正等。

　　儘管如此，在具體到個人創作時，北宋中期的這些詩人還是依照自己的意見進行創作，並不隨意屈服於他人。如下面這則事例可以窺見一斑：

　　　　沈括存中、呂惠卿吉甫、王存正仲季、常公擇，治平中同在館下談詩。存中曰：「韓退之詩，乃押韻之文耳。雖健美富贍，而終不近古。」吉甫曰：「詩正當如是，我謂詩人以來，未有如退之也。」正仲是存中，公擇是吉甫，四人者交相詰難，久而不決。公擇忽正色而謂正仲曰：「君子群而不黨，君何黨存中也？」正仲勃然曰：「我所見如是爾。顧豈黨即以我偶同存中，遂謂之黨。然則君非吉甫之黨乎？」一坐皆大笑。余每評詩，亦多與存中合。頃年嘗與王荊公評，余謂凡爲詩，當使挹之而原不窮，咀之而味愈長。至如歐陽永叔之詩，才力敏邁，句亦健美，但恨其少餘味耳。荊公曰：「不然。如『行人仰頭飛鳥驚』之句，亦謂有味矣。」然余至今思之，不見此句之佳，亦竟莫原荊公之意。信乎所言之殊不可強同也。〔註131〕

〔註130〕《蘇軾文集》卷九，第 301 頁。
〔註131〕《東軒筆錄》卷一二，第 141 頁。

從上文我們可看出，對於何種為理想狀態的詩歌，眾人並沒有統一的意見。在此期的詩歌創作中，道教的影響是普遍的，但同時也是不夠深入的。之所以是普遍，這是因為此期創作的與道教相關聯的作家是很多的，幾乎包括所有的作家；之所以是不夠深入，之是因為在這些創作中，對於大多數詩人而言道教的影響只是局限於詩歌表層，並沒有融入到詩歌的風格中，除少數作品及楊傑、文同等個別詩人外。再者，這些作家一方面並不以詩歌創作為主要任務，詩歌創作數量並不多；另一方面，單個作家詩歌中與道教相關的作品又少之又少。不過，在這些道教題材的作品中，有一些現象還是應當值得注意的。

一、創作的主題

絕大多數的作品是就題材而言是與道教的宮觀、名勝、遺迹相關，或者是與道人及朝士提舉宮觀者交往的作品。在前文中提到，許多士人遊覽宮觀、道教遺迹不是出於宗教的目的，而大多是出於愉情遣興的目的。所以在詩中作者主要就眼前的景色、人物進行稱頌，從而表達對於出世的想往之情，也很少有表現宗教批判精神。這種出世之想，以及對於環境的描繪，都是作者在遠離俗務、身心得以放鬆的一種表達。試看以下兩例：

> 幽居倚翠巒，塵事不相干。天地醉來小，琴棋靜裏歡。雨苔春
> 徑綠，風竹夜窗寒。若問長生術，金爐有寶丹。
> 〔註132〕（陳襄《金華山人》）

> 數里岧嶢落日西，更高高處種靈芝。危風受雪春歸晚，怪石留
> 雲雨到遲。仙鹿避人眠淺徑，野禽窺果啄殘枝。待應俗格消磨盡，
> 重建瑤臺舊路岐。〔註133〕（許抗《麻姑山》）

詩歌主要部分是對於景色的描寫，從而表達作者對於遠離世俗紛擾的渴望。並且，這種對於出世的企慕只是一時的感慨，並非作者的真實意圖，作者更關注的還是現實，即如何通過在仕途上的作為來實現個人的人生價值。在詩中大多數詩人先是表達避世的願望，但總以君主聖明、君恩未報為託辭來迴護自己無法立即退隱的行為，這在此期的詩中比比皆是。

> 三朝勤瘁不謀身，今日官閒與道親。紆組還鄉宜最樂，居山得

〔註132〕《全宋詩》，第八冊，第5078頁。
〔註133〕《全宋詩》，第九冊，第6251頁。

祿未全貧。性情有暇窮眞理，門館無權少俗賓。會待收蹤歸畎畝，
就君同醉洞天春。〔註134〕（范純仁《和吳伯修洞霄宮》）

　　身輕幾欲隨風去，卻恨恩深不得仙。〔註135〕（沈括《秋轟》）
這並不是說這些士大夫對於道教的否定態度，與此相反，他們對於道教也很
感興趣。如肯定神仙的存在，對於道教典籍的閱讀與熟悉。

　　與登臨山水相似，閱讀道教典籍同樣具有逍遣時光，遠離俗務的作用。
如呂陶的《遣興》：「每嗟無計遠紅塵，願讀仙書學養眞。收得寸心清似水，
放教雙鬢白於銀。功名見誤回頭晚，風物相驚滿眼新。一卷黃庭有深趣，誦
持聊以愛吾身。」〔註136〕其它者如葛密、沈遘、沈遼、蘇頌等，更是在詩中
透露出對於道教典籍的熟悉。

　　此外，這一時期道教題材的作品中出現關於對道教理論的闡述。在道教
典籍中，這一現象是普遍的，如《眞誥》、《悟眞篇》中都有關於道教理論的
詩作，特別是後者，更是全部以詩歌的形式來解釋道教的內丹術。在文人中，
創作這類作品是比較少見的，韋驤則是其中較爲特殊的一位。韋驤在詩中不
僅表現了與友人在道教方術上交流，而且就直接道教的養生術爲題，表達對
此的感受。

　　枕外霜屛手自書，數千微指慰焦枯。乘時豈羨鵬飛海，悖理須
　　譏馬守閭。治氣養心予所慕，長生久視古非無。喜君與我同茲好，
　　免蠹當終學戶樞。〔註137〕（《予枕屛書叔夜養生論而孫楚材觀之有
　　詩相示遂次來韻以答》）

　　道氣本沖融，胡爲搎鼻中。知無願言嚔，聊以快吾衷。《搎鼻》

　　刻成纖手利，癢背可施功。豈待麻姑爪，攜持意自通。《爬背》

　　引手如雙翼，俄然一欠伸。須臾端顧盼，別是好精神。《呵欠》

　　搔首意不滿，聊憑象櫛功。高情唯自適，豈恤鬢如蓬。〔註138〕

《櫛髮》
當然，此類詩歌在韋驤的作品中也並不佔有很大比例，但卻透露這樣一種信

〔註134〕《全宋詩》，第一一冊，第7429頁。
〔註135〕《全宋詩》，第一二冊，第8010頁。
〔註136〕《全宋詩》，第一二冊，第7803頁。
〔註137〕《全宋詩》，第一三冊，第8486頁。
〔註138〕《全宋詩》，第一三冊，第8598頁。

息，即作者對於道教養生的執著，以及詩歌創作題材的擴大。

二、詩歌的藝術特徵

首先，這些道教題材的作品多以抒情見長，較少議論說理成份。在《談藝錄》中，錢仲書先生認為詩風唐宋應以風格，而非時代，從這些詩歌中也可見一斑。具體而言，常以環境的刻畫來創造意境，或者以濃縮的語言來概括事實，如典故的運用（以約定俗成的意象，而非展開神仙故事），藉以傳達己情，發幽古之思。

> 鶴馭已歸三十春，至今重閣無纖塵。蟠桃誰知天上事，白骨不駐城中人。門外江流似平昔，林間鳥雀空悲辛。當時留侯強辟穀，黃石老翁悟終身。〔註139〕（沈遼《仙居閣》）

> 登山踏遍萬千峰，直到青雲第一重。路僻頻驚來瑞鹿，洞深還見掛蒼龍。偶穿白石尋黃石，卻倚青松慕赤松。日腳西垂促歸興，巾車無復更從容。〔註140〕（周邠《白石山》）

其次，詩歌多以律絕的形式出現，特別是在一些即景抒情的作品中表現尤為突出，如遊覽、贈答之作。即使是在當時廣為流傳的神仙故事，作者的夢中的遊仙經歷此時也是多以律絕的形式來表現。一方面，由於作者的創作習慣的原因；另一方面，長篇的古體詩更需作者的才力，對於大多數精力不在於詩歌的士大夫而言，短篇的格律詩更適合創作。最為突出的為當時王子高的芙蓉城遇仙故事，很容易寫成長篇敘事詩，而強至只以一七律來完成：「謫仙醉跨玉鯨鱗，夷甫名談喜更聞。照眼暖光開野日，入懷晴氣散江雲。塵埃洗去人家好，空闊飛來鳥翼勤。莫望帝鄉頻感慨，世間隨處有珍群。」〔註141〕（《依韻和李持正晚晴出謁王子高馬上口占之作》）且只以首尾兩聯曲筆點出其事，並不過多渲染。再如陳軒的《題蓬萊閣》：「蓬萊觀下瑞煙飄，劉氏曾經此地超。桃圃昔諧王母約，煙霄自赴玉皇朝。白鵝乘去人何在，青鳥飛來信已遙。若使何郎有仙骨，也須吹引鳳凰簫。」〔註142〕也是據時之神仙故事而作。據《永樂大典》卷七八九五引《臨汀志》：

〔註139〕《全宋詩》，第一二冊，第8287頁。
〔註140〕《全宋詩》，第一二冊，第8406頁。
〔註141〕強至《祠部集》卷七，《影印文淵閣四庫全書》本。
〔註142〕《全宋詩》，第一二冊，第8401頁。

劉氏女，寧化縣人，父安。生不茹葷，美豔而慧，喜文墨，以不嫁自誓。年及笄，父母奪其志，許石門何氏子，劉氏聚族往送之。導從甫超境，忽有白鵝從空下，女即乘之以飛，所親哀悼，竟莫窮其所往。土人異之，置祠於上昇之地，郡以聞，詔賜其地爲蓬萊觀。郡守陳公軒末第時過其下，題詩觀中云云。〔註143〕

再次，藝術風格的影響。道教對於詩歌風格的影響是無容置疑的，同時也是多樣的。一方面，道教影響下的作品呈現出質樸通俗的風格，平鋪直敘，幾近於白話，如邵雍的理學詩；一方面，道教作品也可想像奇特，富有浪漫氣息，氣勢闊大，如李白的詩歌。如前者邵雍的作品，普通士大夫很少有學習者，除卻少數理學中人。而以唐代李白爲學習榜樣者，卻代不乏人。具體而言，此期的部分道教作品，也以想像奇特，注重描寫非現實的神仙故事、從而詩歌格局頗大，極具氣勢，如蔣之奇的《望海歌》、沈遼的《和潁叔蓬萊閣》、《張公洞下》、韋驤的《武夷遊仙詠》等。在這些作家中，以楊傑的作品較爲突出，即使是普通題材的作品，也善用神仙意象，馳騁筆墨，如《幽谷吟上歐陽內翰》、《辟雍硯上胡先生》、《凌雲行》等。此處茲舉一例，《和酬子瞻內翰贈行長篇》：「雲濤擁開滄海門，鼓鼙萬疊鳴江村。仙翁引我峰頂望，耳目驚駭難窮源。黃金鑄鯨爲酒樽，桂漿透徹冰雪盆。吳歌楚舞屛不用，夾道青玉排雲根。經綸事業重家世，昔聞父子今季昆。九丹煉就鼎竈溫，刀圭足以齊乾坤。我行欲別湖山去，爲我索筆書長言。照乘不假明月珠，自有光焰生軺軒。」〔註144〕詩中雜用道教意象，更是在格調上不沾塵俗，與上述兩點不同的是，道教在藝術風格上的影響還表現爲意境的塑造，其中以文同的作品最爲突出。文同在宋代以畫聞名，詩遂爲所掩。其實其詩歌成就也是很高的，當時名家及後人對此早有認識，如「亡友文與可有四絕，詩一，楚詞二，草書三，畫四。與可嘗云：世無知我者，惟子瞻一見，識吾妙處。既沒七年，睹其遺迹，而作是詩。」〔註145〕「今人但能知文與可之竹石，惟東坡公稱其詩騷，又表出『美人卻扇坐，羞落庭下花』之句。予常恨不見其全，比得蜀本石室先生《丹淵集》，蓋其遺文也。」〔註146〕

〔註143〕《全宋詩》，第一二冊，第8401頁。
〔註144〕楊傑《無爲集》卷三，《影印文淵閣四庫全書》本。
〔註145〕蘇軾著，馮應榴輯注《蘇軾詩集合注》，第1361頁。
〔註146〕洪邁《容齋隨筆》，第759頁。

　　文同對於道教也是頗有興趣，從其《利州綿谷縣羊摸谷仙洞記》及《彭州胡氏三遇異人記》可以看出文同對於神仙一事持一肯定的態度。而對於道教的養生也身體力行，從其《採藥歸晚因宿野人山居》、《閻生談黃庭》、《聞陳山人定命丹成試以詩乞》、寄何首烏丸與友人》、《子平寄惠希夷陳先生服唐福山藥方因戲作雜言謝之》等詩歌中也可以得出文同對於道教的內外丹養生術的熟悉。作品中眾多與道人的送別是更是可以看出其與道教關係的密切，如《杜逸人歸龍山》、《李道士惠琴軒集》、《西崦道友》、《訪李奐山人隱居》等。

　　儘管文同是一位中層士大夫，多次擔任地方太守，且在任期間致力於公事，頗有政聲。然而，社會現實問題、個人對於政局的意見等政治題材在詩歌中是不多見的。文同的詩歌是來展示其內心的逍遙獨立的人格精神，這種逍遙獨立的人格精神是與道教的神仙思想相一致的。所以他會對蘇軾進行勸導，勿以時事入詩，「北客若來休問事，西湖雖好莫吟詩。」〔註147〕文同是一位畫家，儘管在詩中並不明確表現其求仙思想，而是通過山水景色的描寫、意境的塑造來表現的。如《題東岩隱者壁》：「青峰叢叢擁危壑，綠樹團團扶曲閣。幽人睡起漱寒泉，坐看一林山雨落。岩前火氣雜芝朮，澗下苔痕亂猿鶴。自憐塵土滿衣衫，欲解從君今尚莫。」〔註148〕再如《山中新晴》：「山中新晴曉煙暖，散帶頹冠漱岩畔。海鹽未去猿鶴喜，柴桑初歸松菊亂。林間餘雨時一滴，嶺上飛雲忽雙斷。安能舉手恣扶搖，欲共高鴻拂霄漢。」〔註149〕儘管詩中並沒有出現道教的影子，但通過作品對於山水景色的描繪以及意境的塑造，作者企慕神仙世界的心情躍然紙上，其作品的意境則與王維、柳宗元相似。

　　在其它詩歌中，老莊的影子也不時出現，較為明確的則是莊子隱几而坐的典故的運用，如「放身依曲几，忘慮若枯株。莊老題書冊，喬松列畫圖。」〔註150〕（《杏杏堂》）從這一生活情態的描寫，也可見出作者的志趣。通過以上作品，我們可以看出，文同的詩風並不類於梅堯臣等人，詩中少有議論、說理及用典等特點，而是類於唐人山水詩的風格。文同追求詩歌的格調的高雅不俗，「作詩所患格不高」〔註151〕（《還友人詩卷》）。其中山水詩題材及表

〔註147〕羅大經《鶴林玉露》乙編卷四，第 188 頁。
〔註148〕文同《丹淵集》卷三，《影印文淵閣四庫全書》本。
〔註149〕《丹淵集》卷三。
〔註150〕《丹淵集》卷八。
〔註151〕《丹淵集》卷四。

現出世主題都是不俗的表現，文同將道教的出世精神與山水詩相結合，在當時的作家中是獨樹一幟的。錢鍾書先生認為文同的詩歌「也還是蘇舜欽、梅堯臣時期的那種樸質而帶生硬的風格，沒有王安石、蘇軾以後講究詞藻和鋪排典故的習氣。」〔註152〕這個評論並不完全確切，文同的作品雖然與王蘇不同，但也與蘇、梅相異。正如前人所指出「文與可詩，平曠中具高古簡穆之趣，大佳。」〔註153〕（《繽齋詩談》卷五）「『晝睡欲過午，好風吹竹床。溪雲生薄暮，山雨送微涼。』文與可《睡起》句也。其《過友人溪居》、《晚次江上》諸作，有韋蘇州、孟襄陽之風。」〔註154〕（《問花樓詩話》卷二）這些評論都是通過其山水詩歌的特點而形成，而若沒有有道教的精神內涵，這種風格是無法形成的。錢先生指出文同與杜甫、王維相似，詩畫相結合的藝術手法是獨具慧眼的。除卻文同的畫家身份之外，道教對於其人格精神的影響也是不可忽視的一重要原因。

第六節　郭祥正的詩歌與道教

　　郭祥正（103～1113），字功父，太平州當塗（今安徽當塗）人。郭祥正少有詩名，在文學史上是以「李白後身」而聞名的，其詩歌風格也以近似李白詩風而著稱。當然，李白的詩歌出於自然天成，而郭祥正則是刻意模仿前者，因其才力不足，成就自然大打折扣，因而飽受詬議。這種看法自北宋即開始了，其中以張舜民的評論最具代表性。

　　　　芸叟嘗評詩云：『永叔之詩，如乍成春服，乍熱醲醅，登山臨水，竟日忘歸。王介甫之詩，如空中之音，相中之色，人皆聞見，難可著摸。石延年之詩，如饑鷹夜歸，岩冰春拆，迅逸不可言。蘇東坡之詩，如武庫初開，矛戟森然，不覺令人神慄，仔細檢點，不無利鈍。梅聖俞之詩，如深山道人，草衣葛履，王公見之，不覺屈膝。郭功甫之詩，如大排筵席，二十四味，終日揖遜，求其適口者少矣。』世以為知言。〔註155〕

詩論中對於郭祥正的評價是很低的，但有一點是可以肯定的，即郭祥正在當

〔註152〕錢鍾書《宋詩選注》，第36頁。
〔註153〕張謙宜《繽齋筆談》，郭紹虞編選，富壽蓀校點《清詩話續編》，第862頁。
〔註154〕陸鎣《問花樓詩話》，《清詩話續編》，第2307頁。
〔註155〕胡仔《苕溪漁隱叢話》，第257頁。

時是與歐陽修、王安石、蘇東坡、梅堯臣等同樣具有很高的名望，否則是不可能放在此處與歐、王、梅、蘇來做一比較。不過，張舜民的評價雖然指出郭祥正部分詩歌的特點，但卻是不全面的，而且這一評價也不自覺的誤導了後人。

郭祥正的詩歌誠如張舜民所指，好鋪張，以氣勢服人。這些特點是與道教有著密切關係，此類詩歌中有大量道教的因素。《四庫全書總目》也指出這一點，評其：「其詩好用仙佛語，或偶傷拉雜，而才氣縱橫，吐言天拔。」〔註156〕當然，這一評論並不全面，這在後面會有論及。不過，郭祥正及其作品與道教的關係與李白是有著很大不同的，文學史上往往只以李白後身來看待郭祥正，認為其只是刻意模仿李白風格而已，這並不符合其詩歌創作。本書即從其詩歌創作與道教關係入手，對其作品有一全面認識，從而對文學史中沿襲已久的關於郭祥正的態度予以辨析。那麼這郭祥正對於道教的態度倒底是如何的，其創作是如何與道教發生的關係的，對於其作品的風格產生何種影響。

一、郭祥正的宗教信仰與道教態度

北宋在中國道教史上的一個重要發展時期，起五代道教之衰落，宋代諸君對於道教採取一扶持政策。宋代文人中對於道教感興趣的是比較多的，如徐鉉、張方平、蘇軾父子、黃裳、陸游等，可以稱得上是道教的信仰者。儘管、郭祥正的詩歌創作與道教有重要的聯繫，但卻並非如前者一樣對於道教本身感興趣，無論是道教的養生術，還是神仙信仰，在詩文中都沒有具體的表現。更沒有如李白一樣入道，成為一名道教徒。

首先，對於道教的神仙學說、養生之術，持一否定態度，或者是迴避的態度。如《次韻元與題王祖聖南澗樓清斯亭二首》：「燒丹辟穀非吾事，能遠塵寰即是仙。」〔註157〕其次，在郭祥正的生活中，與道教相關的人事並不多，如道士之流，只有蘇紫霞、張無夢、許棲默數人，且都非深交。詩人所感興趣的還是文學之士及政壇中人，這就說明詩人對於名利是比較熱衷的，特別是在其青壯年時期。再次，即使閱讀道教典籍，也只是作為詩人閒暇消遣的工具，並非如張方平等篤信道教者那樣，將其作為修身、養生的媒介。如《謝

〔註156〕《四庫全書總目》，第 1332 頁。
〔註157〕郭祥正《青山集》，《影印文淵閣四庫全書》本，第 692 頁。

許棲默道士手寫黃庭經見寄》:「手寫黃庭經,寄我辟邪惡。我方閉空屋,隱几效南郭。爲君興一讀,玉液瀉河洛。」〔註158〕再如《溪上閒居》其三:「靜几無纖塵,焚香讀真誥。」〔註159〕作爲士大夫的地方官員,詩人更多是關注民生,這在同時的詩人中是不多見的。

因此,從以上幾點都可以說明郭祥正對於道教的興趣並不是太大。所以,儘管郭祥正前期以李白後身自居,但在道教信仰上與李白大相徑庭,也與信道的宋人有著本質的區別。同時,郭祥正對於佛教也沒有多少興趣。

二、詩歌創作與道教的關係

既然郭祥正在宗教思想上與道教沒有多大關係,那麼其創作中的道教因素純粹是關出於詩歌創作的目的。與郭祥正同時的人及多數後人是將其與李白相提並論,認爲其爲李白後身。最早提出這一看法的爲當時詩壇領袖梅堯臣。在其《採石月贈郭功甫》中這樣評價:「採石月下聞謫仙,夜披錦袍坐釣船。醉中愛月江底懸,以手弄月身翻然。不應暴落饑蛟涎,便當騎魚上青天。青山有冢人謾傳,卻來人間知幾年……」〔註160〕並在《宛陵集》中有十餘首詩歌是與郭祥正唱和的,自此時人皆以太白後人來比喻郭祥正。《宋史》本傳稱其「母夢李白而生」可能確有此事,在當塗縣史上最爲名望者莫過於李白,郭母望子成龍,希望其子能如李白一樣出人頭地,產前能夢到李白並非不可能,以此激勵其子也爲順理成章。因而,郭祥正學習李白詩風在前,梅堯臣以太白相稱則在後。並且,此時的梅堯臣已爲詩壇盟主,且年長郭祥正三十三歲,獎掖後進,自是文壇美事。

李白詩歌一個重要特點即是充溢著浪漫主義氣息,想像瑰奇,運用超現實的手法,將大量的神仙道教色彩的意象來比喻現實事物。郭祥正正是在這些方面學習李白,從而爲其贏得廣泛聲譽的。因而,最初郭祥正的詩歌創作是在藝術層面與道教相結合的,也即從詩歌創作的技巧、風格、意象等方面,而非道教的精神或哲理層面。前面提到,《四庫全書總目》中認爲郭祥正的詩歌特點爲好用道教佛教用語,憑藉個人才氣,而知識性不足。實際上,縱觀郭祥正的作品,並不完全確切。我們從兩點加以說明:一是其詩歌中道教的

〔註158〕《全宋詩》第十三冊,第 8836 頁。
〔註159〕《全宋詩》第十三冊,第 8837 頁。
〔註160〕《梅堯臣集編年校注》,第 757 頁。

因素遠遠多於佛教的，儘管其作品中多有與佛教相關聯的題材，但佛教的義理、用語卻不多。究其原因，其對於佛教的典籍並不熟悉。並且佛教用語大多為哲理性、思辨性的，並不適於詩歌。即使運用於思格，也是從思想、主題層面入手的。二是這種才氣縱橫、多用道教意象及題材的作品並不是郭祥正詩歌的全部，其詩歌風格、題材、題裁是有前後變化的。並且，其作品與道教的聯繫也是具有前後的變化，這種變化是與其政治思想以及仕途經歷有著密切的關係。

首先，郭祥正早期的作品與道教的關係是分密切的，並且這種聯繫是顯性的。我們可以從以下幾個方面來論述：

一是宣揚神仙主題：諸如退隱、縱情山水及享樂思想。從根本而言，中國的所特有的神仙（長生不死）思想其最初的出發點即是為著縱情享樂。無論是遠離世俗以求避世還是飛升上天，都是以擺現實的煩惱為目的，從而可以永享快樂。對於世俗人而言，所謂的快樂無非有感官與精神兩個層面，而後者往往是以前者為前提的。在前期的作品中，郭祥正動輒以求仙為言，從而表白其歸隱的決心。如《山中樂》：「尋山佳興發，一夜渡江月。首到盧江元放家，水洞清光數毫髮。愛之便欲久棲息，又聞靈仙之境敞金闕。清風吹我衣，不覺過皖溪。危梁千步玉虹臥，松行十里青龍歸。煙霞繞腳變明晦，忽見殿閣鋪琉璃。重簷卻在迥漢上，倚欄俯視白日低。虛庭自作簫籟響，屋角更無飛鳥飛。霓幡重重蔽真御，彷彿遙見星文垂。長廊紗籠絕筆畫，老龜穩載青瑤碑。更逢逍遙不死客，齒清發翠桃花肌。簫臺可到亦非遠，雲間況有白鹿騎。細窺絕景輒大笑，吾曹何事塵中為。安得良田三百畝，可以飽我妻與兒。長年只在名山裏，萬事紛紛都不知。」〔註161〕再如《題杏山阮氏高居》：「仙翁得仙朝玉皇，當時種杏盈山岡。傳聞落英堰流水，每到三月溪泉香。白雲靠靠出幽谷，獨鶴沉沉唳喬木。寒潭深處睡蟠龍，靈草芳時躍青鹿。丈人何年居此間，詵詵孫子如芝蘭。抱才求進十五六，亦有隨計鄉書還。步兵傲世逸千載，誰道風流至今在。軟炊玉粒烹黃雞，客子雖多竟相待。我愛長吟登好山，到此便欲辭塵寰。可能築室輒延我，為君煉熟黃金丹。丹成大笑分一粒，坐令綠發回朱顏。浮生百歲不早悟，日月擾擾空循環。」〔註162〕

在這些作品中，儘管一再渲染神仙之樂，彷彿與世隔絕，不食人間煙火。

〔註161〕《青山集》，第585頁。
〔註162〕《青山集》，第651頁。

但同時的詩歌中對於世俗享樂卻又是津津樂道的，並將其與神仙之樂等同。如《鄭州太守王龍圖出家妓彈琵琶即席有贈贅之》：「偶騎匹馬遊仙關，瑤池夜宴歡未闌，邀予末坐聞清彈。琵琶十槽聲正繁，初疑饑鶯啄玉應天響，忽似霹靂數聲春氣還。曲徧將終檀板急，舞袖裂霞隨拍入，踏碎瓊筵鸞步嬌，汗透香綃露桃濕。解縷罷舞整花鈿，宛轉仙容雁行立。主人使令持酒巵，香隨羅襪成塵飛。銅龍無聲夜無極，煌煌燭焰回朝暉。桃源花落長溪淨，人著秦衣樽俎罄。豈如此會絕風流，主人殷勤賓客敬，我作短歌公聽取。人世百年能幾許，樂極哀來古所悲，不如立功當此時。」〔註163〕再如《送吳龍圖帥真定》也是將聲色之樂與神仙之樂等同：「……願言早入天朝作丞相，調燮水旱蘇寰區。功成異日保身退，西江秋風熟鱸魚。聲尾黃雀更珍絕，白糯釀美傾醍醐。醍醐一飲三百盞，琵琶啄木喚舞妹。舞妹十八如明珠，石榴之裙蟬翼裾，舞徹輕汗潭香膚，桃花帶露燕脂濡，彩衣斑斑羅鳳雛。問公此樂世有無？此樂世有無，何必更訪蓬萊山上神仙都。」〔註164〕所以在郭祥正的作品中，對於功名富貴的渴望是很明顯的，儘管作品中極力的鼓吹神仙與退隱思想，這在李白的作品中所表達的思想是相近的。然而在進身制度嚴密的宋代，如先秦時期可以立致卿相的情況是不可能出現的。所以在其詩中屢屢表達歸隱的主題，如《濟源堂歌贈傅欽之學士》：「明公何年歸草堂，扁舟我即浮滄浪」〔註165〕；《送李節推》：「安得巨航滿載酒，一帆風過蓬萊洲」〔註166〕等等。就郭祥正本人而言，儘管有著短暫的退隱生活，但卻幾乎多數時間是出仕的，並且依照制度致仕後依然享受國家的俸祿，衣食無憂。

三、神仙意象以及遊仙創作手法大量運用

李白詩歌之所以能夠呈現出雄奇浪漫、大氣磅礴的風格，其中超現實的想像力是必不可少的。郭祥正在詩歌中大量運用遊仙手法以及神仙意象，特別是在一些與人贈答的作品中。郭祥正習慣於將對方比喻為神仙，這樣一方面可以使得詩歌擺脫格調低俗的危險，另一方面有利於作者馳騁想像，可以任意揮灑。因為一旦採用超現實手法，那麼平常的表達方式就無法約束了。如《送梅直講》：「青風吹天雲霧開，仙人騎馬天上來。吟出人間見所不可見，

〔註163〕《青山集》，第 655 頁。
〔註164〕《青山集》，第 640 頁。
〔註165〕《青山集》，第 588 頁。
〔註166〕《青山集》，第 638 頁。

常娥織女爲之生嫌猜。織女斷鵲橋，常娥閉月窟，從茲不放仙人回。一落人間五十有四載，唯將文字傾金罍。李白佯狂古來少，騎鯨鬣鬣飛沿洄。杜甫問訊今何如，應爲怪極罹天災。公乎至寶勿盡吐，吐盡吾恐黃河水決崑崙摧。天穿地漏補不得，女媧之力何可裁。長安酒價不苦貴，風月但惜多塵埃。醒來強更飲百盞，酣酣愚智寧論哉。」〔註 167〕再如《雜言寄耿天騭》:「……予將蹴滔天之高浪，跨橫海之長鯨，攬午夜之明月，邀逸駕於赤城，酌王母之瓊液，獻商皓之玉觥。於是揮手景駐，長嘯風生，投冠纓於下土，化鱗鬣於北溟也。」〔註 168〕

即使是普通的山水詩，郭祥正也將其寫得如同仙景。特別是用誇張的虛寫代替細緻的實寫，運用神仙意象代替現實事物，且時空跳躍性極大，具有濃厚的遊仙色彩。如較爲有名的《金山行》:「金山杳在滄溟中，雪崖冰柱浮仙宮。乾坤扶持自今古，日月彷彿躔西東。我泛靈槎出塵世，搜索異境窺神功。一朝登臨重歎息，四時想像何其雄。捲簾夜閣掛北斗，大鯨駕浪吹長空。舟摧岸斷豈足數，往往霹靂搥蛟龍。寒蟾八月蕩瑤海，秋光上下磨青銅。鳥飛不盡暮天碧，漁歌忽斷蘆花風。蓬萊久聞未成往，壯觀絕致遙應同。潮生潮落夜還曉，物與數會誰能窮。百年形影浪自苦，便欲此地安微躬。白雲南來入我望，又起歸興隨征鴻。」〔註 169〕儘管詩歌想像奇特，頗具氣勢，但卻過於虛化，即並沒有把金山的特點描摹出來，氣勢有餘，而韻味不足，缺乏意境的塑造。再如《山中吟》:「山中吟白日，長碧霄泉暖菖蒲香。仙翁勸我採爲食，登高遂覺足力強。登高望遠遠思發……」〔註 170〕本爲登高言懷，但作者卻硬是加入神仙勸其服食的一段，在《武夷行寄劉侍郎》中也是將山景比喻爲仙景:「……群仙浮舟出寥廓，未濟明河半空泊。世人可見不可攀，靜夜天風吹寶樂。須信仙家日月長，塵埃下土空茫茫……」〔註 171〕

四、道教題材與後期詩風的轉變

郭祥正的詩歌寫得氣勢雄渾，使人不得不佩服其才力。但是這並不是郭祥正詩歌的全部，後期詩風與前期則有很大的不同，這在與道教相關的作品

〔註 167〕《青山集》，第 636 頁。
〔註 168〕《青山集》，第 664 頁。
〔註 169〕《青山集》，第 583 頁。
〔註 170〕《青山集》，第 584 頁。
〔註 171〕《青山集》，第 591 頁。

尤其明顯。郭祥正具有濃鬱的神仙色彩的作品往往是與人贈答的詩歌，或者是一些山水詩，但與道教直接相關的卻很少。相反，關於道教題材的作品卻寫得很平實，幾乎是採用實寫的手法。如《尋真觀》：「尋真幽徑入深源，一宿清虛寄洞天。歸去姑溪度殘日，無因重到五峰前。」〔註172〕再如《太平天慶觀題壁五首》其一：「縹緲朱樓浮絳煙，彌漫碧酒泛金船。瓊花滿樹春長在，知是人間換幾年。」〔註173〕其它四首風格相似，都為絕句。道教題材的作品，從常理來看，更應當運用神仙意象，適合於採用浪漫的詩風，如其歌行體。比較典型的是遊仙詩歌，歷史上的遊仙詩多以描寫昇天入地入特徵，或者展示神仙世界及其生活情態，如《離騷》、郭璞的《遊仙詩》、曹唐的大小《遊仙詩》等。但郭祥正的《遊仙一十九首》卻一反前人之作，借助神仙世界的描寫，以表達其對於社會中醜陋現象的不滿。並且採用五言古體樣式，且詩風質樸。如《遊仙一十九首》其八：「仙家無四時，瑤草常芬芳。五嶽倐來爾，玉鞭驅鳳凰。得道疊相度，不聞嫉賢良。所以心無邪，人人自年長。」〔註174〕十四：「在天不擇友，天人皆正一。雲漢共翺翔，隱耀無固必。豈同濁世遊，自謂膠投漆。毫端利害分，白眼永相失。」〔註175〕

　　同時，這些道教題材的作品大多注重意境的塑造，因而藝術性也較強。為詩人帶來聲譽的是前期深具太白詩風歌行體的作品，其但為時人所稱道的作品卻是一些寫景小詩。如王安石對其寫景的作品就很欣賞，如《漁隱叢話》前集卷三七：「《遯齋閒覽》云：『功甫曾題《人山居》一聯云『謝家莊上無多景，只有黃鸝三兩聲』，荊公命工繪為圖，自題其上云：『此是功甫題山居詩處。』即遣人以金酒鍾，並圖遺之。」〔註176〕且在其集中尚有數首與荊公在金陵唱和的七絕作品，詩歌宗法晚唐，與王安石此期風格相近。如《次韻和上荊公》：「溝水迴環蓮子多，小橋時有野禽過。移船更近東陂去，冉冉黃塵奈我何。」〔註177〕

　　後期的郭祥正政治思想發生極大的轉變，對於功名的渴望已沒有青年時期那樣強烈，並且有過短暫的歸隱生活。但一經朝廷的徵召，又轉而從政，

〔註172〕《青山集》，第739頁。
〔註173〕《青山集》，第737頁。
〔註174〕《青山集》，第592頁。
〔註175〕《青山集》，第592頁。
〔註176〕《苕溪漁隱叢話》，第251頁。
〔註177〕《青山集》，第129頁。

更符合一位宋代士大夫的性格特徵。部分作品關注民生，敢於揭露社會的黑暗，這一點非常值得肯定，如《新昌吟寄穎叔待制》、《後春雪》、《送黃吉老察院》、《川漲》、《復雪》等作品。並且，在實際爲宦期間，也做出一定成績，「郭祥正通判汀州有善政」〔註178〕；「郭祥正知端州，公餘吟詩甚富，士民樂其詩書之化。」〔註179〕不過，後期的詩歌主要是表現對於山水以及隱逸生活的喜愛，表達的是一種老莊的逍遙之樂。如《題旌德虞令觀妙庵》：「……外感適變化，中虛藏窅冥。夜深片月散，林鳥三四聲。寥寥太古風，吹我襟甞惺。逍遙形骸外，浩蕩天地情。……」〔註180〕《別濠上》：「自得莊生樂，觀魚近碧濠。觸萍時鼓鬣，防餌不投刀。柳挹春風靜，鷗眠夜月高。舍旃吾有適，滄海釣鯨鼇。」〔註181〕

　　所以早期的作品，僅是具有道教之形式，精神實際是對於功名祿的渴望；而後期的作品儘管較少涉及神仙意象，但卻具有道教的精神實質。在藝術形式上，在後期的作品中，郭祥正多次表明其詩歌學習的對象是陶淵明、杜甫、謝靈運，師法梅堯臣的平淡詩風，如《西齋二首》其一：「稍悟淵明樂，時時撫素琴。」〔註182〕《遣意》：「有巾堪灑酒，聊欲效陶潛。」〔註183〕《和石聲叔留題君儀基石亭二首》：「況得少陵句，宜鐫座右屏。」〔註184〕《贈陳思道判官》「自從梅老死，詩言失平淡。我欲回眾航，力弱不可攬。」〔註185〕郭祥正後期的作品，不事用典，注重意境的塑造與情景的結合，語言平淡，頗有唐人山水詩的風格。後人對於郭祥正的這種詩歌也是頗爲稱許的，如「宋詩信不及唐，然其中豈無可匹體者，在選者之眼力耳。……郭功甫《水車嶺》云：『千丈水車嶺，懸空九疊屏。北風來不斷，六月亦生冰。』……五詩有王維輞川遺意，誰謂宋無詩乎？」〔註186〕在此期作品中，多處直言爲唐格，也可佐證其詩風不獨學習李白一人。

　　其實在兩宋，許多文人對於郭祥正的才華是認可的，如梅堯臣、王安石、

〔註178〕李賢《明一統志》，《影印文淵閣四庫全書》本。
〔註179〕《明一統志》，第 712 頁。
〔註180〕《全宋詩》第十三冊，第 8832 頁。
〔註181〕《青山集》，第 675 冊
〔註182〕《青山集》，第 667 頁。
〔註183〕《青山集》，第 666 頁。
〔註184〕《青山集》，第 673 頁。
〔註185〕《青山集》，第 777 頁。
〔註186〕丁福保《歷代詩話續編》，第 717 頁。

鄭獬、李之儀、蘇軾、蔣之奇、李廌等人。南宋時，楊萬里與張鎡對其也評價很高，特別是後者，甚至其字與郭詳正的相同，以表追慕之心，《張功父舊字時可慕郭功父故易之求予書其意再贈五字》：「冰雪相投處，風期一笑間。只今張桂隱，絕慕郭青山。功父雙何遠，相如了不關。鳥飛暮天碧，此句急追還。」〔註187〕而舊題宋人何無適、倪希程的《詩準》，將郭祥正與蘇黃等宋人分爲卷：「雜撮唐杜甫、李白、陳子昂、韋應物、韓愈、柳宗元、權德輿、劉禹錫、孟郊，宋蘇軾、黃庭堅、歐陽修、王安石、陳師道、陳與義、秦觀、張耒、郭祥正、張孝祥詩爲四卷，而以陸游一首終焉，命曰《詩翼》。」〔註188〕

　　結語：無論是張舜民的評價，還是宋人筆記中關於其詩歌「七分來是讀，三分來是詩」〔註189〕的否定，都是不夠全面的。同樣，四庫館臣們也只看到郭祥正詩中道教神仙意象的運用，對於後期詩歌中所表達的逍遙之樂道教精神視而不見，也是失之偏頗。另外，四庫館臣們認爲其爲人品格不高，如評其《奠王荊公墳三首》云：「蓋述知己之感，所以自明依附之因，刺新法之非，所以隱報擯斥之憾。小人褊躁，忽合忽離，往往如是，不必以前後異詞疑也。」〔註190〕從作品來看，這一評判也有失公允，難以令人信服。並且郭祥正與王安石的關係是依據宋人筆記所載的，並不一定眞實，難以作爲確鑿的證據。

〔註187〕《全宋詩》第四二冊，第26355頁。
〔註188〕《四庫全書總目》，第1735頁。
〔註189〕阮閱《詩話總龜》，第43頁。
〔註190〕《四庫全書總目》，第1332頁。

第三章　蘇軾與道教

第一節　蘇軾的道教信仰

　　蘇軾（1037～1101），字子瞻，號東坡居士，眉州眉山（今四川眉山）人。蘇軾是宋代著名的政治家，也是宋代文學的最傑出的代表。蘇軾本人的思想是很自由的，儒釋道三者兼收並蓄。後人對於蘇軾的宗教信仰有著不同的意見，有認爲其爲佛教徒的，如梁實秋的《蘇軾傳》；有認爲其爲道教徒的，如鍾來因的《蘇軾與道家道教》；更多的認爲蘇軾爲一儒家學者，如把蘇軾列爲北宋四大思想流派之一的「蜀學」。

　　判斷是否道教徒最簡單的方法就在於是否受過戒籙，如李白，曾兩次舉行入道儀式，謂李白爲道士，自應無甚疑議。但更多的士人雖然並沒有選擇直接的入道儀式，但也是虔誠的宗教徒。至於宋代的士大夫，更不可能在仕宦期間直接的表達皈依佛道的宗教態度，如富弼，貴爲宰相，依然虔信佛教。

　　蘇軾始終是以儒者的身份自居的，這是蘇軾儘管終生沒有退隱的最根本的原因。沒有如其它好道者一樣出家，專心於佛道。在詩文中也屢以「小儒」自居：「大士何曾有生死，小儒底處覓窮通。偶留一映千山上，散作人間萬竅風。」〔註1〕（《愼長老和詩》）

　　首先，我們看一下蘇軾對於佛教的態度，蘇軾對於佛教的接受是經過一長期的過程的。

　　在四川尚未出仕時，蘇軾對於佛教的種種清規戒律與束縛難以接受，經

―――――――――――――――――――――――

〔註1〕　《蘇軾詩集合注》，第 1158 頁。

常攻擊佛教徒。如在《中和勝相院記》中這樣攻擊佛教：「佛之道難成，言之使人悲酸愁苦。其始學之，皆入山林，踐荊棘蛇虺，袒裸雪霜。或刲割屠膾，燔燒烹煮，以肉飼虎豹烏鳥蚊蚋，無所不至。茹苦含辛，更百千萬億年而後成。其不能此者，猶棄絕骨肉，衣麻布，食草木之實，晝日力作，以給薪水糞除，暮夜持膏火薰香，事其師如生。務苦瘠其身，自身口意莫不有禁。其略十，其詳無數，終身念之，寢食見之，如是，僅可以稱沙門比丘。雖名為不耕而食，然其勞苦卑辱，則過於農工遠矣。計其利害，非僥倖小民之所樂，今何其棄家毀服壞毛髮者之多也。意亦有所便歟？寒耕暑耘，官又召而役作之，凡民之所患苦者，我皆免焉。吾師之所謂戒者，為愚夫未達者設也，若我何用是為？剟其患，專取其利，不如是而已，又愛其名。治其荒唐之說，攝衣升坐，問答自若，謂之長老。吾嘗究其語矣，大抵務為不可知，設械以應敵，匿形以備敗，窘則推墮混漾中，不可捕捉，如是而已矣。吾遊四方，見輒反覆折困之，度其所從遁，而逆閉其塗。往往面頸發赤，然業已為是道，勢不得以惡聲相反，則笑曰：『是外道魔人也。』吾之於僧，慢侮不信如此。今寶月大師惟簡，乃以其所居院之本末，求吾文為記，豈不謬哉！」〔註2〕蘇軾年少氣盛如此，與其初仕任鳳翔通判時與上級陳公弼的不合，也與其年少氣盛有著很大關係。蘇軾對於佛教中的高僧卻很尊重，如《中和勝相院記》在的惟簡大師，其師慧悟大師，並且惟簡大師與蘇軾為同宗兄弟。《寶月大師塔銘》：「寶月大師惟簡，字宗古，姓蘇氏，眉之眉山人，於余為無服兄。」〔註3〕可見蘇軾對於佛教的瞭解是從出仕前的青年時期就開始了。

為官鳳翔時期，蘇軾開始接觸佛教教義本身，其中起著重要作用的人物是王大年，「君（大年）博學精練，書無所不通，尤喜予文。每為出一篇，輒拊掌歡然終日。予始未知佛法，君為言大略，皆推見至隱以自證耳，使人不疑。予尤喜佛書，蓋自君發之。」〔註4〕（《王大年哀詞》）時蘇軾為官鳳翔簽判。然而以苦行與避世為基本準則的佛教，與熱衷功名、風流不羈的青年蘇軾的精神追求。只有在仕途遭遇重大挫折時，蘇軾對於功名的渴望逐漸消退，佛教才真正的進入其學習的視野中。

烏臺詩案後，貶官黃州的蘇軾借佛教來消遣內心的苦悶，「閒居未免看

〔註2〕 《蘇軾文集》，第384頁。

〔註3〕 《蘇軾文集》，第467頁。

〔註4〕 《蘇軾文集》，第1965頁。

書，惟佛經以遣日」〔註5〕。但這時的蘇軾對於佛教依然存有疑慮，並沒有眞正投入其中，「佛書舊亦嘗看，但闇塞不能通其妙獨。時取其粗淺假說以自洗濯，若農夫之去草，旋去旋生，雖若無益，然終愈於不去也。」〔註6〕（《答畢仲舉書》）

　　元豐八年，早已從烏臺詩案中走出陰影的蘇軾已沒有青年時的銳意進取心，已致仕的恩師張方平即授蘇軾《楞伽經》，「太子太保樂全先生張公安道，以廣大心得清淨覺。……常以經首四偈發明心要。軾遊於公之門三十年矣。今年二月，過南都，見公於私第。公時年七十九，幻滅都盡，慧光渾圓。而軾亦老於憂患。百念灰冷。公以爲可教者。乃授此經。」〔註7〕（《書楞伽經後》）

　　儘管蘇軾與佛教有著千絲萬縷的聯繫，對於佛教典籍、義理也很精通，但始終沒有有皈依佛教，即使仕途處於人生的谷底、遭受喪妾之痛、貶官惠州時。如《虔州崇慶禪院新經藏記》：「吾非學佛者，不知其所自來。」〔註8〕其表兄程正輔此時也勸其學佛，看來是被蘇軾所婉拒，如《正輔既見和復次前韻慰鼓盆勸學佛》一詩。北歸後的蘇軾，其思想可謂徹底定型，達到最成熟的地步，在佛教高僧的邀請下，寫下了《南華長老題名記》，論述儒佛殊途同歸，即「儒釋不謀而同」，但其立足點依然爲儒。「南華長老明公，其始蓋學於子思、孟子者，其後棄家爲浮屠氏，不知者以爲逃儒歸佛，不知其猶儒也。」〔註9〕

　　從以上的論述中可以看出，蘇軾儘管對於佛教相當熟悉，花一定時間氣力去學習，但始終沒有皈依佛教。

　　對於道教而言，終其一生，蘇軾是崇信的。但這種崇信並非一味的盲從，而是有所選擇的。這可以從以幾個方面來論證。

一、神仙長生的信仰

　　儘管蘇軾推崇老莊，認爲老莊思想爲道教之本源，秦漢以來方士的神仙長生之說是末流，但沒有如歐陽修、司馬光那樣直截了當地否定神仙的存在。

〔註5〕　《蘇軾文集》，第 1411 頁。
〔註6〕　《蘇軾文集》，第 1671 頁。
〔註7〕　《蘇軾文集》，第 2085 頁。
〔註8〕　《蘇軾文集》，第 390 頁。
〔註9〕　《蘇軾文集》，第 293 頁。

實際上，蘇軾變相的承認了神仙的存在。如其《上清儲祥宮碑》所言：「道家者流，本出於黃帝、老子。其道以清淨無為為宗，以虛明應物為用，以慈儉不爭為行，合於《周易》『何思何慮』，《論語》『仁者靜壽』之說，如是而已。自秦漢以來，始用方士言，乃有飛仙變化之術、《黃庭》、《大洞》之法、太上、天真、木公、金母之號，延康、赤明、龍漢、開皇之紀，天皇、太一、紫微、北極之祀，下至於丹藥奇技，符籙小數，皆歸於道家，學者不能必其有無。然臣嘗竊論之：黃帝老子之道，本也；方士之言，末也；脩其本而末自應。故仁義不施，則韶濩之樂，不能以降天神；忠信不立，則射鄉之禮，不能以致刑措。」〔註10〕這篇碑記是蘇軾為官方所寫的正式公開文章，真正反映蘇軾的思想。

從蘇軾的思維方法來看，蘇軾從不輕易否定沒的把握的事物。因此對於源遠流長並在當時普遍流行的神仙學說不能持一相信態度：「予頃在都下有，傳太白詩者。其略曰：『朝披夢澤雲』。又云：『笠澤清茫茫』。此非世人語也。蓋有見太白在肆中，而得此詩者，神仙之道真不可以意度。」〔註11〕對於某些儒家學者而言，神仙若從未親身體驗過，便可以否認神仙的真實性；而蘇軾恰相反，正是由於無法親眼所見，且無法從邏輯上加以證明，而不否定神仙傳說。「世人所見常少，所不見常多，奚必於區區耳目之所及，度量世外事乎？姑藏其書，以待知者。」〔註12〕這是蘇軾在目擊黃州汪家所降之紫姑神后，對於紫姑神寫的「天篆」不認識，所得出的結論。

由於科學水平的落後以及人本身固有的神仙觀念的影響，宋代人對於某些神異之事無法做出合理的判斷，而推之於神仙則是最好的解釋。如上文所提到的民間普遍流行紫姑神下降事，在很多宋人文集中有所記載，但都無法科學地解釋，只是如實記錄而而已。如《萍洲可談》卷三：「古傳紫姑神，近世尤甚，宣和初禁之乃絕。嘗觀其下神，用兩手扶一筲，箕頭插一箸，畫灰盤作字。加筆於箸上，則能寫紙。與人應答，自稱蓬萊大仙，多女子也。有名字伯仲，作文可觀，著棋則人無能敵者。余寓南海，有一假儒衣冠者，能迎致其神。在書室中和余詩云：『古書讀盡到今書，不獨才餘力有餘。自是丹山真鳳子，太平呈瑞只須臾。』其人自不能文，疑有神助。然不識字人，致

〔註10〕《蘇軾文集》，第 503 頁。
〔註11〕《東坡志林》，第 64 頁。
〔註12〕《蘇軾文集》，第 407 頁。

之則不能書，但以箸宛轉畫灰盤爾，此何理也？」〔註 13〕作者朱彧對於這一
現象無法理解，同時也說明當時的科技水平還是比較低的。

　　蘇軾就個人而言相信神仙，因而對於所見到、耳聞的神異之事也願意相
信，並以之爲題進行創作。最爲有名的爲《芙蓉城》，在序文中明確了故事的
來龍去脈：「世傳王迥，字子高，與仙人周瑤英遊芙蓉城。元豐元年三月，余
始識子高，問之信然。乃作此詩，極其情而歸之正，亦變風止乎禮義之意也」
〔註 14〕。蘇軾由於是從當事人那裡得以證實，所以信以爲眞。同時，由於蘇
軾較高的政治地位與文學地位，在全國影響很大，所以對芙蓉城這一故事起
一推波助瀾作用，使很多人也相信這一離奇的神仙故事，這就是現代意義上
的名人效應。對於當時流行的呂洞賓種種傳說，蘇軾也不否定，同時還對其
所見聞的呂洞賓故事加以歌詠。如熙寧七年時，蘇軾路過湖州，當時流傳呂
洞賓過東林沉思家。「回先生過湖州東林沈氏，飲醉，以石榴皮書其家東老庵
之壁，云：『西鄰已富憂不足，東老雖貧樂有餘。白酒釀來因好客，黃金散盡
爲收書。』西蜀和仲聞而次其韻三首。東老，沈氏之老自謂也，湖人因以名
之。其子偕作，詩有可觀者。」〔註 15〕

　　蘇軾的政治、文學地位很高，並且對神仙學說十分信仰，因而各色人都
願意與之交往，有的仰慕其學識，有的仰慕其文才，包括一些道士方士，希
望通過蘇軾擡高自己的名望。如元祐二年與蘇軾交往的喬全，在《送喬仝寄
六首》敘文對二人交往有詳細的描述：「舊聞靖長官、賀水部，皆唐末五代人，
得道不死。章聖皇帝東封，有謁於道左者，其謁雲晉水部員外郎賀亢，再拜
而去，上不知也。已而閱謁，見之大驚，物色求之不可得。天聖初，又使其
弟子喻澄者，詣闕進佛道像，直數千萬。張公安道與澄遊，具得其事。又有
喬全者，少得大風疾，幾死，賀使學道。今年八十，益壯盛，人無復見賀者，
而全數見之。元祐二年十二月，全來京師十許日，予留之不可，曰：『賀以上
元期我於蒙山。』又曰：『吾師嘗遊密州，識君於常山道上，意若喜君者。作
是詩以送之，且作五絕句以寄賀。」〔註 16〕從這篇詩序可以看出：蘇軾對於
所謂的靖長官、賀水部成仙事是相信的；對於喬全遇賀水部學道得以祛病延

〔註 13〕朱彧《萍洲可談》，《全宋筆記》第二編，第六冊，第 173 頁。
〔註 14〕《蘇軾詩集合注》，第 777 頁。
〔註 15〕《蘇軾詩集合注》，第 561 頁。
〔註 16〕《蘇軾詩集合注》，第 1471 頁。

年的說法也是深信不疑；甚者，喬全大言欺人，以賀水部遇蘇軾於常山道及喜歡蘇軾等編撰之語來矇騙，蘇軾也表現出濃厚的興趣，並且騙取蘇軾少量物品：「（喬）全時客京師，貧甚。子瞻索囊中，得二十縑，即以贈之。」〔註17〕再如蘇軾通過王定國所認識的姚丹元，也為蘇軾所喜愛，並與蘇轍、秦觀等人為之賦詩，而實際上所謂的神仙姚丹元，只不過為大言欺人的普通道士而已：「姚本京師富人王氏子，不肖，為父所逐，事建隆觀一道士。天資慧，因取《道藏》遍讀，或能成誦。又多得其方術丹藥，大抵好大言，作詩間有放蕩奇譎語，故能成其說。浮沉淮南，屢易姓名，子瞻初不能辨也，後復其姓名王繹。崇寧間，余在京師，則已用技術進為醫官矣。出入蔡魯公門下，醫多奇中，余猶及見。其與魯公言從子瞻事，且雲海上神仙宮闕，吾皆能以術致之，可使空中立見。蔡公亦微信之，坐事編置楚州。梁師成從求子瞻書帖，且薦其有術。宣和末復為道士，名元城，力詆林靈素，為所毒嘔血死。」〔註18〕由此，為蘇軾所敬仰的神仙姚丹元的真實面目就展示於我們面前了。

蘇軾儘管相信神仙信仰，但並不因此而廢事。實際上，宋代士大夫把個人的宗教信仰與政治分得十分清楚，並不混淆。如：「楊傑次公，留心釋教。嘗上殿，神考頗問佛法大概，楊並不詳答。云：『佛法實亦助吾教。』既歸，人咸咎之。或責以聖主難遇，次公平生所學，如此乃唯唯，何耶？楊曰：『朝廷端慎明辯，吾懼度作導師，不敢妄對。』」〔註19〕在此之前的呂晦叔、富弼都是篤信佛教的：「洛中有一僧，欲開堂說法。司馬君實夜過邵堯夫，云：『聞富彥國、呂晦叔欲往聽此，甚不可。但晦叔貪佛已不可勸，人亦不怪，如何勸得彥國？』堯夫曰：『今日已暮矣，姑任之明日。』二人果偕往。後月餘，彥國招數客共飯，堯夫在焉，因問彥國曰：『主上以裴晉公之禮起公，公何不應命？又聞三遣使，公皆臥內見之。』彥國曰：『衰病如此，其能起否？堯夫曰：『上三命，公不起。一僧開堂，以片紙見呼，即出，恐亦未是。』彥國曰：『弼亦不曾思量至此。』」〔註20〕從這則記載中可以看出，呂公著與富弼都信仰佛教，而呂公著尤甚，但從不見二人以佛教來干預政治。

儘管蘇軾相信神仙學說，但並不因此陷入狂熱追求的地步，沉溺於鬼神

〔註17〕《避暑錄話》，第232頁。
〔註18〕《避暑錄話》，第232～233頁。
〔註19〕《萍洲可談》卷三，第166頁。
〔註20〕佚名《道山清話》，《全宋筆記》第二編，第一冊，第94頁。

之中，亦或不理公務。首先，蘇軾不懼鬼神，遇到離奇怪異之事敢於用正義之氣去壓服。如門生李廌所記蘇軾軼事一則：「東坡先生居閶闔門外白家巷中。一夕，次子迨之婦歐陽氏（文忠公孫斐之女）產後因病爲祟所憑，曰：『吾姓王氏，名靜奴，滯魄在此居，久矣。』公曰：『吾非畏鬼人也。且京師善符劍遣厲者甚多，決能逐汝，汝以愚而死，死亦妄爲祟。』爲言佛氏破妄解脫之理，喻之曰：『汝善去，明日昏時當用佛氏功德之法與汝。』婦輒合爪，曰：『感尙書去也。』婦良愈。明日昏時，爲自書功德疏一通，仍爲置酒肉香火遣送之。公曰：『某平生屢與鬼神辯論矣。』頃迨之幼，忽云有賊貌瘦而黑，衣以青，公使數人索之，無有也。乳媼俄發狂，聲色俱怒，如卒伍輩唱喏甚大。公往視之，輒厲聲曰：『某即瘦黑而衣青者也，非賊也，鬼也，欲此媼出，爲我作巫。』公曰：『寧使其死，出不可得。』曰：『學士不令渠出，不奈何，只求少功德，可乎？』公曰：『不可。』又曰：『求少酒食，可乎？』公曰：『不可。』又曰：『求少紙，可乎？』公曰：『不可。』又曰：『只求杯水，可乎？』公曰：『與之。』媼飲畢，仆地而蘇。然媼之乳，因此遂枯。」〔註21〕（《師友談記》）

至於蘇軾勤於政務，且能力爲世人所共知，這更是人人皆知之事，如擔任開封府推官時從決如流、在杭州爲民修堤、在徐州率民抗洪、在定州整頓軍紀等等，所到之處，政績裴然。

二、道教養生的具體實踐

蘇軾相信神仙長生的可能，那麼就必然會從實踐上去身體力行，因爲千百年來普通人的升仙途徑有以下幾種，一爲得神仙的直接幫助，如金丹仙藥等直接成仙；二爲個人的修煉，如通過自己煉丹藥或採食植物藥材；三爲通過修煉內丹而成仙；四爲行善爲孝，感動上天神仙。要之，做爲欲仙者必須主動追求，才能有成仙的可能。

對於蘇軾而言，修煉的途徑主要是服食中草藥以及內丹術兩種方式。遇異人畢竟機率較低，但蘇軾也不放過，這就是蘇軾爲何對於一些姚安世、喬仝等人加以禮遇的緣故。而在第四點積德行善上蘇軾也是如此，在這一點上儒釋道三家都是肯定的，只不過儒家更重視孝道，對於道釋的拋妻離子不以爲然，這一點在宋代儒者的觀念中體現得很明顯。

〔註21〕李廌《詩友談記》，《全宋筆記》第二編，第七冊，第35頁。

　　蘇軾接近道教，與道教中人交往，修煉內丹服食之術，與當時的社會氛圍有著密切關係，更主要的是自身的思想觀念的原因。其中一個重要的原因就是個體私欲比較強烈，即口食之欲與食色之欲。口食之欲指的是蘇軾對於飲食十分講究，如爲官鳳翔時因嗜泉水而專門做一調水符，爲此蘇轍善意批評：「多防出多欲，欲少防自簡。君看山中人，老死竟誰謾……授君無憂符，階下泉可咽。」〔註22〕（《和子瞻調水符》）在貶官黃州時也不忘就地取材，苦中作樂，「淨洗鐺，少著水，柴頭罨煙焰不起，待他自熟莫催他，火候足時他自煮。黃州好豬肉，價賤如泥土，貴者不肯吃，貧者不解煮。早辰起來打兩碗，飽得自家君莫管。」〔註23〕從道士楊世昌學做蜜酒；貶官惠州時，蘇軾自釀眞一酒。從現代意義來審視蘇軾的這些追求，純粹屬於對生活品位的範圍，這與道教的長生之道是相違背的。另一爲食色之欲，本來，宋代士大夫多有妻妾是很普通的事情，合法合理，與品德無關，如蘇軾的老師歐陽修就先後娶妻，詞人張子野八十五尙買妾，蘇軾也只是作爲一風流韻事來看待，並不否定。但實際上，所謂納妾是由個體的意願所決定的。如同爲北宋著名的士大夫王安石與司馬光，雖爲政敵，但都不好姬妾，蘇軾的門生張耒在此方面也不太熱衷。蘇軾除正妻王弗、王閏之、侍妾王朝雲外，尙有侍妾多人：「予家有數妾，四五年相繼辭去，獨朝云者隨予南遷。」〔註24〕那麼，蘇軾多納姬妾的目的只有兩種可能，一則爲私欲；二則可能以房中術爲養生的手段。

　　那麼，種種養生手段是如何進入到蘇軾的視野中，對蘇軾有生活產生怎樣的影響呢？

　　對養生手段的獲取途徑：蘇軾的道教修練方法的獲取主要來自兩個方面：一爲從道教典籍中獲得；一爲從同道中人所得。對於道教典籍，蘇軾在出蜀之前就肯定接觸了，這從入峽嘉祐四年的《入峽》詩中就可看出：「聞道黃精草（《神仙傳》、《登眞訣》），叢生綠玉篸。」〔註25〕可見，從一些道教典籍中，青年蘇軾已經學得部分長生的知識了。進入仕途之後，蘇軾對於道藏的興趣有增無減，任鳳翔簽判時於終南縣上清太平宮讀《道藏》。《道藏》是

〔註22〕蘇轍《蘇轍集》，第 33 頁。
〔註23〕《蘇軾文集》，第 597 頁。
〔註24〕《蘇軾詩集全注》，第 1972 頁。
〔註25〕《蘇軾詩集全注》，第 15 頁。

道教典籍的總集，卷冊太多，只能在較大的宮觀中才能系統閱讀，在隨後的時間中，蘇軾只能零散地閱讀一些較爲流行的道教書籍。如在開封時手抄《黃庭內景經》、《養生論》等，惠州時讀《抱朴子》等，至於《神仙傳》《列仙傳》、《續仙傳》、《脞說》、《雲笈七籤》、《吳眞君服椒法》、《周易參同契》、《聖散子》以及《眞誥》等。這些都是在蘇軾的詩文中多次出現的，當然，蘇軾的閱讀範圍是遠超過於些作品。

　　另一養生方法的來源是蘇軾的親朋好友。首先爲蘇軾的父親蘇洵與弟弟蘇轍。儘管蘇洵的作品中找不出什麼道教長生的作品，但據蘇軾的記載，蘇洵對於道教內外丹術也是頗有修爲的：「僕昔爲開封幕，先公爲赤令。暇日相與論內外丹，且出其丹示余。」〔註26〕（《次韻韶倅李通直二首》其二注文）蘇轍也是蘇軾養生主法的一個重要來源，兄弟二人亦師亦友：「余觀子由，自少曠達，天資近道，又得至人養生長年之訣，而余亦竊聞其一二。」〔註27〕（《寄子由三法》）此時蘇軾在密州任上。除此之外，蘇軾好與養生之士交往也是不爭之事實。蘇軾在鳳翔時王熙勸其學長生之術：「丁寧勸學不死訣，自言親受方瞳翁」〔註28〕。徐州雲龍山人張天驥、四川道士褰拱辰、道士姚丹元、喬全、吳子野等人，這些人對於道教養生具有很深的造詣。蘇軾都與他們結交，學習其養生術。蘇軾也將個人經驗與朋友交流：「論近來頗留意養生，讀書延納方士多矣。其法數百，擇其簡而易行者，間或爲之輒驗。今此法特奇妙，乃知神仙長生不死非虛語也。其效初亦不甚覺，但積累百餘日，功用不可量，比之服藥其力百倍。久欲獻之左右，其妙處非言語文字所能形容，然可道其大略，若信而行之，必有大益。其狀如左……」〔註29〕（《養生訣上張安道》）張安道信佛，並授蘇軾以《楞伽經》，蘇軾則報之以養生之道。

三、蘇軾的養生方法與階段性

　　蘇軾對於養生實踐很早就開始了，如青年時就服食松脂：「予嘗遊松脂職酥乳，不煩煮煉，正爾食之，滑甘不可言。」〔註30〕不過，這只是偶而爲之，並沒有系統的進行養生的實踐。從徐州後，蘇軾從蘇轍那裡得到養

〔註26〕　《蘇軾詩集合注》，第 2257 頁。
〔註27〕　《蘇軾文集》，第 2337 頁。
〔註28〕　《蘇軾詩集合注》，第 216 頁。
〔註29〕　《蘇軾文集》，第 2335 頁。
〔註30〕　《蘇軾文集》，第 2046 頁。

生的系統知識，並在貶官黃州時，系統地實踐。因爲在公務繁忙時，是不可能有多充裕的時間來操作的。貶官黃州，不負責具體事務，加以居住條件比較差，所以蘇軾對於道教修養很是在意，以道教的養氣等內丹術爲主：「當速用道書方士之言，厚自養煉。謫居無事，頗窺其一二。已借得本州島大慶觀道堂三間，冬至後當入此室，四十九日乃出。自非廢放，安得就此？太虛他日一爲仕官所麋，欲求四十九日閒，豈可復得耶？當及今爲之，但擇平時所謂簡要易行者，日夜爲之，寢食之外，不治他事，但滿此期根本立矣。」〔註31〕同時也輔之以服食、按摩等方法：「揚州有侍其太保官，於煙瘴地十餘年，比歸，面紅潤，無一點瘴，氣只是用磨腳心法。此法定國自知之，更請加功不廢，每日飲少酒調食，令胃氣壯健。安道軟朱砂膏，軾在湖親服數兩，甚覺有益利，可久服。子由昨來陳相，別面色殊清潤，目光炯然，夜中行氣，臍腹間隆隆如雷聲，其所行持，亦吾輩所常論者。但此君有志節能力行耳。」〔註32〕（《與王定國書》）然蘇軾對於道教養生雖然能夠理解，但並不能堅詩下去，蘇軾在黃州寫書枚乘的《七發》中的警言以自警，如：「皓齒娥眉，命日伐性之斧；甘脆肥濃，命日腐腸之藥。」〔註33〕但環境變化後就沒有約束力了，如回到京師後就陸續納妾，之於美食更不在話下。

　　蘇軾眞正地把道教的養生嚴格地實行是在貶往嶺南之後，在《過大庾嶺》這首詩中，注文中有引文，有人認爲蘇軾晚年才留意養生：「趙汸《東山集》跋此詩墨迹後：『雲公中歲始留心佛乘，晚節播遷嶺海，遂欲學陰長生超然遐舉。』」〔註34〕雖然並不完全符合事實，但也指出蘇軾只有在晚年時才眞正徹底的按道教養生的方法去做。蘇軾在定州任上被貶時已經五十九歲，達惠州是已經六十歲了。此時的蘇軾已近暮年，青壯年時期的種種欲望消失了，在政治上也沒有東山再起的可能。南方氣候環境、居住條件、飲食醫療都無法與中原相比，蘇軾本來相信神仙長生，正是在這種主客觀的條件的作用下，堅持養生也是很自然的。此時的蘇軾主要以道教的服氣胎息、生活習慣的節制合理、以及中草藥的服用等三種主要方式。如《海上道人傳以神守氣訣》、

〔註31〕《蘇軾文集》，第 1535 頁。
〔註32〕《蘇軾文集》，第 1514 頁。
〔註33〕《蘇軾文集》，第 2063 頁。
〔註34〕《蘇軾詩集全注》，第 1945 頁。

《十二月十日夜坐達曉，寄子由》等作品可以充分說明蘇軾在此時以道教的
氣功來養生。在《謫居三首》中，「且起理髮」、「午窗坐睡」、「夜臥濯足」都
表明了蘇軾良好的生活習慣，這些都時道教養生的重要內容之一。《小圃五詠》
分別詠人參、地黃、枸杞、甘菊、薏苡等五種中草藥，這些都是蘇軾所親自
栽植的，當然也是自己所服用的。直到今天，這些藥物依然在中醫中所運用。
正是由於蘇軾對於中草藥的熟悉，以致後人將蘇軾的醫學理論併入醫學著作
《蘇沈良方》中。

四、養生的實效性

　　蘇軾的養生是有成效的，無論是服食還是胎息服氣，如《服胡麻賦》的
序文：「始余嘗服茯苓，久之良有益也。」〔註35〕《養生訣上張安道》：「其效初
不甚覺，但積累百餘日，功用不可量。比之服藥，其力百倍。久欲獻之左右，
其妙處，非言語文字所能形容，然可道其大略。若信而行之，必有大益。」〔註
36〕養生的作用在貶謫生涯中表現的尤為明顯。如在惠州時，蘇軾在《與程正
輔五十三信》中敘述養生對於自己的疾病的醫療效果：「舊苦痔疾蓋二十一年
矣，近日忽大作。……如此服食已多日，氣力不衰，而痔漸退。久不轉移，
輔以少氣術，其效殆未易量也。此事極難忍，方勉力必行之。」〔註37〕

　　正是由於蘇軾在被貶廣東、海南時，堅持道教的養生術，才得以在惡劣
的條件下生存下來，等到得以赦免的那一天。正是從自身的體驗出發，蘇軾
才把給章致平的信中詳述心得：「丞相知養內外丹久矣，所以未成者，正坐大
用故也。今茲閒放，正宜成此。然只可自內養丹，切不可服外物也。某在海
外，曾作《續養生論》一首，甚欲寫寄，病困未能。到毘陵，定疊檢獲，當
錄呈也。」〔註38〕

　　結語：蘇軾對於道教的神仙理論及道教養生術是崇信而不盲目。道教影
響了蘇軾日常生活的方方面面，進而影響其精神方面。蘇軾能夠一次次走出
困境，特別是能夠離開海南，以及蘇軾詩歌中的曠達、樂觀的基調，這些都
是與道教是有很大關係的。

〔註35〕《蘇軾文集》，第 5 頁。
〔註36〕《蘇軾文集》，第 2335 頁。
〔註37〕《蘇軾文集》，第 1612 頁。
〔註38〕《蘇軾文集》，第 1643 頁。

第二節　蘇軾的詩歌與道教

　　蘇軾是宋代詩歌成就最高的作家，這一點已經勿容置疑。道教對於蘇軾詩歌創作中有著重要影響，這與蘇軾的道教信仰有著直接的關係。道教對蘇軾詩歌的影響主要表現於兩個方面：一是道教題材作品主題的變化；二是道教對蘇軾詩歌的藝術手法及風格的影響。

　　蘇軾對於道教思想的接受的過程，在蘇軾詩歌的創作過程中有一明顯的發展軌迹，可以概括爲以下三個階段：

一、對於道教神仙學說的大膽質疑

　　在蘇軾早期的創作中，道教僅爲一個普通題材，並且大多是以宮觀爲主。蘇軾在青年時期隨父入京，途經之地多有道教名勝，詩人即以此爲題材。此時的蘇軾，對於道教並無嚴格的信仰，因此與道教相關的神仙故事多予以質疑批判。如《過木櫪觀》：「石壁高千尺，微蹤遠欲無。飛簷如劍寺，古柏似仙都。許子嘗高遁，行舟悔不迂。斬蛟聞猛烈，提劍想崎嶇。寂莫棺猶在，修崇世已愚。隱居人不識，化去俗爭籲。洞府煙霞遠，人間爪髮枯。飄飄乘倒景，誰復顧遺軀。」〔註39〕

　　即使在其它題材的作品中，也不時會發現作者對於神仙學說的否定，如《黃河》：「靈槎果有仙家事，試問青天路短長。」〔註40〕《夜行觀星》：「天高夜氣嚴，列宿森就位。大星光相射，小星鬧若沸。天人不相干，嗟彼本何事。世俗強指謫，一一立名字。南箕與北斗，乃是家人器。天亦豈有之，無乃遂自謂。迫觀知何如，遠想偶有似。茫茫不可曉，使我長歎喟。」〔註41〕

　　蘇軾對於道教神仙學說的否定，實際上反映了其以科學的態度對待宗教的觀念。另一方面，也表現了蘇軾善於翻新出奇的詩歌創作精神。如《驪山三絕》其三：「海中方士覓三山，萬古明知去不還。咫尺秦陵是商鑒，朝元何必苦躋攀。」〔註42〕不僅是詩歌，即使是古文創作，蘇軾也表現出敢於創新、不落舊窠的風格。

〔註39〕　《蘇軾詩集合注》，第35頁。
〔註40〕　《蘇軾詩集合注》，第83頁。
〔註41〕　《蘇軾詩集合注》，第66頁。
〔註42〕　《蘇軾詩集合注》，第95頁。

二、對神仙故事及道教仙人的傾慕

　　隨著對道教瞭解的深入，蘇軾對於神仙學說變得很感興趣。對於友人或道士所談及的神仙之事，蘇軾常以詩歌的形式予以稱頌，而這些神仙異事因蘇軾的詩歌廣為人知，可信度更高。在這一階段的創作中，有以下在社會中影響較大的神仙之事進入其創作範圍，如湖州沈氏遇呂洞賓故事、王子高與仙人周瑤英遊芙蓉城故事、房州異人三朵花、登州海市、仙人賀水部、丹元子姚安世等。蘇軾對這些神人異事具有濃厚的興趣，在以這些題材進行詩歌創作時，第一階段的批判精神消失了，取而代之的是對神仙的讚美而向往。

　　如《芙蓉城》：「（並敘世傳王迥，字子高，與仙人周瑤英遊芙蓉城。元豐元年三月，余始識子高，問之信然。乃作此詩，極其情而歸之正，亦變風止乎禮義之意也。）芙蓉城中花冥冥，誰其主者石與丁。珠簾玉樓翡翠屏，雲舒霞卷千偋停。中有一人長眉青，炯如微雲淡疏星。往來三世空煉形，竟坐誤讀黃庭經。天門夜開飛爽靈，無復白日乘雲軿。俗緣千劫磨不盡，翠被冷落淒餘馨。因過緱山朝帝廷，夜聞笙簫弭節聽。飄然而來誰使令，皎如明月入窗欞。忽然而去不可執，寒衾虛幌風泠泠。仙宮洞房本不扃，夢中同躡鳳凰翎。徑渡萬里如奔霆，玉樓浮空聳亭亭。天書雲篆誰所銘，繞樓飛步高玲玎。仙風鏘然韻流鈴，蓬蓬形開如酒惺。芳卿寄謝空丁寧，一朝覆水不返瓶。羅巾別淚空熒熒，春風花開秋葉零。世間羅綺紛膻腥，此生流浪隨滄溟。偶然相值兩浮萍，願君收視觀三庭。勿與嘉穀生蝗螟，從渠一念三千齡下作人間尹與邢。」〔註43〕作者在序文中明確表示對此遇仙之事的相信，而在創作中更多的是憑藉作者的想像，或者是以作者所熟悉的神仙故事為原型的。

　　由於蘇軾在政治及文學上地位較高，再加上對於道教神仙學說的信仰，一些道士慕名而往，有的是正常的交流，如在養生術上的探討。而有的則是以虛妄之神仙欺騙蘇軾，從而獲得名聲及錢財。如喬全則是最為明顯的一例，而蘇軾則毫不生疑，並做詩相送。如《送喬全寄賀君六首》（並引：舊聞靖長官賀水部，皆唐末五代人，得道不死。章聖皇帝東封，有謁於道左者，其謁雲晉水部員外郎賀亢，再拜而去。上不知也，已而閱謁，見之大驚，物色求之不可得。天聖初，又使其弟子喻澄者，詣闕進佛道像直數千萬，張公安道與澄遊具得其事。又有喬全者，少得大風疾幾死，賀使學道。今年八十益壯

〔註43〕《蘇軾詩集合注》，第 777 頁。

盛，人無復見賀者，而全數見之。元祐二年十二月，全來京師十許日，餘留之不可，曰：「賀以上元期我於蒙山。」又曰：「吾師嘗遊密州，識君於常山道上，意若喜君者。作是詩以送之，且作五絕句以寄賀。）其六：「千古風流賀季眞，最憐嗜酒謫仙人。狂吟醉舞知無益，粟飯藜羹問養神。」〔註44〕同樣，蘇軾對待道士姚丹元也是如此，為其大言所惑，更主要的是作者的神仙信仰。而在與姚丹元的詩作中更是明確表達了求仙棄世的理想，如《丹元子示詩飄飄然有謫仙風氣吳傳正繼作復次其韻》：「飛仙亦偶然，脫命瞬息中。惟詩不可擬，如寫天日容。夢中哦七言，玉丹已入懷。一語遭綽虐，入身墜蓬萊。蓬萊至今空，護短不養才。上界足官府，謫仙應退休。可憐吳與蘇，骯髒雪滿頭。雪滿頭，終當卻與丹元子，笑指東海乘桴浮。」〔註45〕

三、道教養生的實踐

　　蘇軾後期的創作中，關於神仙異事的作品基本上不見蹤迹了，取而代之的是創作大量與道教養生相關的作品。這是由於遠貶嶺南的蘇軾，與原來的友人及政治基本上沒有多少聯繫，成為一名符其實的隱士，自然也沒有多少道士願與仕途失意的蘇軾交往，談神論仙的機會也不存在了。而在中年時期形成的對養生的重視在此時得以強化，因為從現實角度而言，北宋時代嶺南的醫學水平極為落後，蘇軾只能依靠自己的養生知識來度過困境。

　　蘇軾於紹聖元年過大庾嶺時，即表達了忘卻一切、專心求仙的願望。如《過大庾嶺》：「一念失垢污，身心洞清淨。浩然天地間，惟我獨也正。今日嶺上行，身世永相忘。仙人拊我頂，結髮受長生。」〔註46〕雖然，這種願望眞的是作者本意，但蘇軾南貶嶺南後，道教養生成為詩歌創作的重要題材。並且，罕見的創作了一首《辨道歌》，系統的闡發了對道教養生理論知識的理解。雖然實際上這並不是嚴格意義上的詩歌，但反映出作者對於道教養生的虔誠。蘇軾並不像道教徒一樣，以詩歌的形式來介紹養生知識，而是將養生理論、精神融入詩歌中。

　　如《和子由次月中梳頭韻》：「夏畦流膏白雨翻，北窗幽人臥羲軒。風輪曉長春筍節，露珠夜上秋禾根。（公自注：或為予言，草木之長常在時明間。早作而伺之，乃見其拔起數寸，竹筍尤甚。又夏秋之交，稻方含秀，黃昏月

〔註44〕　《蘇軾詩集合注》，第1471～1474頁。
〔註45〕　《蘇軾詩集合注》，第1869頁。
〔註46〕　《蘇軾詩集合注》，第1945頁。

出，露珠起於其根，累累然。忽自騰上，若有推之者。或入於莖心，或垂
於葉端，稻乃秀實，驗之信然。此二事與子由養生之論契，故以此爲寄。）
從來白髮有公道，始信丹經非妄言。此身法報本無二，他年妙絕兼形魂。」
〔註47〕雖然詩歌中作者與蘇轍討論梳髮養生知識，但並不損害詩歌的形象
性。再如《謫居三適三首》其三《夜臥濯足》：「長安大雪年，束薪抱衾裯。
雲安市無井，斗水寬百憂。今我逃空谷，孤城嘯鵂鶹。得米如得珠，食菜
不敢留。況有松風聲，金鷺鳴颼颼。瓦盎深及膝，時復冷暖投。明燈一爪
剪，快若鷹辭韝。天低瘴雲重，地薄海氣浮。土無重腿藥，獨以薪水瘳。
誰能更包裹，冠履裝沐猴。」〔註48〕睡前洗足也爲養生術之一，這也可見
作者的生活作息是遵循道教的養生理論的。但蘇軾的詩歌並不是圍繞養生
術展開，而是以浴足時所感所想爲主。所以，蘇軾的養生題材的作品既展
示了其日常生活的細節，又使作品具有詩歌的特徵，使道教思想與詩歌藝
術完美的融爲一體。

　　蘇軾後期詩歌創作以日常生活爲主要題材，而道教養生滲透於其生活的
方方面面，所以在這些作品中處處可以看到道教養生的影子。例如，晚年的
蘇軾對於陶淵明的人品及詩歌都十分傾慕，並多次追和陶詩。在這些作品中，
道教養生的理論也頻繁出現。如《和陶雜詩十一首》其二：「故山不可到，飛
夢隔五嶺。眞遊有黃庭，閉目寓兩京。室空無可照，火滅膏自冷。披衣起視
夜，海闊河漢永。西窗半明月，散亂梧楸影。良辰不可繫，逝水無留騁。我
苗期後枯，持此一念靜。」〔註49〕詩中「眞遊有黃庭，閉目寓兩京」兩句運
用《黃庭經》語，而「我苗期後枯」一句，則化用嵇康的《養生論》中「爲
稼於湯之世，必一溉者後枯」之句。詩歌巧妙地把作者的養生習慣與情感的
抒發融爲一體，並不破壞詩歌的形象性，同時具有一定的學識。所以，蘇軾
的此類作品是比較成功的。

　　縱觀蘇軾的創作，道教題材在蘇詩中大致呈現出以上三個變化：第一時
期道教僅是一普通題材；第二時期道教神仙異人故事等成爲歌詠對象，並展
示作者的獵奇、傾慕思想；第三時期養生術成爲道教中影響其創作的主要方
面，側重於日常題材的創作。當然，這只是一種大致的劃分，實際上，在第

〔註47〕《蘇軾詩集合注》，第 2032 頁。
〔註48〕《蘇軾詩集合注》，第 2143 頁。
〔註49〕《蘇軾詩集合注》，第 2192 頁。

二階段中，道教的養生在蘇軾的詩歌中已經較多的出現，但都只是作為詩歌的一個意象、場景而已，並不佔有多少地位。如《傅子美召公擇飲偶以病不及往公擇有詩次韻》：「樊素阿蠻皆已出，使君應作玉箏歌。可憐病士西窗下，一夜丹田手自摩。」〔註50〕此外，後期的創作中，偶而也歌詠道教史上的神仙，如《安期生》：「安期本策士，平日交蒯通。嘗干重瞳子，不見隆準公。應如魯仲連，抵掌吐長虹。難堪踞床洗，寧挹扛鼎雄。事既兩大繆，飄然鑣遺風。乃知經世士，出世或乘龍。豈比山澤臞，忍饑嗽栢松。縱使偶不死，正堪為僕僮。茂陵秋風客，望祖猶蟻蠭。海上如瓜棗，可聞不可逢。」〔註51〕但其側重點並不是仰慕出世之神仙，而是其不慕功名的高風亮節。

　　道教對於蘇軾詩歌的影響是多方面的，不僅是在其題材上，還表現在藝術風格、藝術技巧上。

（一）藝術風格的影響

　　蘇詩詩歌的風格是多樣化的，從豪放、清麗，再到幽雅、平淡，幾乎無所不包。但其風格並不是平等的共存的，而是隨著政治環境、審美情趣的變化而不同。若以蘇軾遠貶嶺南為分界線的話，前一時期的詩歌是以豪放為主的，而後一時期的風格則是以平淡為主。而這一風格的變化，與蘇軾對於道教的態度是相契合的。可以說，道教對於蘇軾詩歌的風格有著直接的影響。

　　首先，蘇軾對神仙學說的興趣，與其好奇的審美趣味是相一致的。因此，不僅是道教題材的作品，其它題材的作品也展示出豪放、奇特的特點。如《金山夢中作》：「江東賈客木綿裘，會散金山月滿樓。夜半潮來風又熟，臥吹蕭管到揚州。」〔註52〕陳衍在評此詩時認為，「公與蔡忠惠、歐陽文忠皆有《夢中作》，詩境皆奇。」〔註53〕《有美堂暴雨》同樣充滿瑰奇的風格：「遊人腳底一聲雷，滿座頑雲撥不開。天外黑風吹海立，浙東飛雨過江來。十分瀲灩金尊凸，千杖敲鏗羯鼓催。喚起謫仙泉灑面，倒傾鮫室瀉瓊瑰。」〔註54〕世人皆知此詩氣象宏大，是蘇詩代表作品之一。實際上，這種創作風格與道教信仰中所常見的神仙世界的趣味是相一致的，都是超現象的意境的體現。前

〔註50〕《蘇軾詩集合注》，第785頁。
〔註51〕《蘇軾詩集合注》，第2112頁。
〔註52〕《蘇軾詩集合注》，第1215頁。
〔註53〕陳衍《宋詩精華錄》，第186頁。
〔註54〕《蘇軾詩集合注》，第453頁。

人評論蘇軾的豪放風格是學習李白的緣故，其深層原因是二者都是對道教有著虔誠的信仰。將道教的神仙意境移於詩歌當中，從而使得詩歌顯得飄逸豪放，與眾不同。

其次，平淡藝術風格的追求與形成，與蘇軾對道教養生的追求在本質上是相一致的。晚年的蘇軾欣賞柳宗元、陶淵明的詩風，追求平淡的風格，「凡文字，少小時須令氣象崢嶸，采色絢爛，漸老漸熟乃造平淡；其實不是平淡，絢爛之極也。」〔註55〕（《與二郎侄》）而蘇軾對於道教的追求也經歷了從中年時的好神仙之說到晚年的追求服食、養氣的長生方術，而晚年的養生之術的一個重要特徵即是保持的心態的平和，與世無爭。因此，蘇軾晚年的詩歌中好奇的特點不見了，取而代之的是平淡的風格。從直接的作品聯繫來看，這種平淡風格與作者的模仿陶淵明的風格有很大關係。從另一方面而言，蘇軾對於養生的追求才是更為深層次的原因。正是由於蘇軾後期的宗教超越精神，使其能夠平和地對待人生，以及詩歌的創作。詩歌的風格實際上也反映了作者的精神風貌。

（二）藝術手法的影響

道教對於蘇軾的藝術手法也有密切的關聯，具體體現於以下幾個方面。

1、道教典故、意象的大量運用

蘇軾學識淵博，詩歌中運用大量的典故。正如王十朋所言：「東坡先生英才絕識，卓冠一生。平生斟酌經傳，貫穿子史，下至小說，雜記佛經、道書、古詩、方言，莫不畢究。」〔註56〕除卻道教題材的作品外，其它題材的詩歌也運用了大量的道教語彙。而且，相當一部分道教語彙與詩歌完美的結合在一起，若沒有對豐富的道教知識是無法體會到蘇軾的魅力的。如著名的《和子由園中草木十首》其九：「自我來關輔，南山得再遊。山中亦何有？草木媚深幽。菖蒲人不識，生此亂石溝。……長為鬼神守，德薄安敢偷？」（《神仙傳》：茅君丹砂，二千歲乃結成，上帝常使鬼神毒蛇守焉。《抱朴子·仙藥篇》：凡庸道士心不專精，行穢德薄，是終不能得也。）〔註57〕結尾兩句詩，竟化用道教典籍兩個典故，且與詩歌總體詩境相契合。《岐亭五首》其二：「武子雖豪華，未死神已泣。」（《黃庭經》：長生至慎房中急，何謂死

〔註55〕《蘇軾文集》，第 2523 頁。
〔註56〕《蘇軾文集》，第 2696 頁。
〔註57〕《蘇軾詩集合注》，第 183 頁。

作令神泣。）〔註58〕《次韻王覿正言喜雪》：「聖人與天通，有詔寬獄市。」（《列仙傳》曰：陶安公，六安冶師也。數行火，火一旦散上，紫色衝天，須臾朱雀止冶。上曰：『安公、安公，冶與天通，七月七日迎汝。』以赤龍龍至，安公騎之東南上。）〔註59〕

　　與蘇軾同時的宋代士大夫也有許多好神仙學說的，蘇軾在與他們的交往之作中即好用道教典故，最爲典型的是《和章七出守湖州二首》其一：「方丈仙人出淼茫，高情猶愛水雲鄉。功名誰使連三捷？身世何緣得兩忘。早歲歸休心共在，他年相見話偏長。只因未報君恩重，清夢時時到玉堂。」〔註60〕其二：「絳闕雲臺總有名，應須極貴又長生。鼎中龍虎黃金賤，松下龜蛇綠骨輕。雪水未渾縷可濯，弁峰初見眼應明。兩厄春酒眞堪羨，獨佔人間分外榮。」（公自注：君好爐火而餌茯苓）〔註61〕這裡的章七即章惇，因其好道教長生術，蘇軾這兩首詩幾乎全以道教中的養生、神仙意象寫成，並對章惇的官員身份也予以點明。至於其它以道教中人或道教名勝爲題材的作品，運用道教典故意象的更是比很自然的事情。當然，這種好用典故的習慣不能冠以掉書袋的罪名，這是宋代學者型士大夫創作詩歌的審美趣味。

2、運用想像等超現實的遊仙手法

　　在儒釋道三者中，道教與文學超現實的創作方法的關係最爲密切。先秦的莊子、屈原，其作品中即運用想像、誇張等手法，塑造神仙形象，或創造神仙意境。在蘇軾的作品中，也好用超現實的藝術手法，使平常的題材變得新奇，給人以耳目一新的感覺。如《李委吹笛》：「山頭孤鶴向南飛，載我南遊到九疑。下界何人也吹笛，可憐時復犯龜茲。」〔註62〕此即以仙人自比，對李委的演技予以側面烘托，而非直接的描寫。再如《金山妙高臺》：「我欲乘飛車，東訪赤城子。蓬萊不可到，弱水三萬里。不如金山去，清風半帆耳。中有妙高臺，雲峰自孤起。仰觀初無路，誰信平如砥。臺中老比丘，碧眼照窗幾。巉巉玉爲骨，凜凜霜入齒。機鋒不可觸，千偈如翻水。何須尋德雲，即此比丘是。長生未可學，請學長不死。」〔註63〕儘管作者所寫的主人公是

〔註58〕　《蘇軾詩集合注》，第 1149 頁。
〔註59〕　《蘇軾詩集合注》，第 1350 頁。
〔註60〕　《蘇軾詩集合注》，第 622 頁。
〔註61〕　《蘇軾詩集合注》，第 623 頁。
〔註62〕　《蘇軾詩集合注》，第 1104 頁。
〔註63〕　《蘇軾詩集合注》，第 1294 頁。

一僧人，但卻採用的是遊仙手法。

以上幾例爲全篇運用遊仙手法，而詩中具部運用想像等超現實手法也是很普遍。如其代表作《金山寺》中即虛擬一江神來突出其悵然心情，「江心似有炬火明，飛焰照山棲鳥驚。悵然歸臥心莫識，非鬼非人竟何物？江山如此不歸山，江神見怪驚我頑。我謝江神豈得已，有田不歸如江水。」〔註 64〕再如《余將赴文登過廣陵而擇老移住石塔相送竹西亭下留詩爲別》：「我亦化身東海去，姓名莫遣世人知。」〔註 65〕受道教超時空的創作手法的影響與啓發，蘇軾作品中也運用與宗教無關的想像，如「春畦雨過羅紈膩，夏隴風來餅餌香。」〔註 66〕（《南園》）

結語：道教對蘇軾詩歌創作的影響是全方位的，即與其創作題材、主題等有著密切的關係，且對於其詩歌風格的形成（無論是中期的豪放奇特還是後期的平淡自然）、藝術手法的運用（道教意象、想像等超現實手法）有著直接的聯繫。

〔註 64〕《蘇軾詩集合注》，第 274 頁。
〔註 65〕《蘇軾詩集合注》，第 1297 頁。
〔註 66〕《蘇軾詩集合注》，第 648 頁。

第四章　蘇軾文人集團與道教

第一節　蘇　轍

　　蘇轍（1039～1112），字子由，爲蘇軾之弟。雖然在文學上蘇轍的成就不比其兄，但在仕途及壽命上是蘇軾難以企及的。與蘇軾相比，蘇轍對於宗佛教更感興趣，但同時也接受道教的影響，特別是道教的養生術。

一、道教與蘇轍的哲學思想

　　蘇轍的思想是自始至終是以儒家思想爲主導的，只是在晚年時對佛教有著濃厚的興趣。不過，蘇轍接近佛教是在遭受貶謫時，出於排遣煩憂的需要。如《書楞嚴經後》：「（崇寧二年三月）予自十年來，於佛法中漸有所悟，經歷憂患皆世所希有，而眞心不亂，每得安樂。」〔註1〕道教對於蘇轍的影響是長久的，從青年時期即已開始了。道教中的養生學說是蘇轍所最爲關注的，對其詩歌的影響也最大。這是由於蘇轍本人的身體條件所決定的：「余少而多病，憂則脾不勝食；秋則肺不勝寒，治肺則病脾，治脾則病肺。平居服藥，殆不復能愈，年三十有二，官於宛丘。或憐而受之以道士服氣法，行之期年，二疾良愈，蓋自是始有意養生之說。」〔註2〕（《服茯苓賦》）蘇轍在仕宦期間對於道教的養生之術常抱有極大興趣，與有道之士詢問相關知識。如治平末於仙都山與道士探討內丹術；於廣都與單驤討論古今醫術等。

〔註1〕　蘇轍《蘇轍集》，第 1112 頁。
〔註2〕　《蘇轍集》，第 332 頁。

　　在蘇轍的養生之路上，有兩個人對其影響甚大：一為恩師張方平，一為兄長蘇軾。二人皆喜神仙長生之說，對於養生之術也是頗有造詣，這些在前面章節都已詳細論述。張方平與蘇軾都交往道士，因此蘇轍也得以與之相識。另外，其它士人也與蘇轍交流養生術，如黃庭堅。「魯直兄舊於齊州以養生見教」〔註3〕（《次煙字韻答黃庭堅》），這說明士大夫之間討論養生之道是很普遍的。這些道教的養生術，如內丹術、草藥服食等，有些在今天看來並不科學，但在當時屬於最高層面的醫學理論，而並非與宗教信仰並無多大關係。

　　不過，蘇轍對於神仙傳說並不熱衷，只是將其作為一種傳統習慣，並以之為治民手段。

二、道教對於蘇轍的詩歌創作

　　蘇轍的詩歌與蘇軾的風格是不同的，蘇軾的作品具有典型的宋詩特點，而蘇轍則不然，其詩歌風格追求平實，工於立意，不事用典等。蘇轍自評其文為「子瞻之文奇，予文但穩耳。」〔註4〕雖是比較二人散文風格，但同樣適用於二人詩歌。同樣是以道教作為詩歌的重要題材，在蘇轍的作品中，並沒有帶來風格的變化，而是題材與主題、思想上的影響。

　　作品風格的平實主要是與作者的性格相聯繫的，蘇轍立身謹慎，詩歌中很少反映當時政治局勢，對於時政在詩中鮮有提及，即使提及也是以曲筆的形式。如《梁山泊》「近通沂泗麻鹽熟，遠控江淮粳稻秋。粗免塵泥污車腳，莫嫌菱蔓繞船頭。謀夫欲就桑田變，客意終便畫舫遊。愁思錦江千萬里，漁蓑空向夢中求。」〔註5〕對時政者將梁山泊變為耕地的荒唐想法予以微諷，而即使這種微諷在詩中也是極為罕見的。

　　同時，還有蘇轍詞的創作數量極少，《全宋詞》中只有區區四首，這也從另一方面佐證蘇轍性格的嚴謹。

　　在蘇轍的道教相關作品中，就題材而言，大致有以下幾種：

　　一為關於道教名勝，如《雙鳧觀》、《樓觀》、《登嵩山十首》等。

　　二為與道教中人的交往作品，如《送道士楊見素南遊》、《贈吳子野道人》、《送葆光蹇師遊廬山》等。

〔註3〕　《蘇轍集》，第 223 頁。
〔註4〕　蘇籀《欒城遺言》，《全宋筆記》第三編，第七冊，第 152 頁。
〔註5〕　《蘇轍集》，第 114 頁。

三為與普通士人交往的作品，由於這些士大夫同樣對於道教感興趣，因而作品中雜有大量的道教因素。如《贈致仕王景純寺丞》、《張安道生日二首》、《李鈞壽花堂》等。

四為個人的養生體驗，此類作品較多。有的全詩皆為養生所感，如《服栗》、《次韻子瞻謫居三首》；有的則為詩中一個組成部分，如《舟中風雪五絕》其三、《己丑除日二首》其二等。

儘管與道教相關的作品較多，但在主題上很少有表達求仙慕道的，只有《寄題登封揖仙亭》、《過九華山等》寥寥幾首。更多的作品只是就事而言，很少生發開來，諸如表現歷史興亡之感、宗教思想的批判等，在作品中是不多見的。如第一類作品中的《樓觀》：

「神仙避世守關門，一世沉埋百世尊。舊宅居人無姓尹，深山道士即為孫。天寒遊客常逢雪，日暮歸鴉自識村。君欲留身記幽寂，直將山外比羌渾。」〔註6〕詩歌只是把與樓觀相關的神仙傳說加以詩歌化，並沒有作者的主觀意志在其中。其它三類作品中，道教的養生主題是佔據主要地位的。例如與道士交往的作品，由於詩人對於道士的神仙學說不感興趣，那麼就只有養生這一方面值得作者去關注了。如《次韻子瞻書黃庭內景卷後贈蹇道士拱辰》：「君誦黃庭內外篇，本欲洗心不求仙。夜視片月墮我前，黑氛剝盡朝日妍。一暑一寒久自堅，體中風行上通天。亭亭孤立孰傍緣，至哉道師昔云然。既已得之戒不傳，知我此心未虧騫。指我嬰兒藏谷淵，言未絕口行已旋，我思其言夜不眠。」〔註7〕

由於作者好養生，因而在與親友交往時，養生成為一重要話題。如《次韻李邦直見答二首》：「真能一醉逃煩暑，定勝三杯御臘寒。自有詩書供永日，莫將絲竹亂風灘。舞雩何處歸春莫，叩角誰人怨夜漫。聞道丹砂近有術，鎦銖稱火共君看。」〔註8〕其兄蘇軾亦好養生，所以兄弟二人常常交流個中心得體會，如《次韻子瞻飲酒二十首》十六：「家居簡餘事，猶讀內景經。浮塵掃欲盡，火棗行當成。清晨委群動，永夜依寒更。低幃閟重屋，微月流中庭。依松白露上，歷坎幽泉鳴。功從猛士得，不取兒女情。」〔註9〕再如《次韻子瞻生日見寄》：「日月中人照與芬，心虛慮盡氣則薰。彤霞點空來群群，精誠

〔註6〕 《蘇轍集》，第 31 頁。
〔註7〕 《蘇轍集》，第 306 頁。
〔註8〕 《蘇轍集》，第 124 頁。
〔註9〕 《蘇轍集》，第 878 頁。

上徹天無雲。寸田幽闕暖不焚，眇視中外絳錦紋。冥然物我無復分，不出不入常氤氳。道師東西指示君，乘此飛仙勿留墳。茅山隱居有遺文，世人心動隨虻蚊。不信成功如所云，蚤夜賓餞同華勳。爾來僅能破魔軍，我經生日當益勤。公稟正氣飲不醺，梨棗未實要鋤耘。日雲莫矣收桑枌，西還閉門止紛紛。憂愁真能散淒焄，萬事過耳今不聞。」〔註 10〕此類作品，既反映出二人的志同道和，同時也表達了兄弟情深、相互關心。

養生對於蘇轍而言如此重要，所以平時即身體力行，成為生活中不可或缺的一部分，這在詩中多有表現。《舟中風雪五絕》其三：「擁纜埋蓬不見船，船窗一點莫燈然。幽人永夜歌黃竹，賴有丹砂暖寸田。」〔註 11〕再如《神水館寄子瞻兄四絕》其一：「莫倚皂貂欺朔雪，更催靈火煮鉛丹」（作者自注：「馬上作李若芝守一法，似有功。」）〔註 12〕

蘇轍的作品大多為以個人的生活體驗、與親朋交往的作品為主，尤其是當作者在貶謫期間，作品更多的是關注個人日常生活感受，如養生及個人的身體狀況。後期的蘇轍對於政治不抱有過多的期望，但對於個體的生命是還是十分重視的。以佛教的理論及老莊思想維繫心態的淡泊平和，杜門不出，遠離政治紛爭。此時道教的養生術更成為其得以安身立命的重要工具，如《服栗》詩：「老去日添腰腳病，山翁服栗舊傳方。經霜斧刃全金氣，插手丹田借火光。入口鏘鳴初未熟，低頭咀嚼不容忙。客來為說晨興晚，三咽徐收白玉漿。」〔註 13〕

三、蘇轍詩歌的風格及道教的影響

在文學史上，蘇轍的成就主要體現在古文上，為「唐宋八大家」之一，其詩歌的地位並不突出。但也有後人對蘇轍詩歌評價甚高，如洪邁這樣評其詩：「蘇子由《南窗》詩云：『京城三日雪，雪盡泥方深。閉門謝還往，不聞車馬音。西齋書帙亂，南窗朝日升。展轉守床榻，欲起復不能。開戶失瓊玉，滿階松竹陰。故人遠方來，疑我何苦心踈。拙自當爾，有酒聊共斟。』此其少年時所作也。東坡好書之，以為人間當有數百本。蓋閒淡簡遠，得味外之味云。」〔註 14〕（《容齋隨筆》卷一五）再如《瀛奎律髓彙評》卷二十四：「周

〔註 10〕 《蘇轍集》，第 886 頁。
〔註 11〕 《蘇轍集》，第 255 頁。
〔註 12〕 《蘇轍集》，第 321 頁。
〔註 13〕 《蘇轍集》，第 1169 頁。
〔註 14〕 《容齋隨筆》，第 194 頁。

益公嘗問陸放翁以作詩之法，放翁對以宜讀蘇子由詩。蓋詩家之病忌乎對偶太過，如此則有形而無味。三洪工於四六而短於詩，殆胸中有先入者，故難化也。放翁其以此箴益公歟？或問蘇子瞻勝子由否？以予觀之，子瞻浩博無涯，所謂詩濤洶退之也，不若所謂詩骨聳東野則易學矣。子由詩淡靜有味，不拘字面事料之儷，而鍛意深、下句熟。老坡自謂不如子由，識者宜細咀之可也。」〔註15〕

　　蘇轍的詩歌風格一如其人，過於平穩。在藝術手法上也缺少變化，更多的是如實鋪敘，不夠含蓄，沒有宋詩特有哲理意蘊，且不事用典。具體表現在道教作品中，蘇轍也是多以以養生術語入詩，且這些術語都是習以常見的，如丹砂、丹田等。而道教中的神仙傳說等由於作者並不特別關注，所以與神仙相關的意象在作品中出現較少，從而其作品也沒有運用想像、誇張等藝術手法。不過，由於宋代道教養生理論，特別是以氣功為主的內丹術，都是以清心寡欲為主，蘇轍的性格也確實能做到這一點，那麼其詩歌如展示其淡泊情志也就順理成章了。由於作者的這種心態是符合封建道德的，特別是當士大夫處於人生低谷時，這種平實的詩風、樂天知命的情志、不事雕琢的藝術手法更會激吉士人的共鳴。當南宋的陸游在厭倦江西詩派的生硬及方回批判晚唐體的雕琢後，蘇轍的作品會得到二人的稱讚。

　　可以說，道教的對於作者的詩歌是有重要影響的，以道教養生題材入詩，詩歌中不時體現作者對於個體生命的關注，而平實閒雅的詩風也與道教的養生理論是相契合的。

第二節　秦　觀

　　秦觀（1049～1100），字少游，高郵（今屬江蘇）人，蘇門四學士之一。秦觀及其詩歌都與道教有著一定的關係。

一、秦觀的宗教思想

　　秦觀對於傳統的佛道二教都涉獵頗深，蘇軾在向王安石推薦時稱其「通曉佛書」，秦觀也自稱其家「世崇佛氏」。秦觀對於道教的養生之術也深入探討學習：在青年時期苦讀醫學典籍，如在《與喬希聖論黃連書》中自述「某

〔註15〕《瀛奎律髓彙評》，第 1082 頁。

頃年血氣未定，頗好方術之說，讀醫經數年。」〔註16〕並且按照道教的養生術進行修養：「前得所賜書，承用道家方士之言，自冬至後屏去人事，室居四十九日乃出。」〔註17〕（《與蘇公先生簡》）秦觀在考中進士後欣喜不已，作《登第後青詞》祈禱疾病不作，官運亨通：「伏願上真昭答，列聖顧懷，增壽考於慈親，除禍殃於眇質。私門安燕，無疾病之潛生；官路享通，絕謗傷之橫至。臣無任。」〔註18〕

　　至於世人所爭議的道教的神仙學說，秦觀有自己的認識：「趨滅而不知生者，為佛氏之緣；覺趨生而不知滅者，為道家之神仙。二者不同，其蔽一也」。〔註19〕秦觀在宇宙觀上更趨向於道家的老莊，但對於神仙學說並不作過多的討究，這實際上是持一否定的態度。在《答朱廣微》：「著書準易空自疲，服藥求仙良亦誤。」〔註20〕至於其詩文中出現的諸如陳太初、姚丹元、蹇翊之等道教中人，並非作者有意的主動接觸，而是由於蘇軾的緣故得以相識。不過，秦觀對於道教典籍如《黃庭經》、《抱朴子》、《神仙傳》、《列子》等是相當熟悉的，這在詩文中都有明顯的體現。

二、秦觀的詩歌與道教

　　秦觀的詩歌素以詩風綺麗見長，宋時人對此即有評論，如「秦少游如時女步春，終傷婉弱。」〔註21〕「詩似小詞」〔註22〕金代著名詩人即以「女郎詩」目之，自此陰柔之美成為後人評價秦觀詩歌的美學風格。不過，宋人也指出其風格隨政治遭遇而發生變化，「少游過嶺後詩，嚴重高古，自成一家，與舊作不同。」〔註23〕

　　以一詞或一語歸納詩歌風格是傳統文論家評價詩人的主要手段，有其長處，即易於把握詩歌主要特點。但這種評價方式屬於典型的定性分析，不利於客觀全面的認識整體風貌。以上分析，都指出了秦觀詩歌的重要特點。同時，道教對於秦觀作品的題材、主題、風格等層面都有重要的影響。

〔註16〕秦觀撰，徐培均箋注《淮海集箋注》卷三七，第1204頁。
〔註17〕《淮海集箋注》，卷三十，第991頁。
〔註18〕《淮海集箋注》卷三二，第1054頁。
〔註19〕《淮海集箋注》卷二五，第824頁。
〔註20〕《淮海集箋注》卷二，第55頁。
〔註21〕趙與時《賓退錄》卷二，第22頁。
〔註22〕魏慶之《詩人玉屑》卷一二，第261頁。
〔註23〕《苕溪漁隱叢話》前集，卷五十，第342頁。

　　（一）與絕大多數宋人相似，秦觀的作品題材也是相當多的，道教只是其眾多題材之一。其道教作品以紹聖元年為分界線的話，前後兩期特點極為鮮明，呈現出很大的差異，遠過於其它題材的作品。這對於理解秦觀前後期詩歌風格的變化、以及詩人心態的變化都有很大的幫助。

　　秦觀的道教作品就題材而言特點較為鮮明：一為前期作品大多為與道人交往的贈答唱和之作，而後期則為傳統的遊仙詩歌。在前期的道教作品中，這些作品中的道人大多並非作者的朋友，而是因他人間接相識的。如雲龍山人、蹇翊之、丹元子等是因蘇軾而相識；虞道判是因程師孟而相識。這些贈與之作是佔據前期道教作品的絕大部分，這也可以看出秦觀與道教徒的關係並不特別密切。在後期的作品中與道士交往的作品就幾乎沒有了，這一方面可能由於作者的詩歌散佚較多，此類作品沒有流傳；一方面可能由於作者的貶謫境地，與人交往慎重。後期的道教作品主要是取材於道教典籍《抱朴子內篇》、《莊子》、《列子》、《神仙傳》等。如《偶戲》：「偶戲失班龍，坐謫崑崙陰。崑崙一何高，去天無數尋。嘉禾穗盈車，珠玉炯成林。天飆時一拂，清哀動人心。一面四百門，官譙雲氣侵。闕然竹使符，難矣暫登臨。群仙來按行，憐我久滯淫。力請始云免，反室歲已深……」〔註 24〕詩中所述的故事即是以取材於《抱朴子內篇‧袪惑》中的蔡誕之事。

　　（二）就主題而言，前期的道教作品大多以抒發情意、塑造意境為主；而後期的道教作品主要以抒發政治上挫折後的憤悶。

　　秦觀是極有政治抱負的詩人，功名事業之心很是強烈：「往吾少時，如杜牧之強志盛氣，好大而見奇。讀兵家書，乃與意合，謂功譽可力致，而天下無難事。顧今二邊，有可勝之勢。願效至計以行天誅，回幽夏之故墟，弔唐晉之遺人，流聲無窮，為計不朽，豈不偉哉！」〔註 25〕（《秦少游字序》）因此此期的道教作品極少表現傳統的歸隱、避世主題，只是在《送陳太初道錄》中有「何日同歸去，重飛九轉砂」〔註 26〕的感歎。此時的秦觀尚已三十多歲，尚未考中進士（元豐八年考中進士），因而借機表現這種苦悶。

　　此期的道教作品，或是描繪神仙世界，或是稱慕道人風骨。如《和書觀妙庵》：「龍瑞宮中種玉人，誅茅結室傍秋雲。自言洞裏山川別，此處千分未

〔註24〕《淮海集箋注》，卷六，第 214 頁。
〔註25〕陳師道《後山集》卷一一，《影印文淵閣四庫全書》本。
〔註26〕《淮海集箋注‧後集》卷三，第 1417 頁。

一分。」〔註27〕即以觀妙庵來烘托神仙世界的美好。同期所作《和程給事贈虞道判六首》其四:「囊中玉色已經餐,醉拂絲桐坐杏壇。應笑倦遊塵滓客,鬢毛蕭瑟事鉛丹。」〔註28〕描寫道人虞道判爲冰清玉潔、不食人間煙火的形象。此期最爲有名的道教作品即爲《遊仙詞四首》,因描繪神仙世界的縹緲、意境的高遠而獲蘇軾稱賞:「少游嘗作遊仙詞,坡稱之」〔註29〕試舉其一:「陰風一夜攪青冥,風定霏霏霰雪零。遙想玉眞清境上,白虛光裏誦黃庭。」〔註30〕這種意境也是部分文人所向往的理想世界,符合高雅的審美標準。

後期道教作品並不太多,只有廖廖七八首,卻占此期詩歌總數的四分之一。這些道教作品主題較爲統一:即表達因政治上的挫折而轉歸逍極遁世的無奈、憤慨之情。如《精思》:「精思洞元化,白日升高旻。俯仰凌倒景,龍行速如神。半道過紫府,弭節聊逡巡。金床設寶幾,璀璨明月珍。仙者二三子,眷然骨肉親。飲我霞一杯,放懷暖如春。遂朝玉虛上,冠劍班列眞。無端拜失儀,放斥令自新。雲霄難遽返,下土多埃塵。淮南守天庖,嗟我實何人。」〔註31〕詩中展現了道教的求仙思想,這在中國傳統文人的作品中是常見的現象,特別是當他們處在人生低谷時期。同時,秦觀還通過抄寫佛經來排除內心苦悶,如《題法海平闍黎》:「寒食山州百鳥喧,春風花雨暗川原。因循移病依香火,寫得彌陀七萬言。」〔註32〕這也從一方面說他們在宗教信仰上的多樣性,實際上即是無堅定宗教信仰的表現。只是借宗教的形式來平撫內心的痛苦,從而是一種世俗的現實需要,而非宗教精神的追求。

(三)從詩歌藝術層面而言,前期的道教作品大多採取七絕的形式,在風格上以柔美見長;而後期的作品則全部採用古體詩的形式,其中七言古體一首,其餘都是五古。由於後期作品中抒發政治上的感慨,因而在風格上被目爲「高古」。在藝術手法上,前期的道教作品是以意境的塑造爲主,注重詩歌的純粹的審美娛情功能。如《春日五首》其四:「春禽葉底引圓吭,臨罷黃庭日正長。滿院柳花寒食後,旋鑽新火爇爐香。」〔註33〕即以素描的形式將

〔註27〕《淮海集箋注·後集》卷四,第1487頁。
〔註28〕《淮海集箋注·後集》卷四,第1468頁。
〔註29〕趙令畤《侯鯖錄》卷二,《全宋筆記》第二編,第203頁。
〔註30〕《淮海集箋注》卷一一,第468頁。
〔註31〕《淮海集箋注》卷六,第211頁。
〔註32〕《淮海集箋注》卷一一,第491頁。
〔註33〕《淮海集箋注》卷十,第435頁。

作者的閒適恬淡的心境展現出來，而這一切是因在道教典籍《黃庭經》的沉浸中而獲得的。因而前期的作品注重藝術的錘鍊，清詞麗句、有唐人絕句之風。因此此期的道教作品以適宜表現綿緲情懷的格律詩的形式。

後期的作品則以敘述為主，描寫動態的事件而非靜態的環境刻畫，以此表達個人的志向，功用性大於純粹的藝術審美作用。因此後期的道教作品採用更適宜表達志向、包含政治寓意的古體詩的形式，這與郭璞的《遊仙詩》相似。

結語：秦觀對於道教是有較深的瞭解，如其養生術、神仙學說以及老莊的世界觀等。但道教對於秦觀詩歌的影響主要是體現於詩歌藝術表現的層面，而非宗教意義上。宋人詩中常有養生義理等現象在秦觀作品中是沒有的，即使出現如求仙歸隱的主題（如後期的作品）也是出於傳統的遊仙主題而非真正的宗教傾向。並且，秦觀的道教作品風格與其整體風格相一致，反映了其詩風的變化發展。就總體而言，秦觀的道教作品在文學藝術上還是比較成功的。

第三節　張　耒

張耒（1054～1114），字文潛，受蘇轍賞析，並師從蘇軾，為蘇門四學士之一。

一、對於道教的態度

張耒對於佛教、道教都有一定的瞭解，並在某一時期表達了對佛教、道教的依賴。如《答仲車》：「我意與子殊，欲去依視禪子。」〔註34〕詩中的仲車即徐積，為名滿天下的孝子。再如《寄李端叔二首》其一：「吾人師佛祖，妙旨得忍粲。斂藏避世俗，未免逢侮仙。……復君進明德，同逐丘壑原。」〔註35〕而表現道教的作品在詩歌中表現得更為突出，我們在下文中將詳述。這種佛、道並舉的思想一方面表現出張耒對於宗教的寬容態度，但也同時表明張耒對於宗教並不虔信，只是出於現實的需要而已，諸如擺脫現實的苦悶、養生的需要，以及為儒家的教化所服務目的。總之，張耒還是以儒家思想為主導的。

〔註34〕張耒撰《張耒集》，第 74 頁。
〔註35〕《張耒集》，第 109 頁。

　　張耒並不熱衷道教的神仙學說，實際上是持一將信將疑的態度。一方面，對於個人而言，並不如蘇軾那樣喜神仙學說、好與方士交接等；另一方面，並不否定神仙的存在，甚至在特定場合肯定其存在。如在《書錢宣靖遺事後》中論及神仙之事，「世無神仙則已，有則必此流爲之。」而在《明道雜誌》中記蘇轍修汝州天慶觀事，「工畢，於殿脊上火珠中見有書字，蓋記建殿年月後有書曰某年月日有姓蘇人重修，及其時正黃門修時也。」〔註36〕據此，張耒以天數予以解釋：「然則人之行止，豈偶然哉？」〔註37〕在《記異》一文中更是肯定故人子楊克勤所述故事的真實性：

　　　　道人方士者，貧窶而意氣甚揚，攜藥爐燒藥老子殿下。大言自
　　尊，指老君像曰：「吾老君師也。」眾聚觀，須臾有火自其爐出，然
　　其衣，即煙發滿身。其人驚走，左右以水沃之不滅。狂走庭中，火
　　所經他物不然，獨燒其身。須臾，北面老子像若首伏者。已而斃，
　　視其身，灼爛矣。楊問之太清宮人，與驗屍官不異。〔註38〕

張耒並不否定此傳說的荒誕，而是批判此狂妄道士的背祖叛宗，從而給世人以警醒：「因其師以有知，乃掩其所得而求售焉，叛其本甚矣。世之欲自大而忘其大者，可以鑒諸此。」

　　另外，從哲學思辨的角度，張耒也認爲無法完全否定神仙長生學說，如《感遇二十五首》二十三：「治疾弭靈藥，爽然疾有瘳。因茲涉方書，仙聖或可求。豈疾乃可治，而生不可留。吾將飛五金，息駕於蓬丘。」〔註39〕作者認爲既然可以治病延年，那麼長生在理論上也是可行的。這種思想與前面我們談到的沈括的神仙之論有相似之處，實際上都是從邏輯上來推斷的。這種以形式邏輯的方式來推斷超現實的神仙學說及宗教的信仰問題，是不合宜的。當然，千年以前的張耒還無法從哲學的高度來分辨信仰與現實的區別，而只是從經驗的角度出發的。

　　養生之術是張耒關注道教的一個重要方面，這既有外在的客觀原因，如張耒的師友中許多熱衷於養生術，如張安道、蘇軾、蘇轍等對此都有很深的造詣。張耒受其影響是十分明顯的，如《粥記贈邠老》一文中即詳述張安道以食粥爲養生之道；在《明道雜誌》中更是詳述張安道的各種養生方法，諸

〔註36〕張耒撰《明道雜誌》，《全宋筆記》第二編，第七冊，2000 年，第 20 頁。
〔註37〕《明道雜誌》，第 20 頁。
〔註38〕《張耒集》，第 774 頁。
〔註39〕《張耒集》，第 160 頁。

如服食丹砂、天門多（草藥）、房中術等。從內在原因而言，張耒出於治病健身的目的，也注重學習醫術及與道人方士交往，特別是長於醫術者，「予少多病，世之醫往往與之遊」〔註40〕。（《龐安常墓誌銘》）因而對於醫學理論、養生方術有很深的瞭解。在個人患病時，也以道教的服氣方法來治療，並收到良好的效果。如《出都門泊鎮外失飲食節中夕暴下用氣術消息之即愈》一詩，即記述其養生感想。

對於這些醫術背後的哲學原理黃老之道，張耒也有著深切的認識：「老子曰：虛其心，實其腹，弱其志，強其骨，心虛志弱，則腹自實，骨自強矣。是道也，智者得之爲止觀。」〔註41〕（《送張堅道人歸固始山中序》）「吾嘗論黃老之道德，本於清淨無爲，遣去情累。而其末多流爲智術刑名，何哉？夫惟靜者見物之情，而無爲者知事之要，據其要而中其情者，知術之所從出也。仁義生於思，思生於人情，聖人節情而不遣也。無情之至，至於無親，人而無親，則忍矣。此刑名之所以用也，齊丘之道既陋，而其文章頗亦高簡有可喜者。其言曰：『君有奇智，天下不親。』雖聖人出，斯言不廢。」〔註42〕（《書宋齊丘化書》）而這也可看出張耒認爲道家的黃老之道與儒家的仁義思想是相通的，應並行不廢。

二、張耒的詩歌創作與道教

張耒認爲詩歌乃詩人因物之感，不得不形諸於詩篇，以抒發情懷。「古之能爲文章者，雖不著書，大率窮人之詞，十居其九。蓋其心之所激者，既已沮遏壅塞而不得肆，獨發於言語。文章無掩其口，而窒之者庶幾可以舒其情，以自慰於寂寞之濱耳。」〔註43〕（《投知己書》）而就文風而言，張耒主張以義理、道德爲主，體勢自然，反對純粹的瑰奇險怪之風。「足下之文，可謂奇矣。捐去文字常體，力爲瑰奇險怪，務欲使人讀之如見數千載前蝌蚪鳥迹所記弦匏之歌、鍾鼎之文也……故理勝者文不期工而工，理詘者巧爲粉澤而隙間百出……故學文之端，急於明理。夫不知爲文者，無所復道，如知文而不務理，求文之工，世未嘗有是也。」〔註44〕（《答李推官書》）並以江河爲喻，

〔註40〕　《張耒集》，第872頁。
〔註41〕　《張耒集》，第754頁。
〔註42〕　《張耒集》，第807頁。
〔註43〕　《張耒集》，第831頁。
〔註44〕　《張耒集》，第829頁。

主張自然之風。這種文學理論是直接繼承蘇軾而來的。

在這種詩歌理論的指導下，張耒的詩歌風格平實自然，不事雕琢，「君詩容易不著意，忽似春風開百花。」〔註45〕因此在張耒的作品中，儘管道教的影子隨處可見，卻沒有超現實的神仙世界的描寫，如秦觀的道教作品；也沒有神仙故事的敍述，如蘇軾的《芙蓉城》。即使作品中的養生方術，也不做詳盡描寫，而是將其與作者的思想情感融爲一體。因此在總體風格上，道教作品與其它詩歌保持一致。

具體而言，道教在張耒作品中呈現出以下幾個方面的特徵。

首先，表達追求神仙長生的出世情懷。

張耒並無道教信仰，本身對於神仙出世思想並不贊同。但是當作者在政治上失意無法實現個人抱負時，這種出世思想的表達無疑可以成爲擺脫現實煩惱的有效方式。即使在入仕前期未受政治干擾時，在遊覽道教勝迹時也常有出世之感慨，不過此時這種思想僅是出於一時之偶發，其原因與前者是不同的。如《曲河驛初見嵩少》：「平生忽俗事，丘壑情所好。……會當採芝去，富貴何足道。」〔註46〕《送麻田吳子野還山》：「麻田老仙身馭風，萬里一息如飛蓬。行窮山川出天外，閱盡世界歸壺中。經過賣藥勾漏客，鄉里高年南極翁。我亦有心遊八極，從公一借葛陂龍。」〔註47〕這種歸隱思想的表達到了晚年更較之前期更加頻繁，如《贈別何道士》：「疏散多違久自知，形骸況復病先衰。全身幸免誅三獻，避世何勞賦五噫。聞說永嘉饒水石，便思輕帆向天涯。卻嗟病翮傷摧甚，孤鶴高飛不得隨。」〔註48〕正如詩人自己所言：「神仙雖誕漫，可以忘俗情。」〔註49〕

其次，表達逆境中的恬淡及堅定樂觀的情懷。

作爲蘇轍門客，蘇門四學士之一，在政治上屬於蜀黨，因此在政治上也受到牽連。與二蘇及其它三人相比，張耒的遭遇顯然要好得多，但在仕途上的失勢地位則是相同的。除了在作品中通過求仙、出世思想的表現以抒懷外，張耒在詩中還表現出一種逍遙自在的生活情趣，從而反映出作者的堅定樂觀的品格。這種逍遙自得的生活感悟有的是在道教養生實踐中所體會到

〔註45〕晁補之《雞肋集》卷一八，《影印文淵閣四庫全書》本。
〔註46〕《張耒集》，第 165 頁。
〔註47〕《張耒集》，第 430 頁。
〔註48〕《張耒集》，第 369 頁。
〔註49〕《張耒集》，第 167 頁。

的。例如在服食之法中菊花歷來是養生之上品，在葛洪的《肘後備急方》、《抱朴子》中都對菊花的功效有所論述，如《葛仙翁肘後備急方》卷七「外臺秘要治酒醉不醒」條：「九月九日眞菊花末飲服方寸」〔註50〕。在《抱朴子內篇》卷十中更是將菊花的長生效用備述無遺。張耒不僅服食，而且親自栽種，並予以人格象徵。如《種菊》有序：「張子病，目眩而視昏，醫有勸食菊者，春夏食葉，秋冬食花。張子以爲菊華於草木變衰之際，而又功足以禦疾，類有德君子。因求而植諸庭焉。」並在詩中稱頌其品格：「性清平而不躁兮，味甘爽而充烹。當秋露之慘凄兮，舒煌煌之華英。色正而麗兮，氣芬以清。純靜秀潔兮，族茂群榮。」〔註51〕作者筆下的菊花實際上也是詩人自我人格的寫照。《黃菊》、《種薤》二詩也是表現作者的養生生活，從中也可一窺詩人的人格精神及恬淡情懷。當然，前人陶淵明的好菊對張耒也有一定的影響。

部分作品雖然並不是以道教爲主題，但卻是因道教的養生而起。如《夜坐》：「萬籟聲久寂，三更霜已寒。老人袖手坐，一氣中自存。自得此中趣，不與兒曹論。但有老孟光，相對亦無言。」〔註52〕詩人在養生體會到自得之樂，難以與人言說。對周圍世界的觀察也因道教實踐而以無我之心，從而與自然融爲一體。如《初晴對月》：「平生愛明月，豈以解煩惱。及茲霜夜對，任使體生栗。冰天凝紺冷，氛祲避不觸。煌煌七金徽，但掛寒斗曲。蕭蕭瞀棲葉，悄悄鼾眠屋。三更清到骨，亂以杯中綠。」〔註53〕其它如《白月》詩等都屬於此種情況。

最後，借道教的養生術、神仙術，表達對友人、師長的眞摯感情。

在蘇門中，養生術是一經常討論之話題，這也表現出他們對於個體生命的關注以與時俱進的態度。在張耒與友人的唱和、贈答作品中，道教的養生之術不時出現。但這並非詩歌的主題，而是藉以表現對友人的關注、對人生的感慨。如《臥病月餘呈子由二首》其一：「蓽室悠悠昏復朝，強披莊子說逍遙。四禪未到風猶梗，九轉無功火不燒。學道若爲調鹿馬，是身不實似芭蕉。丹砂赤箭功何有，想聽清言意自消。」〔註54〕作者雖以道教養生之術來消除

〔註50〕陶弘景《葛仙翁肘後備急方》，《道藏》第33冊，第105頁。
〔註51〕《張耒集》，第58頁。
〔註52〕《張耒集》，第118頁。
〔註53〕《張耒集》，第147頁。
〔註54〕《張耒集》，第398頁。

病魔，但都不奏效，只有老師蘇轍的教誨可以解除痛苦，門生對於師長的眷戀之情不言自現。在《元忠學士八兄未離京師遠蒙追送許惠服丹法託故竟未惠及賦五絕句》中，詩人也並不著重於服丹法，而是藉此向友人傾訴心聲，相互勸勉。如其四：「昔見將軍破虎驥，玉堂曾共掃千言。功名老去皆蹉跌，相見諄諄勸學仙。」〔註55〕

結語：張耒對道教採取實用主義的態度，即以道教的養生術修身，以道教的神仙信仰來表現對現實的超越。在創作中，道教提供創作題材、視角，並對於主題的表現有一定的影響。

第四節　蘇　過

蘇過（1072～1123），字叔黨，晚號斜川居士，為蘇軾第三子。在蘇軾三子中，文學成就也是最高的，後人以「大坡」稱蘇軾，而以「小坡」稱蘇過。

一、蘇過的道教信仰

蘇過對於道教神仙學說的興趣是在少年時期開始的，蘇軾即言「少兒少年有奇志，中宵起坐存黃庭」。〔註56〕（《遊羅浮山一首示兒子過》）蘇過也自言「余幼好奇服，簪組鴻毛輕。」〔註57〕（《北山雜詩》其二）蘇過之所以喜歡道教，與蘇軾的好神仙學說有著密不可分的關係，至於其因蘇軾的貶謫而帶來的種種挫折倒是其次的原因。因為宗教的信仰與外在環境有著密不可分的關係，特別是親友，而後期的閱歷有時反而會強化這種信仰。

蘇過的堅定的道教信仰與普通的道士有著本質的差異，後者因道教信仰而出世。蘇過的道教信仰是一種純精神的追求，因而可以在伴隨蘇軾長年的謫宦生活中怡然自得，不以為苦。在後期的宦途中也不以功名相期，保持平和的心態，積極於政務，一如其父。如在海南時，蘇過寫了一篇《志隱》，來抒發其情懷：「雖龍蛇之委藏，亦神仙之所宅。……今置身於遐方，如有物之初，余逃空谷之寂寞，眷此世而俞疏，追赤松於渺茫，想神仙於有無，此天下之至樂也。」表現作者拒絕功名的追求，反以居住海南為樂的思想，而實質情況是海南的環境極其惡劣。蘇過對此沒有多少記述，蘇軾在與友人的書

〔註55〕《張耒集》，第480頁。
〔註56〕《蘇軾詩集合注》，第1964頁。
〔註57〕蘇過著，舒大剛等校注《斜川集校注》，第124頁。

信中多有述及，如在《與姪孫元老四首》其二中寫到：「海南連歲不熟，飲食百物艱難，及泉、廣海舶絕不至，藥物鮓醬等皆無，厄窮至此，委命而已。老人與過子相對，如兩苦行僧爾。然胸中亦超然自得，不改其度。知之，免憂，所要志文，但數年不死便作，不食言也。」〔註58〕

蘇過後期出仕，並非放棄其原來的信仰及處世原則。一方面出於現實的需要，即以俸祿做爲糊口的經濟來源；另一方面，出仕並不意味著對於富貴功名的追求。如在《題陽關圖後》這樣論述個人精神追求與功名的關係：「山林之人，能忘富貴易；軒冕之士，能處枯槁難。謝安雅志東山，故於富貴如脫屣……世人徒見其功名之心，慨然未忘，而不知今之隱几，非昔之隱几者也。」〔註 59〕蘇過這種通脫自由的思想非常有現實意義，與西方哲學的自由意志有著相通之處。

二、蘇過詩歌的主題與道教

蘇過的詩歌，就主題而言主要表現在兩個方面：一是表現對自由生活的向往及安貧樂道的志向；二爲表達瀟淡閒適的情懷。這兩者與其道教信仰是密不可分的。

蘇過的詩歌創作是伴隨蘇軾的貶謫而始，直至晚年。同時，受蘇軾牽連，蘇過也是一直沉淪於下級官吏的行列，特別是在崇寧元年北歸前，環境的困苦達到了極點。也正是由於這一時期一直伴隨著蘇軾，蘇過的詩文得以其父悉心的指導，從而在詩歌上有著長足的進步。蘇軾在《答劉沔都曹書》中這樣論述：「軾窮困本坐文字，蓋願刳形去智而不可得者。然幼子過文益奇，在海外孤寂無聊過時，出一篇見娛，則爲數日喜，寢食有味。以此知文章如金玉珠貝，未易鄙棄也。」〔註60〕蘇轍嘗云：「吾兄遠居海上，惟成就此兒。」〔註61〕蘇軾晚年在儋耳，好和陶詩，且「精深華妙，不見老人衰憊之氣」。〔註62〕黃庭堅也評蘇軾之詩爲「嶺外文字，讀之使人耳目聰明，如清風自外來也。」〔註63〕

〔註58〕《蘇軾文集》卷六十，第 1841 頁。
〔註59〕《斜川集校注》，第 544～545 頁。
〔註60〕《蘇軾文集》卷四九，第 1429 頁。
〔註61〕《宋史》卷三三八，第 10818 頁。
〔註62〕《蘇轍集》，第 1110 頁。
〔註63〕《詩人玉屑》卷十七，第 557 頁。

　　蘇過在隨蘇軾貶謫期間的作品從不表現出悲怨的情緒，而是一種積極的樂觀精神，即一方面甘於困苦，勇於面對惡劣的環境；一方面相信能堅持到北歸的那一刻，從不氣餒；有時表現一種隱世志向，藉以遣懷。如《人參》：「草木異所稟，甘苦分炎涼。人參獨中和，群藥敢雁行。雖微瞑眩力，頗著難老方。譬之古循吏，有益初無傷。安神補五臟，自使精魄強。羅浮仙者居，靈質不自藏。移根植膏壤，椏葉粲以長。東南雖異產，遼海誰能航。誓將北歸日，從我涉漢湘。種之眉山陰，得與伯仲嘗。」〔註64〕作者以人參為題，讚揚其延年益壽的功效，更是表達其以之為手段渡過時艱的決心。再如《用韋蘇州寄全椒道士韻贈羅浮道士三首》其一：「是身如傳舍，富貴同過客。齒髮日夜衰，悲哉卵投石。幽人臥林下，沆瀣餐竟夕。應笑蘭亭遊，回頭已陳迹。」〔註65〕此詩即是以求仙來表現對富貴的超越，從而使心靈得以平和。

　　在貶謫過程中，蘇過擔負著照料蘇軾的重任。這不僅包括日常起居，而且還包括精神生活。蘇過的許多作品是為蘇軾而作，特別在生日祝詞，主要為蘇軾排遣憂悶而作，因而不同於一般的祝壽作品。這些作品具有濃鬱的道教色彩，大多是以神仙為主題。如《大人生日》其四：「一封已責被敷天，十萬饑民粥與饘。不待丹砂錫難老，自憑陰德享長年。壽綵固已占黃髮，珠火還應養寸田。況是玉皇香案吏，御風騎氣本泠然。」〔註66〕此詩次韓愈《左遷之藍關示侄孫湘》之韻，但卻一反原詩消極之基調。蘇過稱頌其父的功業，以之為成仙的陰德，且勸慰不以貶謫為懷，因為本來即是名列神仙，最終會昇天成天。蘇軾有兒如此，又怎會抑鬱於中。蘇過在與叔父蘇轍的作品中也是以道教的養生術、與天地合一為主題，勸慰其孤寂之心，如《次韻叔父浴罷》：「……丹田有宿火，如比陽來復。轆轤自轉水，離坎俱實腹。謫居使事乏，惟喜薪水足。時濯西風塵，一寓歸鴻目。勿驚髀肉少，衣褐真懷玉。明鏡雖無垢，新苗良待沃。雨餘餐岩岫，露重膏松竹。更觀雲入山，心與境同熟。（自注：道書如雨初晴雲入山林之語。）珍重耆城言，妙解何須讀。潔香非外求，清淨常返矚。物初信可遊，倘來非所卜。益師莊叟言，養生貴緣督。」〔註67〕

〔註64〕　《斜川集校注》，第34頁。

〔註65〕　《斜川集校注》，第19頁。

〔註66〕　《斜川集校注》，第18頁。

〔註67〕　《斜川集校注》，第73頁。

　　蘇過在政和二年（1112 年）四十歲時方爲監太原稅，於政和五年（1115
年）四十三歲時爲郾城縣令，於宣和五年（1123 年）權中山府通判。蘇過後
期只做過這三任小官，在北宋後期，做爲元祐黨人子弟，政治上是絕沒有晉
升的可能。因此在出仕期間，其作品也與政治關涉不大，相反表現其對於田
園歸隱的向往，以及對於仕途進取的淡薄，也即一種「吏隱」的思想。如《送
伯達兄弟赴嘉禾》：「行著下下考，願辭赫赫名。」〔註68〕《次韻孫海若見贈》：
「碌碌抱關好，孰爲賢與愚……且和南郭竽。坐詠淵明篇，令人有愧色。」〔註
69〕當然，我們不要因蘇過的這些作品即認爲他在任職期間即眞的無所事事，
濫竽充數。實際上，蘇過在任職期間是盡職盡責的。

　　儘管在後期一直沉淪下僚，不過在爲官期間以及閒居潁昌時，蘇過與一些
文字之友，唱和贈答，精神生活還是比較愜意的。此時的作品，特別是一些寫
景及田園方面的作品，充溢著作者平靜淡泊的道教思想。如《橫山道中》：「物
外閒人日月長，意行無復有重岡。林深步步衣裳濕，麥熟村村餅餌香。遙想雲
間下雙鳧，空懷仙子望三鄉。欲尋好句供詩眼，旋逐東風墮眇茫。」〔註70〕特
別是在潁昌期間，與葉夢得、晁說之、范信中等人泛遊西湖，相得甚歡。如《次
韻葉守端午西湖曲水》其二：「暗泉百道草間鳴，已覺圓荷翠蓋傾。擬欲拏舟江
海去，門前歸路是明月。」〔註71〕《次韻韓文若展江六詠》其一：「山河景色本
無偏，須信壺中有洞天。明月端來臨不夜，珠宮玉宇淡娟娟。」〔註72〕

　　實際上，作者在這些作品中所表現的悠閒自在情致與前者的歸隱求仙的
思想是一致的，都是在道教思想的指導下形成的。只是作者主體在形式上有
所區別而已，一爲退隱，一爲出仕。只有擺脫功名之心，才會在作品中表現
出一貫的灑脫情懷。

三、蘇過的詩歌風格與道教

　　蘇過的詩歌是在蘇軾的指導、薰陶下形成的，詩歌具有典型的蘇軾的風
格。「過子詩似翁，我唱而輒酬。」〔註73〕蘇過的詩歌風格與道教也有著密不

〔註68〕《斜川集校注》，第 174 頁。
〔註69〕《斜川集校注》，第 252 頁。
〔註70〕《斜川集校注》，第 222 頁。
〔註71〕《斜川集校注》，第 380 頁。
〔註72〕《斜川集校注》，第 362 頁。
〔註73〕蘇軾《和遊斜川》，《蘇軾詩集合注》卷四二，第 2145 頁。

可分的關係，具體表現在以下幾點：

一為平實質樸的風格，不事詞句的雕琢。蘇過的作品大多直抒胸臆，很少以景色的描寫來代替情感的表達。與道教相關的作品常見的想像瑰奇、鋪張誇飾的風格的作品在《斜川集》中是不多見的，即使遊仙作品也是廖廖數首。且詩歌的語言多為平常用語，不像當時的江西派詩人注重語句的生新、奇崛。如其《東亭》詩：「閉眼黃庭萬想歸，此心久已息紛馳。幽居正喜門羅雀，晨起何妨笏拄頤。自信丹田足梨棗，不憂瘴雨滯茅茨。三山咫尺承明遠，世路榛蕪誰與披。」〔註74〕蘇過的律詩尚且注重語言的素樸，更何況古體詩歌。

二為道教意象的大量運用，成為蘇過作品的重要特徵。由於蘇過崇信道教，並且所表達的主題也以道教的自由生活、歸隱的情趣為主，因此作品使用道教的意象是很自然合理的。不過，蘇過作品中的道教意象都是為表達其出世主題服務的，也即是出於表現其個體的情感的需要。並非如一些崇奉道教者的作品那樣，道教意象、術語只是為了表現道教的養生理論、神仙學說等，失去詩歌的根本的審美意義。如《北山雜詩》其十：「山月半輪出，寒光射天明。微雲掃何處，萬籟沈無聲。褰衣步東嶺，彷彿遊化城。下視寰宇間，酖雞等營營。余幼好奇服，簪組鴻毛輕。羽人倘招我，攜手雲間行。」〔註75〕《北山雜詩》組詩為作者在居喪期間所創作的，儘管採取了遊仙詩的形式、意象，但作者並非真的求仙，而是藉此表現一種出世情懷。再如《和大人遊羅浮山》，詩中道教意象同樣是為表現樂天知命的主題服務的。

結語：蘇過在宗教信仰上是崇奉道教的，蘇軾曾說「吾此兒若不娶，必得道。」道教的信仰及養生方術使得蘇過在伴隨蘇軾貶謫時順利度過難關，在後期出仕時也可以持一淡泊功名的態度，從而始終以自由、超越的心態面對人生的各種處境。蘇過的作品前期圍繞蘇軾而作，後期作品主要是與親友相贈答，詩歌的主題思想是一貫的。就風格而言，蘇過主要是以陶淵明、蘇軾學習的主要對象，特別是蘇軾。不僅在主題上，且在具體語句技巧上，模仿蘇軾的作品的痕迹也是處處可見。如《次韻張子先喜雪》：「旅人共助田夫喜，一飽遙知餅餌香。」〔註76〕《和清源觀陳觀性喜雪》：「先生休道催科拙，

〔註74〕《斜川集校注》，第70頁。
〔註75〕《斜川集校注》，第132頁。
〔註76〕《斜川集校注》，第289頁。

趁著河東歲屢豐。」〔註77〕這樣的例子實在不少。

　　在信道者中，蘇過詩歌的成就是比較突出的，且在藝術上也並不比當時的三洪、二徐低，但由於風格籠罩在蘇軾中，因而其個體性而言就不夠鮮明突出了。就蘇過個體的創作而言是其幸事，但在詩歌發展史上又是蘇過的大不幸。

〔註77〕《斜川集校注》，第 288 頁。

第五章　北宋後期詩壇與道教

第一節　北宋後期的道教環境與宋徽宗的詩歌

　　北宋後期的徽宗、欽宗二帝時期，是宋代歷史上政治最為黑暗、腐朽的時期，同時也是道教發展最為迅猛的時期。道教在北宋後期的政治及歷史舞臺上扮演了一個極不光彩的角色，因此飽受後人詬病。實際上，徽宗的崇道對於道教本身的發展也並非有完全的積極作用，甚至在一定程度上阻礙了其傳播，特別是在士大夫中。

　　本節擬從以下幾個方面來考察北宋後期的道教環境：

一、崇道的原因

　　徽宗在宋代諸帝中屬於最為虔誠者，既有個人的原因，也有出於政治的考慮。從個人的角度而言，徽宗性格「輕佻」〔註1〕。從其踐君位之後的種種舉動來看，確實如此。諸如好感官享受（如花石綱），長於文藝創作等，這都是與徽宗以前宋代諸帝所不同的。道教的神仙理論、宗教音樂、符籙齋醮等，對於徽宗無不具有著一定的吸引力，這遠非樸實的儒家思想及深奧枯燥的佛教所能比擬的。

　　徽宗雖然在治國上無能，但對於穩固皇權同樣也是很在意的。比如不滿於蔡京的專權，以鄭居中、劉正夫牽制之；張商英因結交方伎郭天信而

〔註 1〕　參見《宋史紀事本末》卷四八第 467 頁：「章惇曰：『端王輕佻，不可以君天下。』」。

罷執政之位；逼殺干政的皇太后劉氏等等。同樣，利用道教來維繫人心、神化統治也是一重要手段，況且，這一方式在北宋前期爲諸帝所用，可謂爲家法。

二、崇道的表現

徽宗的崇道在方式、手段上基本上遠過於前期諸帝，具體有以下幾個方面：

（一）以道教教主自居

徽宗相信道士林靈素玉清神霄之言，冊己爲道教教主。（政和七年）「夏四月庚申，帝諷道籙院上章，冊己爲教主道君皇帝，止於教門章疏內用。」〔註2〕這一條在《宋史紀事本末》中所記較詳：「夏四月，庚申，道籙院上章冊帝爲教主道君皇帝。初帝諷道籙院曰：『朕乃上帝元子，爲神霄帝君，憫中華被西方之教，遂懇上帝願爲人主，令天下歸於正道。』卿等可上表章，冊朕爲教主道君皇帝。於是道籙院上表冊之，然止於道教章疏內用，而不施於政事。」〔註3〕

（二）提高道教地位，打破佛道平衡

宋徽宗以行政命令的方式使道教序在佛教上列，甚至一度廢佛入道。大觀元年，「二月，己未，詔令道士序在僧上，女冠在尼上。」〔註4〕宣和元年「乙卯詔：『佛改號大覺金仙，餘爲仙人、大士。僧爲德士，易服飾，稱姓氏。寺爲宮，院爲觀。』改女冠爲女道，尼爲女德。」〔註5〕甚至地方道官的地位與地方官員平等，脫離其管轄。宣和元年「三月庚戌，詔天下知宮觀道士與監司郡縣官以客禮相見。」〔註6〕設置道階是提高道士的一個重要手段，重和元年「多，甲辰，置道官二十六等，道職八等，有諸殿侍晨、校籍、授經，以擬待制、修撰、直閣之名。」〔註7〕這些舉措都極大的提高了道教的政治、社會地位。

〔註2〕 《宋史》卷二一，第 398 頁。
〔註3〕 陳邦瞻《宋史紀事本末》卷五一，第 514 頁。
〔註4〕 《續資治通鑒》卷九十，第 2302 頁。
〔註5〕 《宋史・徽宗本紀四》卷二二，第 403 頁。
〔註6〕 《宋史・徽宗本紀四》卷二二，第 403 頁。
〔註7〕 《續資治通鑒》卷九三，第 2404 頁。

（三）整理道教典籍，大修宮觀，並在官方校舍開設道教科目，從而提高道士素質

做爲道教教主，徽宗自然重視道教典籍的整理工作。徽宗於政和三年時即「詔天下訪求道教仙經」〔註8〕，重和元年並「用蔡京言，集古今道教事爲紀志，賜名《道史》」〔註9〕。地方官員中崇敬道教者，也應時而起，鏤刻道藏，如黃裳。宮觀的多少是道教興盛的一個重要標誌，徽宗於政和六年「丙申敕天下，令洞天福地修建宮觀，塑造聖像。」命令地方官員必須親自辦理，並列入考察範圍。「八年二月二十日，詔曰：『朕嗣守大位，賴帝博臨，高眞屢降，祥應沓至，萬邦咸寧。深惟修報之誠，無得而稱，詔天下作神霄玉清萬壽宮，奉上帝君大君之祀，以嚴報稱，與天下祈福。將期年於茲，而三數州玩弛弗虔，曾不肅給。明宮齋廬，或粗設貌像，或僅容數士，弊陋不蠲，弗稱明靈，羽流陳訴，輒被刑戮，豈所望哉！其令諸路提刑、廉訪、巡按所至，躬詣新宮瞻視考驗，究其避就，觀其廢舉，察其施設，具奏，將有考焉。』」〔註10〕對於敢不虔誠行事的官員，則予以懲治，如知建昌陳并、知登州宗澤都因修神霄宮不敬而遭勒停。

道士的素質的高低對於道教的傳播有著重要的作用，因此，提高道士的素質勢在必行。重和元年，八月庚午，詔：「自今學道之士，許入州縣學教養。所習以《黃帝內經》、《道德經》爲大經《莊子》、《列子》爲小經外，俾合爲一道，大經《周易》、小經《孟子》。其在學中選人，增置士名，分入官品。元士、高士、良士、方士、居士、隱士、逸士、志士等，每歲試經撥放。州縣學道之士，初入學爲道徒，試中升貢，同稱貢士。到京，試辟廱，試中上舍，並依貢士法。三歲一比，許襴韝就殿試，當別降策問，庶得有道之士以稱招延。」〔註11〕這些政策對於提高普通道士的學習興趣是有很大幫助的，且對於其它士子也有不小的誘惑力。

（四）崇信方士、道士

徽宗的崇道，使得許多方士、道人如蠅逐臭，紛至沓來，其中多爲名利之徒，也有少數有道之士。諸如王老志、王仔昔、林靈素等，特別是林靈素，

〔註8〕　《徽宗本紀三》卷二一，第392頁。
〔註9〕　《徽宗本紀三》卷二一，第401頁。
〔註10〕　徐松《宋會要輯稿‧禮五》一一册。
〔註11〕　吳曾《能改齋漫錄》卷一三，第385頁。

對於徽宗的崇道起著推波助瀾的作用。通過冊封當時的道教派別的教主，也表現出徽宗的崇道傾向，如龍虎派的張繼先、茅山派的劉混康等，都受到徽宗的冊封。

三、朝野士大夫的迎合

此時的朝野群臣，無復北宋中期的以天下為己任的士風，僅追求鞏固個人權勢。因此這些權臣的主要精力在於滿足徽宗的聲色之好，而非以國是為重。如蔡京以豫大豐亨啟徽宗之侈心，王黼親以俳優侍君，「（蔡）攸歷開府儀同三司、鎮海軍節度使、少保，進見無時，益用事，與王黼得預宮中祕戲，或侍曲宴，則短衫窄褲，塗抹青紅，雜倡優侏儒，多道市井淫媟謔浪語，以蠱帝心。」〔註12〕梁師成、李邦彥等以巧於迎合而得至高位，前者太尉，後者尚書右丞。相反，忠正直言者則遭到排斥，如太宰、少傅兼門下侍郎余深因進言福建取花果擾民而遭罷免，出知福州；穎昌兵馬鈐轄不為上級提供竹木而遭勒停；時任起居郎的李綱因言陰氣太盛，提醒以盜賊、外患為憂，詔貶為監沙縣稅務。

在崇道活動中起重要作用的方士、道人，還被權臣利用為鞏固個人地位的工具，如前文所提到的方伎郭天信與張商英，左階道錄徐知常與蔡京等。當然，對於不利其地位的方士則予以驅逐，最為明顯的是女冠何仙姑，因其言元祐黨人為忠良，觸怒蔡京等新黨而遭貶斥。對於徽宗荒唐的崇道行為，朝野士大夫不僅不予以勸阻，相反力促行之，因為這些活動都對於拉近與徽宗的關係從而穩固個人地位有著重要幫助。

政和三年，徽宗仿太宗、真宗遇天神降臨事，自言遇仙，而時任龍圖閣學士兼侍讀的蔡攸則附合之，實際上是早已經過串通預謀。

> 帝有事於南郊，蔡攸為執綏官。玉輅出南熏門，帝忽曰：「玉津園東若有樓臺重複，是何處也？」攸即奏：「見雲間樓殿臺閣，隱隱數重，既而審視，皆去地數十丈。」頃之，帝又問曰：「見人物否？」攸即奏：「有道流童子持幡節蓋，相繼而出雲間，衣服眉目，歷歷可識。」乙酉，遂以天神降，詔告在位，作《天真降臨示見記》。〔註13〕

〔註12〕《宋史》卷四七二，第13731頁。
〔註13〕《續資治通鑒》卷九一，第2354頁。

實際上，徽宗的虔信道教，蔡攸起著至關重要的作用，「帝留意道家者說，攸獨倡爲異聞，謂有珠星璧月、跨鳳乘龍、天書雲篆之符，與方士林靈素之徒爭證神變事。於是神霄、玉清之祠遍天下，咎端自攸興矣。」〔註14〕而道士林靈素的神霄之說，更是把重要的權臣都封以神仙之位，從而使其學說處於牢不可破的地位。

> 政和末，王老志、王仔昔既衰，徽宗訪言士於左道錄徐知常，以靈素對。既見，大言曰：「天有九霄，而神霄爲最高，其治曰府。神霄玉清王者，上帝之長子，主南方，號長生大帝君，陛下是也，既下降於世，其弟號青華帝君者，主東方，攝領之。已乃府仙卿曰褚慧，亦下降佐帝君之治。」又謂蔡京爲左元仙伯，王黼爲文華吏，盛章、王革爲園苑寶華吏，鄭居中、童貫及諸巨閹皆爲之名。貴妃劉氏方有寵，曰九華玉眞安妃。帝心獨喜其事，賜號通眞達靈先生，賞齎無算。〔註15〕

最高統治者及權臣的寵信道士，使得絕大多數的在朝士大夫紛紛仿傚，惟恐落後。如林靈素政和七年在上清寶錄宮講道經，朝中之士靡然從之。雖然這些士大夫並不完全信仰道教，但出於官位的考慮也表現出虔誠之態，這雖是一大環境的原因，但也反映出此時朝風不振，各懷利祿之心的不正常現象。

做爲地方官員，更是鮮有異議者，大多奉旨行事而已，但少數阿諛奉承者則乘機大獻殷勤，想徽宗所未想，爲其崇道行爲推波助瀾。以全國修建神霄宮爲例，即有地方官員獻言進策。

> （政和七年二月）二十二日，知杭州徐鑄奏：「乞神霄玉清萬壽宮添撥田共二十頃，於浙西逐州有管諸司堪好田內摽撥應副。」詔依，如違，以大不恭論。

> （同上）七月四（月）〔日〕，開封尹盛章奏：「乞依天下州軍知州，帶『管幹神霄玉清萬壽宮』字，以嚴聖主崇奉上眞之意。」

> 十五日，河東路轉運判官王似言：「本路神霄玉清萬壽宮有本州島島見無戶絕折納田去處，欲於鄰近他州有戶絕折納田處貼撥。候本州島島有田日，逐旋卻行改撥。」從之。

〔註14〕《宋史》卷四七二，第 13731～13732 頁。
〔註15〕《宋史》卷四六二，第 13528 頁。

十月二十二日，廣南東路轉運判官燕瑛言：「道教方興，宜立殿最之法。應今後知、通並十日一詣神霄宮檢察，仍以所檢察事置籍書之。其提舉本宮官歲遍所部，其當職官奉行優劣以聞。」從之。〔註16〕

正是在這些地方官員的配合下，道教在全國範圍內得到前所未有的發展。但這種發展，負面的影響遠過於正面的意義，實際上並不利於道教的健康發展。

四、道教在普通民衆間的傳播

徽宗的崇道是一場自上而下的運動，實際其作用主要是體現在官方。但客觀上，舉政府之力修建宮觀、官員的禮遇道士，聖於擴大道教的影響是必然的。現有的文獻對於徽宗崇道後民衆的道教信仰情況所記不多，但也有少數的記載可供參考。如晁說之以「泰州人自徐神翁後，多以奉道爲事。即今有周、高、唐三先生皆足以動衆，得名因作長句」〔註17〕爲題作詩，此則載於其《景迁生集》中，可信度高於筆記小說。

不過，民間的信仰與官方的引導還是有一定距離，更側重於直接的禍福。因而各地民衆的信仰具有一定的差異性。如廖剛有一篇奏箚，可以證明，其《乞禁妖教箚子》：「臣伏門睹刑部關報臣僚上言，乞修立吃荣事魔條禁，務從輕典，奉聖旨令刑部看詳申尚書省……臣訪聞兩浙江東西此風方熾。倡自一夫，其徒至於千百爲群，陰結死黨。犯罪則人出千錢，或五百行賕；死則人執柴，一枝燒焚，不用棺槨、衣衾，無復喪葬祭祀之事。一切務滅人道，則其視君臣上下，復何有哉此！而不痛懲之，養成其亂，至於用兵討除，則殺人將不可勝數矣。宣和間，江浙數州已見此事，厥鑒未遠也。」〔註18〕

另外，宣和年間的黑漢傳說，也可證明民間信仰更關注的是禍福之類現實利益。如「宣和中，洛陽府幾間，忽有物如人，或蹲踞如犬。其色正黑，不辨眉目，始，夜則掠小兒食之；後雖白晝，入人家爲患，所至喧然不安，謂之『黑漢』。有力者夜執槍棒自衛，亦有託以作過者，如此二歲乃息。」〔註19〕

從以上的分析來看，徽宗的崇道主要影響於官方層面，普通士大夫的宗

〔註16〕以上皆引自《宋會要輯稿・禮五・上清寶錄宮》
〔註17〕晁說之《景迁生集》卷九，《影印文淵閣四庫全書》本。
〔註18〕《全宋文》第一三八冊，第385頁。
〔註19〕《宋史》卷六二，第1360頁。

教信仰並不因此而改變。官方並沒有強制性的道教信仰來要求每一士大夫來遵從，相反只是要求執行自上而下的行政命令而已，其宗教信仰是自由不受控制的。北宋後期士大夫的道教信仰與宋徽宗的信仰旨趣迥異，如蘇過、黃裳二人的道教信仰即不同於徽宗。

　　由於北宋後期詩壇的主導地位為元祐黨人及其門徒所佔據，且對於徽宗的道教信仰不感興趣，因此此期的詩壇中道教的影響遠不如以蘇軾為中心時的宋代詩壇。不過，由於徽宗對於道教的大力扶植，道教的影響瀰漫於整個社會，而詩人在生活中也逃脫不過其影響，因而在創作中不時會運用這些道教的題材。另外，北宋後期的詩歌發展雖然受到官方的限制，但地方官員在以神霄宮祭祀、祈禳時不免以詩歌形式歌功頌德，這也可以算做道教的影響。如崇寧四年通判於巽作《陪使騎袛謁眞祠偶成小詩拜呈知府屯田》一詩來粉飾太平，其詩如下：

　　　　千騎駸駸出禁城，眞祠款謁罄虔誠。袴襦載路歌仁政，簫鼓喧
　　天樂太平。殘雪未消山下路，和風先揚馬前旌。爲民祈禱多靈應，
　　來歲豐穰定有成。（自注：太守近作靜應廟記）〔註20〕

於巽的各位同僚如向佐均、王需、王允中、張介夫、張魴、高鈞等都紛紛唱和。在蘇過的作品中，也可以看到與當時神霄宮祭祀相關的作品，如《葉守奉詔祠神霄二首》等。不過，道教對於詩歌的這種影響只是形諸於題材表面，而非影響於詩人的內心世界。

　　主動接受徽宗的道教信仰的影響而形諸於詩歌的，恐怕只有徽宗本人了。林靈素、蔡京、蔡攸、王黼等雖然也鼓吹神霄學說，但文才太低，因而詩作極少。徽宗的道教作品主要有《玉清樂》十首、《上清樂》十首、《太清樂》十首、《步虛詞》十首、《散花詞》十首、《白鶴詞》十首等。從數量而言，徽宗的這些組詩在宋人中也是不多見的。不過，宋徽宗的這些道教作品主要是用於道教的宗教儀式，是爲道教音樂所配的詞，因而具有較強的音樂性與功用性，並非單純的詩歌創作。正如近代研究學者陳國符先生所言：「道士事北宋諸帝，首重齋醮，宏其體制，究其音聲，以炫耀耳目。」〔註21〕從作品所表現的主題來看，也主要限於對神仙世界的讚頌、神人相感及祈求太平福壽等。茲舉一二，以明全部。

〔註20〕《全宋詩》第二五冊，第 15825 頁。
〔註21〕陳國符《道藏源流考》下冊，第 299 頁。

　　　　地居天上接空居，玉清樂萬象森羅遍八區。玉清樂功用不知誰
主宰，玉清樂絳霞丹霧閟清都。玉清樂，玉清樂〔註22〕（玉清樂其
一）

　　　　萬仞霞山岊玉虛，上清樂四司冠劍護靈都。上清樂眾眞稽首持
天禁，上清樂腰佩仙皇逸籙符。上清樂，上清樂〔註23〕（上清樂其
十）

　　　　五節清香半夜焚，太清樂彤管絳彩射芝田。太清樂味同氣合遙
相應，太清樂絳節霓旌下五雲。太清樂，太清樂〔註24〕（太清樂其
二）

　　　　昔在延恩殿，中宵降九皇。六眞分左右，黃霧繞軒廊。廣內尊
神御，仙兵護道場。孝孫今繼志，咫尺對靈光。〔註25〕（步虛詞其
六）

從以上作品我們可以看出，與其說爲文人詩作，不如定性爲道教徒的頌章，
宗教氣息過於濃烈而缺乏詩歌的審美情趣。因此這些作品對於普通文人的影
響是不大的，北宋後期的詩壇也並不因徽宗的崇道、創作大量的道教作品而
掀起道教題材的詩歌的浪潮，而幾乎沒有受到絲毫的影響，只是有個別的詩
人對於徽宗的抑佛崇道頗有微詞。

第二節　北宋後期詩壇與道教

　　北宋中後期的詩壇主要在蘇黃的影響下發展，相較之下，黃庭堅的影響
更大一些，此期的詩壇主要是以江西詩派爲主（此時並沒有詩派之名而有其
實），江西詩派與道教的關係並不太大，這些詩人主要從事於詩歌的創作，對
於政治以及宗教的熱情不是太高。

　　不在蘇黃詩風所籠罩的詩人，其創作與道教有著一定聯繫，如孔平仲、
彭汝勵、張商英、黃裳等。這些詩人其實並不詩歌立身，因而創作的作品總
體數量並不多，道教作品也就更少了。但是這些作家數量較多，因而道教作

〔註22〕《全宋詩》第二六冊，第 17062 頁。
〔註23〕《全宋詩》第二六冊，第 17064 頁。
〔註24〕《全宋詩》第二六冊，第 17065 頁。
〔註25〕《全宋詩》第二六冊，第 17066 頁。

品數量也就相對較多。在藝術上可能無法代表這些詩人的風格，不過也表現出北宋後期士大夫的道教態度與宗教信仰。

一、孔平仲

孔平仲，字毅甫，臨江新淦（今江西新幹）人，與兄文仲、武仲並稱「清江三孔」。孔平仲對於道教不如蘇軾兄弟熱衷，只是出於保健的目的，偶而嘗試一下道教的養生術，如《余比見管勾太平觀劉朝奉見嫌太盛教以一食之法自用有效因以告子由且進先耆後欲之說蒙示長篇竊服高致謹再用元韻和寄》：「……未能便仙去，輕舉隨白鵠。且保臨老年，眼明腰不曲。」〔註26〕孔平仲是反對王安石變法的，所以在熙寧期間也遭到貶謫。通過領悟道教隱逸精神是孔平仲擺脫現實苦悶的途徑之一，如《夜坐庵前》便是這樣一首遣懷之作。

> 人定鳥棲息，庵前聊倚欄。徘徊明月上，正在修篁端。清影冰玉碎，疏音環佩寒。翛然耳目靜，覺此宇宙寬。人生甘物役，汩沒紅塵間。宴坐得俄頃，境幽心已閒。諒能長無事，自可駐朱顏。所以學道人，類多隱深山。〔註27〕

此詩作於熙寧年間任江州錢監時，作者心事滿懷，夜中不寐，感悟世事擾人。因此，作者認爲若無羈絆，隱居僻境，只可長生。此詩在舊黨中影響很大，得到蘇軾、蘇轍的強烈共鳴，紛紛作詩唱和。而孔平仲也予以繼和，進而抒發一種吏隱的心境：「官身粗應三錢府，吏隱聊開一草庵。擁砌幽篁如月映，覆簷喬木與天參。畏人自比藏頭雉，老世今同作蛹蠶。豈獨忘言兼閉息，舌津晨漱不勝甘。」〔註28〕（《蘇子由寄題小庵詩用元韻和》）結句則表明了作者對於道教養生的推崇。

此外，孔平仲借友人提舉宮觀一事，抒發對友人的勸慰，以及作者對於山林寧靜心境的向往。如《寄熊伯通》：「南山九叠勢千霄，中有長松蔭寸苗。好景常聞太平觀，謫仙更住上清橋。風吹石徑秋聲早，泉落雲根暑氣消。方外相期蒙雅眷，只應心隱不須招。」〔註29〕

對於孔平仲而言，這種出世的情懷只是因人（道人、提舉宮觀的士大夫）、

〔註26〕《全宋詩》一六冊，第 10824 頁。
〔註27〕《全宋詩》一六冊，第 10866 頁。
〔註28〕《全宋詩》一六冊，第 10895 頁。
〔註29〕《全宋詩》一六冊，第 10892 頁。

因境（宮觀、道教名勝等）而發，並非創作的一種常態。因此，此類作品並非創作的一種主導傾向，僅是偶爾為之。

如此相似的還有彭如礪、陸佃、張商英等人。不過後三者，特別是陸佃、張商英二人，對於道教相當熟悉，如陸佃還信仰道教，只是並不詩歌創作見長，因而關於道教的作品是不多的。值得注意的是，他們的道教作品只是就日常生活的道教題材而作，而非道教教義的闡述。特別是張商英的作品，少數還是傳統的遊仙擬作，如《淩雲行》、《望仙亭》等。

二、鄒　浩

鄒浩（1060～1111），字志完，號道鄉先生，常州晉陵（今江蘇常州）人。鄒浩對於道教典籍較為感興趣，這在詩文中多有表現，如《送陳仲修序》：「嘗觀《真誥》，具載福地，而金壇處一焉，謂丹砂至寶，伏藏地中，不可勝記，而有物主之，必待其人，然後付與。」〔註30〕再如《有感》一詩序文：「李彥弼《雜詩》載：嘉祐中有入棲霞洞者，燭滅不得出。後一年，乃與遊人俱還。自言嘗見數道士相謂曰：知至道者天不殺，服元氣者地不滅。因誦此，故生。眾方驚異，忽輕舉莫知所在。予平生遇人指教數矣，不能勤行之，觀此有，感遂作詩以自警云。」〔註31〕由此可知，鄒浩對於道教的神仙信仰是較為虔誠的。

正是有了道教的超越精神，鄒浩可以對功名利祿淡泊處之，不以為意；當其兩貶嶺表，依然保持心態的平和。這種道教出世思想並與儒家思想相結合，對宋朝皇帝忠心不二。對神仙學說的信仰與追求是作者個人的追求，與忠誠於朝廷並不矛盾，這種思想在一些道教作品中有明顯的體現。

鄒浩是北宋後期道教作品較多的詩人，且文學價值較高。其道教題材的作品數量大約有三十多首，在其集子中所佔比例約為十分之一。儘管數量與比例在其總體創作中並不重，但卻較為全面反映了詩人的思想傾向與作品風格。

在這些作品的主題上，首先展現了作品對於道教神仙的追求及自由精神的向往。道教的信仰在本質上是一種自由的追求，表現為肉體上擺脫現實的束縛，可以無疾長生；精神上無世俗的羈絆，可以無憂無慮。因此，作者在

〔註30〕鄒浩《道鄉集》卷二八，《影印文淵閣四庫全書》本。
〔註31〕《道鄉集》卷一二。

敘述神仙故事、描寫宮觀景色以及表現與道人交往時，都抱有一向往之心。如長詩《悼陳生》紀進士陳生遇仙事，惜其不能忘卻名利之心，與成仙失之交臂：「若爲名宦苦死堅，失腳青雲墜平地。仙兮仙兮一何異，求不求兮兩莫遂。我雖忘情亦欷歔，仲尼之門非所議，率然作詩紀其事。」〔註 32〕在《有感》一詩中，更是直接表達立志於神仙的追求：「眞訣由來甚易明，惟人用志不精誠。從今謹事先生語，何患無階朝玉清。」〔註 33〕組詩《寫黃庭》五首則展示了作者研習道經的所感所想，對於修行的虔誠及平和悠閒的心態躍然紙上，如其一：「來仙閣上道生成，芝滿丹田郁郁青。不爲換鵝爲物役，焚香閒自寫黃庭。」〔註 34〕其二：「黃庭窈窈在吾身，灑掃塵氛集萬神。但自精誠如一日，莫愁金闕不高眞。」〔註 35〕

其次，鄒浩的道教作品中多有與儒家倫理相結合的思想，這在宋人的道教作品中是少有的，爲鄒浩道教作品的一個突出特點。在宋人的道教作品中，大多表現的是一種出世的情懷，或爲慕道求仙，或爲羨慕山林自由的生活。但在鄒浩的道教作品中，時刻不忘對於君主的留戀。如《龍光觀有感》：「自罷龍興節，人間幾歲窮。偶觀塵榜暗，追感御爐穹。萬事遺高躅，三清肅下風。鈞天在何許，猶冀夢魂通。」〔註 36〕儘管被貶，作者依然懷念侍繞君王之時，因此在遊覽道觀時也希望在夢中與君王相見。如《紀夢》一詩：「玉色照清都，孤臣亦侍書。叨蒙一筆賜，恩似五年初。竄逐雖云遠，精誠自不踈。皇心定垂惻，行獲奉安輿。」其自注：「頃夢侍上左右如平時，上方作字，遽以筆付浩曰：『賜卿此筆。』」〔註 37〕

鄒浩的學習道教養生理論，除爲個人保健之目的外，還包含對老母的孝道之心，充分體現了一位儒者的情懷。如其《自警》一詩：「看書勿苦多，多看目力眊。作文勿苦多，多作心力耗。初雖莫覺悟，久乃成悔懊。維心神所居，惟目神所造。開闔出入間，神傷氣亦暴。所以古眞人，丁寧有深告。平時當勤行，況復處炎燠。況復病初愈，力始勝巾帽。老母在鄉邦，倚門望佳報。尤宜決擇精，全神以自好。收目以內視，冥心以存奧。氣舒形康強，外

〔註 32〕《道鄉集》卷二。
〔註 33〕《道鄉集》卷一二。
〔註 34〕《道鄉集》卷一一。
〔註 35〕《道鄉集》卷一一。
〔註 36〕《道鄉集》卷一三。
〔註 37〕《道鄉集》卷一二。

務一除掃。生理保安完，天恩垂覆幬。歸看老萊衣，歡欣長舞蹈。」〔註38〕
這是鄒浩惟一一首關於道教養生理論的作品，描述了作者平時所遵行的養生
方術。這與前者的忠君思想是相輔相承的，在儒家理論中，孝親與忠君是一
致的，且只有孝親，才有可能做致忠君。

因此在鄒浩的作品中，我們可以看到，儒家思想與道教思想相融合在一
起，這種融合是一種思想精神上融合。道教的出世思想是一種精神上的追求，
道教的養生爲己爲親，無論在朝在野，都不忘忠君愛國。這就比儒家前期的
思想更進一步，所謂的「達則兼濟天下，退則獨善其身」的思想，在鄒浩這
裡融二爲一。

另外，鄒浩的道教作品是表現日常生活瑣事，例如與道人的交往、遊覽
道觀以閱讀道經等。這些作品展示了作者的日常生活情態，對於瞭解宋代道
教及作者思想風貌有一鮮明的直觀作用。如《玉虛觀》：「山腰製作邇來新，
斧鑿才終便掩門。獨殿紛紛羅杞棘，老君寂寂看雞豚。煙凝疊嶂爲香火，風
韻疏鬆作道言。借問羽衣何處去，一齊歸屋抱兒孫。」〔註39〕此一玉虛觀，
並非如尋常文人筆下的宮觀，而只是一幅破敗凋敝的情景。道士與普通百姓
相似，娶妻生子，毫無仙風道骨，或許這即是普通道士的眞實形象。

在藝術風格上，鄒浩的道教作品重抒情而少說理，直抒胸臆多而用典較
少，多短篇而長篇較少，與北宋後期的詩壇主流保持一定的距離。王士禎對
鄒浩頗爲推重，「古詩時似樂天，格詩深穩，與葉石林功力相敵，北宋之雄也。」
〔註40〕

三、黃　裳

北宋後期，明確提出個人的道教信仰並在文學具有突出成績的，除蘇軾
之子蘇過外，還有黃裳。黃裳（1043～1129）字冕仲，號紫玄翁。崇信道教，
好讀道經，多與道士異人交流，而道教中人也多與其交往。黃裳所處的時代，
恰爲北宋道教最爲鼎盛的時期，即徽宗的崇道，以神霄教主自居。而黃裳的
崇道基本上與宋徽宗的崇道沒有多少關係，且與政治關涉不大。除在徽宗剛
登位時以造祥瑞的方式來粉飾太平，爲其造勢。如「元符二年，徽宗即位，

〔註38〕《道鄉集》卷五。
〔註39〕《道鄉集》卷一二。
〔註40〕王士禎《居易錄》卷一二，《影印文淵閣四庫全書》本。

兵部侍郎黃裳言：『南郊大駕諸旗名物，除用典故制號外，餘因時事取名。伏見近者璽授元符，茅山之上日有重輪，太上老君眉間發紅光，武夷君廟有仙鶴，臣請製爲旗號，曰寶符，曰重輪，曰祥光，曰瑞鶴。』從之。」〔註41〕而這在封建社會是一種普遍的現象，不足爲奇，與宗教信仰關涉不大。

　　黃裳在宗教信仰上以道教爲主，同時宣揚三教同源：「道家所謂還丹，釋氏所謂道果，皆明大道之所寓。道且強名，而丹與果亦假以明道。大覺見示道果長韻，因以和之。予自辛丑之季多由杭而之廣陵，偶於天寧寺得御筆手詔，以爲：『沖虛無爲，眞空不二，本自不殊，隆此而廢，彼豈朕之志哉！』天下始知三教皆本於一道。」〔註42〕（《答大覺道果詩序》）並認爲三教之徒偏執一端，遂有其弊：「嘗謂道家之徒弊於說氣，儒家之徒弊於說理，釋氏之徒弊於說性。其徒後世之學，三家者也。三家之聖所以立道，皆出於一本。其徒自其承學淺末，應萬不同而分之。然而儒家者流，多自執中以爲守經。形而上者，類不立言，稍入高遠，往往相告而詆之，謂非聖人之所教，是不然也。怪力亂神，子所不語，以其怪且亂也。能通三極之道而爲之教，乃眞儒者，其孰能至於此哉？」〔註43〕（《書自然子書後》）此處還重點抨擊了儒家的的執中學說，這是頗有見地與勇氣的。

　　黃裳不僅對於道教典籍涉獵頗多，「予喜方外幽經祕錄」，對於老莊也是研究頗深，以爲莊子與孔子是互爲補充，「孔子之罕言者，莊子詳之，荀子之於聖人其尤贅歟，莊子之詳則異於是。雖然老莊之矯絕仁棄義，爲太甚者，豈以矯其天下者必以過高之言而後可救歟？孔子以質之過者救文之極弊，固其意也。然而老莊之言不可非也，亦不可以爲典要。」〔註44〕（《順興講莊子序》）不僅如此，黃裳還積極從事於道教養生，這在北宋士大夫中是一普遍的現象，但黃裳對於道教相當熟悉，所以所得頗多。據其《神道碑》：「頗從事於延年養生之術，博覽道家之書，往往深解，而參諸日用。」〔註45〕在理論聯繫實踐這一點上，黃裳與蘇軾兄弟是相近的。不過，黃裳在道教史上地位卻非蘇軾可比，原因即在於黃裳利用徽宗崇道之機，倡議修建輪藏，收集道書，並役工鏤版，「政和四年黃尙書裳請建飛天法藏藏天下道書，總五百四十

〔註41〕《宋史》卷一四八，第3462頁。
〔註42〕黃裳《演山集》卷一九，《影印文淵閣四庫全書》本。
〔註43〕《演山集》卷三五。
〔註44〕《演山集》，卷一九。
〔註45〕黃裳《演山先生文集》，《宋集珍本叢刊》第二四冊，

函，賜今名，以鏤板進於京。」〔註46〕

不過，黃裳的崇道與徽宗是不同的，徽宗的崇道是符籙一派，而黃裳則是對「道」本體的追求，且輔以道教養生之術。並且對於徽宗的廢佛入道並不認同，只是與當時絕大多數的士大夫及佛道人士一樣，對此都保持沉默而已。所以黃裳的崇道也是一種個體的修行，與政治的距離較遠。且與當時的林靈素等人不同，並不借道教信仰來謀取政治上的好處。因此，黃裳的崇道是一種較為純粹的士大夫的道教信仰，與普通道士的離家修行是不同的，對於一些士人拋妻別子、割斷情緣的做法並不認同：「方其致道，不能以吾嗜欲情愛置之義刃之上，割絕而棄之，是人望道而愈遠者也。孔子佛老之聖豈一世之積哉？蓋嘗無自而可矣，今而後乃能無入而不自適焉。及其成德，不為緣累所制，則市塵鄉閭之隱與桃源嵩華無以異也。」〔註47〕（《臥雲先生西遊序》）

黃裳的文藝觀與道教思想有著密不可分的關係：根本而言，黃裳主張詩歌發於心志，而這種心志必須出於「無邪」，不得矯情。在此基礎上，詩歌須有益於民生，而詩歌在形式及技巧上則並不太重視。正如在《樂府詩集序》中所言：「詩之所自，根於心，本於情。性有所感，志有所適，然後著於色，形於聲，乃至舞蹈而後已。烏有人偽與其間哉？聖人以思無邪斷詩三百篇，所謂無邪者，謂其思誠耳。詩由思誠而作，則聲音舞蹈之間，特誠之所寓焉。故其用大明足以動天地，幽足以感鬼神，上足以事君，內足以事父。雖至衰世，其澤猶在野畎、閨婦、羈臣、賤妾。類能道其志，其情有節，其言有序，豈苟以為文哉！」〔註48〕

然而，在北宋中後期上，詩歌關注民生、政治等方面的功能基本上消失殆盡了，詩歌更多的是表現個體的內心世界，更關注於自我，而非外界的社會現實。因此在黃裳的詩歌理論中，詩歌事君父、澤百姓的社會責任基本上是一句空話（按照現代的觀點來看）。不過，如果以其情志是出於「無邪」而對社會有益的角度的出發，也未嘗不可，只是與《詩經》、兩漢樂府及杜甫、白居易等人的作品中現實主義詩歌是有很大的不同。對於黃裳而言，對於「道」的追求是至高無上的，而道的具體進階則為道教的神仙，因此，追求出世的

〔註46〕轉引自《道藏源流考》上冊，第136頁。
〔註47〕《演山集》卷一九。
〔註48〕《演山集》卷二一。

精神、以養生等方術求得神仙則爲其內心的追求。所以黃裳的詩歌理論以心志爲根本，實際上則以一種物外的情懷爲主，也即道教的求仙情懷。

詩歌創作與道教

　　黃裳的創作與道教有著密切的聯繫，其原因則爲道教信仰並以內心情志爲創作的根本出發點。《四庫全書總目》評其詩歌爲：「裳素喜道家元秘之書，又自稱紫元翁，往往愛作塵外語。」〔註49〕當然，黃裳的塵外語出自內心的眞情實感，而非刻意爲之。具體而言，道教對於其詩歌的影響主要表現於以下幾個方面：

1、表現與隱士、道人的交往的作品

　　黃裳崇信道教，因此喜與有道之士交往；而黃裳較高的政治地位與社會影響，也爲道人所重。所以在其詩歌中多有與道人交往的作品，這些詩歌較少表現個人情感，而主要爲稱頌對方的不慕名利及仙風道骨，因而作品中應酬成份較多。如《贈方外士》：「擾擾紅塵高臥客，紅塵不染人難識。琅琅爲講還丹篇，若有清風濯胸臆。玉兔走入流珠宮，正向時人失中得。根本蓋自仙翁傳，仙翁住世千餘年。」〔註50〕而與一些交情較深的道人，則多表達個體的內心情感，而非套語。如《寄懶散子》其一：「此生知了夢初殘，行客遊塵入道觀。興去謾窮山一徑，睡來才起日三竿。」〔註51〕

2、描寫山水題材的作品

　　山水題材的作品主要分爲兩類，一爲與道教相關的山水及道教勝迹，一爲秀麗的自然山水，但與道教無涉。作者對於道教典故非常熟悉，因此前一類作品多通過神仙事迹的玄想而表現一種慕仙的思想，較少對於山水景色的描寫。如《仙會樓》：「金碧崢嶸演山腳，合有云駢下寥廓。自嗟本是煙霞翁，一念人間已知錯。聞說樓成歸思濃，想見群眞多綽約。水虎火龍方得傳，看破浮生豈能縛。夜深時獨倚欄干，誰見金花當面落。此道既與群眞同，雖隔霄壤常相通。演客千載無遺蹤，佇聞杖履來相從。」〔註52〕還有一些只是點題之作，最爲突出的爲《桐廬縣仙人洞十題》。作者應天台僧人惠文之邀，創作這一組詩，即是以景色名稱爲中心生發開來，其中點綴著神仙典故。如《石

〔註49〕《四庫全書總目》，第1336頁。
〔註50〕《演山集》卷四。
〔註51〕《演山集》卷一一。
〔註52〕《演山集》卷四。

橋》：「跨越虛中亦自然，幾千年度地行仙。桃花流水春風好，由此東西是洞天。」〔註53〕

在其它的山水作品中，作者的隱逸情趣在山水的描寫中透露出來，即通過意境的塑造而表達作者的神仙思想。如《竹林齋》：「桃溪出世境，竹林居士鄉。中虛秘天韻，外直淩秋霜。靜久世味淡，翠深人意涼。觸目多俗物，見君何日忘。」〔註54〕正是由於物我兩忘，與天地同體，所認詩人在山林中頗為自得，如《客暑因書昔日山居之樂》：「憶昔幽居最道情，水邊林下寄勞生。靜眠片石無閒夢，深入寒雲有笑聲……」〔註55〕

3、通過與友人交往贈答及自我遣懷來表達悟道的思想

黃裳對於道教思想的領悟，是較為獨特的。前人的功成身退的思想或行為，如張子房、李白等，在黃裳這裡是不多見的。黃裳深受老莊思想的影響，齊萬物為一體，將出仕與入仕並不嚴格區別，一切以思想的悟道為標準。如《送陳子真》其一：「木笏青衫便染塵，久思風骨始知真。有無悟道何妨仕，俯仰趨時只為貧。靜向畫圖看五驥，急來華省侍雙親。茶園送客詩猶在，空恨芳罇失故人。」〔註56〕仕與隱的矛盾在黃裳這裡得到圓滿的解決，這也可見出宗教的積極一面。

在與友人的交往中，部分作品實際上是表達作者的道教思想，主要是與同有道教信仰者贈答時所作。如《和章樞密西齋》：「公餘誰解憩勞生，不動天機性自靈。道骨對山尤更好，夢魂聞雨易為醒。謾拋芽雪歸仙鼎，只把筌蹄看聖經。還顧一源無去住，雙梧惟有翠盈庭。」〔註57〕章樞密即章惇，也是好養生者。據《東軒筆錄》卷十三：「章樞密惇少喜養生，性尤真率。嘗云：若遇饑，則雖不相識處亦須索飯；若食飽時，見父亦不拜。在門下省及樞密，益喜丹竈，餌茯苓以卻粒。骨氣清粹，真神仙中人。」〔註58〕其它作品中如陳子真、袁思與等，對於道教恐怕也是有一定興趣的。

總體而言，黃裳的作品主要是以展現其道者情懷為主，而在詩歌藝術上也有其獨特之處，具體表現在以下幾點：

〔註53〕《演山集》卷十。
〔註54〕《演山集》卷四。
〔註55〕《演山集》卷六。
〔註56〕《演山集》卷七。
〔註57〕《演山集》卷七。
〔註58〕《東軒筆錄》，第148頁。

一、其道教作品以意爲主，也即著重表現作者的感悟及慕道思想，而非修道方式；在宋人詩歌中常見的養生方術也在黃裳的作品中不多見。

二、道教作品中多用道教術語，但只是出於表現主題的需要，在作品中並不占多少篇幅。因而作品多通暢易曉，不致於成爲道教理論作品。如《寄袁思與》「雖知塵境先忘累，尤念玄宮未處和」〔註59〕一聯，其中「處和」便爲道教修行術語，有取於《神仙傳》「廣成子」條：「我守其一而處其和，是以千二百歲而吾形未嘗衰。」〔註60〕而黃裳對於較爲生僻的術語也做一自注，以消除歧義誤讀。

三、此類作品多現實描寫而少虛構想像。

黃裳的詩歌大多平實描寫，多以概括的神仙典故入詩，而非神仙故事的敘述。這在關於道教遺迹的描寫中尤爲明顯，因而多短篇律詩、絕句，而少長篇古詩。作者儘管虔信道教，但在創作中卻不馳騁想像，如前人之遊仙詩歌。這可能與作者的好靜的思想相關，「性欲靜，氣欲柔，惟豪去道最遠」。作者熟知神仙遊歷之樂，「吾聞天上有白玉京之境，黃老之有道者，常遊乎其間仙籍焉。」但卻並不表現這種神仙之樂。遊天歷地畢竟屬於動者之樂，與作者情趣不合。

總之，黃裳由於對道教的虔信，使其詩歌帶有濃厚的宗教氣息。但由於作者是從抒發主體的思想情感出發，而非出於宗教教義的闡述，因而詩歌藝術性較強。《四庫全書總目》中稱其「愛作塵外語」可以從兩個方面理解：一爲表現出世的思想；二爲道教術語的運用。在北宋後期，道教與詩歌結合較好的詩人中，黃裳可以算做成績突出的，遠過於同時的徽宗。儘管徽宗的道教作品遠多於黃裳。

第三節　天師張繼先的詩歌創作

在宋代道教史上，張繼先是致力於詩歌創作不多的道教徒之一。在此之前的張伯端雖然也有不少的詩詞，但其主題基本上都是限於道教內丹理論。嚴格意義而言，這些作品並不屬於純粹文學領域所討論的問題，而更近於黑格爾所提及之象徵型藝術中之教科詩的範疇。當然，張繼先也有部分類似詩

〔註59〕《演山集》卷七。
〔註60〕《雲笈七籤》卷一百九，第2359頁。

歌，如《金丹詩》等，但更多的作品是表現主觀情懷的純文學樣式。因而把張繼先視爲北宋道教徒中詩歌創作的領軍人物是符合歷史史實的。

首先談一下張繼先的生平與思想。據明代張宇初所編次的《漢天師世家》卷三所載，張繼先生於元祐七年（1092），卒於靖康元年（1126），號「翛然子」。〔註61〕其主要活動時間爲北宋徽宗崇道的高潮時期，並於崇寧四年冊被封爲虛靖先生，因而著聲名較著。張繼先並不參與過多的世務，除弘揚道法、與道友交遊唱和外，應徽宗之邀進京就成爲一生中的大事了。而在京城也不過爲與道教中人交流、爲徽宗答疑解惑、祈禳禱福而已。

與林靈素不同，張繼先並不借徽宗崇道之機求得政治經濟上地位，徽宗對其禮遇實也僅是出於對道教的符籙法術感興趣而已。龍虎山在宋代與茅山、閣皂山並列爲三大符籙宗壇，張繼先對符籙法術頗爲自得，「吾家法籙，上可以動天地，下可以撼山川，明可以役龍虎，幽可以攝鬼神，功可以起朽骸，修可以脫生死，大可以鎮邦家，小可以卻災禍。」〔註62〕張繼先婉拒徽宗所與官職，在《謝官職表》中有明確表現：「茲蓋伏遇特崇教範，無間顒蒙，義重天倫，推及臣子。雖緣故例，實駭當時。犬馬之心所當自竭，鳳鸞之宇何極其榮。」〔註63〕並對林靈素熱衷於政治委婉表達自己的不同志向：「金門紅霧，漫爲天上之遊；白石清泉，方保山中之適。萍梗偶成於會合，雲泥各致其逍遙。」〔註64〕（《答林靈素書》）最終，張繼先只是要求解決了龍虎山宮觀的修建與田地問題，這種淡泊之志在今天也是難能可貴。

做爲一代道教宗師，張繼先在道教發展史上的貢獻並不突出，諸如其接受佛教之影響、反對房中術等，在當時的道教徒中並不鮮見。而其詩歌創作在當時的道教徒中是出類拔萃的，特別是與北宋詩壇的主流風格相比。

由於地位的特殊（一代道教宗師）與生活年齡（年僅三十五歲）的短暫，再加上思想的局限性，使得其文學創作呈現出與宋代文學主流截然不同的風貌。就整體而言，張繼先的詩歌創作風格、主題比較單一。也正是這種單一，

〔註61〕卿希泰的《中國道教史》認爲卒年是1127年，似不確。據《道藏》三四冊第828頁。：「丙午，金人寇汴……書終而化，時靖康丙午十一月二十三日，京師亦以是日陷。」其號「翛然子」《全宋詩》以爲此號當爲友人石元規，恐誤。

〔註62〕張繼先《開壇法語》，《三十代天師虛靖眞君語錄》，《道藏》第三二冊，第369頁。

〔註63〕《三十代天師虛靖眞君語錄》，第370頁。

〔註64〕《三十代天師虛靖眞君語錄》，第370頁。

使得其詩歌創作在宋代中有著較爲鮮明的特色。

　　自梅堯臣、歐陽修至蘇軾，宋人的詩歌呈現出與唐人不同的風貌，以議論化、才學化、文字化爲特徵，當然這也只是宋代詩歌的一個方面。這種風格的出現，與宋代文人的士大夫化有著密不可分的關係。而士大夫以積極入世的儒家思想爲主體，熟悉前人各類典籍，知識面寬闊，通達世情，交遊廣泛。而這些在張繼先這裡，正好爲相反之境地。張繼先九歲襲教之後，其閱讀範圍主要局限於道教典籍，雖然對於佛教或者前人詩文也有瞭解，但相對於其它士大夫而言則相距甚遠。由於地位的特殊與性格的緣故，張繼先基本上是游離於宋代詩壇的外圍。

　　此時的北宋詩壇也一片凋敝，原有的詩壇巨星風流雲散，大多去逝。加上崇寧年間又實行詩禁，三蘇、黃、秦等人作品被銷毀，崇寧三年州縣皆立「元祐黨人碑」，更是使得北宋詩文革新來形成的詩風難以在普通士人中得到繼承。因此，張繼先不可能對以蘇黃爲代表的宋代詩風感興趣，其興趣與注意力只能是以唐人詩歌爲標準與榜樣。

　　就內容與主題而言，其表現內容全與道教有關，或爲道教理論與思想，或爲闡發道教信仰而衍生的逍遙情懷，即使爲純自然景觀之描寫，亦爲其獨特思想之所選擇之結果。不過，表現純道教思想的作品藝術性較其它作品遜色不少。

　　就風格而言，除少數古體詩比較拙樸，淺顯易通，近於白體詩風，餘者則風格淡雅清新，屬於盛唐山水詩的風貌。

　　總體而言，張繼先的詩歌創作是完全以個人的思想爲主導，描寫個人的生活與思想情懷，與社會關係不大。具體表現於以下幾點：

一、宣傳道教理論與思想

　　作爲龍虎山第三十代天師，其道教信仰是極爲虔誠的，與普通文士對於道教的淺層次的理解有著天壤之別。張繼先用詩歌來宣傳道教思想與理論，因爲相對於其它文學樣式，詩歌在文士中的地位最高，更容易爲人所接受。正如黑格爾所言，「宗教卻往往利用藝術，來使我們更好地感到宗教的眞理，或是用圖像說明宗教眞理以便於想像。」〔註65〕在張繼先之前，道教內丹一代宗師張伯端也用詩歌的形式來宣揚內丹理論。而道教早期也用詩歌的形式

〔註65〕《美學》第一卷，第130頁。

來宣揚其理論，如《真誥》中所記載的各類神仙下降時所作詩歌。長於詩文是士大夫階層的一個根本性標誌，而道教徒掌握詩可以更好的與士大夫交往，從而擴大道教的影響。在這一點上，佛教徒甚有遠見，所以在文學史中，僧人中長於詩文的人數遠大於道士。

在這些詩歌中，直截了當的介紹道教的理論，宣揚「道」以及神仙長生，對於世人的貪戀現實享受予以抨擊。如：「道不遠，在身中，物則皆空性不空。性若不空和氣住，氣歸元海壽無窮。欲得身中神不出，莫向靈臺留一物。物在身中神不清，耗散精神損筋骨。神馭氣，氣留形，不須雜術自長生。」〔註66〕（《大道歌》）再如：「休言大道無為作，須向房中明橐籥。過時不動片時間，紫霧紅光亂灼灼。青龍喜，白虎惡，赤蛇纏定烏龜殼。縱然過得尾閭關，又被曹溪路隔著。兩條直上絜丹田，決言上有三清閣。閣下分明有玉池，內有長生不死藥。依時下手採將來，服了蓬萊受快樂。」〔註67〕（《橐籥歌》）

對於一心向道甚至棄也世入道者，張繼先在詩歌中加以鼓勵，堅定其信心。如：「佳汝久虛淡，有才弗願仕。雞犬白雲間，挈家從遊此。所蘊既超特，玄理可坐致。倬哉明主命，不以奪我志。一變江海才，總無塵土氣。聞之旌陽令，拔宅脫凡世。此事在精修，勉旃湯氏子。」〔註68〕（《湯明權挈家入道》）這與其《答湯明權啟》在思想是一致的，都是稱讚對方放棄名利之心，並勉勵其精誠修道而已。而《答林太守》中則勉勵林太守修行，定能延年益壽：「長生門戶誰不愛，只要自己下功大。九宮臺上黃芽生，白玉池邊蟠桃在。撞動天關鬼神伏，撥轉地軸陰魔敗。河車搬上九重天，日月煉成金世界。」而修身之術是張繼先所親授予林太守的，「曩者所授功法，乃得聖師口訣，更在勤行。雖然不白日沖舉，亦得身色無遺。在世延年，長生不老矣。奉祝奉祝！某上林公道友。」〔註69〕（《答太守林公書》）

此類詩歌最為典型的代表作品為《金丹詩四十八首》，在這組詩中，張繼先具體而又系統的提出其修身長生理論。要言之，即清廓道教以往之房中術、外丹術等流派，以及對神人遇合的傳說、禪宗的否定，進而提出道教的內丹術的修行方法。

〔註66〕《三十代天師虛靖真君語錄》，第372頁。
〔註67〕《三十代天師虛靖真君語錄》，第373頁。
〔註68〕《三十代天師虛靖真君語錄》，第371頁。
〔註69〕《三十代天師虛靖真君語錄》，第369頁。

如對於世俗民眾的貪戀感官享受進行嘲諷，特別是財色：「鼎中日月知人少，世上陰陽識者多。盡爲資財損眞性，皆因女色逐流波。」〔註70〕（其四）傳統的採陰補陽之房中術也是張繼先大力反對的：「堪笑愚人被色縈，擬將呼吸要留精。神仙清靜方爲道，男女腥膻本俗情。穢濁豈堪充上品，還丹方可保長生。房中之術空傳世，迷殺寰中多少人。」〔註71〕（其五）「採陰丹法起何時，後漢劉晟亦自迷。不免輪迴歸復道，豈將淫欲益愚癡。狗豬行狀稱爲妙，神鬼陰謀不可欺。爭似無爲清靜道，一爐金就養嬰兒。」〔註72〕（其六）張繼先個人是堅持獨身不娶，不近女色，所以對於道教中的房中術一派是極力否定。這一點在龍虎山一派中也是較爲獨特的，因爲大多龍虎山道士是不反對娶妻生子的。同樣，與之相近的神人遇合之傳說在張繼先看來也是不成立的：「劉晨阮肇事多非，今日憑君子細推。謾使仙宮由色欲，卻將紫府貯奸欺。洞中清淨難容雜，穴裏幽冥易變奇。大是世人迷不悟，幾人喪命爲狐狸。」〔註73〕

儘管張繼先本人對於佛教有一定的瞭解，特別是禪宗，如其《心說》中之「然而輪迴於三界，出入於生死而不能自己者何也。蓋一念萌動於內，六識流轉於外，不超乎善而超乎惡。故有六道輪迴，無有出期。」〔註74〕由於在社會中，佛教的影響遠大於道教。因而在《金丹》組詩中，也涉及到對時之流行之禪宗之否定：「學佛迴心又學仙，兩頭捫摸不能專。大都錯路生迷惑，便見迷途易變遷。得事只烹身上藥，癡心莫望火中蓮。但能求己兼求命，休說三千與大千。」〔註75〕（其十四）「既悟今生與後生，何須苦苦強談禪。華池水號昇天藥，金鼎蓮爲出世筌。下乎始知深妙妙，功成方見理玄玄。自從一得明師指，始信雲車出俗塵。」〔註76〕（三十二）上層宗教領導者可以融合三教，以取得理論的完善與發展，對於普通信眾卻要求純粹單一，從而可以具有絕對的話語權。不僅道教，佛儒亦是如此。

當然更多的作品是對於其內丹功法的解釋與鼓吹，與張伯端不同的是，

〔註70〕《三十代天師虛靖眞君語錄》，第 379 頁。
〔註71〕《三十代天師虛靖眞君語錄》，第 379 頁。
〔註72〕《三十代天師虛靖眞君語錄》，第 379 頁。
〔註73〕《三十代天師虛靖眞君語錄》，第 380 頁。
〔註74〕《三十代天師虛靖眞君語錄》，第 368 冊。
〔註75〕《三十代天師虛靖眞君語錄》，第 379 頁。
〔註76〕《三十代天師虛靖眞君語錄》，第 381 頁。

張繼先的《金丹》詩並沒有按照一定的邏輯順序排列，而是隨機創作的，具有較大的任意性。如其七：「黃芽至寶莫輕論，白雪通玄敢謾言。不是野人藏秘訣，大都仙藥俗難吞。浮沉卯酉玄分路，變化龜蛇別有門。萬萬學徒無一二，浪稱道友滿乾坤。」〔註77〕其它詩歌也大多如此，都是指示丹法途徑。

二、表現與道教中人的往來

張繼先的社交圈子是很狹窄的，大多為道教中人，因而詩歌往來也主要在這些人中進行。如在京城開封所結識的於眞人、青城翁等等，更多的是與石元規的唱和聯句。張繼先與於眞人、青城翁之間並無過多的交往，因而相互的贈答主要爲讚美對方風采，趨於禮節上的應酬敷衍，如《送於眞人》：「仰慕清聲實積時，前朝因幸拜彤闈。稍瞻風致頻相見，又恨霜天遽告歸。至德謾勞中下笑，高才須信古來稀。自慚功行虧楊許，安得南眞談太微。」〔註78〕再如《贈青城洞翁二首》其二：「人間久矣喜相倍，道術參同豈吝哉。他日功成果輕舉，爲吾天上作梯媒。」〔註79〕

張繼先與石元規的關係是最爲密切的，二人互相唱答的作品也最多。不僅爲詩友，在生活情趣、宗教思想上二人也是保持一致，可謂志同道和的朋友。張繼先的許多詩歌就是表現二人的情意與生活情態。如《聽元規琴》：「萬物紛然在，渾淪聲不流。昔人弦上取，今我意中求。水激崖邊石，風高島上秋。相看得眞樂，天地共優游。」〔註80〕在詩中，作者與元規頗有琴高伯牙的風采。《送元規遊麻姑》：「拂袖麻源景，飄飄逸興情。不辭千里遠，獨步五雲輕。自有琴書樂，應無世俗縈。我慚陰追逐，回首漫馳情。」〔註81〕朋友依依惜別之情溢於紙外，這與其它應酬性的情感是有著天壤之別的。

三、表現個人的逍遙情志

張繼先對於老莊的作品是很熟悉的，這從其《同石元規講鷗鵬偶書》、《次韻上勉元規》等作品可以清楚地把握。張繼先的作品也如實地描寫這種逍遙之志，表達其不慕榮利，向往自由的情懷。如《得請還山元規遠迓遂成山頌》：

〔註77〕《三十代天師虛靖眞君語錄》，第 379 頁。
〔註78〕《三十代天師虛靖眞君語錄》，第 376 頁。
〔註79〕《三十代天師虛靖眞君語錄》，第 388 頁。
〔註80〕《三十代天師虛靖眞君語錄》，第 374 頁。
〔註81〕《三十代天師虛靖眞君語錄》，第 374 頁。

「喜見石渾淪，忘言意獨眞。還尋石橋約，一洗客京塵。香篆丹爐靜，詩篇
彩筆新。高霞不孤映，攜手洞門春。」〔註 82〕此詩實際寫自己從京師汴梁歸
來的喜悅之情，頗有陶淵明《歸去來兮辭》中「久在藩籠裏，復得返自然」
的意味。而在張繼先的詩中，更多的是一種恬淡蕭然的情調，如《自京師還
始來龍變軒覓故年幽致開成長句粗寫虛心》：「尋得故年香翠團，共將眞賞倚
闌干。幾隨白日飛仙變，半爲今朝寶黑乾。光冷未黏春物笑，影疏來趁月華
看。江南秋景猶繁劇，賴此一襟風月寒。」〔註 83〕

　　在宋人文集中，表現逍遙之志的作品枚不勝舉，這在仕宦者中更爲突出，
如北宋的蘇軾，其作品中即有大量此類作品。宋代士大夫階層以「先天下之
憂而憂，後天下之樂而樂」爲其行爲準則，而能夠逍遙物外則是其最高的人
生目標，因爲到了此時就意味著天下大治了，無需所謂的入世精神了。然而
這一目標永不可實現，因此士大夫的這種逍遙退隱情懷在詩文中就顯得有些
勉強而言不由衷了。而對於像張繼先這樣跳出紅塵的道士而言，達到這種境
地可謂合乎情理。如《庵居雜詠九首》則集中體現了這種情懷，如其一：「甓
瓦完齊土壁堅，藩籬周匝沒疏行。人來謾說無華飾，風雨須教安穩眠。」〔註
84〕這種居住環境在外人看來是清苦的，而張繼先卻苦中尋樂，「莫羨庵居景物
清，須知樂自苦中生。山前盡日幽尋客，多說荒蹊不可行。」〔註 85〕（其六）

　　張繼先這種逍遙情懷貫穿於詩歌的創作，在面對一些道教遺跡的題材時
也是著重現實環境的描寫，而不會將側重點放在懷古思緒中去。如張繼先有
一組關於「治」的詩歌，如《本竹治》、《蒙尋治》、《平蓋治》、《去臺治》等，
共十一首。「治」，據《正一法文外儀籙儀》所載：「凡男女師皆立治所，貴賤
拜敬，進止依科；自往教之輕道，明來學之重眞。其間小師，未能立治，履
歷民間，行化自效，因緣暫爾，不拘大儀。」〔註 86〕可見「治」爲天師道中
用來進行集體宗教活動的場所。張繼先所寫的這十一處治所爲遊覽蜀中所經
歷，在天師道的發展史上有著重要的意義，同屬《洞天福地嶽瀆名山記》中
「靈治二十四」。而張繼先並不像一般詩人那樣發幽古之思緒，而是以超然的
心態來描寫治所周圍的環境，儘管每一治所可能都有著神仙傳說。如《公慕

〔註 82〕《三十代天師虛靖眞君語錄》，第 374 頁。
〔註 83〕《三十代天師虛靖眞君語錄》，第 377 頁。
〔註 84〕《三十代天師虛靖眞君語錄》，第 389 頁。
〔註 85〕《三十代天師虛靖眞君語錄》，第 389 頁。
〔註 86〕轉引自《道藏源流考》，第 333 頁。

治》：「一壇幽占萬松陰，意爲尋眞特地深。翳翳野雲披綠岸，時時疏雨灑青林。眞圖未落前朝手，短褐堪求古聖心。鶴輦近過遊息處，桃花流水沿堪尋。」
〔註87〕詩中展現了治所周圍環境的詩情畫意，而公慕治中的蘇子成仙的傳說在詩中並沒有提及，詩中毫無宗教氣息，彷彿作者不是一代道教天師，而只是一探幽尋勝的遊客。當然，有的詩中也提及一些道教因素，但在詩中並非佔據主導方向。

受張繼先的詩歌表現主題與情感的影響，其詩歌風格表現爲兩個方面：

一爲直抒胸臆，淺顯易懂，而藝術感染力不強。這些詩主要表現於表現道教教義的作品，如《大道歌》、《虛空歌》、《休歇歌》、《和元規任從他歌》、《靖通庵歌》等，這些詩歌語言通俗，近乎押韻之散文。這種散文化、通俗化的特點與當時宋人詩歌散文化的特點可能關係不是很大，因爲張繼先的詩歌創作環境相對獨立，主要還是與其表達主題有關，即將其所宣揚之教義爲人清楚無誤的理解。

另一風格爲著力於意境的創造，力求情境的渾然。張繼先不滿足於其詩歌僅僅做一道教教義的傳聲筒，而是要在詩歌創作上有一番成就，這就不得不在文學技巧上有所用心。與隱士、僧人相同的是，張繼先習慣於從自身的生活環境中尋求題材，將個人情志融入於自然，達到自然與人的合諧、物我合一，這也是其「渾淪庵」、「翛然堂」等寓意所在。在這部分詩歌中，張繼先表達個人的逍遙物外的情懷時注重與外在自然環境的契合，以及清幽意境的創造。如《晚步山間有作》：「宿鳥頻來語，尋巢未得間。小星明更近，高桂冷初攀。拂露松都在，因風信未還。豈無虛歇處，青及謝家山。」〔註88〕以清新之筆描寫山中晚景，祥和恬靜，同是作者的悠然之情與這宜人晚景融爲一體。再如《和元規拂雲軒韻》：「疏翠擁高軒，虛徐欲出雲。兩楹清蔭共，一陣好風吹分。偏映琴書席，難棲燕雀群。主人憐高潔，孰敢巧操斤。」〔註89〕同樣擷取優美的環境來表現個體情志。

此外，張繼先的詩歌語言淺近自然，不事雕飾。無論是追求藝術、表達主觀情感的作品還是宣揚道教教義的詩歌，所用的詞彙都是常見的用語，並沒有多少雕飾成分。同時，在詩歌中也很少運用典故，因而張繼先的作品都

〔註87〕《三十代天師虛靖眞君語錄》，第 378 頁。
〔註88〕《三十代天師虛靖眞君語錄》，第 374 頁。
〔註89〕《三十代天師虛靖眞君語錄》，第 374 頁。

不存在難以讀懂的問題。這與張繼先閱讀面的狹窄，主要局限於道教相關書籍有關。再者，道教典籍用語大多也是以通俗語言爲主，並非在義理上下功夫，以天師道爲例，主要在於符籙等實際操作方面。同理，道教中李白、賀知章、吳筠等著名詩人，其作品的語言都是以不事雕飾爲特點的。

不過，張繼先的作品又呈現出「雅」的特點，這種「雅」與詩壇主流詩歌的「雅」是不同的。因爲張繼先本人與政治、社會庶務是不相干涉的。其情感亦是如此，不涉及兒女情長，不關乎政治紛爭與民生疾苦，只是表現純粹的宗教哲理與出世之志，因而其作品自然就「雅」，與「俗」相遠，儘管其自身並不刻意求之。以蘇黃爲代表的北宋代詩歌其創作在求「雅」上有兩個特徵：忌俗求雅與以俗爲雅。即在創作上迴避俗套、跳出前人窠臼與以通俗題材進入到詩歌的創作領域，而關鍵在於作者審美趣味的高雅。所以張繼先的創作主要還是沿著唐人山水詩派的老路，與宋代詩歌發展的主流是偏離的。

結語：在北宋中，張繼先是道教徒中著力於詩歌創作的第一人，在道教詩歌發展史中的地位非常重要，然而在整個詩歌發展史上影響不大。這種反差是由多方面的原因造成的：首先，作品本身的藝術水準與一流作家還有一定差距，即使與宋代前期的隱逸詩人林逋相比也是有相當差距的，更何況蘇黃了。其次，詩歌創作手法沒有新意與發展。其創作基本上是沿著唐人老路，而這種風格已經爲宋人主流所摒棄。再次，閱讀視野的局限與交際圈子的狹小。詩歌創作要在詩壇是被認可是首先需要同行的閱讀與欣賞，才有可能廣爲人知。同時也可以相互切磋，以提高創作水平。從詩文來看，張繼先的交流圈子很小，而且沒有時之著名詩人。其閱讀視野的局限也使得難以有效地吸收前人的成果與經驗，在藝術上難以突破。不過，對於並不想求名的道教宗師而言，這一切似乎並不重要，作者所求的只是如何恰當地表達其情感就可以了。要之，生平短暫的張繼先以其出眾的詩歌創作而與其它道教中人顯得尤爲不同，在道教文學史上可佔據一席之地。

下 編

第六章　南宋初期詩壇與道教

第一節　高宗時道教政策及士大夫的道教信仰

趙宋王朝在徽宗的昏庸統治下日趨衰落，終於在金人的衝擊下覆滅。北宋後期，道教扮演了一個不太光彩的角色。儘管道教只是在徽宗的推崇下被動地成為當時的顯教，但無疑是其黑暗統治的特徵之一。直至其滅亡的前夕，北宋的統治者依然寄託於道教徒的荒唐力量，企圖以神仙之力挽救其命運，令人扼腕歎息：

> 兵部尚書孫傅，因讀丘濬《感事詩》有「郭京、楊適、劉無忌」之語，於市人中訪得無忌，於龍衛中得京。好事者言京能施六甲法，可以生擒金二帥，而掃蕩無餘，其法用七千七百七十七人。朝廷深信不疑，命以官，賜金帛數萬，使自募兵，無問技藝能否，但擇年命合六甲者，所得皆市井浮惰，旬日而足。敵攻益急，京談笑自如，云擇日出兵三百，可致太平，直襲擊至陰山乃止，傅與何㮚尤尊信之……又有劉孝竭等募眾，或稱力士，或稱北斗神兵，或稱天關大將，大率效京所為。識者危之。……何㮚屢趣郭京出師，京徒期再三，曰：「非至危急，吾師不出。」丙辰，大風雪，京乃令守禦者悉下城，毋得竊窺。因大啟宣化門，出攻金軍，京與張叔夜坐城樓上。金人分四翼，噪而前，京兵敗走，墮死於護龍河，城門急閉。京向叔夜曰：「須自下做法。」因下城，引餘眾南遁。〔註1〕

〔註 1〕　《宋史》卷三五三，第 11137～11138 頁。

在後人看來，北宋末期的崇道已近於荒誕，但這些道教中的糟粕在當時卻被統治者視爲救星。道教卻辜負了北宋統治者的期望，使東京汴梁的守衛提前宣告失敗。北宋的滅亡中道教所起的負作用，南宋初期的統治階層是心知肚明，只是出於對祖宗的尊重，並不能公開的進行批判，而是在實際的政策落實上予以否定。因此，南宋政權始終沒有再給道教如北宋眞、徽二帝時的政治地位。

封建王朝推崇宗教一般情況下須具備以下幾個條件：一爲統治者的意志，即最高的統治者對於此宗教持一崇信的態度。二爲當時的政權比較穩固，使得統治者有餘暇來推行此宗教。三爲此宗教有較爲廣泛的民眾基礎。

宋高宗作爲南宋政權的第一位皇帝，對於道教本身並不熱衷，兼之處於動蕩的戰爭中，自身尚且難保，根本無暇顧及到道教的興衰。對於高宗而言，當務之急在於如何穩定其政權，因爲此時的南宋政權，在很大程度上只是名義上的。首先，南宋王朝的官僚機構已經名存實亡，中央政權對於各地方機構已基本上失去約束能力，處於一癱瘓狀態。其次，對其統治有至關作用的軍隊有各自爲政的獨立傾向，皇權無法進行有效的調控。再次，在金人的凌厲攻擊下，高宗等最高統治者東奔西竄，難以自保，更談不上有效地發號施令了。

孱弱的南宋政權只所以在極其困難的環境下得以保存並逐漸取得與強大的金國相對峙的局面，其主要原因即在於，無論是民眾還是士大夫階層並沒有拋棄趙宋王朝，儘管在北宋時徽宗的所作所爲並不爲在野的士大夫及民眾所認同。正如時人所言：「今日國勢，危如綴旒。大駕時巡，未有駐蹕之地；賢人遠遁，皆無經世之心。兵柄分於下而將不和，政權去於上而主益弱，所恃以僅存者，人心未厭而已。」〔註2〕所以，此時的南宋的統治者對於如何維繫人心是頗爲重視的。具體到對於道教的政策，更可看出這一點。

對於道教，高宗公開聲明與前代的秦皇漢武所不同，並不著重於長生久視的神仙學說：「初，帝作損齋，屛去玩好，置經史古書其中，以爲燕坐之所，且爲之記，權吏部尚書賀允中請以賜群臣。庚寅，帝謂宰執曰：「允中嘗於經筵問朕所好之意，朕謂之曰：『朕之所好，非世俗之所謂道也。若果能飛升，則秦皇、漢武當得之；若果能長生，則二君至今不死。朕惟治道貴清淨，故恬淡寡欲，清心省事。所謂爲道日損，期與一世之民同躋仁壽，如斯而已。』

〔註2〕畢沅《續資治通鑒》卷一百七，第2840頁。

當降出碑本以賜卿等。朕又惟比年侈靡成風，如婚祭之類，至有用金、玉器者，此亦不可以不戒。」至是降詔諭中外如帝旨。」〔註3〕這實際上也是對於徽宗道教政策的否定。

但是道教具有廣泛的民眾基礎，在封建社會中有著不可替代的作用。另外，還考慮到政策的延續性，因此對於道教宋高宗採用了較為穩健的手段，即以道教實用性來維繫人心，如以道教中的祭祀儀式來取悅普通民眾、以道教中的宮觀制度來維繫士大夫階層。而道教的各式修煉方術等則不在其考慮範圍之內，此外，前代帝王所常見的延見著名道士在高宗一朝也不多見。具體如下幾個方面：

一、修建少量宮觀

限於財力，高宗無法如前朝一樣大興土木，但必要的宮觀還是需要修建的。因為南宋畢竟屬於新政權，這就需要一定的神化來說明其統治是神授的必然性。如延祥觀與顯應觀的修建，即是出於對南宋政權的神聖化。

延祥觀，紹興十四年建，以奉四聖眞君。初，靖康末，上自康邸北使，將就馬，小婢招兒見四金甲神，各執弓劍以衛上，指示眾人，皆云不見。顯仁后聞之曰：「我事四聖，香火甚謹，必其陰助。」及陷虜中，每夕夜深，必四十拜。及曹勳南歸，后令奏上，宜加崇祀，以景睨云。觀今在西湖上，極壯麗，其像以沉香斵之，修繕之費皆出慈寧宮，有司不與。〔註4〕（《建炎以來朝野雜記》卷二）

顯應觀，紹興十七年建，以奉磁州崔府君，在西湖之東岸。昔高宗靖康北使，至磁州而還。建炎初，秀王夫人夢神人自稱崔府君，擁一羊謂之曰：「以此為識。」已而有娠，遂產孝宗，亦異矣。崔府君束漢崔瓊也封嘉應侯〔註5〕

當然，這樣的由官方甚至皇室出資修建的宮觀只是少數，大多數原來的宮觀的修繕是由地方力量主持的。

二、頻繁的道教祭祀活動

南宋初期，道教的祭祀活動對於社會的穩定有著重要作用。一則用於農

〔註3〕　《續資治通鑒》，第3500～3501頁。
〔註4〕　李心傳《建炎以來朝野雜記》，第81頁。
〔註5〕　《建炎以來朝野雜記》，第81頁。

事；一則用於戰爭。此時宋金之間的戰爭頻繁，農民難以安心生產，加上水旱之災，使得糧食產量銳減。只有穩固的農業生產，軍需才會得以保障。因此，宋高宗多次派遣使臣及令地方官員祈雨禱晴，為的就是使民眾安心於農業。這在封建王朝的和平時期是較為正常的現實，但在戰爭時期南宋王朝依然顧及於此，就顯得更有積極意義了。如「紹興七年二月九日，詔：『應平江府界載在祀典，及名山大川、神祠、龍洞，在內分差侍從，在外委所屬縣分知縣，親詣祈雨。』」〔註6〕

宋金之間的戰爭造成巨大的人員傷亡，為告慰死者，更是勉勵生者，從而安定民心，繼續與金人作戰，宋王朝對於陣亡的將士及普通百姓進行哀悼，舉行官方的道教祭祀儀式。「（紹興六年）二十三日，樞密院言：「叛臣劉麟、劉猊等驅擁中原軍民前來侵犯淮西作過，雖已剿殺破蕩，緣淮北之民皆朝廷赤子，念其無辜死於鋒鏑。」詔令建康府差茅山道士二十七人修設黃籙醮三晝夜追薦，仍委江東安撫司官應辦。」〔註7〕

此外，地方諸神也是官方所拉攏的對象。面對不斷的下層叛亂，宋朝疲於應付，既武力鎮壓，又利用各地所信奉的神仙張勢。如《封石人峰神誥敕》（紹興四年四月）：「為前敕封靈助侯暨二神助討永豐之賊，大震白旗之威，數年流害，一旦剿除，真為國為民神也……李德勝特封助靈將軍。」〔註8〕

總之，宋王朝對於道教採取一較為務實的態度，使其實實在在的為統治所服務。

三、對於道教的管理

對於道教，宋高宗並沒有完全的放任自流，也採取了一定的政策予以管理。如道士身份的重新確認、宮觀經濟的保護等。

> （建炎）四年正月二十六日，詔：「應僧尼、道士、女冠願將已書填黃白紙度牒等赴禮部納換者聽，內度牒每道貼納工墨錢一十貫文省，紫衣、師號減半，令禮部一就書填。及有緣賊馬毀失度牒，經官自陳，給到公據願就禮部納換者，亦令依此。」從葉份之請也。
> 〔註9〕

〔註6〕　《宋會要輯稿‧禮一八》，第 741 頁。
〔註7〕　《宋會要輯稿‧食貨五九》，第 5853 頁。
〔註8〕　《全宋文》第二百二冊，第 303 頁。
〔註9〕　《宋會要輯稿‧職官十三》，第 2679 頁。

　　（紹興二年）十二月十八日，詔：「諸路寺觀常住荒田，令州縣
召僧道耕墾，内措置有方，及租稅無拖欠者，並仰所屬差撥住持，
其田宅寺觀，仍不以名次高下差撥。」〔註10〕

這樣就有效地保證了道教的發展，使之不致於因戰爭受到更多的衝擊。當然，
出於財政的需要，先是（建炎元年）「籍天下神霄宮穀錢充經費」〔註11〕。再
者徵收僧道免丁錢，「僧道士免丁錢者，紹興十五年始取之。自十五千至二千，
凡九等，大率律院散僧丁五千，禪寺僧、宮觀道士、散眾丁二千，長老、知
觀、知事、法師有紫衣、師號者，皆次第增錢，六字、四字師號者，又倍。
於是，歲入緡錢約五十萬緡，隸上供。二十四年，以紫衣、師號不售，乃詔
律院有紫衣、師號者，輸錢視禪刹禪僧及宮觀道士有者輸丁錢一千三百有奇。
至今以爲例。初取免丁時，立法：年六十以上及病廢殘疾者聽免。後詔七十
以上，乃免之。正月癸酉八月癸巳。」〔註12〕但是許多宮觀由於特權的保護，
這些免丁錢又轉嫁到普通民眾身上。

　　嚴格意義上講，這些政策並非對於道教發展的限制，相反，在一定程度
上使道教不致於發展的過快過濫。徽宗時的優崇道教並不能促使其良性發
展，反而使眾多無良道士得以恣肆，使道教本身蒙羞，給世人以惡劣印象。

　　提舉宮觀制度的保留，既是對於封建官制的延承，使士大夫得以退身之
所，保持其官僚機構的穩定性。另一方面，也間接的保證了道教的發展。因
爲只有道教宮觀的存在，才會使得提舉宮觀制度具有可操作性。儘管，這些
提舉宮觀的官員大多數並不眞正到這些宮觀履行實際事務，其職位僅是一個
虛銜而已。

　　下面談一下士大夫階層的道教信仰。

　　宋代的士大夫階層是以儒家思想爲主導的，無論南宋還是北宋，也無論
那一政治派別，這一點是勿容置疑的。但對於道教的態度但因人而異，具有
較大的自主性，並不受政治環境的制約。

　　南宋初期的士大夫對於道教的態度主要有以下幾種：一爲狂熱的崇信道
教，熱衷於道教的修煉方術，其中以曾慥爲代表。二爲有取於道教中老莊清
靜無爲的修身思想，做爲儒家思想的補充，如李綱。三爲只是有取於道教的

〔註10〕《宋會要輯稿・食貨六》，第 4884 頁。
〔註11〕《宋史・高宗本紀》，第 446 頁。
〔註12〕《建炎以來朝野雜記》卷十五，第 329 頁。

修身之術，即養生之道，出於醫學的考慮，如李光等。四爲出於習慣或風俗的需要，在日常生活中運用道教的祭祀儀式。現在分別述之：

（一）崇信道教者

宋代的士大夫絕大多數都是有神論者，不過，虔信道教者所佔的比例是不高的，佛教信仰者倒不少。著名學者曾慥則對於道教的神仙學說十分信服，且身體力行，「晚學養生，潛心至道。」〔註13〕（《說郛》卷五八）並且編集神仙故事集《集仙傳》，著《道樞》一書論述成仙修行之術，並創作詩歌以宣揚道教。「虛靖先生《大道歌》……其言深切著明，有補於世。予因拾神仙之遺旨，作《勸道歌》，普勸修眞，同證大道。」〔註14〕（《勸道歌跋》）對於道教可謂推崇備至。與其同聲相應則爲郭印，二人作詩贈答，共同探討養生之道。

（二）學習道家思想者

道教本身並無統一、嚴密的思想體系，包羅甚雜，其中的老莊思想則爲道教的重要組成部分。許多士大夫對於道教的神仙學說並不認同，但對於老莊思想卻甚是贊許。「若夫道教以爲輔，而取其心，則道家之所謂清淨慈儉、柔弱無爲、少私寡欲者，其說可取而亦足以助教化矣。」〔註15〕胡銓也認爲「予聞道家者流，靚且間些。泊乎無爲，淡乎持些。」〔註16〕這都是側重於道教中的老莊思想，而非神仙學說。如前文所述，即使是宋高宗，也是宣稱其有取於清靜無爲的道教思想。

（三）有取於道教的養生術者

道教的養生術對於古人而言如同醫學對於現代人，在古人的日常生活中處於重要的地位。因此，對於大多數士大夫而言，儘管可能抨擊道教的神仙理論，但道教的養生之術是持一普通的信賴態度。儒釋道三教中，只有道教對於醫學的重視程度最高，且形成了系統的養生理論，如以《周易參同契》、《黃庭經》、《悟眞篇》爲代表的內丹養生術。因此，南宋士大夫中奉行養生術是一普遍的現象。如葉夢得作《養生論》三篇，結合《周易》以明養生之

〔註13〕陶宗儀《說郛》卷五八下，1986年。
〔註14〕曾慥《修眞十書雜著捷徑》卷二十二，《道藏》第四冊，第402頁。
〔註15〕李綱《三教論》，《梁溪集》卷一四三，《影印文淵閣四庫全書》本。
〔註16〕胡銓《北眞觀記》，《澹庵文集》卷四，《影印文淵閣四庫全書》本。

要。胡銓對於養生也頗有研究，並對蘇軾的養生理論提出質疑，如「坡云：『治眼如曹參之治齊，治齒如商鞅之治秦。』余謂不然，養目當如火之積薪……」〔註17〕（《養生說》）其它如史浩、李石等人也著文探討養生問題。

另外，值得注意的是，由於南宋初期的政壇格局變動極大，特別是因對金政策的爭執，許多官員因此而升沉浮降。當官員退居在野，甚至被貶流放時，對於道教養生術即格外關注，如李光，「謫居古藤病起，禁雞豬不食。與兒子攻苦食淡久之，頗覺安健。呂居仁書來傳道家胎息之術，因作食粥詩示孟博，並寄德應侍郎。」〔註18〕這既是對於道教養生術的信賴，更是儒家樂觀精神的體現，也即孟子所謂的大丈夫精神的詮釋。

（四）有取於道教的祭祀儀式者

無論信仰道教與否，士大夫大多要參與官方所舉行道教的祭祀儀式，這與北宋是相似的。但有一點與北宋所不同的是，南宋士大夫不僅履行官方祭祀的職責，並且也為個人進行祈禳，如自己、父母親屬等，且這種現實比較普遍。

宋代文集中，北宋只有唐庚有三篇出於私人目的而寫的青詞，一為其妻，另兩篇為自己生日所作。其餘北宋文人所作青詞雖多，但都是為官方祭祀所作。南宋為個人所作青詞比比皆是，其中多為生日青詞，還有其它各類求福禳災者。如葛立方的《奉使金國作醮保安青詞》：

> 洪造無私，雖莫求於聲臭；寸誠上達，或有冀於感通。輒伸翼翼之誠，仰瀆高高之聽。伏念臣智難周物，才弗愈人。雖修聘實齡，濫預光華之遣；而乘軺異國，豈無沖涉之虞？是用歸命淵衷，乞靈沖境，恪趨黃宅，虔拜綠章，肅揚諷唄之音，廣致苾芬之薦。所冀九天降鑒，三境垂慈，興憐於一介之微，均祐於三節之眾。五藥弗用，各增平粹之和；六轡既均，無復旭隮之患。遵陸無愆於雨淖，行艫不阻於風濤。既備寫於翹誠，願默垂於孚祐。〔註19〕

另外，官員出仕較遠地方時，也常作青詞以求平安，如《赴任保安青詞》、《赴召泛海保安青詞》之屬。這類青詞的大量湧現至少說明兩個問題：一是道教信仰的普及性，道教已成為士大夫生活中必不可少的組成部分。二是南

〔註17〕《全宋文》195 冊，第 334 頁。
〔註18〕李光《莊簡集》卷一，《影印文淵閣四庫全書》本。
〔註19〕《全宋文》第二百一冊，第 104 頁。

宋初期士大夫對於自身安全的憂慮，不得不借助於道教來取得內心的慰藉。

結語：南宋前期的道教因受到戰爭的衝擊而無復徽宗時的興盛，也失去最高統治者的鼎力支持，但由於道教本身的祈禳、養生等作用，依然爲統治階層所扶持，且在士大夫階層中影響更爲廣泛了。

第二節　道教與南宋初期詩壇

一、道教對江西詩派的影響

兩宋之交的詩壇，基本上以呂本中等人爲代表的江西詩派爲主導力量，同時詩壇中也有一些成就較高的獨立特行的詩人。儘管道教在社會生活中有著廣泛的影響，但對於江西詩派的詩人而言卻並不太大。因爲江西詩派中絕大多數詩人與政治關係並不密切，這樣就與北宋末期徽宗的崇道保持一定距離。再者，江西詩派的詩人在道教信仰上並無太多興趣，大多致力於文學創作。不過，道教對於江西詩派的詩歌理論有著一定的影響。呂本中提倡詩人須涵養文氣，方可詩歌內容充實，境界高遠。如其《學道》詩：

> 學道如養氣，氣實病自除。驗之寒暑中，可見實與虛。頹然覺志滿，乃是氣有餘。豈惟暖臍腹，便足榮肌膚。但能嚴關鍵，百歲終不枯。道苟明於心，如馬得堅車。養以歲月久，自然登坦途。江河失風浪，草莽成膏腴。熟視八荒中，何物能勝予。時來與消息，吾自有卷舒。死生亦大矣，汝急吾自徐。捷行不爲速，曲行不爲迂。一漚寓大海，此物定有無。誰能具此眼，況望捋其鬚。學有不精盡，遂至玉砥砆。昔人中道立，爲汝指一隅。千言不知要，徒自費吹噓。所以季路勇，不如顏氏愚。請子罷百慮，一念回須臾。忽然遇事入，此語當不誣。〔註20〕

以養氣與學道相喻，此處的「道」指的是儒家之道，而「氣」指詩人的思想氣魄。但二者之間的關係卻是以道教的養生之道作爲聯繫紐帶的。

自陳師道以學仙比喻學詩後，此法則成爲江西詩派詩人的所恪守的理論，並對南宋詩壇產生了重要影響。呂本中更是進一步將其發展爲「活法」、「悟入」等理論，而曾幾、韓駒等人則以「參禪」來比喻學詩，實際上與「學

〔註20〕《全宋詩》第二八冊，第 18093 頁。

仙」是異曲同工的。這也說明，在詩歌題材、立意、藝術技巧等方面，道教
與江西詩派的關係比較遠，但並不代表道教對其沒有影響。

二、道教與南宋初期的其它詩人

　　江西詩派儘管是南宋初期最大的詩歌流派，但並不能涵蓋整個詩人群
體。許多詩人對此流派是不承認的，甚至包括那些被劃入江西詩派的詩人，
大多人沿著自己的創作道路而進行的，江西詩派畢竟是一鬆散的創作團體，
不可對詩人有所約束性。道教對於當時詩壇的影響是多方面，其中最為突出
的是與宮觀以及道教名勝相關的作品。此類作品數量大，涉及作者多，但就
單個作家而言此類作品並不多。絕大多數此類作品都是就這一宮觀或道教名
勝的神仙故事做一敷衍，抒發出世的情懷，新意並不多。例如李易的《仙人
洞》：「雲巘分佳茗，風潭蟲怪松。書疑黃石授，稅可紫芝供。抵玉那驚鵲，
探珠欲近龍。晚來聽近雨，乞水濯塵容。」〔註21〕也有少數作品能夠將宮觀
類的作品與現實相聯繫，融入歷史興亡之感。如蔣璨的《過沖寂觀》（並序：
沖寂觀去南莊數里，肇建於有唐，逮今數百年。中間衰弊，吾家曾祖太傅為
司出納，且主盟興起之，相繼累世不墜。兵火之後，殿宇久廢弗理，房舍荒
寂，璨今再至，不勝感歎，故作二詩。紹興甲子季秋乙亥蔣璨拜呈。）其一：
「兔井橋邊鶹首橫，過逢仍怯近鄉情。路人失喜交頭語，鄰犬何知掉尾迎。
重到雲房驚落寞，直須金闕早崇成。百年香火追先志，始信吾宗世濟榮。」
其二：「慣見琳宮全盛時，竭來荒梗倍傷淒。虛堂不復瞻遺迹，敗壁才容覓舊
題。帝傅前修皆矩矱，雲孫後裔合攀躋。興衰補弊應商略，徙倚修廊日欲西。」
〔註22〕這類作品有著很強的時代性，生動地展示了戰爭對社會的衝擊，即使
是宮觀也無法幸免。

　　金人對於南宋初期的衝擊是巨大的，即使是不與世事的道教宮觀也無法
幸免。那麼，北宋末期鼎盛一時的道教不可避免的隨之衰落下來，最直接的
表現便是宮觀的廢棄、道士的逃散。但在大多數的相同題材中，表現歷史興
亡的主題的作品卻極少，這也從一側面反映出兩宋之交時士大夫的普遍情
懷，即對政治現實的冷淡。

　　道教對於南宋初期詩壇的影響就題材、主題而言，除卻宮觀及道教名勝

〔註21〕《全宋詩》第二七冊，第 17447 頁。
〔註22〕《全宋詩》第二九冊，第 18440 頁。

外，還有三個方面值得注意：一為道教的養生之道，以郭印、李光等人的作品為代表；二為傳統道教遊仙題材的繼承，以周紫芝、曹勳二人的作品為代表；三為道教的避世情懷，以程俱、李綱的作品為代表。這三類主題在其它詩人的作品中也可覓其蹤迹，但只是偶爾為之，不如上述作家中的作品多。下面我們分別予以分析。

三、道教的養生術與南宋初期的詩歌創作

道教的養生術是道士的成仙途徑之一，從魏晉南朝時的外丹術到北宋時的內丹術，道士們形成一整套完整的養生理論，其中有的理論在實踐中被證明是行之有效的。所以儘管宋代的士大夫可能不相信其神仙學說，但對於道教的養生述還是頗為贊許的，北宋時的蘇軾兄弟、蘇過、北宋後期的黃裳等，都在作品中有所表現。郭印與李光是南宋初期較多的表現道教的養生術的，但二者又有所不同。

（一）郭　印

郭印據現有資料可知，於政和五年（1115 年）中進士，至乾道（1165～1173）間尚在世，「又有左朝請大夫郭印，老成詳練，恬靜有守，士論所推重。雖年垂八十，而精力不衰，尚可用也。」〔註 23〕郭印主要生活於巴蜀地區，官位不顯，但卻與曾慥、計有功等名士交往，並受曾慥的道教養生理論最深。

曾慥（？～1155），字端伯，自號至游子，丞相曾懷之從兄。為兩宋之交的著名的道教學者，長於養生。著有《道樞》、《集仙傳》，在文學上頗有建樹，編《本朝百家詩選》、《樂府雅詞》。於紹興二十一年曾任夔州知府〔註 24〕。郭印可能即是於此時與曾慥交往，探討養生之道。

曾慥不僅自己信仰道教，迷戀於養生，且致力於宣傳。這一點與其它道教學者是不同的，其《勸道歌跋》：「虛靖先生作《大道歌》……其言深切著明，有補於世。予因拾神仙之遺旨，作《勸道歌》，普勸修真，同證大道。」〔註 25〕前人所做修煉術不夠詳盡者，曾慥還予以補充：「鍾離先生八段錦，呂公手書石壁上，因傳於世。其後又有寶銀青八段錦與小崔先生臨江仙詞，添

〔註 23〕汪應辰《文定集》卷一五，《影印文淵閣四庫全書》本。
〔註 24〕據《宋史》卷四五六《趙伯深》傳：「紹興二十一年乃得其母，相持號泣，哀感行路。曾慥在夔州，賦詩以美其孝。」
〔註 25〕曾慥《修真十書雜著捷徑》卷二一，《全宋文》第一九二冊，第 401 頁。

六字氣於其中。恨其詞未盡，予因釋諸家之善，作臨江仙一闋。簡而備，且易行，普勸遵修，同證道果。紹興辛未仲春，至遊居士曾慥記。」〔註26〕其創作《道樞》更爲明證。所以郭印與曾慥之間的探討就很自然了，並不因二者之間的職務差距而阻礙其自由交流。

　　郭印的養生作品主要分爲兩類主題：一爲表現對曾慥養生之道的推崇及個人的慕道之心，如《問養生於曾端伯》：「平生慕道心，荏苒歲月永。鮮福未逢人，桑榆驚短景。使君蓬萊仙，天遣下塵境。訟簡刑獄清，吏退文書省。詩鋒禿千毫，量陂吞萬頃。縱言及養生，大抵宗虛靜。逍遙思慮空，恬淡聲色屏。火透尾閭關，泉落崑崙頂。龍虎閒名字，安用分爐鼎。衰遲偶遭逢，踴躍眞自幸。願許燕閒餘，摳衣竊有請。半語爲發藥，醉夢一呼醒。庶幾垂盡年，獲與天地並。」〔註27〕一方面詩歌表達了對於道教信仰的追求，另一方面，詩人對於曾慥也表達了由衷的讚美。再如《次韻曾帥遣意三首》其三：「每入先生室，欣聞所未聞。心君降六賊，筆陣掃千軍。爐鼎無人會，刀圭與客分。清齋時隱几，閒看嶺頭雲。」〔註28〕在郭印的《雲溪集》中此類作甚多，就不一一列舉。

　　第二類是以詩歌的形式來表現養生的技巧。儘管前一類作品表現了一些養生的信息，但不夠詳細。因而郭印與曾慥進行唱和，共同探討養生術。如《和曾端伯安撫勸道歌》：「保形保生保命，戒色戒酒戒茶。夜氣若要長在，晚食尤宜減些。養心莫如寡欲，存誠唯是閒邪。辨得天清地濁，吞取日精月華。寒灰便是發焰，枯根立可生芽。學者舍本逐末，病眼執著空花。罔窮聖道一轍，徒誦丹書五車。正似煉和金礦，何殊嚼蔗吞查。不知達人到此，元始浩劫爲家。燕坐能事畢矣，行遍海角天涯。鑒明不受微垢，玉潔靡見纖瑕。視軒冕如桎梏，棄財寶若泥沙。曲江一輪秋桂，豈容霧掩雲遮。盤旋火龍水虎，和合陰汞陽砂。眞身自然騰化，駕鳳高淩紫霞。哀哉傍門小法，作用千種參差。個個辛苦無成，白首空自悲嗟。」〔註29〕

　　正是由於道教信仰及對於道教養生術的追求，郭印對於功名富貴不甚感興趣，以致於對於兩宋之際動蕩的社會也有些漠不關心。儘管其道教養生詩

〔註26〕《全宋文》第一九二冊，第 402 頁。
〔註27〕郭印《雲溪集》卷四，《影印文淵閣四庫全書》本。
〔註28〕《雲溪集》卷七。
〔註29〕《雲溪集》卷一二。

歌的成就在藝術上不太高，但卻眞實的反映出作者的思想，對於其它作品的瞭解就有很大的幫助。如郭印的作品中有許多山水詩歌及感懷作品，而這些作品或爲純景色的描繪，或表現出世的情懷，屬於純粹的詩歌創作。如《感懷》：「冬仲陰氣驕，微陽尙潛伏。草木慘無容，霜威日夜酷。君子覽時運，悠然守幽獨。吹律者何人，微暖還燕谷。玉衡無淹次，天道旋反覆。低回佇春風，求友升喬木。」〔註30〕再舉一首山水作品，《晚望江南》：「野豁長江外，人家各自村。水光秋蘸樹，雲色晚封門。引眺頻搔首，行吟只斷魂。可憐新月上，煙靄又昏昏。」〔註31〕頗有盛唐山水詩的風致，四庫館臣稱其詩歌「清詞雋語，瓣香實在眉山，以視宋末嘈雜之音，固爲猶有典刑矣」〔註32〕。這些作品有的儘管沒有道教的詞彙或主題，但道教的影響顯然不可忽略。

（二）李光（1078～1159）

李光（1078～1159），字泰發，號博物居士，越州上虞（今浙江上虞）人。李光在南宋初期政壇上有著重要地位，歷任禮部尙書、吏部尙書及參知政事，並擔任過如臨安（今杭州）知府、建康（今南京）知府等重要的地方職務。李光在抗金鬥爭及平定內亂中發揮過積極作用，其詳細事迹可參見《宋史》本傳。

相對於郭印，李光對於道教養生術的追求，既出於個人先天的習性，又與政治上落敗有著重要關係。李光於紹興八年任參知政事，因與權相秦檜政見不合而於次年而遭罷退，於紹興十一年被貶於藤州（今廣西藤縣），十三年再貶於瓊州（今海南省瓊州市），二十年移昌化軍（海南省儋州市），二十五年秦檜病死移居郴州（今湖南省郴州市）。在長達十幾年的貶謫生活中，道教對於李光的影響極大。

處於貶謫時期的李光對於政治不再關注，而只是以史書自娛。《與蕭德起書》：「某度嶺海，首尾六年，惟書史可以自娛，此心不敢它用也。」〔註33〕道教的養生方術，在嶺南荒蠻落後之地中發揮了重要作用，使李光得以強身健體，戰勝惡劣的自然環境，終於等到重回中原的一天。如《與潘子賤書》：

〔註30〕《雲溪集》卷四。
〔註31〕《雲溪集》卷八。
〔註32〕《四庫全書總目》，第1354頁。
〔註33〕《莊簡集》卷一五。

「吐故納新……此活計大不負人。」〔註34〕《與胡邦衡書》十五：「又緣爲文字纏擾，晨起嘗晏坐，而喜抄書，以此不得全功於煉養，但絕欲十四五年，色身尚強耳。十一月九日至節，是日戊午，乃僕本命，作小醮青詞，末云：『滌除玄覽，悟色境之皆空；專氣致柔，冀形神之俱妙。』大略如此。覽封州書，感歎不可言。或以僕近日動靜，一寬朋友之念也。丹砂甚妙，爲更求數粒。古人云：『內丹既就，外丹自來，豈其然乎？』偶此便甚的，因致此幅紙，不宣，某啓上。」〔註35〕

　　與郭印相比，李光的追求養生就帶有強烈的政治目的，從這一方面也表現出南宋士大夫堅貞不屈的高尚品格，可謂「貧賤不能移」。因此，李光的道教養生題材的作品就不僅僅表現其對於道教養生方術的體悟，另一方面也表達作者在逆境中的品格與情志。我們可以從以下幾個方面加以分析：

（一）以養生方術與命運相抗爭

　　貶於嶺南的李光，所面臨的不僅是政治上打擊，更爲直接的是惡劣的自然條件。許多被貶於南方的官員因無法適應當地的環境而喪命，李光則以道教的養生術進行積極的抗爭。

　　如《謫居古藤病起禁雞豬不食與兒子攻苦食淡久之頗覺安健呂居仁書來傳道家胎息之術因作食粥詩示孟博並寄德應侍郎》：「晨起一甌粥，香粳粲如玉。稀稠要得所，進火寧過熟。空腸得軟暖，和氣自滲灑。過午一甌粥，餅餌有餘粟。淡薄資薑鹽，腥穢謝魚肉。嶺南氣候惡，永日值三伏。外強幾中乾，那受外物觸。兩餐莫過飽，二粥可接續。故人尺書至，教我禦瘴毒。燕坐朝黃庭，妙理端可囑。神車御氣馬，晝夜更往復。久久當自佳，根深柯葉綠。寄語陳太丘，人生眞易足。醉飽厭腥膻，忽認海南叔。」〔註36〕食粥養生在北宋的張方平得到很好的宣傳，因此爲廣大士大夫所奉行。從此詩中可以清楚地瞭解作者謫居藤州時的生活，儘管條件艱苦，但以養生之術輔以良好心態，依然過著逍遙自得的隱士生活。

　　此外，作者也非一味的迷信一切方術，而是根據自身的體驗以及歷史上的事實有所選擇。如道教中的房中術，以及普通士大夫中所流行忌茶等，李光都予以批判，並作詩進行澄清。如《客有見饋溫劑云可壯元陽感而有作》：

〔註34〕《莊簡集》卷一五。
〔註35〕《莊簡集》卷一五。
〔註36〕《莊簡集》卷一。

「世人服暖藥，皆云壯元陽。元陽本無虧，藥石徒損傷。人生百歲期，南北隨炎涼。君看田野間，父老多康強。茅簷弄兒孫，春隴驅牛羊。何曾識丹劑，但喜秔黍香。伊予十年謫，日聞貴人亡。金丹不離口，匕妙常在傍。眞元日滲漏，滓穢留空腸。四大忽分離，一物不得將。歌喉變哀音，舞衣換縗裳。爐殘箭鏃砂，篋餘鹿角霜。咄哉此愚夫，取樂殊未央。我有出世法，亦知不死方。禦寒須布帛，欲飽資稻梁。床頭酒一壺，膝上琴一張。興來或揮手，客至亦舉觴。滌硯臨清池，抄書傍明窗。日用但如斯，便覺日月長。參苓性和平，扶衰固難忘。恃藥恣聲色，如人畜豺狼。此理甚明白，吾言豈荒唐。書爲座右銘，聊以砭世盲。」〔註37〕此詩是對流行的補腎方術的批判，指出只有清心寡欲、保持正常的生活方式才能延年益壽。同時，也對於那些以金丹術妄求長生的貴人予以譏諷。

另外，李光還與志同道合的親友交流砌磋，共同探討養生，如胡銓等，這實際上也間接表達作者的人生態度，即熱愛生活，與命運相抗爭。如《辛未歲旦用蘇子由韻成兩詩寄諸子侄》：「頻把光陰惜寸分，十年閱盡世中人。衰容暗換圖中象，和氣潛回海底春。香嫋金爐沉水暖，茶烹石鼎乳泉新。（自注：儋崖產沉香，天慶觀乳泉，東坡有賦。）丹元息息添眞火，肯使空花翳五輪。」〔註38〕（自注：目有五輪，謂血氣水金瞳也，見《九仙經》。）

（二）表現與世無爭的隱逸情懷

當作者再次遠貶海南，依然無戚戚之悲，儼然有著隱士的風範。如《予三貶而至儋耳又復二年平生習氣掃除殆盡海外去國萬里士民不知朝廷事免議朝政惟是里巷之間是非曲直偶及之入於耳中有如穢物置之寶器自今客至惟經史禪悅道家養生之說乃所樂聞其餘非己所預者可付之一默並成小詩以述己意云》：「庵中宴坐戶長扃，鼓瑟吟詩樂性靈。客至不妨談道妙，儒書釋典及仙經。」〔註39〕若單從詩歌本身而言，作者的生活可謂逍遙自在，但這卻是在遭受政治迫害後的生活一景。從這類作品而言，我們可以看出宋代士大夫與唐代士人的差別，宋代士人更加理性成熟，在面對困苦時更能積極的應對，而無唐人如柳宗元、韓愈、李白等的淒苦之音。

〔註37〕《莊簡集》卷二。
〔註38〕《莊簡集》卷五。
〔註39〕《莊簡集》卷七。

（三）道教作品中的儒者情懷

　　李光儘管在貶謫時期沉醉於道教，與世無爭，但並非眞的做到四大皆空，摒除一切世俗雜念。作者還是以儒家思想爲中心的，除了在海南依然關心政治格局外，即使在與道教相關的作品中，依然堅持儒家的基本觀念。如《悼亡子詩》並序：「紹興辛酉，予得罪南遷，長子孟博從行。明年孟醇更戌以歸，乙丑春再貶海外，復來視予，逾年感微疾，遂不起，實丁卯孟冬二十三日午末未初。是日天氣澄霽，里巷咸睹，祥雲起於屋隅，中有水墨形了然，冉冉升舉。道俗駭異，因成此章以寫予悲。昔延陵季子聘於齊，長子死葬嬴博之間，既封而號者三，遂行。其言曰：骨肉歸復於土，命也，若魂氣則無不之矣。孔子於《繫辭》曰：精氣爲物，遊魂爲變。是故知鬼神之情狀，蓋曰變，則無不之矣。抑善者陽之類，惡者陰之類人之積善與陽俱升，積不善與陰俱降。今吾子平生聰敏好學，忠信孝悌，行業無少虧，其死決不淪墮幽塗，魂氣超昇，蓋無可疑者。予恐或者以予言爲過，因備敘其事，以示平昔從吾兒遊，且審知其詳者云。

　　脫屣塵寰委蛻蟬，眞形渺渺駕非煙。丹臺路杳無歸日，白玉樓成不待年。宴坐我方依古佛，空行汝去作飛仙。恩深父子情難割，淚滴千行到九泉。」〔註40〕

　　李光不像其他追求神仙方術者，與家庭關係徹底絕緣，而依然以儒家倫理觀念爲重。從另一作品也可得以證明，如《予謫海外久矣蒙恩徙郴所寓適與蘇仙鄰暇日攜兒徜徉歷覽遺集因閱本傳不載致仙之因特以事母盡孝行耳自古仙眞得道如吳眞人之流未有不由此而致者世人不知出此多棄遺父母入深山窮谷中父母凍餓不恤也以此求道去仙遠矣因成二小詩題之壁間庶亦少警欲學道而忘其親者》其二：「不須辛苦學神仙，九轉功成亦偶然。但向閨門躬孝行，會須白日上青天。」〔註41〕

　　從上述分析可以看出，李光作品中的道教養生是即是其生活的一種方式，更是與自然環境、政治環境做鬥爭的表現，具有鮮明的政治色彩，這與郭印是有區別的。所以，在李光的作品中，既有表現其養生哲學，也有對時勢的關注，這種變化是隨其處境的變化而做相應的調整。

〔註40〕《莊簡集》卷五。
〔註41〕《莊簡集》卷七。

四、道教的遁世精神與南宋初期詩歌創作

處於南宋初期的詩歌創作群體，非但沒有掀起以愛國主義爲主導的創作浪潮，相反，道極避世的思想在詩歌中具有相當的普遍性。這在被貶謫的主戰派官員以及部分在職官員中有很大的比例，其中以李綱與程俱最具典型性。

（一）李　綱

李綱（1083～1140），字伯紀，邵武（今福建邵武）人。靖康時任尙書右丞，力主抗戰。高宗即位任尙書右僕射兼中書侍郎，爲主和派所沮，僅七十多天便遭罷免，任湖廣宣撫使時也爲徐俯所劾而罷。紹興十年亡，僅五十八歲。李綱爲主戰派的領袖，「負天下之望，以一身用舍爲社稷生民安危。雖身或不用，用有不久，而其忠誠義氣，凜然動乎遠邇。每宋使至燕山，必問李綱、趙鼎安否，其爲遠人所畏服如此。」〔註42〕

李綱是一堅定的儒家士大夫，對於佛老本沒有很大的熱情，只是以之爲儒家思想的補充，以利於社會的穩定。其《三教論》對佛老及儒釋道三者的關係做了系統的論述，如「至於以爲主而溺其迹，則以道家長生久視之說變而爲神仙方士之術。昔之人君有行之者，漢武帝唐明皇是也⋯⋯治之之道一本於儒，而道釋之教存而勿論，以助教化，以通逍遙。且設法以禁其徒之太濫者，宮室之太過者，斯可矣。又何必人其人，火其書，廬其居，然後足以爲治哉？」〔註43〕

詩歌所展現的只是作者一時的情感，而文章則是其觀點的眞實表達，具有嚴謹的思辨性。因此，我們可以斷言，李綱詩歌中的避世思想只是作者的某一時刻的消極表現而已，或者只是一時的遣懷情緒。從作者的宗教態度及其政治遭遇，我們對其表現此類思想的作品的創作背景就有較好的把握。就創作背景而言，李綱此類道教題材的作品絕大多數是在貶官之後所作。

李綱道教題材的作品，大致可分爲兩類：一爲描寫道教名勝、宮觀，這類作品數品數量較大，其中以描寫武夷山組詩爲主；二爲以傳統神仙故事、人物爲題，此類作品相對前者數量較小。具體分析，這些作品有以下幾方面的特點：

〔註42〕《宋史》卷三五九，第 11273 頁。
〔註43〕李綱《梁溪集》卷一四三，《影印文淵閣四庫全書》本。

1、就藝術體裁而言，多以律絕的形式來描寫道教名勝

以李綱在武夷所作的組詩爲例，絕大多數的作品都是七言律絕，其中絕句稍多一些。這些作品並不著重於景色的描摹，而是以敘述、議論爲主。如《洞天穴》:「沉沉幽穴閉雲煙，玉宇瓊樓鎖洞天。自向壺中飛日月，更於物外起山川。劉公隱後今誰繼，張湛仙來不記年。紫府若容幽客到，誅茅欲卜隱屏前。」〔註44〕此詩基本上是以概述洞天穴這一神仙遺迹背後的神仙故事爲主，尾聯表達其避世的思想。而洞天穴的眞實情境則只是以首聯兩句做一介紹，且並不具體。再如《仙迹石》:「當年天姥戲溪邊，二石遺蹤膝宛然。卻笑茂陵緱氏迹，只憑方士口中傳。」〔註45〕前兩句想像當年的神仙遊玩情景，而後兩句則對漢武求仙的議論。

唐人山水詩，多以景色的描寫爲主，從詩歌所創造的意境則可以體悟到詩人的情感。李綱的這些道教題材的山水詩，與蘇軾的同類作品有著相似之處，具有典型的宋詩特點，以議論爲主。

2、就主題而言，道教題材的作品中多表現憂國之思

道教作品表現逍遙避世的思想是很自然的，李綱此類題材的作品同樣如此。但作者對於世事的關注同樣在這些作品中不時出現，表現了一位愛國詩人的情懷。如《過北流縣八里遊勾漏觀留五絕句》其四:「避謗多時不到山，忽驚身在洞天間。北歸更覺君恩重，得遂清遊一解顏。」〔註46〕即使是遊玩山水，作者對於動蕩的時局也是無法忘懷，這也可知作者只是在道教名勝中求得暫時的心裏撫慰而已。再如《遊麻姑山二首》其二:「寶髻雲鬟衣彩霞，飆輪曾過蔡君家。河濱織女不停織，海上花姑長似花。幾見桑田變滄海，猶將菽粟化丹砂。此身漂泊干戈際，妙指煩於癢處爬。」〔註47〕此詩巧妙地把神仙故事與自身經歷結合在一起，委婉地表達了個人的失意。

3、道教作品中的思辨精神

李綱在道教題材的作品中還表現出相當的思辨精神，這以《桃源行》最爲突出。自陶淵明的創作桃花源故事，後人一直把桃花源故事當作一眞實的遇仙故事，以詩歌形式加以詠唱。即使有人提出異議，也只是局限於主觀的

〔註44〕《梁溪集》卷六。
〔註45〕《梁溪集》卷六。
〔註46〕《梁溪集》卷二四。
〔註47〕《梁溪集》卷二七。

猜測。而李綱通過現實事例，以證明桃源故事的現實可能性，頗具現代科學精神。

《桃源行》（並序：桃源之事，世傳以爲神仙，非也。以淵明之記考之，特秦人避世者，子孫相傳，自成一區，遂與世絕耳。今閩中深山窮谷，人迹所不到，往往有民居、田園、水竹，雞犬之音相聞，禮俗淳古，雖斑白，未嘗識官府者，此與桃源何以異？感其事作詩以見其意。）武陵溪水流潺潺，漁舟鼓枻迷泝沿。溪窮路盡恍何處，桃花爛漫蒸川原。花間邑屋自連接，雲外雞犬聲相喧。衣裳不同俎豆古，見客驚怪爭來前。殺雞爲黍持勸客，借問世上今何年。自從秦亂避徭役，子孫居此因蟬聯。不知漢祖以劍起，況復魏晉稱戈鋋。殷勤留客不肯住，落花流水空依然。淵明作記眞好事，世人粉飾言神仙。我觀閩境多如此，峻溪絕嶺難攀緣。其間往往有居者，自富水竹饒田園。髦倪不復識官府，豈憚黠吏催租錢。養生送死良自得，終歲飽食仍安眠。何須更論神仙事，只此便是桃花源。〔註48〕

另外，這一作品也反映出作者的治世理想，即老百姓豐衣足食，沒有政府苛捐雜稅的壓迫。所以這一神仙世界與儒家的終極理想是相一致的。

（二）程　俱

程俱（1078～1144），字致道，號北山，衢州開化（今浙江開化）人。建炎中爲太常少卿，紹興初爲自導自秘書少監，後擢爲中書舍人兼侍講。二年，因言事爲言官論棄秀州事，罷職求舉江州太平觀。秦檜當政，詔除集英殿修撰、徽猷閣待制，皆不赴。史傳稱其「俱在掖垣，命令下有不安於心者，必反覆言之，不少畏避。其爲文典雅閎奧，爲世所稱。」〔註49〕

相對於李綱，程俱與道教的關係更爲密切，不僅擔任與道教相關官職，如政和八年擔任道史檢討，「俄除編修國朝會要所檢閱文字，八年兼道史檢討。」〔註50〕並對道教的內丹養生術頗感興趣，如於政和六年（1116年）時從江大方處學習《內丹訣》（《江器博墓誌銘》），崇寧乙酉（1105年）致力於內丹氣功，「寓衢之天王僧舍，時方專氣辟穀，夜夢如此……」〔註51〕（《記

〔註48〕《梁溪集》卷一二。
〔註49〕《宋史》卷四四五，第13138頁。
〔註50〕程瑀《宋左中奉大夫徽猷閣待制新安縣開國伯食邑九百户致仕贈左通奉大夫程公行狀》，程敏政，《新安文獻志》卷九四上，《影印文淵閣四庫全書》本。
〔註51〕程俱《北山集》卷一七，《影印文淵閣四庫全書》本。

夢》）

　　程俱與好與道教中人交往以及閱讀道教典籍，是很自然的事情。其作品中有《讀神仙傳六首》、《七夕六首》等都可以看出其對道教典故的熟悉，作品中出現的江彥文、江仲嘉、趙叔問等人都是對道教修煉有著一定研究的士人。不過，程俱並沒有將道教養生的術語、技巧過多地以詩歌的形式來傳達，而是用來表達其避世的情懷及以對山林的向往。

1、以直接抒懷的形式來展示其山林之志

　　程俱並不像李綱身負天下重望，而只是一普通的政府中層官員，因此治國平天下的理想在程俱身上是見不到的，不過由於仕途的坎坷，加上個人的道教信仰，常常產生退隱的念頭。如《戲呈虞君明察院諝》：「三仕三已心如空，一丘一壑吾固窮。門施雀羅正可樂，車如雞棲良不惡。胸中九華初欲成，彩衣玉斧雙鬢青。世間何樂復過此，不失清都左右卿。」〔註 52〕再如《君明見和再作》其二：「羨公腹有金丹爐，凡泥六一何其粗。棗梨扶疏荊棘盡，夜半北海收明珠。爾來問舍浙江曲，正以畫筍觀西湖。我生骯髒今耐辱，貧病欲貸監河粟。他年公伴赤松遊，遺我刀圭固玄谷。」〔註 53〕

　　作者不以仕途坎坷為懷，甚至身纏疾病也能做到心態平和，如《自寬吟戲效白樂天體》「……病來益尊生，對境空相似。永無貪欲過，稍習衛生旨。不為六賊牽，豈受三彭毀。人言病壓身，往往延壽紀。太鈞默乘除，萬一理如是。安全固自佳，蹇廢亦可爾。死生猶寤寐，況此一支體。細思安否間，相去亦無幾。如何不釋然，萬事付疑始。」〔註 54〕疾病、官場的浮沉都不能使作者憂戚於心，所以詩歌中多逍遙自在的情懷。

2、以山水詩歌的樣式來抒發情志

　　程俱的山水作品大致有兩種，一為道教宮觀的作品，一為普通的山水作品。程俱擔任地方官員時間較多，因而得以遊山玩水。這兩類作品雖同為表現其山水之志、隱世情懷，但卻在藝術風格上有著很大的不同。

（1）詩歌體裁的不同

　　宮觀題材的作品基本上為古體詩歌，而普通的山水詩則以律絕為主，雜有少部分的古體詩歌。

〔註 52〕《北山集》卷二。
〔註 53〕《北山集》卷二。
〔註 54〕《北山集》卷八。

（2）藝術手法的不同

宮觀題材的作品多爲長篇，且以鋪敘爲主，並直抒胸臆。而普通山水詩多爲短篇，較多山水景色的描寫刻劃，注重意境的創造，而作者的隱逸之志的表達較爲含蓄。

如其長詩《同江彥文緯江仲嘉褒度菱湖嶺遊三衢諸山道靈眞出入岩谷勝絕可駭雜然有卜築之意然此地寥聞人所不爭小隱不難致顧吾曹出處何如耳二公皆修眞養氣精進不衰予晚聞此道又爲憂病頓挫志倦體疲每思益友倘得靜舍安餘年資二子以待老豈不樂哉作詩敘遊且誌本末岩谷之勝實自仲嘉發之予嘗聞而賦詩所謂武陵迷漢魏妙喜斷山川者也》，全詩 820 字，若加上題目 143 字，整篇詩歌共 963 字，與一篇散文的規模相當了。詩歌明顯地運用賦筆，對山水景色做了一番刻畫，並於結尾處點明個人的志向：「會從浮丘伯，及此洪崖生。乘風御倒景，出入撫八紘。下窺冰炭士，擾擾盤中蠅。三人笑相視，事願良難並。此志不可負，無爲滯塵縲。清泉聞此言，白石相與盟。作詩紀勝絕，亦用銘吾膺。」〔註 55〕其它宮觀題材的山水作品雖沒有如此篇幅，得也屬於長詩之列。且用手法與此相似，先以賦筆描寫宮觀周圍山景，結尾處點明己志。如《同餘杭尉江仲嘉褒道人陳祖德良孫遊洞霄宮》、《雪中與禮部同舍過葆眞宮》、《靈山觀》都屬於此列。

程俱成就較高的爲普通題材的山水作品，著重於藝術的錘鍊。清人稱其「詩則取途韋柳，以窺陶謝，蕭散古淡，有忘言自得之趣，在南渡初亦可稱獨闢蹊徑者焉」〔註 56〕，實際上就是指的此類作品。程俱對於韋應物、柳宗元、陶淵明甚爲推崇，再加上對於道教的獨特體悟，因則其詩歌清新洗煉，韻味悠長，而作者與世無爭、逍遙避世的情味不言而明。

《偶作三首》其一：「薰風習習動林光，紫翠陰中草木香。山鳥一聲清晝永，白雲深處北窗涼。」〔註 57〕

《九日夜月色如畫山林清絕念無以共此賞者聞元長宗正仲長隱居陪端殿樞公過彥文太常因遊招福戲簡彥文三首》其一：「明月行空照膽寒，翠微高處倚欄看。寥寥物外非塵世，萬籟無聲清露溥。」〔註 58〕

〔註 55〕《北山集》卷二。
〔註 56〕《四庫全書總目》，第 1349 頁。
〔註 57〕《北山集》卷一一。
〔註 58〕《北山集》卷一一。

《同叔問逃暑蔡氏山林》：「清渠修竹靜相臨，喬木參天十畝陰。一片藕花香不斷，不知門外日流金。」〔註59〕

若單從上述作品本身而言，是無法看出作者所處的南北宋動蕩不安的社會背景的，而作者的悠閒自得的心情卻是躍然紙上的。可見作者頗重詩歌藝術，《宋史》把他置於《文苑傳》中也是很有見地的。

五、傳統道教題材作品的創作

（一）周紫芝

周紫芝（1082～1155），字少隱，號竹坡，安徽宣城人，南宋初期著名的文學家。對於道教的神仙學說，周紫芝持一矛盾態度。一方面，反對道教所宣揚的神仙理論，特別是道教中的神仙故事，如「神仙之說，出於荒忽有無之間，怪譎而不足信，誕謾而無所稽考。以謂有耶，其實未嘗有；以謂無耶，則其事可傳。其書具在，君子亦有時取而言之。余讀《高道傳觀》，其所載神仙百餘輩，自初入道至於登仙，岩居而穴處，草衣而木食，近者不過一世，遠者不過數十年……而陶洪景著論，如西伯之聖，漢文之賢，僅得與之同列而已。乃不得與此流顯陟霄漢，以警動世俗，何邪？余嘗反覆考究，而不得其說。又其事怪妄不經，大率多類世間幻術蠻法，如吐火割舌、飛劍遁形、絕食服氣之類是也。是以學者於神仙之說，每有疑焉。揚子雲、韓退之之徒所以力詆而痛排之，固有謂也。蓋二子以羽翼聖道自任，不得不爾。要之，後人立論似不必專務依仿韓揚，使神仙之說存於若有若無之間，確然以吾道自任而已，則是非判然，而天下之理得矣。」〔註60〕（《書〈高道傳〉後》）

而另一方面，在現實生活中接觸到道教中人，道教法術頗有靈驗，因而對於道教也是很尊重。如：「毗陵胡夫人，儀真鍾離君之妻也。君倅高郵而卒，後數年夫人夜夢道人，氣貌豪偉，長袖舞劍，授以七棗，使食之。詰朝欣然，若有得，自是不食無漏，身輕如雲，夜亦不復寢矣。道人與夫人約，住庵兩歲，當來度汝。夫人舊不識字，忽能書，亦時作頌，其餘與平日不少異，惟朝暮奉香火以供上真甚謹。間夢童子青衣，玉盤啖以仙果，狀似含桃，赤如明霞，意其為丹砂也。又數月夢道人授以符篆，自是亦能寫符人，有病崇者

〔註59〕《北山集》卷一一。
〔註60〕周紫芝《太倉稊米集》卷六七，《影印文淵閣四庫全書》本。

求之，無弗與食之，亦輒效焉。余有孫女四歲，兩眼赤爛，雨淚棲睫，治之久不差。食夫人數符，瞳子遂了然，其清如水。」因此在《七夕》詩的序文中維護神仙的聖潔，「月七日與客語七夕事，因記葛稚川《神仙傳》載王方平會麻姑眞仙於蔡經家事，甚怪。以謂自古詩人辭客，必因風露淒清之夕，而敘牛女相見之期。凡援筆而賦七夕者，皆託兒女之情以肆淫媟之言，瀆蔑天星，無補眞教，使人間異事泯默無聞，良可痛惜。因律稚川之文而爲之歌，以廣其傳云。」〔註61〕

　　周紫芝所創作道教題材的作品，除《胡夫人出塵庵詩四首》外，都是古體詩，且都是從文學的角度出發而作的擬古之作。周紫芝酷好詩歌，可參其《詩八珍序》等文，於困厄之中尙且吟哦詩歌。且周紫芝於紹興十二年（時年 61 歲）方第進士，除其晚年阿諛奉承秦檜父子的作品，政治傾向性過於明顯外，表現其功名利祿之心的詩歌是很少見的。

　　周紫芝道教題材的作品分爲兩類，一爲以樂府詩歌的形式，一爲古體詩的形式。前者以《牛女行》、《吹臺曲》、《霽月謠》等爲代表，後者以《古風二首》、《宿琴高岩二首》、《望黃山》等爲代表。

　　周紫芝創作樂府詩，《牛女行》、《吹臺曲》等都爲爲樂府古題，而作者在此加以改造，予以新的文學意義。如《牛女行》：「天孫曉織雲錦章，跂彼終日成七襄。含情倚杼長脈脈，靈河南北遙相望。天風吹衣香冉冉，烏鵲梁成月華淺。青童侍女驂翔鸞，玉闕瓊樓降華幰。明朝修渚曠清容，歸期苦短歡期遠。昔離今聚自有期，天帝令嚴何敢違。猶勝姮娥竊仙藥，一入廣寒無嫁時。」〔註62〕傳統牛女故事都是以同情二人的聚少離多，周紫芝卻以之與嫦娥相比，使讀者慶幸於二人相聚，令人耳目一新。這與其在《七夕》詩中的立場就截然不同，從另一角度證明周紫芝是從文學角度出發進行此類樂府詩的創作。

　　其它古體詩的創作，基本爲擬古之作，採取魏晉遊仙詩的五言古體形式及風格，傳達其慕仙思想。如《古風二首》其一：「夜夢乘輕舟，掛席浮天池。天池亦何有，濤瀾靡津涯。中有三神山，樓觀何巍巍。晶熒白玉闕，彩錯黃金旗。紫皇遣天風，下吹仙人衣。仙人不知名，人言是安期。我欲就與語，弱水隔渺彌。鼓枻方少前，風動輒去之。仙人不得見，遙睇忍言歸。願言哀

〔註61〕《太倉稊米集》卷三八。
〔註62〕《太倉稊米集》，卷二。

劬勞，舉手援塵姿。探囊得靈丹，往往分刀圭。使我生羽翼，桑榆增暮輝。」
〔註63〕

周紫芝也並非一味的擬古不變，其中也有表現出其獨立思考的地方，如《宿琴高岩二首》其二：「長川抱空岩，春水三月深。有魚歲一來，瑣細如寸鈄。網魚聚乾臘，白艇爭分陰。與人作苞，苴囊紗走權門。人言投鱠殘，成魚只侵尋。豈有仙家庖，烹鮮赤刀砧。又言棄藥滓，入水成纖鱗。仙事亦渺茫，詎可窮本因。不知誰作古，遺禍今猶存。殺魚歲億萬，可易千黃金。僅令貴公子，醉嚼聊一欣。世俗自乃爾，仙人亦何心。」〔註64〕宋人的疑古精神可見一斑，並不因相傳已久的神仙故事而放棄個人的見解，對神仙進行大膽地批判。

周紫芝雖然因依附秦檜而在歷史上聲名狼藉，清人譏其「殊爲老而無，恥貽玷汗青」〔註65〕。但這些道教題材的作品在宋人中成就是很高的，正如錢鍾書先生所言，假如我們就此滿以爲周紫芝的創作一定也不行，那麼他的詩和詞會使我們快意的失望。從這些作品來看，語言素樸、不堆砌典故等是其詩歌的重要特點，這與江西詩派有著很大的區別。

（二）曹 勳

曹勳（1089～1174），字公顯，陽翟（今河南禹州）人。曹勳在南宋初期的歷史上較爲有名，三次出使金國，值得稱道。

從其《元丹歌贈會稽陳處士》、《送凝神張先生還茅山》、《和丹客林公》等作品來看，可能是對道教的內丹術有一定的瞭解，如《元丹歌贈會稽陳處士》：「塵波溢目深溟渤，往古來今空出沒。喜君相見話丹經，起我凌雲惡阡陌……」〔註66〕

曹勳道教題材的作品主要爲傳統遊仙詩的創作模式，就體裁而言，一爲樂府詩歌或歌行體的古體詩的形式，一直接以遊仙詩的樣式出現。

1、樂府遊仙詩

曹勳在宋代文學史上地位是微不足道的，但單就樂府詩的創作而言，是值得一提的。其樂府詩的創作動機是多樣的，或是出於政教的目的，如《補樂府十篇》序文：「……予志於古而不及見者也，因申其名義，補而發之，庶

〔註63〕《太倉稊米集》卷二四。
〔註64〕《太倉稊米集》卷三。
〔註65〕《四庫全書總目》第1366頁。
〔註66〕《全宋詩》第三三冊，第21046頁。

幾一唱三歎，當有賞音者存焉云爾。」〔註67〕或是出於讀書感懷，如《長夜吟》序文：「昔魏公子信陵君招賢下士，……公子恐近禍，因與賓客為長夜之飲。余悲公子之志，作《長夜吟》以申之。」〔註68〕或者是出於對傳統古題進行文學上的加工，如《續巴東三峽歌》序文：「梁簡文帝有《巴東三峽歌》，止存兩句，因續而廣之。」〔註69〕

　　曹勛的這些樂府遊仙詩並沒有如前所引作品一樣有小序，以明創作目的，但從其它樂府詩的創作及其個人道教態度來看，其創作主要出於文學的目的。部分作品是樂府舊題，重新進行創作；或是自創新題，即事名篇。如《升天行》一詩，自曹植首作以來，南朝及唐代多有詩人以此為題進行創作，試以曹植的作品與曹勛作一比較。

　　　　扶桑之所出，乃在朝陽溪。中心淩蒼昊，布葉蓋天涯。日出登東幹，既夕沒西枝。願得紆陽轡，回日使東馳。〔註70〕（曹植《升天行二首》其二）

　　　　上智保沖淡，練氣固形質。精神藏杳冥，獨照出寂默。三氣俱混同，求死不復得。其次崇真功，立言與立德。軒後御飛龍，旌幢煥晴碧。楊許奉丹書，淩空佐天職。董奉乘雲輿，秦女跨文翼。茅山與荊山，遺蹤宛如昔。旌陽與劉安，雞犬翔真域。清虛王陵孫，巍巍膺九錫。雲表鳴簫笳，仗衛嚴霄極。即事非荒唐，粲然若白黑。揮手謝時人，緱山有仙迹。〔註71〕（曹勛《升天行》）

雖然詩歌在主題上沒有變化，但詩歌所包含的思想、內容後得比前者都有大幅地擴充，這可能也是作者企圖超越前人的一種表現。其它作品如《蕭史曲》、《方諸曲》等，都是對原有舊題的重新創作，只是詩歌主題並沒有變化，都是宣揚對神仙世界或長生久視的渴望。

2、格律體遊仙詩

　　曹勛的遊仙詩在體裁上可分為兩類，一類為模仿曹唐遊仙詩的形式，採取絕句的樣式，描摹神仙世界的一景。如《小遊仙三首》其一：「九霄風靜夜

〔註67〕《全宋詩》第三三冊，第 21033 頁。
〔註68〕《全宋詩》第三三冊，第 21042 頁。
〔註69〕《全宋詩》第三三冊，第 21043 頁。
〔註70〕逯欽立《先秦漢魏晉南北朝詩》，第 433 頁。
〔註71〕《全宋詩》第三三冊，第 21050 頁。

沉沉，仙籟虛徐度玉音。好是太眞歌未闋，飛煙遙上鬱華林。」〔註72〕另一類則爲古體詩，或寫神仙生活情景，或者以神仙世界與人世相對比，基本上屬於擬作。如《遊仙四首》其一：「天河水冷煙波渺，流水無聲銀浪小。白楡歷歷映瑤沙，白露淒清下雲表。扶疎丹桂落紅英，片片紅霞散瑤草。月中桂子空傳名，散在人間無處討。仙翁呼童收紫芝，紫芝肥嫩光離離。遺英殘蕚墜無數，仙鶴飲啄時鳴飛。仙人種玉耕雲隁，倚雲橫笛學鳳吹。須臾羲御崦嵫沒，相呼拍手騎龍歸。」〔註73〕無論是主題還是藝術手法，都沒有多少出新之處。

　　曹勳的遊仙作品本身並非出於道教的目的，而是從詩歌藝術的角度出發的。儘管作品本身成就並不太高，與周紫芝相比還有一定的差距，但創作較多數量的遊仙作品在宋人中是較爲突出的，且以有的以樂府詩的形式出現，這本身就具有一定的存在意義。

〔註72〕《全宋詩》第三三冊，第 21075 頁。
〔註73〕《全宋詩》第三三冊，第 21079 頁。

第七章　南宋中期詩壇與道教

　　南渡之後，佔據詩壇主流的是江西詩派。不甘平凡的詩人突破江西詩派的束縛，勇於創新。繼之而起的范成大、楊萬里、陸游等，成為南宋中期成就最為突出的詩人。道教在南渡初期的影響雖然廣泛，但限於一些中小作家。而陸游與范成大的詩歌與道教關係緊密，其中以陸游為最，當然二者的出發點是不同的。陸游是道教的信仰者，而范成大則是道教文化的繼承者。楊萬里是一純粹儒者，以名節自立，《宋史》將其列入《儒學傳》中。楊萬里與道教並無多少聯繫，並且其詩歌中也難覓道教的影子。因此，本章重點討論陸游與范成大。

第一節　陸游的詩歌與道教

　　陸游（1125～1210）字務觀，號放翁，越州山陰（今浙江紹興）人。長期以來，陸游以南宋著名的愛國主義詩人的形象深入人心。大家對陸游的道教信仰卻視而不見，或者對其道教信仰持一否定態度。於北山先生就認為陸游的道教（道家）思想的成因就有政治影響、逃避現實等因素。有人甚至認為陸游的信道主要是為了派遣內心的苦悶，是報國無門後的無奈之舉。實際上，陸游終生奉道，是出於自身的一種主動追求，並不因為政局的變化、職務的高低而改變。只是陸游的道教信仰並不與影響其對時事的關注，二者在甚至是相輔相成的。陸游的詩歌，我們可以清楚地認識到二者的關係。

　　在宋代詩人中，陸游的作品是道教氣息最為濃厚的。正如錢鍾書先生所

指出的，陸游的作品在題材或主題上是分為兩方面的：「一方面是悲憤激昂，要為國家報仇雪恥，恢復喪失的疆土，解放淪陷的人民；一方面是閒適細膩，咀嚼出日常生活的深永的滋味，熨帖出當前景物的曲折的情狀。」〔註1〕陸游道教信仰在這兩方面的作品中都有重要影響，如在日常生活題材中表現其神仙信仰、道教養生，以神仙意象、遊仙手法表現其愛國思想。

下面，我們分析其作品是如何表現道教信仰的，以及道教對於其創作的影響。

首先，我們看一下陸游的道教信仰。陸游的道教信仰首先是受家庭薰陶而成的。《道室試筆六首》其四：「吾家學道今四世，世佩施真三住銘。」〔註2〕《三住銘》為其高祖陸軫得之於神仙施肩吾，《歲晚幽興》其四自注：「先太傅親受《三住銘》於施肩吾，先生授游曰：『汝其累世相傳，毋忽。』因即以傳聿、虡諸子。」〔註3〕陸游在《跋修心鑒》中詳細描繪了陸軫遇仙的經過：「（軫）嘗退朝見異人行空中，足去地三尺許，邀與俱歸，則古仙人嵩山棲真施先生肩吾也。因受煉丹辟穀之術，尸解而去。」〔註4〕

關於高祖陸軫的遇仙之事，陸游是深信不疑的，最起碼是不能反對的。但是成年後的陸游，其道教信仰就是一種自覺的行為，並不因外界的因素而改變，例如政治地位、交遊對象的變化而改變，更不是主觀上的逃避現實。我們可以從以下幾個方面得以印證。

（一）陸游對道家典籍的鑽研學習是自覺的，並且終生不倦

陸游少年時期的事迹記載頗少，與道教的聯繫無從詳知。從《渭南文集》中我們可以知道，陸游在乾道二年擔任隆興通判時就開始大量閱讀道教典籍了。如《文集》卷二十六中的《跋高象先金丹歌》、《跋天隱子》、《跋老子道德古文》、《跋司馬子微餌松菊法》、《跋坐忘論》等作品，都是這一年陸游所閱讀的。乾道三年退居山陰，陸游依然夜讀隱書（隱書當為道教書籍）。入蜀時期，儘管有著繁多的公務，甚至親臨前線，但陸游依然對道教典籍頌讀不倦：「隱書不厭千回讀」（乾道七年，時任夔州通判）〔註5〕、「朝來坐待方平

〔註1〕 錢鍾書《宋詩選注》，第 170 頁。
〔註2〕 陸游《陸放翁全集》，第 855 頁。
〔註3〕 《陸放翁全集》，第 801 頁。
〔註4〕 《陸放翁全集》，第 155 頁。
〔註5〕 《陸放翁全集》，第 32 頁。

久，讀盡黃庭內外篇」〔註6〕、「閒倚松蘿論劍術，靜臨窗幾勘丹經」（淳熙三年於成都）〔註7〕。東歸之後，陸游大部分時光是在老家山陰度過，無公務纏身，有更多的時間閱讀道經：「一簪殘雪寄林亭，手把黃庭兩卷經」〔註8〕（淳熙十年）、「道室生虛白，仙經寫硬黃」〔註9〕、「習氣掃除空劫外，精神澡雪隱書中」〔註10〕（開禧三年）。從嘉定年間的詩歌來看，陸游對道教的態度也沒有明顯的變化，道教典籍是不能釋手的。

　　所以，陸游對道教、道家典籍的頌讀是一種終生的自覺行為，並非逃避現實或者精神寄託的需要。

（二）陸游以煉丹、養生的方式追求神仙長生

　　我們知道，陸游是相信神仙的存在的，並且相信神仙是可以學而致之的。除卻高祖陸軫的遇仙外，其祖母的遇仙而病除也堅定其神仙存在的觀念。《老學庵筆記》卷五中就有詳細的記載：

> 祖母楚國夫人，大觀庚寅在京師，病累月，醫藥莫效，雖名醫如石藏用輩，皆謂難治。一日有老道人狀貌甚古，銅冠緋氅，一丫髻童子操長柄白紙扇從後。過門自言疾無輕重，一灸立愈。先君延入，問其術。道人探囊出少艾，取一磚，灸之。祖母方臥，忽覺腹間痛甚，如火灼。道人自言九十歲，遂徑去，追之疾馳不可及。祖母是時未六十，復二十餘年，年八十三乃終。祖母沒後，又二十年，從兄子楫監三江鹽場。偶飲於士人毛氏，忽見道人衣冠及童子，悉如祖母平日所言。方愕然，道人忽自言京師灸磚事，言訖遽遁去，遍尋不可得。毛君云，其妻病道人為灸，屋柱十餘壯。病脫然愈，方欲謝之不意其去也。世或疑神仙以為渺茫，豈不謬哉！〔註11〕

陸游通過自己的親身見聞堅定了神仙的存在後，入蜀之後開始了求仙的嘗試。陸游求仙的途徑主要有兩種：一是煉丹，一是養生。其中以養生堅持的時間最長，而煉丹主要局限於入蜀時期。道教修煉成仙的途徑不外乎內丹、外丹兩種。外丹術主要流行於唐代以及魏晉六朝時期，從五代開始內丹逐漸

〔註6〕　《陸放翁全集》，第121頁。
〔註7〕　《陸放翁全集》，第121頁。
〔註8〕　《陸放翁全集》，第263頁。
〔註9〕　《陸放翁全集》，第991頁。
〔註10〕　《陸放翁全集》，第1017頁。
〔註11〕　《陸放翁全集》，第31頁。

發展起來，到了宋代後內丹術就基本上佔據主導地位了。但外丹術並沒有因此而完全消失，依然為少部分人所信奉，陸游的高祖陸軫就是其中之一。由於高祖的緣故，陸游對於外丹是相信的。在其詩歌當中，「大丹九轉」、「金丹」是出現頻率較高的詞語。四川是宋代的道教中心之一，外丹術有一定的市場。而陸游的煉丹也主要在入蜀時期。如《玉笈齋書事二首》其一：「眉間喜色誰知得，今日新添火四銖。」〔註12〕《燒丹示道流》還形象的描繪了燒丹時的情景：「昔燒大藥青牛谷，磊落玉床收箭鏃。扶桑朝暾謹火候，仙掌秋露勤沐浴。帶間小瓢鬼神衛，異氣如虹夜穿屋。」〔註13〕對金丹的迷戀一直持續到紹熙年間：「予今年六十有七，覽此太息。然予方從事金丹，丹成，長生不死直餘事耳。」〔註14〕雖然後來對金丹術甚至神仙學說有所懷疑，但這種懷疑只是一時的感發，更多的是對煉丹成仙的留戀：「青城舊友頻相約，歸養金丹尚未遲。」〔註15〕當然，直至最後，陸游也沒有煉丹成功。實際上，即是有所謂的丹藥煉成，也未必敢服用。如北宋的蘇軾對道教養生很感興趣，但不服食丹藥，「今有人惠大丹砂少許，光彩甚奇，固不敢服。」〔註16〕因為無論是前代還是當時，都有許多人因服丹藥而暴亡的。

除了燒煉金丹外，陸游更注重中草藥、食療以及內丹術等養生之道的修行。道教的內丹術在宋代士大夫中是很流行的，即使是反對釋老最力的歐陽修對內丹術也並不完全否認：「於是息慮絕欲，煉精氣、勤吐納，專於內守，以養其神。其術雖本於貪生，及其至也，尚或可以全角而卻疾，猶愈於肆欲稱情以害其生者，是謂養內之術。」陸游對養生術的瞭解至少在乾道二年就開始了，因為此時的所閱讀的《司馬子微餌松菊法》、《坐忘論》等就是包含養生之術。入蜀之後，陸游在與道士交往過程中注重學習長生之道：「久從道士學踵息」。〔註17〕陸游對養生的堅持是長久的：「受廛故里老為氓，三十餘年學養生。」〔註18〕在陸游晚年歸隱山陰時，就有多首以《養生》為題的詩歌。除內丹術外，一些行之有效的養生方法也為陸游所學習，如其自謂：「張

〔註12〕 《陸放翁全集》，第 32 頁。
〔註13〕 《陸放翁全集》，第 205 頁。
〔註14〕 《陸放翁全集》，第 107 頁。
〔註15〕 《陸放翁全集》，第 1026 頁。
〔註16〕 《蘇軾文集》，第 1517 頁。
〔註17〕 《陸放翁全集》，第 146 頁。
〔註18〕 《陸放翁全集》，第 641 頁。

文潛有《食粥說》，謂食粥可以延年，予竊愛之。」〔註19〕正是由於陸游的不懈堅持，確實達到了長壽的目標，終年八十有六，這在當時確實是了不起的。陸游在詩歌當中對養生的效果也有多處描繪，諸如：「五十餘年讀道書，老來所得定何如。目光焰焰夜穿帳，胎髮青青晨映梳。（自注：二事皆紀實）」〔註20〕所以，通過自身的體驗，陸游對於養生的認識十分堅定，從來沒有動搖過：「吾身本無患，衛養在得宜。一毫不加謹，百疾所由滋。人生快意事，噬臍莫能追。汝顧不少忍，殺身常在斯。深居勿妄動，一動當百思。每食視本草，此意未可嗤。賦詩置座右，終身作元龜。」〔註21〕這首《銘座》詩作於慶元五年，詩人時已七十五歲了。

（三）陸游以道教徒的身份自居，與道士交往密切，遊覽道教勝蹟

陸游一貫是以道教徒的身份自居的，最早可以追述乾道元年。當時陸游通判隆興軍府事，對官職不高很是不滿，於是申請宮祠：「白首而困下吏，久安佐郡之卑；黃冠而歸故鄉，輒冀奉祠之樂……玩仙聖之微言，樂唐虞之盛化。杜門掃軌，固莫望於功名；卻粒茹芝，冀粗成於道術。雖無以報，猶不辱知。」〔註22〕在這篇《上二府乞宮祠啓》中，陸游明確的是以黃冠自居，表達了對神仙道術的追求。晚年歸隱山陰，完全以道士自居：「鏡湖歸隱老黃冠，布褐蕭然一室寬」〔註23〕、「山陰老道士，寄情魚鳥中」〔註24〕。甚至製作道衣道帽，明以示志，如慶元五年所作的《新裁道帽示帽工》、《新制道衣示衣工》。而這些道衣道帽並非做樣子的，陸游大多時間是穿著的：「羽衣暫脫著戎衣，坐定方驚語入微。」〔註25〕同樣對道教很感興趣的蘇軾從來不以道士自居，特別是在奏文中總是自稱「小儒」。

正是由於以道士自居，那麼陸游對其它道教徒的認同，以及喜歡遊覽道教宮觀、神仙勝迹是很自然的事情，這與其它人的遊覽是不同的。紹興三十年時，陸游卸任遊玩永嘉，與道士一起飲酒賦詩。入蜀之後，儘管公務在身，

〔註19〕　《陸放翁全集》，第 586 頁。
〔註20〕　《陸放翁全集》，第 671 頁。
〔註21〕　《陸放翁全集》，第 597 頁。
〔註22〕　《陸放翁全集》，第 40 頁。
〔註23〕　《陸放翁全集》，第 521 頁。
〔註24〕　《陸放翁全集》，第 1144 頁。
〔註25〕　《陸放翁全集》，第 1116 頁。

但官職的多變給了陸游很多遊覽山水的機會。通過陸游的詩歌，我們可以瞭解到，此期的陸游遊覽了諸如青城山、老君洞、鵠鳴山、三井觀、上清宮、青羊宮、岑公洞等一大批道教勝地，與四川的道士也交往很多。東歸之後，特別是在隱居山陰期間，陸游也多與道士交往。除卻客觀上二者皆無俗事纏身，思想上的接近卻是主要的原因。只是由於在山陰時期，外出較少，甚至數年不到城市，所以陸游的交往頻率不是太高，更多的是詩文自娛。同時，陸游對入蜀時期交往很深的道士也還有書信往來，如上官道人、宋道人等。

　　最後，陸游的性格也與道教徒相近。道教徒由於沒有官場的種種束縛，所以相對比較自由，很大程度上可以隨意而爲。而陸游的性格是屬於豪放類型的，典型的文學之士性格，這種性格使得陸游很難在仕途上有所作爲。我們知道，入蜀時期，陸游由於不拘小節，很難與同僚、以及上下級相處，以至被譏諷頹放，若非上司范成大同爲文學之士，愛惜才華，陸游之處境是很難想像的；由于口風不緊，胸無城府，泄漏禁語，被孝宗批爲「小人」。陸游屬於文學之士，適合做一些清要之職，如編寫《新五代史》，就是陸游所長。與具體的瑣事打交道就非所長，所以陸游在擔任通判隆興軍府事時就自陳乏才丐祠：「伏念某讀書有限，與世無緣……察其愚無所能，乏細木侏儒之用」。〔註26〕淳熙三年時，由於不堪幕府文檄繁多而解參議一職，以李白、謝安自況。東歸之後更是爲臣僚論其不自檢飭，所做所爲多不合規矩，屢遭非議等等，以致被罷掉提舉淮南東路常平茶鹽公事之職，而彈劾他的就是南宋名臣趙汝愚。趙汝愚在政治上比較正直，與陸游並無偏見，完全是出於公論。而這些都是由於陸游的自身弱點所造成的，這些官場上的曲折是與陸游的道教信仰沒有多大關係的。

　　另外，有的學者認爲陸游的信奉道教與其多次提舉宮觀有很大關係，「但凡宗教都講默示、默化，有其位而食其祿，接受其默示，產生默化作用是不可避免的」。〔註27〕這種觀點是值得商榷的。因爲是否擔任祠官並不意味著接受道教的影響，或者說並不能使人的宗教觀念產生影響。在宋代，提舉宮觀表明官員不再參與政務了，已經是退居二線了。朝廷用此職位來安置一些退職官員以示優待，或者安排一些政治上的異己派。如《續資治通鑒長編》（熙寧三年）「詔杭州洞霄宮、永康軍丈人觀……自今並依嵩山崇福宮、舒州靈仙

〔註26〕《陸放翁全集》，第40頁。
〔註27〕邱鳴皋《陸游評傳》，第272頁。

觀置管勾，或提舉官。時以諸臣歷監司知州有衰老不任職，者令與閒局。王安石亦欲以處異議者，故增宮觀員。」〔註28〕而一些無意進取的官員也求提舉宮觀以明其志。陸游雖然屢任宮祠，但大都是出於仕途不順後經濟上的的考慮，一般為其主動要求的結果。所以陸游並非因擔任祠官而傾向於道教了。

陸游的道教信仰與其愛國主義思想在詩歌中經常以統一的形態出現，我們從上文的分析中已經可以看出，陸游的道教信仰是一種自覺的行為，並不受外界的影響，而且也不影響陸游對政治時局的關注。以往把陸游的宗教信仰與關注現實看作是對立的觀點是值得商榷的。我們現在看來，彷彿佛道二教都應當出世，而儒教才應該入世，其實在古人那裡並不盡然。龔自珍認為李白融合了儒釋道三者的思想，而大書特書。而在宋代，思想融合儒釋道的士大夫比比皆是，如蘇軾、王安石、朱熹等等。而在陸游這裡，道教的特徵更為突出，而佛教的成分教少而已。

從陸游的詩歌來看，愛國主義與道教信仰是相伴終生的，二者相互交融，相輔相成。

首先、陸游接受先輩的愛國主義教育與道教信仰幾乎同時從少年時期開始的。文集卷三十一：「紹興初，某甫成童，親見當時士大夫相與言及國事，或裂眥嚼齒，或流涕痛哭，人人自期以殺身翊戴王室，雖醜裔方張，視之蔑如也。」（《跋傳給事帖》）〔註29〕正是由於家庭的薰陶，陸游「少年志欲掃胡塵」；〔註30〕而由於父輩的緣故，陸游也很早接受了道教薰陶，以至「少年慕黃老，雅志在山林」〔註31〕。對於陸游而言，入蜀時期，特別是乾道八年擔任四川宣撫司幹辦公事期間，是其一生當中最為輝煌、最為留戀的時刻。而這一時期恰恰是陸游與道教聯繫最為緊密的時期，公務之餘，遊覽宮觀，與道士飲酒賦詩。東歸之後，儘管陸游陸續擔任了一些地方職務，諸如提舉江南西路常平茶鹽、嚴州知府等，但更多的時間是在故鄉山陰度過。儘管遠離政治中心，但陸游對國事依然關注，最為著名的即是臨終之前的《示兒》之作。而陸游在歸隱山陰時，更多的是詩文自娛，潛心修道。陸游絕大多數的道教題材的詩歌都是此期創作的。

〔註28〕《續資治通鑑長編》，第 5128 頁。
〔註29〕《陸放翁全集》，第 194 頁。
〔註30〕《陸放翁全集》，第 443 頁。
〔註31〕《陸放翁全集》，第 246 頁。

其次、陸游借助遊仙詩等道教題材的詩歌表現對國事的關注。我們把陸游定位為愛國主義詩人，主要是從其詩歌當中洋溢著愛國主義精神，對恢復故土的渴望以及對南宋政府中當權者誤國的不滿等因素而定性的。也就是說，由於官職卑微，陸游只是從文學的角度來為恢復大業搖旗吶喊，而並非以政治家的身份參與的。雖然對道教崇奉，但陸游並沒有因此棄家入道，即使面臨這樣的機會。例如入蜀時期，「宋與余在臨邛鴨翎鋪同遇異人，宋遂棄官學道」，〔註32〕而陸游就沒有傚仿宋某。一方面由於經濟的緣故，陸游多次因仕途不順而丐求提舉宮觀。另一方面，陸游的先輩並沒有因崇奉宗教而放棄世事，這對陸游的影響是很大的。如陸軫，官止尚書左丞，也不見因道棄官。在《陸孺人墓誌銘》中，陸游大大稱讚了從祖姊不因奉佛而放棄人事的做法，對那些奉佛法而不做日常事務的婦人進行批評：「（陸孺人）然奉家廟盡孝盡敬，朝夕定省如事生。凡祭祀、烹飪、滌濯皆親之，至累夕不寐。承議平生所與遊多知名士，每客至輒信宿留，孺人執刀匕，白首無倦色，曰：『此婦職也。』近世閨門之教，略妄以學佛自名，則於祭祀賓客之事皆置不顧，惟私財賄以徇其好，曰：『吾徼福於佛也。』於呼！娶婦所以承先祖，主中饋，顧乃使之徼佛福而止耶？安得以孺人之事告之。」〔註33〕特別是從陸孺人的事迹中，鮮明的體現了陸游對宗教與時事關係的認識，那就是不能因個人的宗教信仰而放棄對時事的關注與參與。

在陸游道教題材的詩歌中，有一現象值得注意，那就是「華山」或者「太華」的頻繁出現。據粗略統計，《劍南詩稿》中這兩個詞大約出現 50 多處。我們知道，華山在道教史中的地位非常高，為道教名山之一。據《三輔黃圖》所載：「集靈宮、集仙宮、存仙殿、存神殿、望仙臺、望仙觀，俱在華陰縣界，皆武帝宮觀名也。」〔註34〕而華山即處於華陰縣境。《抱朴子·內篇》卷四載：「又按仙經，可以精思仙藥者，有華山泰山⋯⋯此皆是正神在其中，其中或有地仙之人。上皆生芝草，可以避大兵大難，不但於中以合藥也。若有道者登之，則此山神必助之為福，藥必成。」〔註35〕《雲笈七籤》卷二十七《洞天福地》卷把華山列為三十六小洞天之一：「第四西嶽

〔註32〕《陸放翁全集》，第 335 頁。
〔註33〕《陸放翁全集》，第 205 頁。
〔註34〕何清谷《三輔黃圖校釋》，第 201 頁。
〔註35〕《抱朴子內篇校釋》，第 85 頁。

華山洞：周回三百里，名曰總仙洞天。在華州華陰縣，眞人惠車子主之。」
〔註36〕至於歷史或傳說中在華山修煉的更是枚不勝舉，諸如有蕭史，弄玉、
三茅眞人、寇謙之、陳摶等等。所以在陸游的詩歌中，「太華」或「華山」
即代表著神仙境地、隱居場所。如《夏日感舊四首》其二：「胡塵盡掃知何
日，不隱箕山即華山」。〔註37〕《道院述懷二首》其一：「故人怪我歸來晚，
太華峰頭又素秋」。〔註38〕《次韻周輔霧中作》：「何時關輔煙塵靜，太華山
頭更卜期。」〔註39〕

　　華山除了爲道教名山之外，在地理上的地位也是非常重要的。在大一統
的漢唐時代，關中爲國家的統治中心，是漢唐中原的象徵。著名的潼關即爲
京師的東方門戶，華山在潼關西邊，在唐宋代時期同屬於華陰縣，二者相距
五十里路。所以，對於渴望恢復的陸游而言，華山的含義不僅僅爲道教勝地、
求仙隱居的場所了，同時代表著淪陷的北方故土。如《書事》：「聞道輿圖次
第還，黃河依舊抱潼關。會當小駐平戎帳，饒益南亭看華山。」〔註40〕甚至
在陸游的小詞〔桃源憶故人〕中也有「雲外華山千仭，依舊無人問」〔註41〕
的感慨，華山儼然爲淪陷故土的象徵了。所以在陸游的詩歌中，「太華」或者
「華山」不僅僅是陸游心中的神仙聖地，同樣也是表現了作者對故土的懷念。
由於對時局的迷茫，此類詩中交織著對神仙的追慕、對世事的失望以及對故
土的懷念等複雜的情感。如《夢華山》：「路入河潼喜著鞭，華山忽到帽裙邊。
洗頭盆上雲生壁，腰帶輕前月滿川。丹竈故基誰復識，白驢遺迹但相傳。夢
魂妄想君無笑，尚擬今生得地仙。」〔註42〕儘管從表面看，詩人爲到神仙境
地華山而高興。但實際上華山在作者心目中，已是中原的象徵，因此是以夢
回故土而欣喜。尾聯二句表達了詩人的希望，要成爲不死的地仙，等到恢復
的那一天。《道院偶述二首》其二：「憶在青城煉大丹，丹成垂欲上仙班。飄
零未忍塵中老，猶待時平隱華山。」〔註43〕作者如此鍾愛華山，看來只能以
其愛國思想爲解釋了。甚至陸游的追求長生，也有其政治因素：「當時辛苦學

〔註36〕　《雲笈七籤》，第612頁。
〔註37〕　《陸放翁全集》，第877頁。
〔註38〕　《陸放翁全集》，第897頁。
〔註39〕　《陸放翁全集》，第90頁。
〔註40〕　《陸放翁全集》，第830頁。
〔註41〕　陸游著，吳熊和箋注《陸游詞編年箋注》，第130頁。
〔註42〕　《陸放翁全集》，第1138頁。
〔註43〕　《陸放翁全集》，第1044頁。

長生，準擬中原看太平。今日醉遊心已足，一瓢歸去隱青城。」〔註44〕只可惜陸游雖然長壽，依然沒有等到統一北方的那一天。還有一些遊仙詩，間接地表現了對現實的惆悵與無奈。《步虛四首》其三：「曩者過洛陽，宮闕侵雲起。今者過洛陽，蕭然但荒壘。銅駝臥深棘，使我惻愴多。可憐陌上人，亦復笑且歌。世事茫茫幾成壞，萬人看花身獨在。北邙秋風吹野蒿，古冢漸平新冢高。」〔註45〕再如《八月四日夢中作》：「太華巉巉敷水長，白驢依舊繫斜陽。山深乳洞藥爐冷，花發雲房醅甕香。鄰叟一樽迎谷口，蠻童三髻拜溪傍。中原俯仰成今古，物外自閒人自忙。」〔註46〕在華山這一意象中，既很明確地表現了作者的宗教理想，也反映了陸游對故土恢復的渴望之情，二者渾然融入了這類道教題材的詩歌中了。

當然，陸游道教題材的詩歌更多的是表現對神仙的追慕，悠然世外的閒情。但這種閒情主要原因是出於作者的宗教理想。

所以，在陸游身上，道教信仰與其愛國思想是並立不悖的。用陸游自己的話來說：「人間事事唯須命，惟有神仙可自求」。〔註47〕恢復故土不是一介書生陸游所能左右的，儘管他一生都在追求這個目標，而「長生久視之道，人人可以得之」。〔註48〕道教的信仰及身體力行使得陸游得以長壽，並創作了豐富的詩歌，其中包括許多愛國主義詩篇，從而留給後人寶貴的文學遺產。

在本節的最後，我們簡單談一下陸游詩歌的風格與道教的關係。

陸游詩歌的風格是多樣化的，這與陸游本人的審美情趣是相關的。陸游對於前人詩歌的學習是不拘限於某一人或某一風格的，既有平淡風格的白居易、梅堯臣，又有詩風飄逸的李白，此外還模仿晚唐詩人的講究詞藻、對仗精工的特點。這些風格，道教題材的作品中都不同程度要體現出現來。如道教長於想像、誇張的特點在浪漫主義的作品中體現得很充分，詩中多運用遊仙手法、神仙意象等。而當詩人隱居山陰時，道教的養生實踐佔據生活的重心時，此時的作品大多為日常生活題材，風格也大多平淡自然。因此，道教對於陸游風格的形成也是有重要作用的，只是這種影響更多的是隱性的。

〔註44〕 《陸放翁全集》，第 488 頁。
〔註45〕 《陸放翁全集》，第 221 頁。
〔註46〕 《陸放翁全集》，第 834 頁。
〔註47〕 《陸放翁全集》，第 663 頁。
〔註48〕 《陸放翁全集》，第 152 頁。

第二節　范成大的詩歌與道教

范成大（1126～1193）字致能，號石湖。爲南宋中興四大詩人之一，也是南宋著名詩人中官階較高的一位，一度擔任參知政事。范成大的詩歌最爲著名的是其田園作品，如《四時田園雜興》、《臘月村田樂府》等。同時，范成大也是一題材風格均爲多樣化的詩人，在藝術上不拘一格。《四庫全書總目》稱其：「初年吟詠，實沿溯中唐以下……《嘲里人新婚詩》、《春晚三首》、《隆師四圖》諸作，則全爲晚唐五代之音，其門徑皆可覆按。自官新安掾以後，骨力乃以漸而遒，蓋追溯蘇黃遺法，而約以婉峭自爲一家。」〔註49〕這是清人從其藝術風格而言的。近代學者錢仲書先生指出，范成大的詩歌受佛教的影響也是很深的，「他就喜歡用些冷僻的故事成語，而且有江西派那種『多用釋氏語』的通病，也許是黃庭堅以後，錢謙益以前用佛典最內行的有名詩人。」〔註50〕

不過，道教對於范成大的影響也是很大的，不僅體現在其生活方式、態度上，而且還表現在詩歌創作方面。

（一）對於道教養生的熟悉

對於道教養生的學習及實踐，是與范成大本人的實際情況分不開的。范成大多次在詩文中提及個人的身體狀況不佳，如在《問天醫賦》序文中自敘：「余幼而氣弱，常慕同隊兒之強壯。生十四年，大病瀕死。至紹興壬申，又十三年矣，疾痛疴癢，無時不有……」〔註51〕《與五一兄》（乾道九年）：「劣弟年來多病早衰，鬚髮如雪，骨瘦如柴，食少藥多，如此度日，可以想像況味。」〔註52〕《與五一兄》（淳熙二年）：「與新夫人入蜀，皆大病。」〔註53〕可以說，范成大的疾病伴其一生。出於現實的需要，范成大對於道教養生術是很關注的。在其詩文中多有對養生術的涉及。如《菊譜後序》：「《靈寶方》及《抱朴子》丹法悉用白菊，蓋與前說相牴牾，今詳此。」〔註54〕其《跋加味平胃散方》可知對於此類藥方較爲熟悉。因此，這種道教養生的追求與好仙者的養生在本質上是有區別的。

〔註49〕《四庫全書總目》，第 1380 頁。
〔註50〕《宋詩選注》，第 195 頁。
〔註51〕范成大撰《范石湖集》，第 448 頁。
〔註52〕孔凡禮《范成大佚著輯存》，第 107 頁。
〔註53〕《范成大佚著輯存》，第 108 頁。
〔註54〕《全宋文》第二二四冊，第 262 頁。

（二）道教典故的熟知

范成大的知識是很淵博的，「……在講病情的詩裏也每每堆塞了許多僻典，我們對他的『奇博』也許增加欽佩，但是對他的痛苦不免減少同情。」〔註55〕學問淵博如錢鍾書先生者，對其知識的豐富也是不能迴避的。其《吳郡志》，「徵引浩博，而敘述簡核，爲地志中之善本。」〔註56〕「粗略地統計，全志所引的正史、野史、類書、專著、別集、筆記、方志等近有一百五十種，有約一百七十人的各類詩文，有的還是一人多篇。」〔註57〕就道教而言，「仙事」條多種神仙傳記，如《眞誥》、《神仙傳》、《列仙傳》、《神仙感遇記》、《續神仙傳》、《原化記》等。范成大把這些與吳郡有關的神仙故事整理在一起，首先必須通讀這些道教典籍的。

（三）道教的態度

對於道教，從宗教信仰的角度，范成大並不太熱衷，甚至不如佛教。但作爲一名政府官員，多次參加道教的祭祀活動，並對積極修建過道教宮觀。如《青城山會慶建福宮》序文：「宮舊名丈人觀，予爲請於朝，賜今名。入山前數日，敕書至自行在，予就設醮以祝聖人壽云。」〔註58〕當然，范成大依然是一有神論者，只是並非某一特定的神仙，如《玉華樓夜醮》序文：「青城觀殿前大樓，製作瑰麗，初夜有火炬出殿後。峰上羽衣雲，數年前曾一現，已而如有風吹滅之，比同行諸官至則無見矣。予默禱云，此燈果爲我來者，當再明，使眾共觀之，語訖復現。」〔註59〕

范成大的詩歌創作，主要是從藝術的角度出發，抒情寫景，與政治關涉不大，這與同時的陸游是一很大的區別。因此，儘管范成大對於道教並不信仰，但由於對道教的熟悉，其詩歌創作具有很深的道教痕迹，具體有以下幾種表現。

首先，以道教宮觀爲題材的山水作品。

范成大的《石湖詩集》中有大量的宮觀題材的作品，這是由於作者爲宦多年，且足迹所及範圍極廣。而每到一處，道教宮觀則爲必遊之所，特別是道教勝地四川，這也是其集中四川的宮觀作品最多的原因。其宮觀作品，大多以描寫山景及抒發個人的情懷爲主，鮮有神仙主題者，且傳統的追求隱逸

〔註55〕《宋詩選注》，第 195 頁。
〔註56〕《四庫全書總目》，第 598 頁。
〔註57〕范成大撰，陸振嶽校點《吳郡志》，第 3 頁。
〔註58〕《范石湖集》，第 248 頁。
〔註59〕《范石湖集》，第 249 頁。

主題的作品也不多。如《再題青城山》：「萬里清遊不暇慵，雙旌換得一枝筇。來從井絡直西路，上到江源第一峰。海內閒身輸我佚，山中佳氣爲人濃。題詩試刻岩前石，付與他年蘇量重。」〔註60〕再如《上清宮》：「歷井捫參興未闌，丹梯通處更躋攀。冥蒙蜀道一雲氣，破碎岷山千髻鬟。但覺星辰垂地上，不知風雨滿人間。蝸牛兩角猶如夢，更說紛紛觸與蠻。」〔註61〕儘管是宮觀題材，作者的重心並沒有在神仙故事或宗教信仰上，而是以普通的山水題材來對待。當然，范成大也沒有如盛唐山水詩派一樣以創造意境，在藝術以鋪敘手法爲主，爲詩化的山水遊記。

（一）與道教中人的交往

范成大如道教中人的交往並不如佛教徒多，但這些作品卻明確地表現出作者的眞實的內心世界，如對於神仙學說的否定，樂天知命的精神等。如《老陳道人自云夢被召作地上主者又常受一貴家供祝之日他日必來吾家作兒戲贈小頌》：「野人何苦赴官差，符使追呼撓道懷。幸有於門香積供，不如隨喜去羅齋。」〔註62〕雖爲遊戲筆墨，也明確表達了作者眞實意圖，即佛教勝於道教神仙術。而《占星者謂命宮月孛獨行無害但去年復照作災今年正月一日已出而歲星作福戲書二絕》更是表達了作者置福禍於度外的樂觀主義精神，如其二：「暗曜加臨有救神，煌煌福德自天仁。只煩終惠蘇殘喘，官爵從渠奉董秦。」〔註63〕聯想到范成大於乾道六年（1120年）出使金朝，不畏死亡的危脅，敢於向金主廷爭，也就明白其緣由了。

范成大與道教中人的交往並非爲神仙方術，而是這些道教中人有著非凡的見識與素養。如《晞眞閣留別方道士賓實》：「東山西山雙袖舞，中有清宮蟠萬礎。雲橫朱閣碧梧寒，風掃石壇蒼檜古。道人賓實其姓方，來從何許今幾霜。誅蒿僕蓬殿突兀，玉華紫氣騰眞香。胸奇腹憤無人識，我獨相從似疇昔。時時苦語見針砭，邂逅天涯得三益。明朝歸客上歸艎，重到晞眞計渺茫。只有雙魚相問訊，歙江之水通吳江。」〔註64〕從范成大的作品來看，這些道人似乎也非以追求神仙爲職業，只是一些不得志的循世者而已。

〔註60〕《范石湖集》，第249頁。
〔註61〕《范石湖集》，第250頁。
〔註62〕《范石湖集》，第356頁。
〔註63〕《范石湖集》，第329頁。
〔註64〕《范石湖集》，第94頁。

（二）傳統遊仙、步虛作品的創作與運用

在范成大的詩歌中，多有運用傳統的遊仙作品。既有出於模仿前人的創作的藝術需要，也有以遊仙作品來交往的現實目的。如范成大在藝術上以中晚唐爲學習目標，李賀作品中多有以神仙爲題材的，范氏之《神弦》一詩即爲仿李賀而作：「雙娥一去三千秋，粉篁春淚凝古愁。神鼉悲鳴老龍怨，水爲翻瀾雲爲留。素空逗露晚花泣，神官行水鱗僮濕。潮聲不平江風急，蒼梧冥茫九山立。」〔註65〕從藝術風格上而言，此作品與李賀的作品是一致的。

以遊仙作品作爲贈答之媒介，其主題爲將對方比作神仙，而以自己求仙比喻得到對方的賞析或汲引，這是范成大擬古作品的現實運用。如《古風上知府秘書二首》其一：「神仙絕世立，功行聞清都。玉符賜長生，躡雲遊紫虛。雞犬爾何知，偶舐藥鼎餘。身輕亦仙去，罡風與之俱。俯視舊籬落，眇莽如積蘇。非無鳳與麟，終然侶蟲魚。微物豈有命，政爾謝泥塗。時哉適丁是，邂逅眞良圖。」〔註66〕以遊仙作品做爲自薦書信，較之唐人以女子自喻更爲文雅。如唐人朱慶餘的《閨意獻張水部》：「洞房昨夜停紅燭，待曉堂前拜舅姑。妝罷低聲問夫婿，畫眉深淺入時無？」〔註67〕雖然頗具情意，但畢竟與宋人士大夫的精神人格不相符。范成大多次以遊仙詩做爲自薦信的作品，在其集中還有《古風二首上湯丞相》其二。在北宋的蘇軾、徐積也有此類作品，以遊仙詩的形式來作爲交際之作。這一方面表現出作者對於傳統遊仙文學的熟悉，另一方面也反映了宋人的審美趣味與唐人的不同。

（三）對於道教文化的表現

道教在整個社會中的影響是廣泛的，無論信仰與否，都會與之接觸。例如道教的神仙、仙景會以繪畫形式廣爲流傳，或爲祈福，或爲欣賞娛樂。范成大多有以道教圖畫爲題材的詩歌，最爲典型的爲《白玉樓步虛詞六首》，正如序文所言，「若其景趣高妙，碧落浮黎，青冥風露之境，則覽者可以神會，不能述於筆端。此畫運思超絕，必夢遊帝所者彷彿得之，非世間俗史意匠可到。明窗淨几，盡卷展玩，恍然便覺身在九霄三景之上。奇事不可以不識。」〔註68〕作者對於此類道教藝術作品很是欣賞，其原因在於這些圖畫脫

〔註65〕《范石湖集》，第 29 頁。
〔註66〕《范石湖集》，第 88 頁。
〔註67〕彭定求等《全唐詩》卷五一五，第 5892 頁。
〔註68〕《范石湖集》，第 436 頁。

俗的境界與士大夫追求文雅的精神是相一致的。這些步虛詞創造了冰清玉潔的神仙世界，雖然出於宗教目的，但在作者的眼中，卻剝落其中的宗教意義，是一種人格精神的象徵。如其一：「琳霄境，卻似化人宮。梵氣彌羅融萬象，玉樓十二倚清空，一片寶光中。」〔註69〕其它此類作品如《題范道士十二牛圖》、《巫山高》、《題醉道士圖》等，反映出作者對於道教藝術的欣賞。

　　結語：范成大對於道教神仙故事、道教養生等都是很熟悉的，不過他卻並沒有在詩歌中大談養生的方術，或者鋪述神仙故事。其道教題材詩歌大多為短篇作品，或為組詩形式，而主題也是以主體情感的傳達為主，而非傳統之慕仙之類。這鮮明地反映出作者詩歌創作原則，即把詩歌作為抒發情懷、感悟人生的媒介，真正地以藝術的角度出發的，而非政治、宗教觀念的傳聲筒。所以范成大的道教題材的作品具有很高的藝術成就，我們在認識其作品時也不能僅僅看到其田園詩，包括其道教題材作品，都應該予以重視。

〔註69〕《范石湖集》，第 436 頁。

第八章　南宋後期詩壇與道教

第一節　南宋中後期的道教環境

　　在南宋中後期，統治者及士大夫對於道教有著新的時代特徵。南宋後期諸帝，對於道教並無過多的熱情，基本上是延續前朝的做法，如修建宮觀，冊封道教中各類神仙，以及利用各類道教儀式為皇室、百姓祈福等。而這些不多的崇道活動也大多在道教典籍中出現，而正史中則很少出現。這從南宋前期及北宋諸帝紀中可以清楚地看出，而而當時最為著名的道教宗師白玉蟾等，並沒有獲得當時最高統治者的召見，這也說明後期諸帝對於道教並無真正的信仰在其中。

　　與最高統治者的相對冷淡相比，士大夫對於道教的態度則較為複雜。

　　首先，道教的祭祀儀式為士大夫所接受、認可。對於出仕的士大夫而言，主持、參加官方的道教祭祀活動是其一項重要日常工作，諸如祈雨禱晴、禳災袪禍等。這一點與南宋前期及北宋的士大夫都是相同的。如南宋理學家楊簡，在為官期間主持道教儀式中寫了諸如《默禱青詞》、《禳火青詞》《祈雨青詞》等。

　　而南宋後期的士大夫與以往所不同的是，許多道教祭祀活動是出於個人的目的，諸如為親友禳病、遷居祈福、追薦亡者、遠遊求安等。而在南宋初期開始出現，南宋中後期這種道教祭祀的私人化在士大夫中成為一種普遍的現象，這與士大夫是否有道教信仰並無多少關係。此處可略舉幾例，如劉克莊在《王隱君六學九書序》明確否定神仙的存在，「近世丹家如鄒子益、曾景建、黃天谷，皆余所善，惟白玉蟾不及識，然知其為閩清葛氏子。鄒不登七

十，黃曾僅六十，蟾尤夭死，時皆無他異，反不及常人。余益不信世之有仙而丹之果可以不死也。」〔註1〕但在涉及到親友生日、自己出宦等個人活動是，依然以道教的祭祀活動來祈福，如《袁州入宅青詞》「忝牧民之重寄，朝命雖榮；違將母之初心；宦遊奚樂！潔蠲公宇，重祓醮筵，將祈千里之蒙休，豈特一家之徽福？伏願監臨悃愊，畀錫福祥。田裏相孚，聲永銷於愁歎；庭闈雖遠，書常報於平安。」〔註2〕其它如《廣東入宅青詞》、《江東憲入宅青詞》、《太淑人生日青詞》等內容與此大致相類似。南宋後期著名理學家真德秀，也以道教祭祀祈福，如《母疾愈醮謝青詞》、《丙子立春日設醮為母祈福青詞》、《泉州入宅青詞》等。

　　道教祭祀活動的私人化在士大夫中成為一普遍的現象，這說明道教的影響較之以往是大大加強了，已經成為一種社會風俗了，即使對道教存有異議者也須遵守這些道教活動。

　　其次，道教養生及醫術在的士大夫中的盛行。道教的養生術為士大夫所接受在北宋即成為一普遍的現象，如蘇軾兄弟、張方平等，南宋如曾樞、陸游等。但這些士大夫的道教養生基本上是出於自己的天性所致，其目的也是為個人，而南宋後期的士大夫則有所不同。受南宋理學家朱熹所影響，道教的養生術、醫術等是士人所必須接觸學習的，其目的也是出於儒家的倫理需要。如朱門弟子蔡遠定在《玉髓經發揮序》這樣論述：「先君子（朱熹）每謂：『為人子者不可不知醫藥、地理。父母有疾，不知醫藥，以方脈付之庸醫之手，誤殺父母，如己弒逆，其罪莫大……』」〔註3〕南宋末期理學大師真德秀對於道教的養生術也很重視，其《衛生歌》表現了他對於道教養生的重視。因此，即使是普通士人出於這種儒家理論的需要，大多對於養生、醫學頗為留意。如郭應祥，僅是一普通的下級官員，「始予奉親攜幼，來官清江，未入境，首問邑有良醫師否？又問肆有佳藥肆否？」〔註4〕（《集驗背疽方序》）

　　可以說，在公共醫療不發達的南宋後期，士大夫普遍的重視、學習道教的養生、醫學具有積極的現實意義，這也說明此期的士大夫對於道教的理性認識。

〔註1〕劉克莊《後村集》卷二四，《影印文淵閣四庫全書》本。
〔註2〕《後村集》卷三十。
〔註3〕《全宋文》第二五八冊，第 401 頁。
〔註4〕《全宋文》第二九三冊，第 268 頁。

　　再次、道教的勸世功能的強化。道教爲在社會中得以廣泛傳播，在早期
即重視儒家倫理道德的宣傳，這當然是以修身成仙爲終極目標的。《太平經合
校》卷一一四「不孝不可久生誡」條中列舉種種惡行，都是爲天神所不容的，
如：「……無益家用，愁毒父母，兄弟婦兒，輒當憂之，無有解已。攻取劫盜，
既無休止，自以長年，復見白首。不知天遣候神，居其左右，入其身內，促
其所爲。令使凶，當斷其年，不可令久……」〔註5〕在《抱朴子・內篇》中也
有諸多關於積善成仙的理論，但在後來大多數的道教理論主要側重於道士的
自我修行，諸如內外丹法，避世隱居等，基本上保持與現實的距離。在宋代，
隨著儒家思想佔據社會思潮的主流，道教也相應地做出調整，在宣傳其教義
時著重突出與儒家理論的結合，《太上感應篇》即是一典型例證。據近人考證，
《太上感應篇》成書於北宋末期，可參見段玉明的《〈太上感應篇〉：宗教文
體與社會互動的典範》一文。但《太上感應篇》的流行是在理宗的倡導下，
在士大夫階層中廣爲流傳的，無論是當權派還是普通的士大夫。如當時的丞
相鄭清之、理學大師眞德秀以及眾多一般的士大夫如，葉應輔（國子博士）、
龔幼采、鄭大惠、程公許等紛紛爲《太上感應篇》或鄭清之的《太上感應篇
至言詳解序》作序跋。《太上感應篇》受到士大夫的如此禮遇是較爲罕見的，
篇幅不長卻影響深遠，其內容則是以融合儒釋道三者思想爲基礎，勸世人行
善。語言簡潔素樸，如現代文明公民行爲守則。姑舉一段：

　　　　射飛逐走，發蟄驚棲；塡穴覆巢，傷胎破卵；願人有失，毀人

　　成功；危人自安，減人自益；以惡易好，以私廢公；竊人之能，蔽

　　人之善；形人之醜，訐人之私；耗人貨財，離人骨肉；侵人所愛，

　　助人爲非；逞志作威，辱人求勝；敗人苗稼，破人婚姻。〔註6〕

以上諸條，即使在今天的文明社會中依然有著可行性，或者爲現代文明社會
所遵守，因此得到當時士大夫階層的極高評價。如眞德秀在《感應篇序》中
所言：「顧此篇指陳善惡之報，明白痛切，可以扶助正道，啓發良心，故復捐
金齎鏤之塾學，願得者摹以與之。庶幾家傳此方，人挾此劑，足以起迷俗之
膏肓，非小補也。」〔註7〕在隨後的明清社會中，《太上感應篇》在社會各階
層廣爲流傳，足見其影響之深遠。

〔註5〕　王明《太平經合校》，第597頁。
〔註6〕　李昌齡《太上感應篇》，《道藏》第二七冊。
〔註7〕　《全宋文》第三一三冊，第145頁。

　　最後，道教的神仙理論及修行方術。隨著南宋後期理學在士大夫階層中的影響的擴大，道教的神仙理論及修行方術並沒有在士大夫中獲得廣泛的認同，雖然此期道教內丹南宗一派的理論有了新的發展，如白玉蟾、陳楠等人的內丹理論。甚至有人對道教予以徹底的否定，如唐仲友在《釋老論》中即認為「自釋老之說熾於中國，使吾民人不蓄，田疇不闢，財用不足，兵甲不堅。土木無度，而奇巧之技眾；男女怨曠，而淫辟之罪多。……道釋之說，皆剽儒書之餘，以文飾其說，不可謂無可觀也，故尤足於惑人，此道釋之深害而君子之所深惡也。」〔註8〕但這種持這種極端論點者是極個別者，即使是南宋的朱熹、陸九淵、陳亮及葉適、魏了翁、真德秀等理論家也沒有如此極端。此期的士大夫的神仙觀念較為通脫，認為不必通過道教修行術也可成仙，如恪守儒家的倫理道德，或者精神的自由也是神仙生活的標誌。如《久為塵事關懷因成一絕》：「讀書得趣是神仙，未若神仙斷火煙。解把老夫埋俗窟，多時不放上青天。」〔註9〕

　　雖然士大夫也重視養生理論，但並不認同其成仙理論。如蔡權（朱門弟子）在《參同契論》即認為，儒家養生與道家的養生是根本不同的，「生可養，壽不可益……生可衛養差無病，壽之修短繫於天，孰可違天而益之？」〔註10〕

　　當然，士大夫中信奉道教的神仙理論的也大有人在，如周文璞、蘇森（蘇轍四世孫）、楊長孺（楊萬里之子）尤焴（尤袤之孫），以及前文所提及的程公許等。

　　此外，隨著南宋政治局勢的變化，部分士大夫選擇逃避現實而入道，這並不是出於對道教神仙理論的認同。這一點，《南宋後期士大夫的入道現象》一節中已有詳述。南宋後期許多道士的文學水平較高，這些道士實際上原來都是儒士。如黃震的《玉笥山道士徐師淡詩集序》、《跋雷道士詩》，陳著的《書道士貝鶴隱詩集》、《蕭道士詩序》、《饒道士詩序》等都表明道士參與詩歌創作者是較多的，但這些人並非普通的道士。正如黃震在《跋雷道士詩》中所言：「臨川道士雷齊賢示余詩一編，筆力老蒼，渾然成章，軒轅彌明苦澀，語避三舍矣。蓋彌明道士也，齊賢非道士也，儒生之窮有所託而逃焉者也。」〔註11〕這也說明

〔註8〕　《全宋文》第二百六十冊，第339～341頁。
〔註9〕　《全宋詩》第五十冊，第31323頁。
〔註10〕　《全宋文》第三三七冊，第18～19頁。
〔註11〕　《全宋文》第三四八冊，第226頁。

入道之儒生，大多數人其關注之處不是道教的神仙理論，而依然保持原來的儒士情懷。

第二節　南宋後期詩壇與道教

隨著江西詩派及中興四大詩人的退出詩壇，南宋後期的詩壇已沒有前期那樣的巨匠，更多的是一些成就不高的小詩人，永嘉四靈、二泉及江湖詩人成爲南宋後期詩壇的代表群體。就道教而言，對於南宋後期的詩壇並無決定性的影響，例如在風格、藝術技巧上，道教只是成爲詩人創作的一個題材而已。

近人有論及永嘉四靈的詩風與道教的聯繫，以其詩風風格與道教的清靜無爲的思想相近的緣故。實際上，這種聯繫並無必然性。首先在查閱四靈與道教相關的作品總共不到五十首，且主要爲與道人的贈答之作。翁卷有《遊仙篇》、《步虛詞》兩篇純道教作品，但也不能證明其道教信仰或其作品風格、主題與道教的直接關聯。

江湖詩派中的翹楚戴復古、劉克莊等也有部分與道教相關作品，但也大多爲與道人應酬之作，並無多少藝術價值，特別是劉克莊的作品，淺白率意。倒是戴復古的道教作品雖少，但頗有藝術價值，如《贛州上清道院呈姚雪蓬》：「短牆不礙遠山青，無事燒香讀道經。時把一杯非好飲，客懷宜醉不宜醒。」〔註12〕詩歌把道人的悠然世外的情趣描寫的親切而生動。

相對於四靈、江湖詩人，二泉與道教的聯繫相對多一些，但又有所不同。韓淲對於道教本身較感興趣，如借閱《雲笈七籤》、《黃庭經》等，雖然並不以求仙爲目的。而趙蕃則對於道教名勝較感興趣，這也是文人常態。

從總體而言，道教對於南宋詩人中依然有著一定的影響，表現於詩歌中即宮觀或道教名勝題材作品的大量出現。這種現象存在絕大多數詩人的作品中，只是不同作家其數量存在一定的差異。就主題而言，此類作品大致可分爲三類：

第一類爲較爲純粹的山水之作或紀遊之作，與道教關涉不大，這些道教場所只是提供一欣賞山水的立足點。作者通過山水景色抒發情懷，從而暫時忘卻世俗之煩憂。如呂祖謙《遊赤松山記》：「晨興復至其處，灝氣遊衍，天宇無滓，心曠神怡，注目久之……誦招隱遊仙之篇，徘徊登眺，不知日之入。」

〔註12〕《全宋詩》第五四冊，第33605頁。

〔註 13〕親近自然山水是大多文人士大夫的心理習慣，一方面，自然的雄偉給士人以崇高的美感；另一方面，欣賞植物、水給人也會獲得美感，正如尼採所言，「看到植物則產生直接的愉悅情感，而且是在較高的程度上；這種愉悅的程度是與它的豐饒、多樣、繁茂及自然的程度成正比的……水以它顯得富有生命力的超常的流動性和它的光、影的交替作用在很大程度上中和了無機組織的壓抑效果。而且水對於生命的存在也是絕對不可少的。除此之外，觀賞植物界給予我們的愉悅感還來自於它所呈現的那種寧靜、和平和愜意的景象……」〔註 14〕因此處於自然中的道教名勝也爲詩人所喜愛，更何況道教正是以出世成仙爲其特徵的。

如江湖詩人葉紹翁的《大滌山》：「倦身祇欲臥林丘，羽客知心解款留。泉溜涓涓中夜雨，天風凜凜四時秋。虎岩月澹迷仙路，龍洞雲深透別州。九鎖青山元不鎖，碧桃開後更來遊。」〔註 15〕或者只是對山水景色予以素描，而作者的思想只是間接地表達。如方岳的《洞元觀》：「窗林綠氣冷香薺，山帶斜暉半入溪。幽鳥似嫌人至數，瞥然飛過隔林啼。」〔註 16〕

第二類是針對這些道教勝蹟歷史上的神仙傳說進行概括敘述，類似於詠史詩的性質。作者只是以之爲吟詠的詩材，並無多少深意及情感。許尙的《華亭百詠》中關於道教名勝的作品即是如此，如《丁公橋》：「令威仙去後，遺迹歎成非。華表成烏有，何年見鶴歸。」〔註 17〕

第三類是以道教步虛詞的樣式對道教名勝進行闡釋，側重於道教義理，從而表達對於道教的崇信。此類作品並不太多，但都是因以組詩的形式出現而顯得尤爲突出，如陳淘直的《九鎖步虛詞》與趙與湜的《敬和九鎖步虛詞》，後者是前者的追和之作。這在詩歌的序文及詩歌中有著明確的表現，如陳淘直《九鎖步虛詞》的序文：「……嘗謂天門巍峨，嚴圍九關，虎豹守之，啄害下人，有天關鎖。……九鎖環環，人見山而已。戊午仲春，徜徉岩麓，恍然若登天次第之階，俯境冥會，因入一鎖，即記一名，並述《步虛詞》九章。離塵達清，未免覬霄房之見接也。」〔註 18〕趙與湜的《敬和九鎖步虛詞》其

〔註 13〕《全宋文》第二六一冊，第 397 頁。
〔註 14〕尼採《藝術的形而上學》劉小楓《德語美學文選》，第 189 頁。
〔註 15〕《全宋詩》第五六冊，第 35141 頁。
〔註 16〕《全宋詩》第六十冊，第 38313 頁。
〔註 17〕《全宋詩》第五十冊，第 31465 頁。
〔註 18〕《全宋詩》第五五冊，第 34189 頁。

六《洞微鎖》：「大道不容言，有滯還有轍。返本含元造，竟達無上機。希夷絕視聽，得一眾甫歸。向來寢虛師，至訣殊精微。」〔註19〕這類詩歌在道教中人的影響較大，但是在普通的文人中卻沒多少影響，主要是藝術性差一些。

對於大多數詩人而言，道教的宮觀、道教名勝只是其眾多的創作題材之一，並沒有影響其詩歌創作的風格或主題。但也有少數詩人，其詩歌創作與道教有著密切的聯繫，如張鎡、程公許、高似孫、周文璞等人。

一、高似孫的詩歌與道教

高似孫，字續谷，號疎僚，爲淳淳熙十一年進士。官職不顯，但頗有文學材能，時人稱其「夙有俊聲，能傳家學，詞章敏贍，吏道通明。」〔註20〕（樓鑰《攻瑰集》卷三一《除給事中舉高似孫自代狀》）且著述頗豐，如《剡錄》、《史略》、《子略》、《緯略》、《騷略》等，基本上都流傳下來。高似孫的作品也列入江湖詩集中，四庫館臣認爲其作品在當時是較爲另類的，在《剡錄》的提要中這樣評述：「南宋末年，道學一派惟以語錄相傳習，江湖一派惟以近體相倡和，而似孫所述多魏晉以來詩文事迹，與當時風尙相左……」〔註21〕。這並不符合事實的，因爲《江湖小集》中《疎僚集》中作品只是其創作的一部分，還有相當部分的散見於其它典籍中，其作品與當時的詩風是相近的。

高似孫的詩歌與道教有著密切的關係，不僅是表現在詩歌題材上，也表現於詩歌體裁及詩歌主題上。就高似孫本人而言，並無確鑿的材料表明其有嚴格的道教信仰。但在其著作中，記載了大量道教的神仙學說以及道教的養生方術。如《剡錄》卷三「人物」條、卷八「物外記」條，《子略》中《黃帝陰符經》」條、「《淮南子》」條、「《黃石公素書》」條，「五圖」、「二十四圖」、《緯略》中的「熊經鳥伸」條、「龜息」條、「奔月」條、「石流丹」條、「滕六降雪」條、「黃庭圖」條，都表明對於道教典籍有著相當的瞭解，其中涉及到《黃庭經》、《神仙傳》、《神仙感遇傳》、《抱朴子》、《太清金匱記》等。如此多的材料涉及到道教，至少說明高似孫對於道教具有一定的好感，否則不可能閱讀如此多的道教書籍。

在高似孫流傳下來的一百多首作品中，與道教相關的佔據三分之一強。

〔註19〕《全宋詩》第五六冊，第35091頁。
〔註20〕樓鑰《攻瑰集》卷三一，《影印文淵閣四庫全書》本。
〔註21〕高似孫《剡錄》，《影印文淵閣四庫全書》本。

從題材來分析，這些作品大致可分爲三類。

第一類是以道教名勝天台山爲題材的作品，也是數量最多的。從這些作品來看，高似孫至少兩次遊覽天台山。高似孫在這些作品中描寫了天台山的景色，從入山到出山，以及留宿山中時所見。還有幾首是寫與天台道人的交往。如果其作品設有散佚的話，可能會是一組完整的遊記詩歌。就體裁而言，這些作品古體詩、近體詩是並存的。這反映出作者創作詩歌是並不據泥於某一種詩歌體裁，基本上是隨性而作。同爲寫景之作，或爲近體，或爲古體。如《瓊臺西路》：「一夜天台雨，青鞋踏盡沙。添將清瀑水，濕盡碧桃花。涉澗鋤生术，和雲嚼野茶。便無仙骨分，不敢更思家。」〔註22〕《天台渡》：「一江夾清渾，只向青村注。餘雲拖薄潤，遠靄飛輕素。船輕順流下，石狹奔湍怒。蒼陰布仙迹，野芳生幽趣。山色各有舊，春情宛如訴。徘徊良自得，泱漭又將暮。退瞻金碧庭，可入丹泉路。今夜宿桃花，切莫匆匆去。」〔註23〕前爲五律，後爲五古。

儘管作者對於道教典籍十分熟悉，但在詩歌中卻少有賣弄學問的弊病，只有《桐柏觀閱藏經》一首稍有顯露。其餘作品則語言洗煉，並無「怪澀」之氣。如《夜宿桐柏》：「月到中峰碧峭深，露桃微重鶴移陰。隔松聽得仙官話，句句皆非世上音。」〔註24〕

第二類爲遊仙擬古之作，以《朝丹霞》六首、《紀夢詩》、《騎鸞引贈句曲山吳道士》等作品爲主。高似孫對於傳統的遊仙作品及《楚辭》是很熟悉的，特別是後者。這主要是從藝術的角度，而並非說明作者有著道教信仰。其在《子略》卷四「淮南子」即表明對於《離騷》等詩文的喜愛，「少愛讀《楚辭》、《淮南》、《小山》篇，聲峻環磊，他人製作不可企攀者。又慕其《離騷》有傳，窈窕多思致。」〔註25〕這也同時說明高似孫在詩文風格上追求是以高雅爲標的的。《朝丹霞》六首即是運用騷體形式創作遊仙詩，描寫夢仙情景。如《朝丹霞》其五：「畫琳琅兮黃金繩，帝監觀兮燕清寧。聞不聞兮曠無際，毛髮竦兮心爲冰。」〔註26〕高似孫在創作這組詩的原因有二，一爲此夢境確實發生在自己身上，二是作者傾慕唐代詩人顧況《上清辭》的風格，「……夢忽

〔註22〕《全宋詩》第五一冊，第 32000 頁。

〔註23〕《全宋詩》第五一冊，第 32003 頁。

〔註24〕《全宋詩》第五一冊，第 32000 頁。

〔註25〕高似孫《子略》卷四，《影印文淵閣四庫全書》本。

〔註26〕《全宋文》二九二冊，第 185 頁。

窹，時已五更。既以詩紀其事，因閱唐顧況《朝上清辭》，愛其幽古婉暢，脫去塵滓，依稀其趣，作《朝丹霞》。」〔註27〕同樣，《紀夢詩》也是以七古的形式來描述夢境，雖爲虛幻之仙境，但也屬實寫。

第三類爲與道人交往之作，另外還有少數涉及養生的作品。作者對於道教頗感興趣，因此與道人的交往是正常的。而詩歌通過描寫這些道人的修道生活，讚揚他們的仙風道骨。如《寄桐柏山王尊師》：「猶道中峰淺，重新入翠微。讀書呼鶴聽，洗硯待猨歸。近瀑青松濕，朝陽紫術肥。逢仙歸又晚，行得健如飛。」〔註28〕此類詩歌中律詩佔據近數，且注重詩歌意境的創造，而宗教說理氣息不濃，也無同類題材常見的慕仙主題。《寄天台蕭煉師》、《桐柏山鄭先生齋》、《桐柏鄭練師歸故山》等風格都相近。而少數古體詩道教因素較多，側重於鋪敘，而非景物的刻畫。如《楊嗣勳惠茯苓》：「道是青神谷，元通白帝崖。有松如壯士，其魄化嬰兒。雲濕侵鴉嘴，天寒剪兔絲。堯初香摘髓，秦後雪凝脂。穴動龍蛇窜，山空鳥獸悲。惟將千歲力，白了一生奇。」〔註29〕作者的道教知識以及對道教養生的追求從此類詩中可以得到答案。

高似孫普通題材的作品，也受道教因素的影響。如《中秋夜登秀臺二絕》即是運用道教超現實的創作手法。如其二：「冰娥看盡人間世，好事如公不數枚。卻喚清罍相揖酹，汝聽下界息成雷。」〔註30〕不過，作者留傳下來的作品並不完整，因此難以全面的評估道教與其詩歌的關係。即使如此，高似孫的詩歌與道教相關的也佔據其創作的三分之一。由於作者注重詩歌的藝術性，因此詩歌並無宗教教義的說理的堆砌，同時傳統的慕仙主題也不多見，因此成就是比較高的。

高似孫在當時「一代名人」〔註31〕，這不僅表現於文學創作上，如劉克莊在《後村詩話》中即對其較爲推重：「得疎僚二冊，前已摘出一二聯，後得其全集，數倍於舊。老筆如『湘弦泗磬多人間』，俚耳所未聞者，有石湖、放翁、誠齋之風。部帙既多，不能遍閱，姑錄其警語於編，以備遺忘。」〔註32〕。似孫的名也體體現於人格上，但卻是負面的。同時稍後的陳振孫這樣評價：「少

〔註27〕《全宋文》二九二冊，第 185 頁。
〔註28〕《全宋詩》第五一冊，第 31999 頁。
〔註29〕《全宋詩》第五一冊，第 31998 頁。
〔註30〕《全宋詩》第五一冊，第 31998 頁。
〔註31〕周密《癸辛雜識》別集卷下，第 272 頁。
〔註32〕劉克莊《後村詩話》卷八，《影印文淵閣四庫全書》本。

有俊聲，登甲辰科，不自愛重。爲館職上韓侂冑生日詩九首，皆暗用錫字，爲時清議所不齒。晚知處州，貪酷尤甚，其讀書以隱僻爲博，其作文以怪澀爲奇，至有甚可笑者，就中詩猶可觀也。」〔註33〕誠如高似孫自己所言：「《離騷》不可學，可學者章句也，不可學者志也。」〔註34〕因此，正是由於在人格上的缺陷，使得高似孫也在文學史上也不爲人所重，這與其實際成就是不相符的。

二、程公許的詩歌與道教

程公許（1182～？），字季與，號滄州先生。在南宋後期是更多的是以政治家的角色出現，《宋史》也沒有將其列入《文苑傳》中。本傳稱其「少知孝敬大母，侯疾，公許不交睫者數月。病革，嘗其痰沫。既卒，哀毀逾制。」〔註35〕

從其一生行事來看，程公許是一標準的儒家士大夫形象。從其詩文而言，卻又與道教有著密切關係。程公許的出生環境即有著濃厚的道教氛圍，其伯父即對道教有一定的修爲，其在《撰先伯桂隱先生哀詞》中即明確表示，「先生早悟道家秘訣，形留神往，豈眞死者乎。」〔註36〕這也可以得出這樣的結論，即程公許對於道教的神仙長生學說有一定的信仰。這從其後來的詩文中也不時流露，「大滌崖壁上彷彿有賤名二字」〔註37〕，這與只有歐陽修看見「神清之洞」有著相似之處。作者接受道教學說在其詩中多處可見，如「我亦三生師玄元，失腳世網如籠樊」〔註38〕（《題會慶建福宮長歌》）、「平生我亦厭俗氛，秘籙曾受金闕君」〔註39〕（《儲福觀謁唐玉眞公主祠》）。

程公許還積極參與道教相關活動，如爲道教典籍的刊行作序，據《郡齋讀書志》所載，《玉皇本行集經》、《九天生神章經》以及《太上感應篇》等都有程公許的序文。

程公許的道教興趣與其士大夫的身份並不衝突，他積極參與政務，同時

<hr />

〔註33〕陳振孫《直齋書錄解題》卷二十，第 608 頁。
〔註34〕《全宋文》二九二冊，第 198 頁。
〔註35〕《宋史》卷四一五，第 12454 頁。
〔註36〕程公許《滄州塵缶編》卷二，《影印文淵閣四庫全書》本。
〔註37〕《全宋詩》第五七冊，第 35639 頁。
〔註38〕《滄州塵缶編》卷六。
〔註39〕《滄州塵缶編》卷六。

對儒家學說的宣傳頗爲用心。「其知袁州時，新周茂叔祠，葺南軒書院，聘宿儒胡安之爲諸生講說。及婺州召還，疏請復京學類申之法，以養士氣。」〔註40〕

　　正是程公許的道教興趣、對於道教的熟悉以及其士大夫身份，使其創作與道教有著密切的聯繫。

　　首先，作爲一名政府官員，程公許需要參與道教祭祀活動，祈雨禱晴。通過參與這些活動，作者欣賞山水以及與道人交往贈答，進而抒發出世情懷。在此類作品中，作者好以長篇古詩的形式描寫山水景色、想像神仙形象，進而表達對於道教的崇信。

> 齋心謁殊庭，異境目力眩。積陰疑漏天，媧石誰與煉。列仙喜我至，一笑晴景現。絮雲斂太空，螺翠敞大面。正位儼宸極，群峰拱星弁。煙雲互吐吞，草木鬱蔥蒨。錯磨金碧麗，襞積霞綺絢。平生飫看山，及茲頗創見。常聞西城君，承詔通明殿。玉勖層空來，寶室仙境擅。眞侶萬五千，朝夕侍遊燕。凝神杳渺間，稽首瓣香薦。倏看碧瑤岑，坌起白雲片。溟涬含一氣，瞬息閱千變。意恐大隗迷，或作巨鼇抃。仙者奚異人，豈忍爲獨善。利欲膏火熬，是非蠻觸戰。持是以求仙，何異沙作膳。吾身信浮漚，世事如掣電。本來一晶明，初不假方便。隨緣聊爾耳，可使爲物轉。寸田須鋤耘，老屋亟營繕。行迷及未遠，補過以無倦。飆遊如有聞，印我本誓願。他年童初館，或可備精選。〔註41〕（《連日快晴登金華庵觀大面諸峰》）

　　當然，這種出世想法只能在此時此地有所展現，士大夫的濟世思想始終佔據主導地位的。即使在遊覽道教名勝、參與道教活動時，也不忘記國家政事，這也與作者的身份相契合。在這一點上，程公許與南宋詩人陸游是相似的，即在道教題材的作品中與入世思想相結合。如「我豈無宿緣，心猶憫世難。思見甲兵洗，永息氈裘悍。王度式金玉，民勞拔塗炭。」〔註42〕（《過金堂迂路登三學山李八百仙人道場》）一方面，作者渴望能夠「何當脫屣去，託迹煙霞伴。宮洞吟步虛，丹經嚴靜觀。」〔註43〕追求自由無拘的道士生活，

〔註40〕黃宗羲《宋元學案》卷七二，《黃宗羲全集》第五冊，第897頁。
〔註41〕《滄州塵缶編》卷三。
〔註42〕《滄州塵缶編》卷三。
〔註43〕《滄州塵缶編》卷三。

但另一方面，又囿於當時的政治環境，無法實現這種理想。理想與現實的矛盾是宋代士大夫的無法實現歸隱的最大障礙，特別是在南宋後期，緊張的宋金關係以及日趨衰微的南宋政權，對於像程公許這樣的士大夫而言更是不能對迴避。

程公許雖以古體長詩見長，也有部分作品以律詩的形式出現，多爲寫與道人的交往，或者側重於景色的描繪。

> 與君一再會岷山，共把飽尊中聖賢。強説市朝爲大隱，何如山澤友臞仙。空中皓月參心地，海面浮漚悟世緣。安得一龕時晤語，笑披雲霧豁青天。〔註44〕（《謝慧明王道士自大面山寄贈三詩並蜜黃精》其一）

> 峻極先峰接絳霄，佩環催肅大昕朝。步虛杳渺吟崆峒，飆馭依稀駐鬱蕭。擬效嵩呼騰漢闕，細聽天籟響虞韶。班回徙倚危欄望，紅日初升宿霧消。〔註45〕（《祝聖清旦登星壇唱步虛下壇曉霧四開晴景熙然》）

其次，程公許運用其對於道教典籍的熟悉，創作步虛詞及遊仙詩。作者創作這些作品並非出於宗教目的，而是爲著現實功用，步虛詞是寫與道士，用於祈福的。如《蕊珠歌》序文：「三華眞士鍾若谷，冥心北極，創築靖館於宜春郡西三十里之獅子峰，勢極雄秀，足以駐天眞飆馭，延國家景福。藏室經始，功力宏大。郡守岷下程某爲歌《蕊珠》七言一章，俾持以謁檀度者。」〔註46〕而以《蕊珠歌》的形式創作也反映了作者對於道教典籍的熟悉，《黃庭經》、《悟眞篇》等即是以七言韻文寫成的。程公許創作的遊仙詩除《擬古三章》其一是表現對於現實的關注外，其它主要是以祝壽及交際爲目的，這也是程公許的遊仙詩的一主要特點。

以遊仙的求仙主題表達對人的敬仰以及希望對方的賞識，既可使自己的眞實願望得以委婉表達，而不顯得功利性太強，且個人才華也得以展示。以神仙稱頌對方，也易爲其所接受。此外，以遊仙詞的形式用來祝壽是南宋詞壇的一大特點，但較少以遊仙詩的形式出現。程公許則多次以遊仙詩的樣式祝友人誕日，可謂與眾不同。以下爲其中幾例：

〔註44〕《全宋詩》第五七冊，第35641頁。
〔註45〕《滄州塵缶編》卷十。
〔註46〕《滄州塵缶編》卷六。

　　《遊仙二章上范殿撰潔庵先生》其一：風埃曀八表，濤瀾浩無
涯。岧嶢崑崙峰，高與星緯排。眞人撫元運，太虛以爲家。控鸞下
碧落，蜚步凌紫霞。周覽興未已，歸憩誰與偕。喬松撫瑤瑟，偓佺
薦瓊花。矍鑠睨塵世，腐鼠紛攫拏。迢遙五雲佩，蕩漾八月槎。我
欲往從之，層雲不可階。素心耿相照，退當三月齋。〔註47〕

　　《壽楊浩齋二首》其一：駕鶴飛來白玉京，疏髯秀色自仙眞。
要看轉物天機密，更念居閒學力新。孔孟以來扶墜緒，羲黃向上屬
誰人。雅知仁靜宜黃耇，仙谷煙霞不盡春。〔註48〕

　　《壽喬平章三首》其一：岧嶢崑崙顚，縹緲虛皇宅。下睨四大
洲，何啻一塵積。萬類託其間，擾擾無暫息。強弱互吞噬，殺氣干
斗極。虛皇燕五雲，憑軒慘不懌。絳節授金童，瓊函探寶冊。運會
有度期，欲藉老仙伯。〔註49〕

其它此類作品大多爲長篇古詩，動輒幾百字，如《青山高爲宋郎中德之作》
達六百二十四字，篇幅與一短篇散文相當。另外的祝壽作品，雖然不是以遊
仙詩的形式出現，但其中道教的長生、成仙思想、神仙祥瑞等意象在作品中
比比皆是。如《壽程使君和獲白雁詩韻》：「長生秘籙啓雲笈，紫府丹臺元不
扃。」〔註50〕《壽制使董侍郎》：「卻歸麻壇之山命仙侶，脯麟酌醴一曲歌長
生。」〔註51〕

　　總之，程公許創作道教題材的作品主要出於兩方面的原因，一是因爲其
政府官員身份，參與大量道祭祀活動；二是由於對於道教的熟悉，以遊仙作
品爲其贈答之作，或者在這些酬唱作品中加入大量的道教因素。儘管作者有
一定的道教信仰，但在現實的政治環境及其儒家思想的共同作用下，程公許
的出世思想只能在作品中偶爾流露一下。即使在創作道教題材的作品時，作
者的濟世思想還是在作品中表現出來，這與陸游是相似的。

　　嚴格意義上，程公許與當時的詩壇是保持一定距離的，與南宋著名詩人
交往並不多。只是對陸游頗有好感，集中有三篇是追和陸游的詩歌。程公許

〔註47〕《滄州塵缶編》卷四。
〔註48〕《滄州塵缶編》卷九。
〔註49〕《滄州塵缶編》卷四。
〔註50〕《全宋詩》第五七冊，第35555頁。
〔註51〕《全宋詩》第五七冊，第35556頁。

的詩歌是自成一體的，以古體見長，風格豪邁，所謂「大抵直抒胸臆，暢所欲言。雖不以鍛煉爲工，而詞旨昌明，議論切實，終爲有道之言，其格在雕章繪句上也。」〔註52〕這與當時的江湖詩派、四靈詩派的風格、主題是截然不同的。正是程公許在詩歌創作上的獨立性，使其道教作品也呈現出與眾不同的風格。

第三節　朱熹的詩歌與道教

朱熹（1130～1200），字晦庵、遁翁，祖籍徽州婺源（今江西婺源）人，生於福建尤溪。

一、朱熹對道教的態度

朱熹是宋代理學的集大成者，並與道教有著密切關係。這種關係表現於兩個方面：一爲吸收道教的哲學思想；一爲學習道教的養生方術。先秦儒家重實務，對於形而上的問題考慮不多，而道家及後來的道教對此有較多的論述。所以自西漢董仲舒以陰陽五行等道家理論來充實儒家思想後，儒家對道家及道教的思想的接受、吸納成爲不可阻當的潮流。朱熹對於道教也是立足於儒家，積極的研究道教思想。朱熹以「空同道士鄒訢」的身份對道教經典《周易參同契》及《陰符經》進行考異，對於其中的部分論述是認同的。如「朱鳥翱翔戲兮」一節中，朱熹詳細解釋了其中還丹之法的精要。

宋代理學理論的終極目標是在精神境界上成爲聖人，那麼如何修行則至爲關鍵。《周易參同契》中的理論核心則爲以內外丹術、清修同修的方式來修行成仙。朱熹對於其中的一些修行理念大爲讚賞，如《參同契》中「陽燧以取火，非日不生光」一節，朱熹評曰：「此一節乃涵養本原工夫，尤爲要切。」〔註53〕

朱熹研讀道教典籍，對開其養生之術頗有心得，並身體力行。如《秋懷二首》其一：「幸聞衛生要，招隱凤所臧。終期謝世慮，矯翮茲山岡。」〔註54〕這裡的「衛生要」即是指的道教的養生之術。同時的袁樞（1131～1205）

〔註52〕《四庫全書總目》，第 1395 頁。
〔註53〕朱熹《周易參同契考異》，《叢書集成初編》，中華書局，1985 年，第 18 頁。
〔註54〕朱熹《晦庵先生朱文公文集》，朱傑人、嚴佐之、劉永翔主編《朱子全書》第二十冊，2002 年，第 276 頁。

有《寄朱晦翁山中丹砂》一詩，而丹砂在道教修煉中有著至關重要的要位。
當時的宋代士大夫之間常以丹砂之類相贈送，以助對方的修煉養生。如許及
之有《楊似勳許惠丹砂》、《楊丈既惠丹砂數種再用韻敬酬》，張鎡有《叔祖閣
學生朝以丹砂鑄酒杯爲壽》，胡寅有《謝周尉用前韻致丹砂且見勸葆眞》等。
因此，朱熹以通過丹砂來養生也屬當時較爲普遍的方式。

當然，二者在終極目標上是截然不同的。儘管對於道教典籍多有研究，
朱熹對於道教的神仙學說是明確否定的。如在《論修養》條中，朱熹對於世
俗人的神仙觀念予以批駁，「人言仙人不死，不是不死，但只是漸漸銷融了，
不覺耳。蓋他能煉其形氣，使查滓都銷融了，惟有那些清虛之氣，故能升騰
變化。《漢書》有云：『學神仙尸解銷化之術。』看得來也是好則劇，然久後
亦須散了。且如秦漢間所說仙人，後來都不見了。國初說鍾離權、呂洞賓之
屬，後來亦不見了。近來人又說劉高尚，過幾時也則休也。」〔註55〕朱熹從
其理氣觀出發，認爲自然萬物無非陰陽二氣運行而成，「天地初間，只是陰陽
之氣。這一個氣運行，磨來磨去，磨得急了，便拶許多渣滓，裏面無處出，
便結成個地在中央。氣之清者，便爲天、爲日月、爲星辰，只在外常周環運
轉。地便只在中央不動，不是在下。」〔註56〕朱熹雖然也承認鬼神的存在，
但不過爲氣的消長而已。「鬼神不過陰陽消長而已。亭毒化育，風雨晦冥，皆
是。在人則精是魄，魄者鬼之盛也；氣是魂，魂者神之盛也。精氣聚而爲物，
何物而無鬼神！遊魂爲變，魂遊則魄之降可知。」〔註57〕「鬼神只是氣。屈
伸往來者，氣也。天地間無非氣。人之氣與天地之氣常相接，無間斷，人自
不見。人心才動，必達於氣，便與這屈伸往來者相感通。如卜筮之類，皆是
心自有此物，只說你心上事，才動必應也。」〔註58〕因此，朱熹的鬼神觀念
與道教的神仙理論是不同的。

二、朱熹的文學觀

自北宋的周敦頤、二程，理學家的文學觀念極爲保守，特別是性格嚴謹
的程頤，認爲詩歌創作屬於玩物喪志，「問：『作文害道否？』曰：『害也。凡
爲文不專意則不工，若專意，則志局於此。又安能與天地同其大也。《書》云

〔註55〕《朱子語類》卷一二五，第 3003 頁。
〔註56〕《朱子語類》卷一，第 6 頁。
〔註57〕《朱子語類》卷三，第 34 頁。
〔註58〕《朱子語類》卷三，第 34 頁。

玩物喪志，爲文亦玩物也。」〔註59〕朱熹一方面推護二程的文道觀，認爲道（性理之學）爲文的根本，處於第一位置。學者不能沉浸於詩歌的創作中，「平生最不喜作文，不得已爲人所託，乃爲之。自有一等人樂於作詩，不知移以講學，多少有益。」〔註60〕

但在另一方面，朱熹並不完全否定詩歌的價值，認爲詩歌創作出於人的天性，「或有問於予曰：『詩何爲而作也？』予應之曰：『人生而靜，天之性也。感於物而動，性之欲也。夫既有欲矣，則不能無思。既有思矣，則不能無言。既有言矣，則言之所不能盡，而發於咨嗟詠歎之餘者，必有自然之音響節族而不能已焉。此詩之所以作也。」〔註61〕因此，理學家創作詩歌也是自然的，只是不應當過於沉溺，「作詩間以數句適懷亦不妨，但不用多作。蓋便是陷溺爾，當其不應事時，平淡自攝，豈不勝如思量詩句？至其眞味發溢，又卻與尋常好吟者不同。」〔註62〕

就具體的文學風格及創作技巧上，朱熹崇尙《詩經》及魏晉古體詩的風格，如《答鞏仲至》：「然至唐初以前，其爲詩者固有高下，而法尤未變。……而無復古人之風矣。」〔註63〕同時反對齊梁詩風，「齊梁間之詩，讀之使人四肢皆懶慢不收拾。」〔註64〕朱熹主張詩風平淡，詩歌所表現的情感也歸於雅正。另外，詩歌創作也應注意句法等技巧，如「古人詩中有句，今人詩更無句，只是一直說將去，這般詩一日作百首也得。如陳簡齋詩：『亂雲交翠壁，細雨濕青林。』『暖日薰楊柳，濃陰醉海棠。』他是什麼句法！」〔註65〕從前後論斷而言，朱熹的詩歌理論是頗爲矛盾的，實際上這種矛盾是因不同的語境而產生的。

三、朱熹的詩歌創作與道教作品的創作

兩宋理學家中朱熹的創作是比較多的，共1000多首，可見詩歌創作的熱情是比較高的。雖然其中有少部分作品是對於性理之學的體悟，但從整體而

〔註59〕《二程遺書》卷一八，《影印文淵閣四庫全書》本。
〔註60〕《朱子語類》，卷一百四，第頁。
〔註61〕朱熹《詩集傳序》，《朱子全書》第一冊，第350頁。
〔註62〕《朱子語類》卷一百四十，第3333頁。
〔註63〕《晦庵先生朱文公文集》，《朱子全書》第二三冊，第3091頁。
〔註64〕《朱子語類》卷一百四十，第3325頁。
〔註65〕《朱子語類》卷一百四十，第3330頁。

言，是抒發作者的情懷，是屬於嚴格意義上文學作品的。道教作爲朱熹日常
生活的重要組成部分，對其詩歌創作也有著顯著的影響，這主要是體現於兩
個方面：一是道教題材的創作；一爲其它題材作品中道教隱逸情懷的抒發，
這主要表現於山水作品中。

（一）道教題材的作品

朱熹道教題材的作品主要有以下幾類：

1、道教典籍閱讀後的感慨

朱熹並不避諱自己與道教的聯繫，以詩歌形式表達閱讀道教典籍後感受
與體悟，如《讀道書六首》、《誦經》等。同樣，朱熹在閱讀儒家典籍後也會
因按捺不住自己的心情，創作詩歌以抒發感受，如《頃以多言害道絕不作詩
兩日讀大學誠意章有感至日之朝起書此以自箴蓋不得已而有言云》一詩即明
確了這一點。朱熹在這些作品中並非以追求神仙爲主題，而是以神仙來比喻
自己的胸懷，以及通過這些道教神仙、道教哲學來表達對於世務的迴避，從
則達尋求精神的超越。如《讀道書六首》其一：「岩居秉貞操，所慕在玄虛。
清夜眠齋宇，終朝觀道書。形忘氣自沖，性達理不餘。於道雖未庶，已超名
迹拘。至樂在襟懷，山水非所娛。寄語狂馳子，營營竟焉如。」〔註66〕而《誦
經》詩更是明確這一主題：「坐厭塵累積，脫躧味幽玄。靜披笈中素，流味東
華篇。朝昏一俯仰，歲月如奔川。世紛未云遣，仗此息諸緣。」〔註67〕

當然，作者在此有一定的保留。在上文我們已經談到，朱熹對於道教的
接受及瞭解主要在於其宇宙論等哲學理論及修養方法，而並非簡單的消遣之
物。這些作品只是作者一時之感，而非其一貫的認識。

2、步虛詞及傳統遊仙作品的創作

步虛詞本是道教音樂，應用於道教儀式，通過道士的吟唱對神仙禮贊及
祈禱。隨著文人的參與創作，步虛詞的文學性逐漸增強。唐代詩人多有創作
者，如李白、顧況、劉禹錫，甚至詩僧也參與創作，如皎然等。至此，步虛
詞在文學上與遊仙詩並無二致。朱熹創作步虛詞在動機有可能是出於道教儀
式的需要，如《作室爲焚修之所擬步虛辭》。儘管朱熹並無道教信仰，但道教
對其日常生活的影響卻是不爭的事實。在內容及風格上，這些步虛詞與魏晉

〔註66〕《晦庵先生朱文公文集》，第 236 頁。
〔註67〕《晦庵先生朱文公文集》，第 240 頁。

的遊仙詩是相似的。如《步虛詞二首》其二：「褰裳八度外，竦轡霄上游。軒觀隨雲起，偃駕東淳丘。丹黃耀瓊岡，三素粲曾幽。躡景遺塵波，偶想即虛柔。盼目娛眞際，不喜亦不憂。宴罷三椿期，顚徊翳滄流。千載何足道，太空自然疇。」〔註68〕

朱熹推崇古樸詩風，認爲擬古詩對於是學習詩歌的一個重要途徑，「向來初見擬古詩，將謂只是學古人之詩。……在抵古人文章皆是行正路，後來杜撰底皆是行狹隘邪路上去了。」〔註69〕所以在其作品中有不少擬古之作，其中即有部分遊仙作品。如《齋居感興二十首》十五：「飄搖學仙侶，遺世在雲山。盜啓元命秘，竊當生死關。金鼎蟠龍虎，三年養神丹。刀圭一入口，白日生羽翰。我欲往從之，脫屣諒非難。但恐逆天道，偷生詎能安。」〔註70〕

3、與道教中人及隱士的交往之作

朱熹的終極理想是得君行道，如北宋的王安石一樣，「論王荊公遇神宗，可謂千載一時，惜乎渠學術不是，後來直壞到恁地。」〔註71〕而追求隱逸並非朱熹本人的意願，而是無奈之舉。時人對於朱熹的志向也是清楚的，如李心傳（1167～1244）在《建炎以來朝野雜記》中即這樣評論朱熹，「晦庵先生非素隱者也，欲行其道而未得方也。紹興己卯（1159）之秋，高宗聞其賢，已有命召。……孝宗復召，先生一辭而至。先生之欲得君以行其道，意可見矣。及對垂拱殿，首論講學、復仇二事。又論諫爭之途尚壅，佞倖之勢方張，民力已殫，國用未節。是湯丞相方大倡和議，深不樂之，除武學博士，待次，癸未（1163）秋也。」〔註72〕在其一生中，只有七年的時間是從政的，其餘時間多轉入學術研究，著書立說，而地點則主要在崇安武夷山及建陽雲谷、考亭。朱熹在閒居期間結識了不少道士、隱士，當然有的道人也不不僅僅是在閒居期間所結識的。在武夷山及建陽的隱士生活環境固定，朱熹與他們結下深厚的友誼，常有詩歌往來之作。朱熹在這些酬唱之作中描繪了道人們的修道、養生等日常生活情景，間接地表現了對他們生活態度、方式的欣賞。如《寄山中舊知七首》其三：「晨興香火罷，入室披仙經。玄默豈非尙，素餐

〔註68〕《晦庵先生朱文公文集》，第 252 頁。
〔註69〕《朱子語類》，第 3301 頁。
〔註70〕《晦庵先生朱文公文集》，第 360 頁。
〔註71〕《朱子語類》「本朝」四，第 3095 頁。
〔註72〕《建炎以來朝野雜記》，第 632 頁。

空自驚。起與塵事俱，是非忽我營。此道難坐進，要須悟無生。」〔註73〕這一首詩描繪了這位道友的日常起居及與世無爭的生活態度。再如其四：「故園今夜半，林影淡逾清。曳杖南溪路，君應獨自行。潺湲流水思，蕭索早秋聲。盡向琴中寫，焉知離恨情。」〔註74〕這一首則把主人公的寂靜幽雅的生活環境做了生動的描寫，宛如一幅山水人物畫。這組詩歌從風格上而言與韋應物的《寄全椒山中道士》是相近的。

　　在這些關于道人及隱士的作品中，朱熹與劉韞（號秀野）的往來之作是最多的，大多有九十首之多。劉韞作爲一致仕官員，隱於崇安縣南。劉韞對於道教的養生是很感興趣的，朱熹在與其酬唱中多有涉及養生相關內容，如《與次秀野雜詩韻》組詩七首。如其中的《導引》：「聞說牛刀久不更，閒中應接義門生。向來已悟藏千界，今日何勞倒五行。按蹻有時聊戲劇，居心無物轉虛明。舉觴試問同亭侶，九轉工夫早晚成。」〔註75〕這組詩根據作者的自注，引用了《本草綱目》、《蘇沈良方》等醫學著作及蘇轍養生詩作，這也可以看出朱熹本人對於道教養生在熟悉。

（二）表現隱逸情懷的山水之作

　　朱熹有相當的作品是寫山水景色的。一方面，作者居住環境即爲山水名勝之地；另一方面，作者也喜好山水：「平生罪我只春秋，更作囂囂萬里遊。」〔註76〕其足迹在閩、湘、浙、贛等地的名山。在這些作品中，作者是從純粹審美的角度來描繪山水景色。如《後洞山口晚賦》：「日落千林外，煙飛紫翠深。寒泉添壑底，積雪尙崖陰。景要吾人共，詩留永夜吟。從教廣長舌，莫盡此時心。」〔註77〕這些山水之作道學氣以及世俗性不多，而是純粹地展示了山水景色。

　　在這些作品中道教的痕迹還是比較明顯的，特別是在武夷山時的作品。由於武夷山爲道教名山，作者的歸隱思想與道教環境聯繫在一起，那麼山水作品與道教的融合則是很自然的事情。所謂儒家思想的「退則獨善其身」，其方法即是通過宗教哲學來消除煩惱。一方面，作者以出世者的情懷描寫山水

〔註73〕《晦庵先生朱文公文集》，第 243 頁。
〔註74〕《晦庵先生朱文公文集》，第 243 頁。
〔註75〕《晦庵先生朱文公文集》，第 342 頁。
〔註76〕《晦庵先生朱文公文集》，第 408 頁。
〔註77〕《晦庵先生朱文公文集》，第 378 頁。

之景，了無人間氣息，如《雲谷二十六詠》、《武夷七詠》、《百丈山六詠》、《武夷精舍雜詠》（組詩十二首）等眾多山水組詩。我們姑舉其中一首：「危石下峥嶸，高林上蒼翠。中有橫飛泉，崩奔雜奇麗。」〔註78〕（《雲谷二十六詠‧南澗》）詩人筆下的山水景色是純粹的自然風光，其中沒有任何社會信息，這表現出作者的出世情懷。

朱熹欲避世求仙的情緒在這些山水作品不時出現，如《次知郡章丈遊山之韻》：「前峰鸞鶴去無蹤，邂逅荒尋得故宮。但覺風煙隨意好，便驚塵土轉頭空。提壺命駕幽期遠。授簡哦詩妙處同，安得西山一丸藥，共隨簫鼓向雲中。」〔註79〕但這種求仙的念頭只是朱熹的一時之感，是不能當真的。這只是作者隱逸情環的顯性表現而已，再如《同丘子服遊蘆峰以嶺上多白雲分韻賦詩得白字》：「登岩出囂塵，入谷媚泉石。悠然愜幽趣，不覺幾朝夕。高尋倦冢頂，舊賞歎陳迹。仰慚仙人杖，俯愧謝公屐。昨日吾弟來，勇往意無斁。今晨蓐食罷，千仞一咫尺。心期未究竟，眼界已開闢。浮野眾麓青，縈雲兩川白。須臾互吞吐，變化已今昔。曠若塵慮空，悲哉人境窄。平生有孤志，萬里思矯翮。感此復沖然，胡為尚形役。」〔註80〕

（三）藝術風格

囿於作者保守的文學觀念，儘管朱熹的詩歌受道教的影響較深，但在風格上卻平實質樸，大多以意為主。即使是純粹寫景的山水作品，也是平實地鋪敘素描，很少以色彩明亮的詞彙及意境的塑造。道教作品中常見的浪漫氣息，諸如想像奇特等特點也不多見。另一方面，作者是以文學審美的角度創作這些作品，而非從道教教義或者性理之學的角度出發，因而是純粹的藝術作品，而非宗教哲學的韻文形式。

朱熹的詩歌理論及鑒賞水平都是很高的，但是作者的理學大師的身份又阻礙其在文學創作上的過於努力。因此，其作品在南宋只能擠身於二流藝術水平。正如錢仲書先生所言：「較之同輩，亦尚遜陳止齋之蒼健、葉水心之遒雅。晚作尤粗率，而模擬之迹太著……」〔註81〕不過，就這些道教作品及受道教影響的詩歌成就並不弱於南宋的周紫芝、范成大、陸游的道教題材作品

〔註78〕《晦庵先生朱文公文集》，第 437 頁。
〔註79〕《晦庵先生朱文公文集》，第 413 頁。
〔註80〕《晦庵先生朱文公文集》，第 435 頁。
〔註81〕錢鍾書《談藝錄》，第 216 頁。

水平。就朱熹本人作品而言，那些受道教影響的山水作品也是成就很高的。
陳衍在《宋詩精華錄》中即選擇此類作，「晦翁登山臨水，處處有詩，蓋道學
中之最活潑者。然詩語終平平無奇，不如選其寓物說理而不腐之作。」〔註82〕
實際上，這些山水之作說理處甚少，更多的是展現作者的出世情懷而已。

　　南宋還有其它理學家，如眞德秀、薛季宣等，對於道教都有一定的認識
與瞭解，如眞德秀對於道教養生相當熟悉，並且推行道教典籍《太上感應篇》，
以助教化。但二人相關的道教作品並不多，這也說明大多理學家在詩歌上並
不見長，相對而言，朱熹的成就則十分難得了。

第四節　遺民詩人的道教情結與創作

　　隨著臨安的陷落，南宋太后謝道清下詔投降元人，南方諸州望風歸於元
朝。南宋雖有殘餘力量繼續抗元，但是這都不足以阻擋元人統一全國的勢頭。
文天祥的被俘及崖山之敗，標誌著南宋的徹底失敗。對於南宋的士大夫而言，
擺在他們面前只有兩條路可以選擇，一是向異族歸順，從而繼續得以保持一
官半職；一是拒絕與元朝合作，保持民族氣節，以示對於南宋的忠心。在這
些拒與元人合作的士大夫中，有相當一部分是通過入道的形式來表示其氣
節，另一部分是採取隱居山林或是市井的形式。

　　在這些入道的士大夫中，有相當部分是本無道教信仰的，如葉碧峰的《贈
月洞先生》：「跳出塵關百念輕，大元羽士宋儒生。……洞中靜夜天留月，心
與梅花一樣清。」〔註83〕這很典型地說明這些宋代士大夫的身份轉變及原由，
由於道教對於教徒的約束較少，也無須如佛教徒一樣剃度，與原來的儒士相
比，只是在服飾上的變化。

　　當然，在這些宋朝遺民中，有相當部分人是對於道教是有一定的信仰的，
其中較爲有名的如周密，鄭思肖等人。

　　周密（1232～1298），字公謹，號草窗，是南宋後期著名的詞人，也長於
詩歌。受家庭環境的影響，周密堅持有神論，自敘「余世祀祠山張王，動止
必禱，應如著龜……壬午五月二十八日，杭城金波橋馮氏火作，次日勢益張。
雖相去幾十里，而人情惶惶不自安。時楊大芳、潘夢得皆同居，相慰勞日：『巫

〔註82〕《宋詩精華錄》，第 463 頁。
〔註83〕《全宋詩》第 68 冊，第 43226 頁。

言神語皆吉，毋庸輕動。』余不能決，因卜去就於神，得五十六云『遭人彈劾失官資，火欲相焚盜欲窺』。於是挈家湖濱。是夕四鼓，遂成焦土。」〔註84〕不僅如此，「余家三世不食牛，先姚及余皆稟賦素弱，自少至老多病。然瘟疫一證，非惟不染，雖奴婢輩亦復無之，益信朝陽之說爲不誣。」〔註85〕

從以上二例可以看出周密具有嚴格的宗教信仰，當然對於一些荒誕的神仙傳說也不一味盲從。如在《癸辛雜識前集》「遊月宮」條中，對《異聞錄》、《逸史》、《集異記》、《幽怪錄》中的所記載的唐明皇遊月宮一事予以否定。在隨後的「鄭仙姑」條中否定世俗所謂的仙姑之類，這也表現了作者的批判精神。

同時，周密對於道教的養生有一定的瞭解，如道教的胎息、秘固等。周密對這些方術有自己的深入探討，並不盲目的迷信前人、那怕是著名學者的意見。如《癸辛雜識前集》「胎息」條：「東坡云：養生之方，以胎息爲本。此固不刊之語，更無可議。但以氣若不閉，任其出入，則渺綿混漭，無卓然近効，待其兀然自住，恐終無此期……覺其極微動，則又加意抑勒之。以不動爲度，雖云抑勒，然終不閉，至數百息。出者多則內守充盛，血脈流通，上下相灌輸，而生理備矣。予悟此元意，甚以爲奇。」蘇軾是北宋著名的文學家及政治家，對於道教養生有著極高的造詣，但周密也不一味的盲從。〔註86〕

至於鄭思肖，從其自述，可知對於道教曾過一定的信仰。「我自幼歲，世其儒；近中年，闖於仙；入晚境，遊於禪；今老而死至，悉委之。」〔註87〕（《三教記序》）鄭思肖對於道教的成仙方術確有一定的瞭解，並寫了《太極祭煉內法》一書，現存於《正統道藏》第十冊中。在《太極祭煉內法序》、《太極祭煉內法跋》等文中，明確表達對於成仙的信心：「其餘能始終深心力行此《祭煉內法》者，願護是人永無災難，願學神仙者速成神仙，一一終當超之於至道也。」〔註88〕（《太極祭煉內法跋》）當然，此時的鄭思肖，已經有把儒釋道三者融爲一體的迹象了。

〔註84〕 周密《齊東野語》，第 239〜240 頁。
〔註85〕 《齊東野語》，第 264 頁。
〔註86〕 《癸辛雜識前集》，第 3〜4 頁。
〔註87〕 《全宋文》第三百六十冊，第 46 頁。
〔註88〕 《道藏》第十冊，第 472 頁。

　　其它如謝枋得，「學辟穀養氣已二十載」〔註89〕（《上城相留仲齋書》）。
還有相當的遺民對於道教有一定的信仰，但限於相關資料的散佚，無法完整
的考證。

　　無論是否入道，不與元朝合作的南宋遺民的生活情趣是大致相似的。一
方面，入道的士大夫並非如普通的道士那樣以讀道經、求仙術爲主；另一方
面，沒有入道的士大夫也是以隱逸的心態處世的。因此，二者並無實際的區
別，只是在形式上的差異而已。這些士大夫大都致力於詩歌創作，且結社唱
和的現象尤爲突出，如宋末元初的月洞詩社、月泉吟社等。

　　南宋的滅亡使這些士大夫身份發生轉變，從原來的統治階層下降爲普通
民眾，伴隨著儒家入世思想的破滅，道教在士大夫的創作中佔有著重要地位。
這主要體現於以下幾個方面：

（一）仙人及漁父成為詩人們自我形象的寫照

　　在這些遺民詩人的作品中，不時出現仙人形象的塑造及對漁人的讚美。
遺民詩人作品中的仙人並非如以往的神仙題材的詩歌中那樣無憂無慮，恰恰
相反，這些不染人間煙火的仙人孤芳自賞，內心充滿不爲人知的哀傷。如鄭
思肖的《琴女行》（有鄰家女，歲未笄，點兮容。鄙舊習之污耳，慕古意於無
窮。鼓幽寂兮，曠宇生風。孤思貞潔兮，月走碧落之方中。於是時兮，身若
不（清抄本作無）肉，泠然飛仙。遺雜響於眾聽，抱孤清而獨妍。彼冰雪之
潔兮，奚顧芬菲分春而爭憐。輒引而賦。）：「嫦娥開殿當高青，白光染夜生
空明。望中泠泠瑩如水，碧透肉鏡雙瞳子。窄袖籠春玉筍嬌，援琴一鼓秋瀟
瀟。瑤池女子旨趣別，紫清吹下太古雪。雙鬟翠膩綰香霧，臨風欲控青鸞羽。
應悔思凡謫塵土，長向花前憶王母。」〔註90〕顯然，這一鄰家女即是作者的
自我寫照，孤獨、與世相違。同樣，作者在《仙興》一詩中所描寫的仙人形
象也是一孤獨者：「千岩萬壑無人迹，獨自飛行月明中。」〔註91〕

　　再如陳普的《擬古八首》其一：「秋聲金氣流，天空露瀼瀼。素波合流月，
浥浥滿庭霜。遙夜一美人，寒閨自彷徨。暗塵集淩波，輕飆感鳴璫。天性賦
貞清，動止中矩方。世無夔夔子，窈窕空英皇。抱璞如臨淵，日入不下堂。
時操弄玉簫，空中來鳳凰。歲月如流星，髮變面欲黃。服玉固雪膚，絕意百

〔註89〕謝枋得《疊山集》卷二，《影印文淵閣四庫全書》本。
〔註90〕鄭思肖《鄭思肖集》，第 18 頁。
〔註91〕《鄭思肖集》，第 13 頁。

兩將。」〔註92〕其它作品如周密的《夢仙》、鄧林《南國有佳人》等也屬此列。自蘇軾在〔更漏子〕「缺月掛疏桐」一詞中以孤獨的仙人自喻後，少有詩人以仙人自喻，而南宋的遺民詩人普遍地繼承蘇軾的這一傳統，可謂時代使然。

　　仙人在詩人筆下成爲自我的寫照，而自由無拘的漁父則成爲遺民詩人向往的對象。本來，漁父作爲下層民眾，精神及物質生活遠不及於這些士大夫。而這些遺民之所以把漁父塑造爲理想人格，即有取於其對現實政治的脫離及自由的生活方式（雖然現實並非如此），所以這些漁父已經被詩人所理想化了。如董嗣杲的《漁郎》：「儒者困章句，負抱希聖賢。披緇談虛空，要悟西方禪。仙人說金丹，飛步學長年。三者亦何心，不過壽所傳。爭如打魚人，心契太古前。萬事絕無想，生計歸小船。晴逐白鷗去，夜傍黃蘆眠。青莎紉短衣，備在風雨先。得魚不上岸，博酒不博錢。相牽醉妻兒，短笛吹空煙。桃源共楚澤，枉爲時所憐。行路苦信腳，負載多頳肩。夕陽下西山，水雲渺無邊。我欲從之遊，浩歌樂其天。」〔註93〕蒲壽宬更是創作20多首以漁父爲題材的作品，以示對漁父的欣賞，如《題蕭照畫山水漁父四軸》其四：「野航偶繫梅花下，人在梅花與雪俱。直鈎情知魚不食，一絲終日掛冰壺。」〔註94〕這些詩人筆下的漁父已經不是生活中的眞實形象了，而是與隱士等同了。

（二）與世隔絕相絕的山水之地成為遺民詩人的精神家園

　　對於遺民詩人而言，山中隱居成爲他們迴避現實的一重要途徑。處於與世隔絕的環境中，可以減少詩人的精神苦痛。因此，遺民詩人多寫一些山中隱居的生活情景，抒發悠然自得的生活情趣。如王鎡《山居即事二首》其一：「選定唐詩手自編，醒時消遣醉時眠。家家雲氣山藏雨，處處蛙啼水滿田。松樹倒生臨澗影，竹根斜掛過牆邊鞭。客來無可延清話，旋摘新茶瓦鼎新。」〔註95〕

　　同時，由於詩人的隱居生活，所以與宮觀及道人聯繫緊密。因此，借描寫身處宮觀所觀察的山景及道人生活，從而抒發自己情感，也成爲遺民詩人作品的一大特點。如陳深的《宿眞元觀》：「泛泛春風湖上舟，幽尋不覺到瀛洲。碧桃花落門前地，翠柳陰垂水際樓。半夜鶴鳴松院靜，一天星照石池幽。

〔註92〕《全宋詩》第六九冊，第 43728 頁。
〔註93〕《全宋詩》第六八冊，第 42614 頁。
〔註94〕《全宋詩》第六八冊，第 42785 頁。
〔註95〕《全宋詩》第六八冊，第 43208 頁。

瑤林疑有神仙隱，願得相從物外遊。」〔註96〕

　　即使不是處於山林或道教宮觀，遺民詩人在精神上也是世相隔的，如周密的《隱居》：「深杜衡門謝往還，不將名字落人間。地偏仲蔚蓬蒿徑，塵遠淵明松菊關。事有難言惟袖手，人無可語且看山。幾年不到門前樹，相對清溪盡日閒。」〔註97〕周密儘管並未入道或是入山，而是居於杭州。但作者以漢代張仲蔚及晉代陶淵明自比，與山林隱士在精神層面上是相一致的。

（三）神仙題材作品的創作

　　入道或是對道教感興趣的遺民詩人創作道教題材的作品是很自然的，其中以王鎡、周密的遊仙作品及鄭思肖的題仙畫詩爲代表。周密與王鎡的遊仙作品都是以七言絕句爲體裁，與晚唐曹唐的《小遊仙詞》的風格相似，都是以描寫神仙生活的一個場景爲主。如周密的《小遊仙七首》其一：「金母雲軿宴紫樓，露寒仙掌漢宮秋。笑渠劉徹無仙骨，種得桃成已白頭。」〔註98〕王鎡的遊仙組詩較多，其三十三首，但風格一致。如其十九：「朝罷群仙退玉墀，天風吹縐六銖衣。左慈閒戲神仙術，五色霞杯繞洞飛。」〔註99〕

　　鄭思肖的題畫詩共一百二十首，其中相當一部分是選擇以道教故事爲題材的，如《張天師飛升圖》、《桃源圖》、《沈東老遇呂洞賓圖》等。這些故事時間跨度較大，從先秦直至北寧。鄭思肖憑藉對道教典籍的熟悉，對這些神仙故事做一概括敘述。如《沈東老遇呂洞賓圖》：「東老忘懷相遇時，洞賓爛醉以爲期。聊題不涉毫端句，早被石榴皮得知。」〔註100〕《桃源圖》：「長城徭役苦咨嗟，澧水偷春隱歲華。有耳不聞秦漢事，眼前日日賞桃花。」〔註101〕

　　此類純宗教題材的作品就其本身而言，並無多少政治寓意在其中。並且，敘事性的長篇詩歌較少，大多爲短篇的律絕。作者之所以選擇此類題材，一是作者的道士身份及對道教的熟悉；二是創作宗教題材的作品可以排除現實的阻擾，進入純粹的審美空間，從而實現心靈的超越。

〔註96〕《全宋詩》第七一冊，第 44793 頁。
〔註97〕《全宋詩》第六七冊，第 42535 頁。
〔註98〕《全宋詩》第六七冊，第 42516 頁。
〔註99〕《全宋詩》第六八冊，第 43225 頁。
〔註100〕《鄭思肖集》，第 228 頁。
〔註101〕《鄭思肖集》，第 222 頁。

（四）道教養生及求仙主題的減少

正如前面所言，宋末遺民對於並道教養生的熟知程度不亞於宋代其它時期的士大夫，如周密、鄭思肖、方回、謝枋得等人。但以道教養生爲主題的作品則並不多，只有方回的《讀素問十六首》、鄭思肖的《餐菊花歌》、謝枋得的《絕粒偶書二首》等寥寥作品。另外，雖然此期與道教相關的作品較多，但此類題材的傳統求仙主題並沒有隨之增多，也只是在少數作品中作者流露出對於道教長生飛升的向往。如謝翱的《五日山中》：「東鄰拔蒲根，南鄰燒艾葉。艾葉出青煙，蒲根香勝雪。乾坤生磷火，陰碧期月光。煙隨艾葉散，進此菖蒲觴。蒲觴益齒髮，齒白髮如漆。餘飲不盡器，置之五七日。五日化爲丹，七日化爲碧。一服一千年，令人生羽翼。」〔註102〕方一夔的《寄呈何潛齋小有洞天》：「小有古洞天，仙峰戴靈鼇。何人失守衛，飛去隨波濤。揭來文昌宮，還作貴人牢。貴人舊散仙，稍厭官府勞。悵然念人世，謫居領岩嶅。饑食柏樹子，渴飲松枝醪。涕唾視勳業，習氣餘詩騷。我亦慕仙者，何時脫羈縲。終攜綠玉杖，東去訪盧敖。」〔註103〕

（五）道教題材作品中的故國之思

遺民詩人創作道教題材作品時，其本意是藉以忘記亡國之痛，尋求心靈的慰藉。但是這種對故國的深沉情感在此類作品中也不時的流露，如王鎡的《仙源紀事》：「坐睡醒來窗上月，夢魂疑在浙江亭。」〔註104〕而羅公升則在《丹房採蕨》一詩中誓以隱居來表達對宋朝的忠心：「神丹有餘光，入地茁紫玉。氣鍾仙掌清，味壓婦臂俗。……府公厭腥腐，寧有啖此福。所以首陽翁，不復羨周粟。」〔註105〕再如林景熙的《遊九鎖山・天柱峰》其「誰卓孤峰紫翠巔，流泉一脈到宮前。卻憐千尺擎天柱，不拄東南半壁天。」〔註106〕這種亡國之痛在詩歌中是以很曲折的方式表現的。這也說明道教並不能完全消除詩人對現實的關注之情，以儒家思想爲主導的士大夫很難具有宗教的超越精神。

通過以上的分析，我們可以發現宋末遺民詩人雖然入道的較多，身份由

〔註102〕謝翱《晞髮集》卷六，《影印文淵閣四庫全書》本。
〔註103〕《全宋詩》第六七冊，第42234頁。
〔註104〕《全宋詩》第六八冊，第43222頁。
〔註105〕《全宋詩》第七十冊，第44369頁。
〔註106〕《全宋詩》第六九冊，第43518頁。

入世的儒士轉爲出世的道士，也創作大量以道教爲題材的作品。但此期道教題材的作品與宋代其它時期相比，還是具有明顯的時代特徵，即求仙及養生主題的減少。詩人們借道教的仙人形象抒發內心的苦悶之情，以隱居修道之山水爲自己的精神家園，在創作遊仙詩或歌詠神仙時忘卻現實，進入純粹的審美空間。在此類作品中所流露的故國之思，說明這些詩人雖已入道，但並無徹底的道教信仰，只是藉以逃避現實的而尋求心靈的慰籍。

第五節　南宋後期遊仙詩的創作

　　遊仙詩是道教文學的典型形式，其創作的高潮出現在唐代，但在隨後的五代及北宋，遊仙詩的創作在詩壇中並不突出，即使在南宋後期並不爲一特別顯著的文學現象，但參與創作的作家群體卻頗具規模，涉足者包括四靈詩派的翁卷以及江湖詩派中的眾多詩人，而一些游離詩壇主流的詩人也參與其創作，如程公許、嚴羽等。且南宋中後期的遊仙詩與以往此類題材的創作相比有著顯著的特點，這可以從以下幾個方面進行比較。

一、詩歌主題的多樣性

　　唐代及魏晉遊仙詩的主題相對比較單一，主要是表達對於神仙的信仰，或者借求仙的形式來隱寓其志，表達對於現實的不滿，郭璞的《遊仙詩十九首》其中多表現其出世理想，也隱含作者對於現實的苦悶。相對於魏晉，唐代的遊仙詩的藝術性較爲明顯，但也多爲表達對神仙的向往。

　　南宋中後期的遊仙詩主題則多樣化，主要有以下幾個方面：

（一）以遊仙詩的形式表達內心世界的超脫

　　這種慕仙的思想雖與唐以前的遊仙作品在形式上大致相同，但南宋中後期的作品展示的是一種內心的精神追求，而此前的則主要追求形體上的長生久視，屬於肉體上追求。如翁卷的《遊仙篇》：「旭日升太虛，流光到萌芽。旁有五雲氣，煥爛含精華。所願服食之，躋身眇長霞。帶我清泠佩，飛我欻忽車。寧爲世間遊，世道紛以挐。三山不足期，千齡詎雲賒。悟彼勞生人，無異芳春花。」〔註107〕嚴羽的《遊仙六首》其一：「秋閒夜瑟瑟，月露明團團。褰衣步澗月，忽見雙飛鸞。上有騰空仙，天風飄佩環。清歌映岩谷，粲若玉

〔註107〕《全宋詩》第五十冊，第 31405 頁。

煉顏。願升綠雲去，隨君向仙關。咽食長不老，何用思人間。」〔註108〕若單從詩歌形式而言，以上二詩與魏晉遊仙古詩並無多少區別，但翁、嚴二人並無道教信仰，與道教聯繫也不多。而二人相同之處在於都喜歡自由隱逸的生活狀態，沉醉於文學創作，對於政治及現實不感興趣。因此，遊仙詩的超世精神與作者追求自由自在的精神在終極目標上是相一致的。

有的作品雖是以遊仙詩的形式出現，但就其內容而言卻並無多少傳統遊仙內容，如劉克莊的《遊仙一首》：「懶爲隨駕處士，寧作閉門隱君。跨青牛導紫氣，乘黃鶴上白雲。」〔註109〕作者只是直抒胸臆，表達其理想而已。

（二）現實生活的真實記錄

南宋中後期的遊仙詩有許多都是借助於夢形式來表現的，這並非詩人們故意借用的詩歌表達方式，而是對於其生活的如實表現。儘管大多數詩人是否有道教信仰存大很大疑問，但對於道教的熟悉以及與道教相關事物的接觸是比較多的。道教信仰及風俗在社會中有著很大的影響力，如皇家及民間的道教祭祀活動，作者親友的道教信仰等，作者對於道教典籍的接觸等，這些都對作者產生一定的影響。遊仙夢境不過是現實生活中的一個平常場景，作者也只是以詩歌的形式表現這種夢中仙境。因此，儘管詩中描寫的是非現實的仙境，但並不代表作者一定具有道教信仰。如王邁的《述夢》：「午枕避塵囂，夢乘銀潢槎。好風吹衣袂，墮我天之涯。群仙赴號召，驂鳳來香車。一見如故舊，絲麟酌流霞。或鞭石爲羊，或握棗如瓜。中有汗漫生，盤礴埋丹砂。誰言仙有道，挾術相矜誇。顧我亦可學，正坐一念差。我笑謝之言，仙凡各有家。悠悠御風還，聚散如團沙。繩床一欠伸，茲遊眞幻耶。咄咄置勿論，呼童煮新茶。」〔註110〕王邁對於道教並不感興趣，雖然其弟崇奉道教，如《題弟綱舉之奉仙之室曰小蓬萊》描述其弟的修道情況：「……寥寥千載後，之子得正派。風度亦可人，春秋況未艾。朝搬紫河車，暮結飛霞佩。嚴事鍾與呂，信心終不退。經營白玉壇，肖象儼相對。四面來青山，獻奇飛羽蓋。爐薰徹玉虛，劍水清塵界。瓊笈閱千函，丹方探三昧……」〔註111〕

對於具有道教神仙信仰的詩人而言，夢仙則在其生活中較爲常見，作者

〔註108〕《全宋詩》第五九冊，第37201頁。
〔註109〕《全宋詩》第五八冊，第36725頁。
〔註110〕《全宋詩》第五七冊，第35728頁。
〔註111〕《全宋詩》第五七冊，第35705頁。

只是把少數夢仙情境形諸於作品。如周密的《記夢》（余前十年，嘗臥遊神山，登紫翠樓，賦詩二章，自後忽忽時到其處。中秋後二夕，倚桂觀月，不覺坐睡。層城飛闕，歷歷舊遊，青童授詩語極玄妙。寤驚，已丁夜矣，僅憶青高不可極已下二十字。援筆足之，以記仙盟云）：「剛風吹翠冰，倒景浮玄樞。蕭臺萬八千，上有眞仙居。冰綃絅清氣，寶笈龕瓊書。至人青瑤冠，風動雲霞裾。顧我一笑粲，勺以青琳腴。泠泠徹崑崙，肝鬲生明珠。玉童發清謠，引鶴開金鋪。授我碧露箋，字字如瓊琚。跽受九拜起，雲氣隨卷舒。靈文眩五色，奧語探皇初。青高不可極，玄晤常集虛。玉苗日茂茂，珠蕊春如如。天妙不費言，悟解超仙衢。飛樓入紫翠，笑語多天姝。馴龍耕玉田，小鳳扶金車。香滿十二簾，春動紅流蘇。修欄瞰雲雨，黃道通清都。憶昔遊五城，十載才須臾。正坐一念差，不覺秋塵污。華池滌凡髓，重佩三元符。凜凜不可留，欲去還踟躕。仰天發長嘯，萬竅皆笙竽。約我更百年，來此騎鯨魚。」〔註112〕周密是有著虔誠的神仙信仰的，在詩中所描寫仙境是與其日常所閱讀的道教典籍有著密不可分的關係。

（三）以遊仙詩的形式進行祝壽等交際活動

南宋的祝壽文學是很興盛的，這表現於相當數量的詩詞文中，其中相當部分是以遊仙的形式來表現的。這並不爲奇，遊仙詩傳統的追求長生主題與祝壽的目的是相一致的。南宋中後期，普通士大夫已經沒有南宋前期的恢復之志，更多的沉浸於個人的天地。因此，前期的祝壽作品中多是以功業、長壽二者並重，而中後期的祝壽詩歌多以長生爲主題。除前面章節中所提到的程公許是此類作品較多的詩人外，還有如程珌的《太上虛皇黃庭經句法十篇壽趙帥》、卓田的《麻姑山七古壽主薄母》、金履祥的《元遊篇壽立齋》等都是以遊仙手法爲人祝壽，且各具特色。程珌借助《黃庭經》三句七言的格式，卓田則以麻姑仙人喻人，而金履祥則是以馳騁想像的方式來表達對友人的祝福，如金履祥的《元遊篇壽立齋》：「我歌遠遊篇，西望心悠然。孰能爲此遊，渺渺重山川。和鑾車班班，珩佩聲珊珊。塊視幾邱陵，帶視幾流泉。正氣凝陽剛，端操凌雲煙。猶將徑天地，奚獨此江山。黃鵠以爲御，鸞鳳以爲參。雲旗何揚揚，八龍亦蜿蜿。一舉眾山小，再馳天地寬。三駕跨八極，高馳閶闔間。正陽以爲糧，六氣以爲餐。金丹毓天和，玉色頳腴顏。俯視世蚊虻，

〔註112〕《全宋詩》第六七册，第 42556 頁。

起滅甕盎邊。高超淩太初，達觀眞後天。願言膏吾車，執鞭隨兩驂。」〔註113〕

以遊仙詩的形式做爲贈答之作在在北宋即已經出現了，如徐積的《代玉師謝蘇子瞻》，在南宋更是一普遍的文學現象，特別是與地位較高者的往來中。這實際上是把遊仙詩的求仙主題轉爲求人引薦，以仙喻人而已。如楊冠卿的《天孫徠》：「珠宮貝闕天女孫，膠轕璿璣緯星辰。徠遊河漢儷於神，神儲崧嶽生甫申。胸中文字覷天巧，黼黻帝躬臨下民。」〔註114〕此詩即是作者寫給當時的丞相，詩中的仙子心靈手巧實則自喻多才多藝，而詩人的眞實用意即不言而明了。再如劉過的《上張紫微眞仙》：「眞仙元是昔於湖，今在高樓何處居。非玉不容陪偉論，撥灰猶爲作行書。雲霞縹緲來旌節，瓊玖玲瓏聞佩琚。幽顯殊途人世隔，冷風吹雨送回車。」〔註115〕作者也是把張孝祥目爲仙人來稱頌，以自己的不沉淪而希望對方的幫助。這在一定程度上反映出江湖詩人的思維習慣，即以詩文得到高位者的賞識。范成大在其早期也有類似之作，如《古風上知府秘書二首》、《古風二首上湯丞相》等。

（四）神仙故事的詩歌化

南宋中後期詩歌的所表現的神仙故事以天台遇仙、桃源故事爲主，而後者相對多一些。此期的宋人所創作的以神仙故事爲題材的詩歌，並不特別深究神仙故事的眞僞，只是借這些神仙故事傳達各自的思想。有的側重於神仙故事背後的社會意義，以桃源仙景爲理想的社會模式，如姚勉的《桃源行》：「……秦風鍥薄難與處，晉俗清虛何足數。願令天下盡桃源，不必武陵深處所。」〔註116〕再如史堯弼的《留題丹經卷後》：「……君臣父子與夫婦，兄弟朋友綱常間。聖人設教若大路，反趨旁徑迷榛菅……」〔註117〕有的則是將神仙故事做爲吟詠的題材，如喻良能的《天台歌》、薛季宣的《武陵行》、《夢仙謠》等，這些詩歌不過是將傳統的神仙故事以詩歌的形式來表現而已，內容及主題與故事原型無多少變化。不過，也有少數作品是寫詩人自己的遇仙故事，如方一夔的《遠遊四十韻》、唐士恥的《鳳山逸士周遇仙謠》等，借求仙故事而傳達對現實的失望，如《遠遊四十韻》中對時局這樣描寫：「……危登

〔註113〕《全宋詩》第六八冊，第 42580 頁。
〔註114〕《全宋詩》第四七冊，第 29626 頁。
〔註115〕《全宋詩》第五一冊，第 31830 頁。
〔註116〕《全宋詩》第六四冊，第 40503 頁。
〔註117〕《全宋詩》第四三冊，第 26899 頁。

望沙界，橫潰煎鼎鑊。氈毳宅吳楚，戈鋋血川洛。冠纓望豺狼，羅綺逐猱玃。枯根痛芟薙，弱肉生啖嚼……雲煙渺空山，浪濤赴舊壑。他日欲相知，姓名寄歸鶴。」〔註118〕這實際上是對蒙宋戰爭的曲折表現，結尾處作者對現實的絕望是很明顯的。

二、體裁樣式的多樣性

南宋中後期遊仙詩的體裁是多樣的，以往遊仙詩的體裁都基本上包含了，如七律、七絕、五古、樂府詩等。其中五言古詩是模仿魏晉遊仙詩，則七絕則基本上是以唐代曹唐的《小遊仙詞》為標準的，如周密的《小遊仙七首》、家鉉翁的《紀夢》三首等，都與曹唐《小遊仙詞》的體裁、風格、內容相近。部分遊仙詩，特別是以神仙故事為題材的作品篇幅較長，散文化及敘事性較強，南宋之前遊仙作品中是不多的。

從南宋後期的遊仙詩的主題及體裁來看，遊仙詩傳統的求仙主題、寄寓主題已經大大弱化了，成為純粹的一詩歌樣式，而詩人可以根據自己的需要予以改造，如上文所提到的祝壽、交際等實用性，而借遊仙詩來傳達隱逸情懷或以之為表現才華的媒介等，都是當時詩壇中普遍的現象。

三、南宋後期遊仙詩特點的成因

南宋中後期遊仙詩的上述特徵是與創作者的宗教態度、社會地位及社會環境分不開的。首先是創作者的身份及道教態度：對於大多數詩人而言，其政治地位並不高，如四靈之一的翁卷，江湖詩人葉紹翁等、嚴羽、周密等，大多數處於閒居半隱狀態。因此，這些詩人以遊仙詩的形式表達其出世情懷是很合適的。而南宋後期日漸衰亡的政治環境又使得大批士大夫喪失進取之心，大批詩人以詩自適，雖無出世之實，卻存出世之情，而這與遊仙詩的傳統主題的精神是相一致的。

從道教信仰角度而言，參與創作的詩人中對於道教的信仰程度是不太一致的。南宋後期的士大夫中道教信仰的風氣並不特別興成盛，但對於道教典籍及神仙故事卻並不陌生，甚或較為熟悉。如劉克莊並無道教信仰，否定神仙之說，但從其《夏元鼎悟真篇陰符經入藥鏡注》、《王與義詩序》等文中可知其對道教各類學說的熟稔。如在《王與義詩序》中即以道教中修煉成仙來

〔註118〕《全宋詩》第六七冊，第 42270 頁。

討論詩歌藝術：「前輩有學詩如學仙之論，竊意仙者必極天下之輕清，而後易於解脫，未有重濁而能仙也。君之作庶乎輕清矣。然余聞之，丹家沖漠自守，專固不怠，一旦嬰兒成，門開，足以不死矣。此養內丹者之事，臁於山澤之仙也。若夫大丹則異於是，傳方訣必有師，安爐竈必有地，致久永必有貲，又必修三千功行，以俟之。及其成也，笙鶴幢節，本不期而至，王喬驂乘，韓眾執轡，翱翔大清，而朝於帝所，此天仙也，異乎前之臁於山澤者矣。余以其說推之於詩，凡夫家數擅名，今古大丹之成者也……」〔註119〕

此外，南宋中後期士大夫對於神仙的觀念較為通脫，以為自由無拘即可為神仙的標誌，如陳藻《久為塵事關懷因成一絕》：「讀書得趣是神仙，未若神仙斷火煙。」〔註120〕蘇泂《龍瑞宮》：「神仙只在人間世，妄意虛無縹緲間。」〔註121〕方回《三十年重到紫陽觀》：「丹砂九轉猶多事，解飲能吟即是仙。」〔註122〕這種神仙的觀念與唐代及魏晉詩人有著天壤之別。因此，詩人們在創作遊仙詩是並無多少宗教因素在其中，而只是做為一單純的文學表達形式。

從南宋後期的詩壇創作傾向而言，江湖詩派及四靈詩人所倡導的晚唐詩風是為大多數人所遵奉的，而晚唐的詩人曹唐恰恰是遊仙詩的大家。這些詩人的遊仙詩以律絕的形式出現，如葉紹翁的《仙興》、周密的《小遊仙七首》及王鎡的《遊仙詩三十三首》是典型的模仿曹唐的作品。但部分詩人並不囿於這種詩風，眾多的的古體遊仙詩及長篇敘事作品即證明這一點，同時也說明南宋中後期詩壇中審美情趣的多樣性。

結語：南宋中後期遊仙詩的創作具有鮮明的時代性，即文學性、應用性佔據主導地位，而宗教性及政治性相對弱化了。這與南宋中後期士大夫的道教態度、學識結構以及社會環境及詩壇審美格調的多樣性是分不開的。

第六節　南宋詩歌中的儒士入道現象

南宋文學作品中，儒士入道（道教）是一值得注意的現象。在宋代，儒釋道雖然在哲學思想上可以互為補充，但在現實的社會實踐中，三者是截然對立的。所以，儘管士大夫對於佛教、道教崇信感興趣、甚至服膺其說的甚

〔註119〕《全宋文》第三二九冊，第 122 頁。
〔註120〕《全宋詩》第五十冊，第 31323 頁。
〔註121〕《全宋詩》第五四冊，第 33953 頁。
〔註122〕《全宋詩》第六六冊，第 41431 頁。

多，如富弼、蘇軾、黃裳、陸游等人，但他們都沒有放棄在世俗官職，儘管他們有著深厚的宗教情結，並在作品中一再地表現出世的情緒。從這些士大夫身上可以看出，這三者在對於現實在態度是對立的。因此，士大夫是以積極的服務於現實社會爲己任的，通常不會不會放棄其儒者身份的。在北宋的文學作品，表現儒士入道的作品是極少的，但這在南宋，卻有大大的改觀。並且，隨著時代的推移，這種現象愈發得普遍，本節即對這一特殊的現象予以梳理分析。

　　南宋初期的詩歌中，儒士入道的現象是極少的。剛剛成立的南宋政權在與金人交戰中搖搖欲墜，士大夫儘管在戰亂中四處奔逃，但依然保持樂觀積極的態度。如呂本中《連州陽山歸路》：「稍離煙瘴近湘潭，疾病衰頹已不堪。兒女不知來避地，強言風物勝江南。」〔註123〕儘管詩人內心痛苦，但依舊泰然處之，並表現得特別悲觀。特別對於詩歌創作，大多保持江西詩派的態度，爲藝術而藝術，以純粹審美的態度來創作。當然，受現實環境的影響，各位作家的詩歌中對於紛亂的戰爭都予以一定的表現，但卻並非詩歌創作的主流。

　　南宋初期的士大夫受道教影響，表現於文學創作中，就主題而言主要有三種傾向：一爲以道教名勝山水來表現隱逸之志；二爲表現道教養生的方術及生活情趣；三爲模擬創作傳統的道教文學，如遊仙詩（包括樂府遊仙作品）。但此時的作品中，很少有士大夫放棄儒士的身份，對於道教出世理想的追求更多的是體現於精神層面的。

　　詩歌中出現儒士入道的現象是在南宋中期開始的，這在陸游以及葉適的作品中有零星的出現，如陸游的《寄邛州宋道人》（宋與余在臨邛鴨翎鋪同遇異人，宋遂棄官學道）、葉適的《送徐洞清秀才入道》、劉克莊的《余爲建陽令遣小吏王堪爲西山翁之役翁留之仙遊山房招鶴亭之上令抄道書久之若有所悟棄家不歸後六七年訪余田間敝裘跣足眞爲道人矣自言欲謁翁於桐城作五詩送之》（嚴格意義而言，劉克莊詩中的小吏王堪還算不上士人。）、許棐《送寫神李肖岩入道》、吳惟信的《送王夢升入道》。可以說，在南宋中期，只是數篇詩歌表現這一現象。

　　到了南宋後期，情況發生了實質性的變化，士大夫入道現象在詩歌中成爲一個普遍的現象，如李龏《寄從弟道士惟中》、《送溧陽友人依茅山玉宸觀主》、衛宗武的《贈范道人》（道人以任子爲庾臺幕官，不受省府差符，從道）、

〔註123〕《全宋詩》第二八冊，第 18143 頁。

陳著的《送道士十二侄歸金觀》、姚勉的《贈宗道士元一》、楊公遠的萬竹乃竹洲曾孫也萬竹子常新恩棄儒於乾明入道伯父友梅以詩餞之因次韻》、黃庚的《送慈州茅主薄入道》、仇遠的《送沈煉師歸》等。在南宋政權覆亡前後，宋代士大夫的入道更是進入一高潮，一些著名的文人也加入這一行列中去，如董嗣杲、蒲壽宬、王鎡等。我們有理由相信，這並不是所有入道的士大夫，還有相當部分併沒有形諸於詩歌篇章中。

南宋中期及後期，士大夫的入道在目的上有著明顯的不同，中期基本上是出於強烈的宗教信仰或者是個人觀念的變化，與外部的政治環境關涉不大。

南宋中期，特別是在金主完顏亮南侵失敗後，宋金處於對峙的平穩時期。南宋內部政權穩定，經濟處於一發展時期，且無南宋前期權相擅政的黑暗局面。儘管針對金人的政策南宋政府內部分爲戰和二派，但在內部，士大夫的晉升之路是嚴格按照科舉制度的常規之路進行的。此期的士大夫在戰與和、及政治理念上有分歧的，但在仕與隱上則沒有顯著的差異。絕大多數的士大夫在政壇中浮沉，即使被貶，也不會出家爲道。儘管在詩作中一再表達出世的情懷或者入道的情緒，如前文提到的陸游、朱熹等。

因此，南宋中前期士大夫入道的較少，即使有的話，也是出於個人的道教信仰。如陸游詩中的宋道人，即是如此。陸游與宋道人本來同爲官員，但在遇到道士後即棄官爲道，而同有道教信仰的陸游則堅持於政途中。從這一點可以看出，宋道人的入道完全是出於個人堅定的道教信念，以至於可以放棄官員的地位。同樣，劉克莊筆下的吏人王諶是因抄寫道經而有所感悟而入道。不過，也有個別士人因科舉的失意而意念消沉，從而踏上宗教之路。如葉適筆下的秀才徐洞清即是如此，這從詩中可以看出，「方老昔爲儒，仁義自愁煎。決策從道士，擺落科場緣。神仙事茫昧，良得日高眠。徐生嗣其風，永謝負郭田。白襴已回施，黃氅猶索錢。書籍棄塵案，笙磬來鈞天。看鏡胡獨難，超俗諒非少。異花改林秀，孤翮移漢矯。月華滿庭蕪，闃沉霜宇峭。親交生離絕，空歎眞遊杳。」〔註124〕

對於這些儒生的入道，作者大多持一贊同的觀點，認爲他們能夠擺脫世俗的羈絆。吳惟信的《送王夢升入道》：「不肯輕迷固有天，星冠霞氅竟翩然。人能變體方超俗，丹到成功即是仙。伏洞黑龍聽夜呪，傍花白鹿伴春眠。哦詩更欲全清致，當以彌明作正傳。」陸游對於同僚的入道很是羨慕，「我今伶

〔註124〕《全宋詩》第五十冊，第 31226 頁。

佝踐衰境，不如宋生棄家猛。西望臨卬一慨然，青松偃盡丹爐冷。」〔註125〕

　　南宋後期，外部環境成爲促使士大夫的入道成爲一種普遍現象的主要因素。南宋自孝宗之後，進入一歷史上罕見的君主無能、丞相擅相時代，這一現象維持於政權滅亡前期。孝宗之後的光宗、寧宗、理宗、度宗皆無所作爲，而在權相韓侂冑、史彌遠、丁大全、賈似道的輪番執政下，國勢日微。對外，韓侂冑的開禧北伐、賈似道的蔡州之役等對金政策的失敗，爲南宋的滅亡埋下伏筆；對內，韓侂冑的慶遠黨禁、史彌遠的擅行廢立等，對於南宋士人的進取之心是一極大摧殘。如理宗時賈似道擅權，驅逐異己，而臺諫機構望風而行。姑舉史書之例：

　　　　（景定元年）甲辰，詔：「黨丁大全、吳潛者，臺諫其嚴覺察
　　　　舉劾以聞，當置於罪，以爲同惡相濟者之戒。」時似道專政，臺諫
　　　　何夢然、孫附鳳、桂錫孫、劉應龍承順風指，凡爲似道所惡者，無
　　　　賢否皆斥。帝弗悟其奸，爲下是詔。〔註126〕（《宋史》卷四五）

權臣統治下，皇權旁落，對於士人而言，若想進取，則必須放棄治國平天下的終極理想，轉而爲權臣個人而服務，這是正直的士大夫所不能接受的。對於這種局面，有識之士深爲不滿，建寧府教授的謝枋得即認爲宋朝必亡，這在宋代士大夫中是頗具震撼力的，「（景定五年）乙未，建寧府教授謝枋得校文宣城及建康漕闈，發策十余問，言權奸誤國，趙氏必亡。左司諫舒有開劾其怨望騰謗，大不敬，竄興國軍。」〔註127〕更多的士人採取對現實不關注的態度，而沉浸於個人的世界中，原來在士大夫心中的中興大業隨著時局的變化也很少提及了。如岳珂的《宿太平宮葆清庵自和少年壁間戊辰歲所作韻是日聞虜大入滁濠二首》：「西風幾載動邊塵，不見長平奉國珍。汗浹歷時嘶石馬，鋒銷何日鑄金人。消磨日月平生志，慚媿煙霞自在身。天意不關人事倦，新醅小灑葛頭巾。」〔註128〕而程珂對於孝宗朝的中興時光還是十分懷念的，「昔在淳熙日，中興最盛年。身逢千載遇，眼見五朝天。」〔註129〕

　　儘管這些入道的儒生大多在政治、文學上默默無聞，其內心的眞實思想我們很難窺視。但從詩歌作者的語氣中可以看出，這些儒生的入道實屬無奈

〔註125〕《全宋詩》第五九冊，第 37061 頁。
〔註126〕《宋史》，第 875 頁。
〔註127〕《宋史》卷四五，第 888 頁。
〔註128〕《全宋詩》第五六冊，第 35635 頁。
〔註129〕《全宋詩》第五六冊，第 35368 頁。

之舉。如李龏的《送溧陽友人依茅山玉宸觀主》：「抱琴遊帝里，一帽兩靴塵。忽憶歸金瀨，還謀老玉宸。魚分仙澗月，虎讓古山春。伏事陶弘景，終非是俗人。」〔註130〕起首兩句含蓄點出這位友人在宦途上頗為坎坷，走投無路，只好以入道來尋求心靈的寧靜或物質的保障。再如仇遠的《送沈煉師歸》，其序文則直接指出其入道的原因：「鄱陽劉君佐，儒家子。倜儻有志，壯欲囊書叫閽為時用，天長翮短，未能奮飛，乃著道士服，薄遊南陬，棲九疑之雲，釣三湘之月，相攸庵止，擬他日龜藏計。宿留十年，然後歸故里，再轉溧上。師式元宗，俯仰方圓，不尚衒襮，衣冠高潔，炯如玉雪……」〔註131〕

　　對於這些入道的友人，作者的心情頗為複雜。一方面對於友人抱有深切的同情，感慨世道黑暗，懷才不遇；另一方面，對於他們能及時擺脫社會俗物的羈絆而感到欣慰，從而表現出自己的羨慕。

　　南宋政權覆亡之後，儒生入道在詩歌中反而減少了許多，儒士入道已經成為一種正常現象了，在某種程度上，詩人、儒士、道士已經三為一體了。除卻不知名的儒生外，一些著名的士人也加入這一行列，如鄭思肖、汪元量、王鎡、蒲壽宬、董嗣杲等，甚至文天祥兵敗被俘後也要求入道。如《宋史》本傳所載：「天祥曰：『國亡，吾分一死矣。倘緣寬假，得以黃冠歸故鄉，他日以備方日顧問，可也……』積翁欲合宋官謝昌元十人請釋天祥為道士……」〔註132〕

　　這些入道的名士本是士大夫的中堅力量，他們的入道的最主要原因在於南宋政權的覆亡及復國的無望，他們又不願為新政權服務，以入道來表明忠於宋王朝的氣節。另一方面，這些入道的名士本身對於道教比較熟悉，甚至有一定的信仰。如鄭思肖即「近中年，闚於仙」〔註133〕，並對道教有一定的研究，如《正統道藏》中有《太極祭煉內法》一書，即為鄭思肖所作。即使是文天祥，平時對於道教養生也極為重視。如《彭通伯衛和堂》一詩，即談及養生方術：「理身如理國，用藥如用兵……道家攝鉛汞，膚腠如重扃。到關關鍵密，六氣無敢攖。」〔註134〕這些名士的入道對於其創作也有一定的影響，他們或在作品中抒發對於故國的哀思，或其作品與世事了無關涉，純粹的藝

〔註130〕《全宋詩》第五九冊，第 37427 頁。
〔註131〕《全宋詩》第七十冊，第 44147 頁。
〔註132〕《宋史》卷四一八，第 12539 頁。
〔註133〕《全宋文》三百六十冊，第 46 頁。
〔註134〕《全宋詩》第六八冊，第 42947 頁。

術創作。其中關涉道教的作品大幅增多，無論是題材上，還是主題上。例如
王鎡的《遊仙詞三十三首》，即是仿唐代道人曹唐的《小遊仙詞》組詩而作，
這也符合此時詩人的身份。

　　就南宋儒士入道的原因而言，士大夫們經歷了從個體的道教信仰到對社
會的失望，再到對政局的絕望這幾個階段，或者說從宗教原因到非宗教的外
部原因過程。而從儒生入道的數量及主體的角度而言，呈現出數量增加及從
無名之士到士大夫中堅力量的特點。從另一方面而言，儒生的入道對於南宋
末期的詩歌創作都有重要的影響，特別體現在遺民詩人身上。就歷史意義而
言，這些入道的儒生與抗元的軍民同樣具有重要的意義，一是體現於具體的
社會意義上，一是體現於精神人格的意義上，同樣值得後人敬佩。

結　語

　　自南北朝以來，儒釋道的融合已經成爲歷史的潮流，而宋代是完成這一進程的時期。儘管依然有儒家學者對釋道予以排斥，如孫復、歐陽修等，但宋代大多數士大夫對二者都予以不同程度的接受，只是根據個人的興趣有所側重。由於道教本身內容較爲駁雜，大致說來，宋代士大夫對於道教的接受有以下幾個方面：一是道教的哲學理論；二是道教的養生、醫術；三是道教的教化功能；四是道教的祭祀功能；最後是道教的神仙理論。以上幾個方面往往爲宋代士大夫所兼取，但少有對道教全盤接受者。總體而言，士大夫對於道教的接受情況有以下幾點值得注意：首先是道教的哲學理論，其影響主要體現於宋代的思想家中，如周敦頤、二程、蘇軾、朱熹等人身上。其次，道教的養生理論自北宋中期即爲廣大士大夫所接受，不過局限於士大夫私下小範圍中流傳。到了南宋朱熹那裡，將道教的養生方術上昇至理論的高度，從而使道教的醫術理論獲得了極大發展。再次，道教的教化功能在道教發展的早期典籍中即有所體現，如《太平經》。南宋中期《太上感應篇》得到社會廣泛的重視，說明官方及士大夫群體對道教的教化作用的承認，這對於提高道教在社會中的影響力、促進其傳播有著重要的作用。道教的祭祀在宋代社會及後來的封建社會中一直具有重要地位，幾乎是生活中不可或缺的部分。北宋士人的青詞作品主要用於官方的祭祀活動，南宋士大夫進一步把青詞應用於個體的道教祭祀，如祈求福祿平安等方面。這說明士大夫對於道教的進一步接受，當然這種接受並不能證明宋人有極深的宗教信仰，實際上更多的是一種社會習慣。至於道教的神仙信仰，在宋代士大夫中始終沒有形成普遍的共識，但也有士大夫對此較有興趣，如蘇軾、黃裳、陸游等。但總體來說

宋代的士大夫仍持有神論，所以對道教的神仙思想並沒有過多的批判。

　　雖然道教在宋代並沒有像唐代那樣成為國教，但真宗與徽宗的崇道也一度使得道教的地位獲得極大的提升。不過，對於大多數普通的士大夫而言，這並不能使他們改變對道教的態度，信仰自由與思想獨立是宋代思想界的一大特點。宋代末期，由於時事變故，許多士大夫完成身份的轉變，從儒士成為道士。這一方面是因為對政局的失望，為了表達對元朝的不合作態度；但我們更可以看出宋代士大夫對道教的態度：當不能以儒士身份存在時，道教成為他們自然的棲身之所。

　　宋代詩歌繼唐詩之後，無論在風格上還是題材上都進入一新的境地。就道教而言，宋詩受道教的影響與唐詩有著顯著的不同。唐詩中接受道教的影響大多為顯性的，如在主題上明確表達出世求仙的思想，在形式上則常用遊仙詩的樣式。而宋詩受道教的影響則更為複雜多樣，這表現在以下幾點：

　　一、在詩歌題材上，與道教相關的宮觀、祭祀、道士等都是宋人的表現對象，這一點比唐詩更豐富。同時，道教的養生也在宋人詩歌中佔據重要地位，這在唐詩中也是不多見的。還有一些作品雖然並不直接表現道教內容，但卻是受道教養生影響而創作的，在蘇軾、蘇轍、陸游等人的作品中這樣的例子不少。由於道教在社會中的廣泛影響，一些普通的詩歌題材中也有著道教的影子，如宋詩中的祝壽、贈答題材。

　　二、在詩歌主題上，直接表達對道教神仙的信仰或者對其加以批判的並不明顯，除少數詩人的宗教態度較為堅決外，宋代詩歌中所展示的宗教態度往往並不代表作者的真實思想。道教的出世退隱思想為詩歌發展史上的重要主題，宋詩也不例外。宋人表現這一主題是普遍的，在政局動盪時尤為明顯，如熙寧變法、南宋初期等。南宋末期，退隱主題的作品成為詩壇主流。並且，南宋末期的詩人在實踐上也做到了這一點。

　　三、在詩歌風格與藝術手法上，宋詩受道教的影響不如唐詩明顯。這與宋詩風格的多樣以及唐人詩風的純粹有著密切的關係。簡而言之，唐人詩風可以做定性分析，因為大多數唐人詩歌題材較為集中，風格也較為單一穩定。而宋人作品題材較多，且風格多樣，並不能簡單的以一個標籤來規定，只能做定量分析。同樣受道教影響，宋人作品中平實質樸與浪漫氣息濃厚的風格往往並存，而唐詩往往只是後者。當然，平實質樸的風格在宋代這類作品中更為普遍，這與宋人的思想及審美追求是一脈相承的。

　　另外，宋詩中的曠達與超越精神，與道教的影響是分不開的。這些表現如不細究作者與道教的關係，是很難發現這種宗教影響的。道教的神仙意境、意象，道教中常有的誇張、想像等手法，在唐宋詩中並存，不過，宋詩中道教的典故、詞彙更爲普遍，這即是所謂的掉書袋。這與宋代詩人的學者化有重要關係，如范成大的作品即是一例。

　　總之，宋人詩歌中道教的影響是全方面的，在不同的詩人身上、不同的歷史階段中，表現程度及方式都有差異。由於宋詩的數量較多，以往對宋詩的研究大多集中於少數著名作家及流派上，對在當時有著一定影響但後世聲名不著的詩人研究較少，且鮮有從道教的角度對宋詩進行整體的研究。因此，我們往往對宋詩中的道教影響認識不夠，一般是簡單地以宋詩重理，或者議論化、才學化等特點來看待宋人詩歌。就本書而言，限於學識與時間，只是對道教對宋詩的影響做了兩點微不足道的基礎工作：一是從歷史的角度出發，梳理了宋代各階段道教對宋詩的影響；二是從橫向上，對一些受道教影響較大的詩人做重點分析。這對於研究宋詩與道教關係這一課題而言是遠遠不夠的，實際上應做進一步的深入、細化研究，如宋代道教在宋代社會中、政治中究竟占何種地位？總體上道教對宋代士大夫影響於何種層面？下層民眾對於道教在態度等。就文學層面而言，道教對於宋人詩歌的意象、風格、意境的影響體現於何處？這些都需要做做進一步的研究。可以說，宋詩與道教這一交叉學科課題的研究有著廣闊前景，值得我們進一步探索。

徵引文獻

（按徵引文獻漢語拼音音序排列）

B

1. 《白居易集箋校》，〔唐〕白居易著，朱金誠箋校，上海古籍出版社，1988年。

2. 《抱朴子內篇校釋》，〔晉〕葛洪著，王明校釋，中華書局，1985年。

3. 《北京圖書館館藏珍本年譜叢刊》，北京圖書館出版社，1999年。

4. 《北山集》，〔宋〕程俱著，《影印文淵閣四庫全書》本，上海古籍出版社，1987年。

5. 《避暑錄話》，〔宋〕葉夢得，《全宋筆記》第二編，大象出版社，2006年

C

1. 《滄州塵缶編》，〔宋〕程公許著，《影印文淵閣四庫全書》本，上海古籍出版社，1987年。

2. 《禪宗與中國文化》，葛兆光著，上海人民出版社，1998年。

3. 《陳國符道藏研究論文集》，陳國符著，世紀出版集團、上海古籍出版社，2004年。

4. 《傳家集》，〔宋〕司馬光著，《影印文淵閣四庫全書》本，上海古籍出版社，1987年。

5. 《祠部集》，〔宋〕強至著，《影印文淵閣四庫全書》本，上海古籍出版社，1987年。

D

1. 《丹淵集》，〔宋〕文同著，《影印文淵閣四庫全書》本，上海古籍出版社，1987年。

2. 《澹庵文集》，〔宋〕胡銓著，《影印文淵閣四庫全書》本，上海古籍出版社，1987年。

3. 《道藏》，上海書店出版社，2002年。

4. 《道藏源流考》，陳國符著，中華書局，1963年。

5. 《道家與道教思想研究》，王明著，中國社會科學出版社，1987年。

6. 《道教通論》，牟仲鑒等主編，齊魯書社，1993年。

7. 《道教文學史》，詹石窗著，上海文藝出版社，1992年。

8. 《道教與唐代文學》，孫昌武著，人民文學出版社，2001年。

9. 《道教與仙學》，胡孚琛著，新華出版社，1991年。

10. 《道教與養生》，陳攖寧著，華文出版社，1989年。

11. 《道教與中國傳統文化》，卿希泰主編，福建人民出版社，1992年。

12. 《道教與中國文化》，葛兆光著，上海人民出版社，1987年。

13. 《道鄉集》，〔宋〕鄒浩著，《影印文淵閣四庫全書》本，上海古籍出版社，1987年。

14. 《德語美學文選》，劉小楓編，華東師範大學出版社，2006年。

15. 《疊山集》，〔宋〕謝枋得著，《影印文淵閣四庫全書》本，上海古籍出版社，1987年。

16. 《東坡志林》，〔宋〕蘇軾撰，《全宋筆記》第一編，大象出版社，2003年。

17. 《東軒筆錄》，〔宋〕魏泰撰，中華書局，1997年。

18. 《獨醒雜志》，〔宋〕曾敏行撰，中華書局，1986年。

E

1. 《二程遺書》，《影印文淵閣四庫全書》本，上海古籍出版社，1987年。

F

1. 《范成大佚著輯存》，孔凡禮撰，中華書局，1983年。

2. 《范石湖集》，〔宋〕范成大著，上海古籍出版社，1981年。

3. 《范文正集》，〔宋〕范仲淹著，《影印文淵閣四庫全書》本，上海古籍出版社，1987年。

4. 《豐清敏公遺事》，〔宋〕李樸撰，《全宋筆記》第二編，大象出版社，2006年。

G

1. 《玫瑰集》，〔宋〕樓鑰著，《影印文淵閣四庫全書》本，上海古籍出版社，

1987年。

2. 《龜山集》,〔宋〕楊時著,《影印文淵閣四庫全書》本,上海古籍出版社,1987年。

3. 《癸辛雜識》,〔宋〕周密撰,中華書局,2004年。

H

1. 《韓昌黎文集校注》,〔唐〕韓愈撰,馬通伯校注,古典文學出版社,1957年。

2. 《鶴林玉露》,〔宋〕羅大經撰,中華書局,1997年。

3. 《侯鯖錄》,〔宋〕趙令畤撰,《全宋筆記》第二編,大象出版社,2006年。

4. 《後村集》,〔宋〕劉克莊著,《影印文淵閣四庫全書》本,上海古籍出版社,1987年。

5. 《後山集》,〔宋〕陳師道著,《影印文淵閣四庫全書》本,上海古籍出版社,1987年。

6. 《淮海集箋注》,〔宋〕秦觀撰,徐培均箋注,上海古籍出版社,2000年。

7. 《黃宗羲全集》,〔清〕黃宗羲著,浙江古籍出版社,1992年。

J

1. 《濟南集》,〔宋〕李廌著,《影印文淵閣四庫全書》本,上海古籍出版社,1987年。

2. 《建炎以來朝野雜記》,〔宋〕李心傳撰,中華書局,2006年。

3. 《劍南詩稿》,〔宋〕陸游著,《影印文淵閣四庫全書》本,上海古籍出版社,1987年。

4. 《鮚埼亭集》,〔清〕全祖望著,《四部叢刊初編》本,上海商務印書館,1919年。

5. 《景迂生集》,〔宋〕晁說之著,《影印文淵閣四庫全書》本,上海古籍出版社,1987年。

6. 《居易錄》,〔清〕王士禎撰,《影印文淵閣四庫全書》本,上海古籍出版社,1987年。

L

1. 《老學庵筆記》,〔宋〕陸游撰,中華書局,1997年。

2. 《樂府詩集》,〔宋〕郭茂倩編,中華書局,1982年。

3. 《歷代詩話續編》,丁福保編,中華書局,2001年。

4. 《梁溪集》,〔宋〕李綱著,《影印文淵閣四庫全書》本,上海古籍出版社,

1987 年。

5. 《六一詩話》，〔宋〕歐陽修撰，《歷代詩話》何文煥輯，中華書局，1981 年。

6. 《陸放翁全集》，〔宋〕陸游著，北京市中國書店，1986 年。

7. 《陸游詞編年箋注》，〔宋〕陸游著，吳熊和箋注，上海古籍出版社，1981 年。

8. 《陸游評傳》，邱鳴皋著，南京大學出版社，2002 年。

9. 《欒城遺言》，〔宋〕蘇籀撰，《全宋筆記》第三編，大象出版社，2008 年。

10. 《論語集釋》，〔清〕程樹德撰，中華書局，2006 年。

11. 《洛陽縉紳舊聞記》，〔宋〕張齊賢撰，《全宋筆記》第二編，大象出版社，2006 年。

M

1. 《梅堯臣集編年校注》，〔宋〕梅堯臣撰，朱東潤校注，上海古籍出版社，2006 年。

2. 《美學》，〔德〕黑格爾著，商務印書館，1979 年。

3. 《明道雜誌》，〔宋〕張耒撰，《全宋筆記》第二編，2000 年。

4. 《明一統志》，〔明〕李賢撰，《影印文淵閣四庫全書》本，上海古籍出版社，1987 年。

5. 《默記》，〔宋〕王銍撰《全宋筆記》第二編，大象出版社，2006 年。

6. 《能改齋漫錄》，〔宋〕吳曾撰，上海古籍出版社，1979 年。

O

1. 《歐陽修全集》，〔宋〕歐陽修著，中國書店，1986 年。

2. 《歐陽修全集》，〔宋〕歐陽修著，中華書局，2001 年。

P

1. 《萍洲可談》，〔宋〕朱彧撰，《全宋筆記》第二編，大象出版社，2006 年。

2. 《浦江清文錄》，浦江清著，人民文學出版社，1989 年。

Q

1. 《齊東野語》，〔宋〕周密撰，中華書局，2004 年。

2. 《耆舊續聞》，〔宋〕陳鵠撰，中華書局，2002 年。

3. 《騎省集》，〔宋〕徐鉉著，《影印文淵閣四庫全書》本，上海古籍出版社，

1987 年。

4. 《錢氏私志》,〔宋〕錢世昭撰,《全宋筆記》第二編,大象出版社,2006 年。

5. 《潛虛》,〔宋〕司馬光著,《四部叢刊三編》本,上海商務印書館,1936 年。

6. 《青山集》,〔宋〕郭祥正著,《影印文淵閣四庫全書》本,上海古籍出版社,1987 年。

7. 《清波雜誌校注》,〔宋〕周煇撰,劉永翔校注,中華書局,1997 年。

8. 《清詩話續編》,郭紹虞編選,富壽蓀校點,上海古籍出版社,1983 年。

9. 《清獻集》,〔宋〕趙抃著,《影印文淵閣四庫全書》本,上海古籍出版社,1987 年。

10. 《全宋詞》,唐圭璋編,中華書局,1999 年版

11. 《全宋詩》,北京大學古文獻研究所主編,北京大學出版社,1999 年。

12. 《全宋文》,上海辭書出版社、安徽教育出版社,2006 年。

13. 《全唐詩》,〔清〕彭定求等編,中華書局,2003 年。

14. 《全唐文》,〔清〕董誥等編,上海古籍出版社,1995 年。

R

1. 《容齋隨筆》,〔宋〕洪邁撰,中華書局,2005 年。

S

1. 《三輔黃圖校釋》,何清谷撰,中華書局,2005 年。

2. 《苕溪漁隱叢話》,〔宋〕胡仔撰,人民文學出版社,1962 年。

3. 《澠水燕談錄》,〔宋〕王闢之撰,中華書局,1981 年。

4. 《詩話總龜》,〔宋〕阮閱撰,人民文學出版社,1962 年。

5. 《詩友談記》,〔宋〕李廌撰,《全宋筆記》第二編,大象出版社,2006 年版

6. 《石湖詩集》,〔宋〕范成大撰,《影印文淵閣四庫全書》本,上海古籍出版社,1987 年。

7. 《說郛》,〔元〕陶宗儀撰,北京市中國書店,1986 年。

8. 《四庫全書總目》,〔清〕永瑢,中華書局,1965 年。

9. 《宋朝事實》,〔宋〕李攸撰,《叢書集成初編》本,上海商務印書館,1919 年。

10. 《宋朝諸臣奏議》,〔宋〕趙汝愚編,上海古籍出版社,1999 年。

11. 《宋代文學思想史》,張毅著,中華書局,2004 年。

12. 《宋會要輯稿》，〔清〕徐松撰，中華書局，1957 年。

13. 《宋名臣言行錄》《影印文淵閣四庫全書》本，上海古籍出版社，1987 年。

14. 《宋詩紀事》，〔宋〕厲鶚編，上海古籍出版社，1983 年。

15. 《宋詩選注》，錢鍾書選注，人民文學出版社 2000 年。

16. 《宋史》，〔元〕脫脫等撰，中華書局，2002 年。

17. 《宋史紀事本末》，〔明〕陳邦瞻撰，中華書局，1977 年。

18. 《宋史翼》，〔清〕陸心源撰，中華書局，1991 年。

19. 《宋元筆記小說大觀》，上海古籍出版社，2001 年版

20. 《蘇計詩集合注》，〔宋〕蘇軾撰，〔清〕馮應榴輯注，上海古籍出版社，2001 年。

21. 《蘇軾詩集》，〔宋〕蘇軾著，孔凡禮點校，中華書局，1982 年。

22. 《蘇軾文集》，〔宋〕蘇軾著，孔凡禮點校，中華書局，1986 年。

23. 《蘇軾與道家道教》，鍾來因著，臺灣學生書局，1990 年。

24. 《蘇轍集》，〔宋〕蘇轍著，中華書局，1990 年。

25. 《涑水記聞》，〔宋〕司馬光撰，中華書局，1997 年。

T

1. 《太倉稊米集》，〔宋〕周紫芝著，《影印文淵閣四庫全書》本，上海古籍出版社，1987 年。

2. 《太平經合校》，王明校，中華書局，1960 年。

3. 《談藝錄》，錢鍾書著，生活·讀書·新知三聯書店，2007 年。

4. 《唐代遊仙詩研究》，顏進雄著，文津出版社，1996 年。

5. 《鐵圍山叢談》，〔宋〕蔡絛撰，中華書局，1997 年。

6. 《圖學辨惑》，〔清〕黃宗炎，《影印文淵閣四庫全書》本，上海古籍出版社，1987 年。

W

1. 《王文公文集》，〔宋〕王安石著，上海人民出版社，1974 年。

2. 《溫國文正司馬公文集》，〔宋〕司馬光著，《四部叢刊初編》本，上海商務印書館，1919 年。

3. 《文定集》，〔宋〕汪應辰著，《影印文淵閣四庫全書》本，上海古籍出版社，1987 年。

4. 《無爲集》，〔宋〕楊傑著，《影印文淵閣四庫全書》本，上海古籍出版社，1987 年。

5. 《吳都文粹》,〔宋〕鄭虎臣撰,《影印文淵閣四庫全書》本,上海古籍出版社,1987年。

6. 《吳郡志》,〔宋〕范成大撰,陸振嶽校點,江蘇古籍出版社,1999年。

7. 《武林梵志》,〔明〕吳之鯨撰,《影印文淵閣四庫全書》本,上海古籍出版社,1987年。

8. 《悟眞篇淺解》,〔宋〕張伯端,王沐淺解,中華書局,1990年。

X

1. 《晞髮集》,〔宋〕謝翺著,《影印文淵閣四庫全書》本,上海古籍出版社,1987年。

2. 《先秦漢魏南北朝詩》,逯欽立輯校,中華書局,1983年。

3. 《小畜集》,〔宋〕王禹偁著,《影印文淵閣四庫全書》本,上海古籍出版社,1987年。

4. 《斜川集校注》,〔宋〕蘇過著,舒大剛等校注,巴蜀書社,1996年。

5. 《續資治通鑒》,〔清〕畢沅撰,中華書局,1957年。

6. 《續資治通鑒長編》,〔宋〕李燾撰,中華書局,1990年。

Y

1. 《巖下放言》,〔宋〕葉夢得撰,《全宋筆記》第二編,大象出版社,2006年。

2. 《演山集》,〔宋〕黃裳著,《影印文淵閣四庫全書》本,上海古籍出版社,1987年。

3. 《演山先生文集》,〔宋〕黃裳著,《宋集珍本叢刊》本,線裝書局,2004年。

4. 《燕翼詒謀錄》,〔宋〕王栐撰,中華書局,1981年。

5. 《伊川擊壤集》,〔宋〕邵雍著,《四部叢刊初編》本,上海商務印書館,1919年。

6. 《雲笈七籤》,〔宋〕張君房編,中華書局,2003年。

7. 《雲溪集》,〔宋〕郭印著,《影印文淵閣四庫全書》本,上海古籍出版社,1987年。

8. 《郎溪集》,〔宋〕鄭獬著,《影印文淵閣四庫全書》本,上海古籍出版社,1987年。

Z

1. 《張耒集》,〔宋〕張耒著,中華書局,2000年。

2. 《張載集》,〔宋〕張載著,中華書局,2006年。

3. 《眞誥校注》，〔日〕吉川中夫、麥穀邦夫編，中國社會科學出版社，2006
年。

4. 《直講李先生文集》，〔宋〕李覯著，《四部叢刊初編》本，上海商務印書
館，1919 年。

5. 《直齋書錄解題》，〔宋〕陳振孫撰，上海古籍出版社，1987 年。

6. 《中國道教史》，卿希泰主編，四川人民出版社，1996 年。

7. 《周易參同契考異》，〔宋〕朱熹撰，《叢書集成初編》本，中華書局，1985
年。

8. 《朱子全書》，〔宋〕朱熹著，上海古籍出版社、安徽教育出版社，2002
年。

9. 《朱子語類》，〔宋〕黎靖德編，中華書局，1993 年。

10. 《莊簡集》，〔宋〕李光著，《影印文淵閣四庫全書》本，上海古籍出版社，
1987 年。

11. 《子略》，〔宋〕高似孫著，《影印文淵閣四庫全書》本，上海古籍出版社，
1987 年。